앨프리드와 에밀리

ALFRED AND EMILY
by Doris Lessing

세계문학전집
228

Doris Lessing : Alfred and Emily

앨프리드와 에밀리

도리스 레싱 지음

민은영 옮김

문학동네

일러두기

1. 번역 대본으로는 *Alfred and Emily*(Harper Perennial, 2009)를 사용했다.
2. 원주 표시가 없는 주석은 옮긴이주이다.
3. 본문 중 고딕체는 원서에서 이탤릭체로 강조한 부분이다.

차례

서문

내 부모는 각자 매우 다른 방식으로 범상치 않았다. 공통점이 있다면 활력이었다. 두 사람 다 제1차세계대전의 피해자였다. 아버지는 포탄 파편에 다리가 부서진 뒤로 나무 의족을 착용해야 했다. 아버지는 참호를 극복하지 못했다. 예순둘에 노인이 되어 세상을 떠났다. 사망증명서에 사인은 대大전쟁*이라고 쓰였어야 했다. 내 어머니의 위대한 사랑이었던 의사는 영국해협에서 익사했다. 어머니는 그 이별을 극복하지 못했다. 나는 내 부모가 제1차세계대전이 일어나지 않았다면 살았을 수도 있을 삶을 그들에게 빚어주려 했다.

아버지는 쉬웠다. 아버지는 콜체스터 주변의 들판에서 농부의 아들

* 제1차세계대전.

들과 놀며 자랐다. 평생의 바람은 에식스나 노퍽에서 농부로 사는 것이었다. 농장을 살 돈은 없었다. 그래서 나는 영국 농부가 되고 싶다는 아버지의 가슴속 열망을 이뤄주었다. 아버지는 운동을 잘했고 특히 크리켓 실력이 뛰어났다.

어머니는 전쟁이 진행된 사 년간, 당시에는 런던의 이스트엔드에 있던 옛 왕립자선병원에서 부상자를 간호했다. 서른둘에는 세인트조지스병원에서 간호과장으로 승진했다. 당시 모든 지역을 통틀어 가장 훌륭한 병원에 속했던 그곳은 이제 호텔이 되었다. 대개 간호과장 직책은 사십대 여성의 몫이었다. 어머니는 무서울 정도로 유능했다. 어린 시절에 나는 어머니가 영국에서 살았다면 여성협회*를 운영했거나, 플로렌스 나이팅게일처럼 의료기관 개편을 선도하는 역할을 했을 거라고 농담삼아 말하곤 했다. 어머니는 음악적 재능도 뛰어났다.

대전쟁이자 모든 전쟁을 종식할 전쟁**이었던 그 전쟁은 내 유년기를 무단점유했다. 내게 참호는 살면서 실제로 본 모든 것과 마찬가지로 실재했다. 그리고 여전히 이렇게 나는 그 무시무시한 유산에서 헤어나려고, 자유로워지려고 애쓰고 있다.

지금 앨프리드 테일러와 에밀리 맥비를 만날 수 있다면, 대전쟁이 일어나지 않았다면 어떻게 살았을지 내가 글로 쓴 그대로의 그들을 만날 수 있다면, 그들이 내가 빚어준 삶을 마음에 들어한다면 좋겠다.

---

* 영연방 국가들의 유서 깊은 여성 활동 조직.

** 영국의 작가 H. G. 웰스가 제1차세계대전 발발 직후 낙관적 전망을 담아 한 말이지만 제2차세계대전이 벌어지면서 냉소적인 의미로 쓰이게 되었다.

제1부

중편소설
「앨프리드와 에밀리」

1902년

지난 세기 초 기나긴 여름의 태양은 평화와 풍요를, 아울러 번영과 행복만을 기약했다. 사람들은 태양이 늘 환히 빛나던 그 여름날과 같은 시절이 다시는 없었다고 기억했다. 수많은 회고록과 소설에서 그렇게 주장하므로, 나도 1902년 8월의 그 토요일 오후에 롱거필드 마을은 햇빛이 찬란했다고 자신 있게 주장해도 될 것이다. 그날은 얼라이드 에식스 앤드 서퍽 은행의 창립기념일이었고, 행사가 열린 장소는 농부 레드웨이가 평소에 소를 키우다가 매년 행사 때마다 빌려주는 광활한 들판이었다.

각기 다른 활동의 중심이 곳곳에 펼쳐져 있었다. 들판 끝자락에서 들리는 신나는 함성과 외침은 그곳에서 어린이 경기가 벌어지고 있음을 알려주었다. 떡갈나무들 아래에 놓인 긴 가대식 탁자 위에는 갖가지 음식이 가득했다. 관심이 쏠리는 주요 경기는 크리켓이어서 관중 대부분이 흰옷을 입은 선수들 주위에 모여 있었다. 웅장한 느릅나무들의 그림자가 그들 전체를 막 뒤덮으려 했다. 느릅나무들로 분리된 옆 들판에서는 쫓겨난 소들이 행사를 지켜보았고, 회상에 잠긴 듯 우물대는 턱은 마치 뒷소문을 수군거리는 듯했다. 새하얀 운동복에 살짝 먼지가 앉도록 종일 경기를 치른 선수들은 이 여름 축제에서 자신들이 얼마나 중요한지 알았으며, 좋은 구경거리에 빠질 순 없다며 울타리 너머로 몸을 내밀고 있는 마을 사람들을 포함해 모든 이의 눈이 자신들을 향해 있다는 사실을 의식했다.

크리켓 경기장에서 그리 멀지 않은 곳에는 체격이 크고 아름다운 여인이 풀밭에 쿠션을 깔고 앉아 있었는데, 발갛게 익은 얼굴로 보아 햇볕을 그리 즐기지 않는 듯했다. 그 옆에는 그녀의 딸인 자그맣고 가냘픈 소녀가 앉아 있었고, 또다른 소녀 하나가 상체를 기울여 레인 부인의 얼굴을 바라보며 그녀가 하는 말을 듣고 있었다. "아버지와 싸우다니, 얘야, 정말 심각한 일이구나."

이 순간 한 청년이 배트를 들고 앞으로 나와 위킷* 옆에 섰고, 아름다운 여인이 앞으로 몸을 기울여 손을 흔들자 청년은 미소 띤 얼굴로 고개를 끄덕여 답했다. 그는 가무잡잡하고 건장한데다 눈이 번쩍 뜨일 정도로 잘생겼으며, 그가 거기에 서 있는 순간의 특별함은 갑자기 내려앉은 정적으로도 알 수 있었다. 투수가 공을 던지자 타자가 수월하게 멀

* 크리켓 경기에서 세 개의 긴 봉과 이를 꼭대기에서 서로 연결한 막대로 구성되어 투수와 타자 쪽 땅에 각각 한 세트씩 꽂아놓는 도구. 양편 모두 자기 쪽 위킷이 공에 맞아 쓰러지지 않게 지켜야 한다.

리 쳐냈다.

"쉿." 메리 레인이 말했다. "잠시만, 저걸 보고 나서……"

자그만 소녀 데이지는 이미 목을 쭉 빼고 공을 지켜보고 있었고, 다른 소녀 에밀리 맥비 역시 보고는 있었지만 그리 열중하지는 않았다. 흥분과 결심으로 얼굴이 상기된 소녀는 나이든 여인을 자꾸만 곁눈질하며 그녀가 주목해주기를 바랐다.

다시 한번 공이 잘생긴 청년을 향해 날아들었다가 역시 신속히 튕겨나간 뒤 박수 소리가 물결처럼 퍼졌다.

"잘했어." 레인 부인이 말하며 막 손뼉을 치려 했지만, 투수는 이미 다음 투구를 위해 도움닫기를 시작한 뒤였다.

던지고…… 또 던지고…… 공이 그들이 앉은 곳을 향해 날아왔고 야수가 달려와 공을 받았다. 경기가 여러 회를 거듭하며 몇 번쯤 산발적인 박수 소리가 들렸고, 청년이 어린이 경기장 근처까지 공을 쳐 보냈을 때는 우레 같은 박수가 터졌다.

차를 마실 시간이 되었다. 한 여자가 커다란 찻주전자 옆에 서서 차를 따라 나눠주는 동안 사람들이 기다란 가대식 탁자를 에워쌌다.

"나도 한 잔 마시면 좋겠다, 데이지." 어머니의 말에 소녀는 달려가 줄을 섰다.

그제야 다른 소녀 에밀리가 훨씬 더한 것을 자신에게 기대하고 있었다는 사실을 기억한 레인 부인은 다시 관심을 쏟으며 말했다. "내 생각에 너는 앞으로 어떤 일을 겪게 될지 제대로 모르는 것 같구나."

레인 부인은 영향력이 있는 사람이었고 유용한 자리에 있는 지인도 많아서, 제각기 다른 여러 경로를 통해 에밀리 맥비가 어떤 일을 하게 될지 알아보고 있었다.

소녀는 아버지의 뜻을 거스르며, 아니, 대학에는 가지 않겠다, 간호사가 되겠다고 말했다.

'그야말로 가장 비천한 하녀나 다름없는 일만 하게 될 텐데.' 소녀의 결정에 충격받은 레인 부인이 속으로 말했다.

그녀는 존 맥비와 그의 가족을 잘 알았고 학교에서 눈부신 성적을 거두는 에밀리를 감탄하며 지켜봐왔다. 자기 딸은 그만큼 명민하지도 않고 존재감이나 근성도 모자라서 조금은 애석하기도 했다. 친구 사이인 두 소녀가 서로 워낙 달라서 사람들은 늘 놀라곤 했다. 한 명은 내성적이고 눈에 잘 띄지 않고 허약해 보이는데, 다른 한 명은 자기 자신과 상황을 즉시 통제하고 뭘 해도 항상 일등이며 학교의 대표 여학생인데다 온갖 상을 휩쓸었다. 에밀리 맥비는 작은 데이지의 친구이자 수호자였다.

"전 알아요, 할 수 있어요." 에밀리가 담담하게 말했다.

'하지만 왜, 왜?' 레인 부인은 묻고 싶었고, 좀전까지 박수를 받았던 청년이 다가오지만 않았다면 정말로 물었을 것이다. 대신 부인은 허리를 쭉 펴고 청년에게 입을 맞추며 말했다. "잘했다. 아, 잘했어."

여기에는 내력이 좀 있었다.

그는 데이지에게서 차 한 잔과 커다란 케이크 조각을 받아들고 평소에 친하게 지내는 레인 부인 옆에 앉았다. 부인은 그를 어렸을 때부터 알았다.

두 형제가 있는데, 형인 해리는 어머니의 애정을 듬뿍 받았다. 그 어머니는 소년들의 아버지이자 은행원인 남편에게 불만이 많다고 알려져 있었다. 남편이 자기 일을 싫어해서 짬이 생기기만 하면 교회로 달려가 오르간 연주에 매달리기 때문이었다. 그러느라 '사이좋게 지내려는' 노력을 전혀 하지 않는다고 그녀는 느꼈다. 그는 야심이 없었지만, 큰아들은 평범한 고등학생은 기대하기 힘든 좋은 일자리를 졸업도 하기 전에 제안받았다. 그 역시 쉽게 시험에 통과하고 상을 타내는 명민한 학생이었다. 하지만 이 어머니라는 사람은 작은아들 앨프리드를 사랑하지 않았다. 혹은 사랑하지 않는 것처럼 행동했다.

그 시절에 아이들을 때리는 일은 하느님의 뜻에 귀기울이려는 의도쯤으로 이해되었다. "매를 아끼면 아이를 망친다." 하지만 레인 부인은 그런 모습을 보며 충격을 받았다. 그녀 역시 고위직 은행원의 아내였지만, 그녀의 남편은 교회의 주축으로 지역 활동에 관여했다. 어머니와 관련한 앨프리드의 불운에 대해서는 다들 오래 알고 얘기를 나눠온 터라 그를 안쓰럽게 여기는 사람들은 온갖 비위를 다 맞춰주고 특별히 호의를 베풀었다. 그는 학교에는 그다지 관심이 없었지만 운동을, 특히 크리켓을 굉장히 잘했다. 한두 주 전에 열여섯 살이 된 그는 성인 남성 경기에서 뛰기에는 너무 어렸는데도 이곳에서 경기하고 있었다. 레인 부인이 영향력 있는 사람들을 설득해 그에게 두각을 나타낼 기회를 주느라 크게 애썼다 해도, 그걸 누가 알아줄 것인가? 앨프리드의 어머니는 관중과 함께 앉아 있었고, 사람들이 아들이 대단하다고 칭찬할 때는 왠지 불편해 보이는 것이, 늘 갈채를 받아야 하는 쪽은 그애 말고 다른 아들이라고 느끼는 듯했다.

앨프리드는 사람들 앞에 나서서 기량을 보여줄 기회를 누리고 있었고, 레인 부인은 자신에게도 청년에게도 흡족해했다. 그녀는 앨프리드를 자식처럼 사랑한다고 자주 말해왔고 정말로 그가 아들이었으면 했다. 그녀는 앨프리드의 어머니를 아주 싫어했는데, 모두가 모두를 아는 이 지역사회에서는 그런 감정을 자주 표현할 수 없었다.

"앨프리드," 레인 부인이 그날의 행사를 적은 일정표로 부채질을 하며 말했다. "앨프리드, 네가 우리 모두를 자랑스럽게 해주었구나."

그러자 경기장에서 앨프리드를 부르는 소리가 났고, 그는 서둘러 자리를 뜨며 세 사람에게 미소 지었다. 자기 어머니가 그렇듯 그를 좋아하는 데이지와 아직 소개를 받지 못한 다른 소녀까지 포함해서.

경기장에서는 앨프리드를 포함한 선수들이 뭔가를 논의하고 있었고 그 모습을 지켜보던 레인 부인이 다시 에밀리에게 관심을 돌렸다.

"보수가 정말로 형편없는 일이야, 정말로. 넌 모를 거야." 부인이 말했다. "하녀나 다름없는 일을 할 거고 근무시간도 길어. 급식도 형편없고." 입에 올리기 힘들었던 또하나의 반대 이유. 수습간호사가 되는 소녀들은 가장 밑바닥 출신이라고, 노동계급 중에서도 가장 거친 아이들이라고 말할 수도 있었다. 그런데 너 에밀리 맥비는 편안한 삶을 살았어, 뭐든 늘 최고로 좋은 것만 가졌잖니, 그러니 그 일이 아주 힘들 거야, 아주.

경기가 다시 시작되었고 잘생긴 청년은 위킷 옆으로 돌아가 있었다.

"왜 그러는지 내가 이해할 수만 있다면." 레인 부인이 속을 털어놓으며 말했다. "네가 이유를 말해줄 수만 있다면 말이다, 에밀리. 알잖니, 딸이 대학 교육을 받기를 바라는 아버지가 많지는 않아. 아버지가 굉장히 실망하셨을 거야."

그녀는 존 맥비를 썩 좋아하진 않았고 제멋에 취한 거만한 사람이라고 생각했다. 하지만 에밀리를 매우 자랑스러워해서 가는 곳마다 시도 때도 없이 자랑을 늘어놓았던 사람이라 지금 기분이 굉장히……

"아버지가 '다시는 내 집에 얼씬도 하지 마라' 하셨어요." 에밀리가 그렇게 말하며 눈물이 고인 초롱초롱한 눈으로 조언자를 바라보았다. "저분이 내 어머니였으면 좋겠어." 에밀리는 자주 말했다. 쌀쌀한 새어머니와 사는 이 엄마 없는 소녀는 레인 부인을 엄마로 생각해왔는데, 지금 부인은 깊이 실망하며 그녀를 바라보고 있었다. "생각을 해, 에밀리, 생각을 좀 하라고."

하지만 에밀리는 다음주부터 런던의 그레이스인 로드에 있는 왕립자선병원에서 이 밑바닥 중의 밑바닥 일을 시작할 예정이었다. 더는 집에서 살 수도 없었다. 공식적으로 내쫓긴 것이었다.

"다시는 내 집에 얼씬도 하지 마라"라는 말도 들었다. 이제 그 말을 반복하며 그녀는 흡족한 기분이 들었다. 그 말을 반복함으로써 아버지 존 맥비를 입에서 뱉어내 작별을 고하는 듯했다.

"저더러 이제부터는 아버지 딸이라고 생각하지 말라고 하셨어요." 에밀리가 말했다. 걷잡을 수 없이 절망적으로 흘러나온 그 말과 함께 고여 있던 눈물이 볼을 타고 흘러내렸다.

"얘야," 레인 부인이 에밀리를 감싸안으며 눈물로 젖은 뜨거운 볼에 입을 맞췄다. "아버지가 뭐라고 하시든 상관없어. 넌 아버지 딸이고 아무도, 무엇도 그 사실을 바꿀 순 없어."

크리켓 경기장에서 또 박수가 터졌다. 잘생긴 청년은 코트아웃*되었지만 형편없는 타구는 아니었는지 박수를 받으며 관중석으로 돌아갔

* 타자가 친 공이 공중에 뜬 상태에서 수비수에게 잡힌 경우를 말한다.

다. 그는 바로 거기에서 그를 지켜보던 어머니가 가버린 걸 보고도 놀라지 않았다.

레인 부인도 그 쌀쌀한 여자, 테일러 부인이 가버린 것을 에밀리의 머리 너머로 보고 알았다.

앨프리드가 옆으로 오자 레인 부인은 품안의 에밀리를 놓고 그를 안아주었다. 어머니의 빈자리를 대신 채워주려는 노력이었다.

"정말로 잘하더라." 그녀가 말했다. "잘했어, 앨프리드."

앨프리드는 머뭇거렸고, 이름을 모르는 소녀가 울고 있는 것을 보고는 의자로 물러났다.

"오, 얘야." 상냥한 레인 부인이 다시 에밀리를 안으며 말했다. "저런, 저런, 내가 이해할 수 있으면 좋으련만."

앨프리드는 크리켓 경기를 보면서도 레인 부인의 어깨에 머리를 기댄 소녀가 하는 말을 들었다. "저한테 맞는 일이라는 걸 알아요. 전 안다고요." 앨프리드는 자리를 뜨고 싶기도 했지만 마음을 바꿔 찻주전자로 다가가 차를 더 가져다가 설탕 한 그릇과 함께 세 여자에게 건넸다. 그는 데이지에게 잔을 건네며 아주 낮은 목소리로 물었다. "저앤 누구야?" 그러자 데이지가 "에밀리" 하고는 더 말할 필요도 없다는 듯 가만있었다. "내 친구야," 그녀가 덧붙였다.

오, 그러니까 저애가 에밀리로구나. 앨프리드는 생각했다. 에밀리에 대해서는 당연히 잘 알고 있었다. 워낙 많은 얘기를 들었으니까. 실제 인물의 현실—이 경우에는 엉망으로 흐느껴 우는 젊은 여자—을 맞닥뜨리면 자주 그러듯이, 그는 에밀리를 보면서 이 사람이 데이지에게 그토록 중요한 이유를 잘 모르겠다고 생각하고 있었다.

그는 다시 크리켓 경기로 눈길을 돌리며 의자에 앉으려다가 울타리 부근에서 들리는 소음에 주의를 빼앗겼다. 거기 있던 어른들은 돌아가고 이제는 아이들이 와 있었다. 몇 야드 떨어진 그곳에서 봐도 가난한 아이들인 걸 알 수 있었다. 여자애들은 맨발에 누더기 같은 원피스를 입었다. 남자애들 몇몇이 음식이 가득한 가대식 탁자 위를 쳐다보며 울타리를 넘으려고 했다.

"뭐라도 좀 갖다줘라, 데이지." 레인 부인이 말했다. "샌드위치를 갖다줘. 그건 내가 가져온 거야." 그렇게 덧붙인 것은 찻주전자 뒤에 있던 여자가 만류하려 했기 때문이다. 옆에서 지켜보던 여자들이 탁자로 다가가자 레인 부인이 크게 말했다. "내가 가져온 것만요. 다른 건 주지 않을 거예요."

앨프리드와 데이지가 샌드위치를 담은 접시들과 스펀지케이크 두어 판을 울타리 위로 들어올리자 아이들이 잽싸게 낚아챘다. 배고픈 아이들이었다.

탁자에 다가선 여자들이 입을 앙다물고 서 있었다.

"내가 가져온 것만요." 레인 부인은 크게 외치며 웃었지만 화가 났다. 그녀는 숨죽여 말했다. "저들의 소중한 케이크는 안 건드리겠어."

"집시들이라고요." 한 여자가 말했다. "내 근사한 스펀지케이크가 저 애들 차지가 되는 건 싫어요."

"아, 집시들도 가끔은 먹어야죠." 그렇게 말하는 레인 부인의 얼굴은 화가 나서 발개졌다.

"너무 가난한 아이들이에요." 앨프리드는 낯을 찌푸리며, 무슨 설명이라도 듣고 싶은 양 레인 부인에게 말했다. "저애들에게 필요한 건 제대로 된 식사 같은데요."

"맞아." 데이지가 말했다. 그러면서 평생 알고 지내온 소년, 갑자기 영웅이 된 깡마른 고등학생에게 미소를 지었다.

에밀리는 레인 부인의 품에서 나와 머리를 뒤로 묶은 검은색 리본을 정돈하고 있었다. 그녀는 열여덟 살이고 원래는 머리를 '올리고' 다녔지만, 이렇게 오랜 지인들과 함께하는 이날 오후에는 여학생 스타일도 괜찮아 보였다.

"저 가야 해요." 그녀가 말했다. "기차를 놓치겠어요."

"내가 함께 갈게." 데이지가 곧바로 말했다.

에밀리는 웃으며 일어나 눈을 깜빡거려 눈물을 없앴다. "늘 첫발을 뗄 때가 가장 힘들어요." 에밀리는 속을 털어놓았고, 자신의 미래를 스스로 다잡아 레인 부인의 말없는 항의가 담긴 심각한 표정으로부터 멀찍이 떼어놓았다.

두 소녀는 울타리로 갔다. 에밀리가 앞서고 그녀의 그림자 같은 데이지가 바로 뒤를 따랐다.

울타리에서 에밀리는 문이나 구멍 같은 걸 찾아봤지만 아무것도 없었다.

아이들이 음식을 더 얻고 싶어서 근처를 어슬렁거렸다.

에밀리는 잠시 주위를 살핀 뒤 울타리를 훽 뛰어넘어 득의만면한 미소를 짓고 서서 레인 부인과 찻주전자 옆의 여자를 돌아보았다. 그 여자는 그런 숙녀답지 못한 행동에 충격을 받았다. 문이 없었으므로 에밀리는 "하나, 둘, 셋" 하며 데이지를 위로 안아 넘겼고, 두 소녀는 함께 역으로 달려갔다.

앨프리드는 선수들 근처의 사람들에게로 돌아갔다.

레인 부인은 이제 짙은 그늘 속에 앉아 있었고 상기되었던 얼굴은 원래 색깔을 되찾고 있었다.

"다 괜찮아……" 그녀는 말했다. 어쩌면 케이크를 향해 달려드는 참새들에게 하는 말이었는지도 모른다. 그녀는 울타리를 멋지게 훌쩍 뛰어넘던 소녀의 우아하고 능숙한 동작, 왠지 그 아이의 성급하고 무모한 계획의 부당함을 부각하는 듯한 그 동작을 떠올렸다. "아, 안 돼." 레인 부인은 말했다. "아, 안 돼. 그럴 순 없어. 너무 아깝잖아."

1905년 8월

장면은 똑같다. 젖소들이 서서 되새김질하며 구경하고 있다. 앨프리드가 타자로 뛰고 있다. 그는 열아홉 살이고 지난 이 년간 어른들과 경기를 해왔다. 이제 더는 긴장한 애송이도, 잘생긴 소년도 아닌 젊은 남자가 되었고, 참나무 밑에서 의자에 앉아 부채질을 하는 레인 부인 말고도 모두가 그를 바라보고 있다. 남들 눈에 띄기를 바라며 눈물을 흘리는 앨프리드의 어머니도 있다.

레인 부인이 갖가지 냉소적인 논평을 얼굴에 내비친다 해도 그건 이해할 만하다.

우리가 그들 모두를 마지막으로 본 날, 데이지는 런던에서 돌아와 친구 에밀리와 함께 왕립자선병원에서 수습간호사로 일할 생각이라고 말했다. 일이 이렇게 되고 보니, 레인 부인이 충분히 예측할 수도 있었을 문제였음이 확실해졌다. 데이지는 언제나 에밀리를 동경했고 능력이 따라주는 한 에밀리를 본받아 행동했다. 레인 부인은 동요하고 가슴 깊이 충격받아 울음을 멈출 수가 없었다. 그러자 딸 때문에 속상한데다 아내 때문에 더욱 속상해진 그녀의 남편이 의사를 부른 뒤 아내에게 말했다. "자, 여보, 이제 그만해요. 당신이 지나치게 심각하게 받아들이는 거야." 레인 부인은 사람이 이렇게까지 극심하게 울 수도 있다는 걸 미처 몰랐다. 단둘이 있을 때는 내 작은 요정, 내 작은 천사라고 부르며 아끼던 어린 딸이 그 병원에서 가난한 이들의 엉덩이를 닦고 있었다. 에밀리가 그런 일을 하겠다고 한 것만도 끔찍한데, 적어도 그 아이는 크고 튼튼하기나 하지 그녀의 어린 딸은, 그 허약한 아이는…… 자식이 원하는 방향으로 가지 않는다고 해서 슬픔을 가누지 못하고 우는 부모가 있다면 이 질문만큼은 해봐야 한다. 왜 이 어머니는 마치 사형 선고라도 받은 것처럼, 적어도 자기의 일부가 곧 죽기라도 할 것처럼, 이렇게 정신을 놓고 무너지는 것일까? 그 점에서라면 아버지도 마찬가지. 듣자 하니 존 맥비는 슬픔에 빠져 몸져누웠다고 했다.

그리고 테일러 부인은 크리켓 경기장 근처에서 누구나 볼 수밖에 없는 위치에 앉아 요란스럽게 울고 있었다. 사람들이 감탄하고 환호하는 가운데 차분하게 공을 치는 그녀의 앨프리드. 멀리 루턴이나 입스위치에 있는 여러 은행이 그에게 다양한 일자리를 제안했는데, 그가 글이나 숫자에 재능이 있어서가 아니라 회사의 크리켓팀에서 활동하게 하려는 것이었다. 그는 당구나 스누커, 론볼링*도 잘했다. 다들 이 젊은 스타

* 스누커는 당구의 한 종류이고, 론볼링은 잔디밭 위에서 하는 일종의 볼링 게임이다.

를 데려가려고 경쟁하고 있었고 그의 어머니는 다른 아들이 명민함 때문에 선택받았을 때와 마찬가지로 기뻐했는데, 정작 앨프리드는 아니, 은행원이 되느니 차라리 죽겠다고, 지난 이 년간 얼라이드 에식스 앤드 서퍽 은행에서 일할 때도 모든 순간이 지긋지긋했다고 말했다. 그는 이 행사를 위해 해마다 들판을 빌려주는 레드웨이 씨 밑에서 일할 작정이었다. 버트 레드웨이는 그의 친한 친구로 어려서부터 함께 자랐다. 사실 앨프리드는 유년기 내내 농부의 아들들과 산울타리 근처나 들판을 누비며 놀았다.

"그애는 농부의 일꾼이 될 거야." 앨프리드의 어머니는 울었다. "제 아비랑 똑같아. 다들 그저 날 괴롭힐 생각뿐이지." 그녀는 이 집 저 집 다니며 부엌에 모인 다른 부인들에게 그렇게 불평했다.

앨프리드는 딱 잘라 말했다. "어머니, 난 은행에 처박히지 않을 거예요. 바뀔 여지 없어요."

그날 아침에 그는 제 뜻을 확실히 알리기 위해 들판을 누비며 소똥을 치우고 다녔고, 행사 담당자들과 어린이 경기 감독자들과 크리켓 경기장 준비를 마무리하던 남자들은 그 모습을 바라보며 앨프리드 어머니의 눈을 피해 히죽거리거나 웃음을 터트렸다. 그의 아버지는 교회 오르간에서 잠시 벗어나 말했다. "잘했다, 앨프리드. 나도 너처럼 할 수 있었으면 좋으련만."

레인 부인은 앨프리드의 어머니가 안쓰럽기도 했으나 자신이 더 큰 낙망을 겪고 있다고 확신했다. 평생 농부의 일꾼처럼 살아온 앨프리드에게는 그 일이 그다지 새로울 게 없었다. 하지만 어린 딸 데이지는…… 레인 부인은 매주 절인 과일이 박힌 커다란 케이크와 파이 한 상자를 비롯해 온갖 간식을 런던으로 보냈다. 에밀리, 데이지와 함께 같은 방에서 생활하는 수습간호사는 여섯 명이 더 있었다. 이스트엔드 출신의 비렁뱅이들이겠지, 하고 레인 부인은 속으로도 밖으로도 말했다. 소포를 풀면 음식은 십 분 안에 부스러기 하나 남기지 않고 사라졌다. 모두가 늘 배고팠다. 수습간호사들은 쉬는 날이 거의 없어서, 드디어 딸과 에밀리를 만났을 때 레인 부인은 예상한 만큼의 충격과 슬픔을 느꼈다. 그들은 심하게 야위고 피로에 찌들어 있었다. 그녀가 예상했던 고생은 과장이 아니었다. 곱게 자란 이 아이들이 어떻게 살아남을지 의문스러울 뿐이었다.

그녀는 에밀리가 포기할 거라고, 아버지에게 용서를 빌고 뉘우치며 집으로 돌아갈 거라고 예상했다. 그런데 아니었다. 그런 일이 일어날 수도 있을지 레인 부인이 딸에게 조심스럽게 묻자 데이지는 간단히 대답했다. "그럴 순 없을 거예요. 자존심 때문에요, 어머니." 게다가 에밀리는 단 한 번도 이런 결정이 실수였다고 느끼는 내색을 한 적이 없었다.

자존심이라니, 레인 부인은 나무랐다. 그건 고집불통이다, 비뚤어진 어리석음이다. 두 아이의 손은 벌겋게 벗겨졌고, 둘 다 막일하는 하녀처럼 보였다. 그들은 정말로 하녀였다. 하는 일이 온통 그런 것이었다. 환자용 변기를 비우고, 솔질하고, 먼지를 털고, 청소하고, 바닥과 벽과 천장을 물로 닦는 일을 새벽부터 저녁까지 해나갔고, 어쩌다 오후 반나절 쉬는 날에는 침대에 쓰러져 잠만 잤다.

레인 부인은 남편에게 너무 굴욕스러워서 죽을 것 같다고 했다. 하지만 미래를 볼 수만 있었다면…… 그녀의 요정 같은 아이, 작은 데이지는 나중에 간호사 감독관이 되었다. 안경 너머의 강철 같은 눈빛은 불쌍한 피감독 간호사들에게서 무수한 눈물을 뽑아냈다. 그녀는 엄격한 감독관으로 알려졌으나 당연히 공정했다. 공정하고 공평했다.

레인 부인은 손주들이 생기기를 염원했지만 하나도 얻지 못했다. 데이지가 좀 늦은 나이에 저명한 외과의사와 결혼했고 에밀리의 자선사업을 돕느라 바빴기 때문이다.

하지만 이날 오후 레인 부인은 가슴이 무너질 것처럼, 아니 이미 무너진 것처럼 느끼면서도 눈물자국을 지우고 오후 휴가를 받은 아이들을 기다리며 앉아 있었다. 가대식 탁자 위의 음식이 충분한지도 이미 확인했다. 에밀리와 데이지가 도착하자마자 음식에 달려들 것을 알고 있었다. 그녀는 이미 몇몇 병원의 이사들, 유명한 간호과장들, 간호학교들과 언쟁을 벌였다. 젊은 여자들이 그런 형편없는 음식을 먹으며 그렇게 힘든 일을 하기를 기대하는 것은 사악하고도 근시안적이었다. 그녀는 〈타임스〉에도 편지를 보낼 계획이었다.

아이들이 도착했을 때 레인 부인은 그들이 얼마나 야위고 초췌한지 언급하지 않고 참았다. 부인에게 입을 맞춘 아이들이 곧바로 음식을 덮쳤다.

그들은 접시에 음식을 가득 담아 레인 부인 옆으로 와 쿠션 위에 앉아서 먹었다. 부인은 그 거칠어진 손들을 차마 볼 수가 없어서, 말 그대로 눈을 돌리고 말았다.

"우리 오래 있진 못해요." 에밀리와 데이지가 말했다. 둘 다 야간근무가 잡힌 날이었다. 이젠 수습간호사가 아니지, 레인 부인은 상기해야 했다. 그들은 이제 두 해째 일하며 실제로 환자를 간호하고 있었다. 세월이 어찌나 빠른지, 그들 모두 입을 모았다.

선수들을 위한 다과 시간이 선언되자 앨프리드가 자리로 왔다. 그는 내내 알고 지낸 데이지에게 인사하면서도 에밀리에게는 하지 않았다. 에밀리를 알아보지 못한 것이다. 그가 기억하는 에밀리는 키가 크고 탄탄하며 운동을 잘할 것 같은 사람이었다. 울타리를 훌쩍 뛰어넘는 모습도 보았다.

앨프리드가 레인 부인에게 말했다. "루턴이든 어디든 가지 않아서 다행인 이유 중 하나는요, 이렇게 잠깐 들러서 아주머니의 과일 케이크를 얻어먹을 수 있어서예요." 그의 미소는 어머니가 아닌 모든 이의 마음을 얻기에 충분했다.

"저는요," 그가 말했다. "은행에서 일할 수가 없어요. 절 아시잖아요."

"그래, 앨프리드. 네가 멀리 떠나지 않아서 나도 기쁘구나."

데이지는 이 말을 듣지 않았다, 혹은 듣지 않는 척했다. 그녀는 자신이 더욱 기쁘다는 사실을 앨프리드는 모른다고 생각했다.

"런던에 가면 너 보러 들를지도 몰라." 앨프리드가 데이지에게 말했다.

"기대할게." 데이지가 말했다.

앨프리드는 다시 경기에 불려갔고, 곧이어 두 여자도 레인 부인에게 입을 맞춘 뒤 런던으로 돌아갔다.

1907년 8월

에밀리와 데이지는 기말시험을 좋은 성적으로 통과했고, 레인 부인은 에밀리의 새어머니 맥비 부인에게 편지를 보냈다. 존 맥비에게 보낼까도 생각했지만 그랬다면 도발로 받아들여졌을 것이다. 새어머니가 답장을 보냈다. '에밀리 소식을 제게 알려주셔서 감사합니다. 그애는 늘 굉장히 똑똑했지요. 그럼 이만.'

레인 부인은 분명히 존 맥비가 에밀리의 발전과정을 계속 확인해왔다고 확신했다. 존 맥비의 부인(그 심술궂은 늙은 까마귀)은 '제게 알려주셔서' 감사하다고 말했다. 그렇다면 남편의 마음을 돌리게 할 여자는 아니었다. 레인 부인은 다시 편지를 써서 (그들이 에밀리의 가장 친한 친구로 당연히 알고 있을) 딸 데이지와 에밀리를 위해 댄스파티를 연다고 알렸다. "모두 오셔도 됩니다." 아버지와 새어머니는 오지 않겠지만 에밀리의 남동생도 있었다. 어쩌면 그는 올지도 모른다.

레인 부인은 제 두 손으로 존 맥비를 죽여버릴 수도 있었다. 새어머니는 말할 것도 없었다. 그들은 에밀리를 위해 댄스파티를 열기는커녕 박수를 쳐줄 사람도 없으리라고 생각한 게 틀림없다. 아니, 그 인색한 인간은 에밀리에게 옷 사 입을 돈이라도 좀 줄 순 없었을까?

간호사 월급으로 에밀리는 옷을 잘 차려입을 여유가 없었을 것이다. 에밀리의 옷장에는 가장 기본적인 옷들뿐이었다. 그런데 그애에게도 드레스가, 진짜 드레스가 있어야 했다. 자만 떠는 그 늙은 바보(존 맥비)는 변변한 '나들이옷' 하나 사 입을 돈을 보내주는 게 그렇게 힘든 일이었을까?

에밀리가 드레스를 꿈꾸고 있을 것을 레인 부인은 알았다. 자신의 딸도 마찬가지였다. 어느 아가씨인들 안 그럴까? 에밀리는 고등학교 시절부터 예쁜 드레스를 가져본 적이 없었다.

그애에겐 엄마가 없잖아, 엄마가 없어, 레인 부인은 그 사실을 상기하며 에밀리를 위해 특별한 드레스를 마련해줄 계획을 세웠다. 그녀는 사랑스럽게 예쁜 흰색의 나뭇잎 무늬 모슬린 천을 사놓았고, 데이지(그녀의 작은 천사)에게는 자신이 젊은 시절부터 가지고 있던 천으로 드레스를 만들어주었다. 퍼프소매, 리본, 레이스로 된 삼각 숄. 그 옷을 입은 데이지를 보고 부인은 즉시 에밀리의 옷도 만들었다. 치수는 데이지에게 확인하게 했다.

세 사람 다 데이지의 침실에서 옷을 입었다. 레인 부인은 제일 좋은 회색 새틴 드레스를 입었다. 에밀리는 내색하지 않으려 애썼지만 실망했다. 나뭇잎 무늬 모슬린이라니, 에밀리는 그게 싫었다.

간호사의 중노동을 거친 에밀리는 튼튼하고 호리호리한 근육질 몸매가 되었고, 그해 여름에 테니스를 많이 쳐서 피부가 갈색에 가까웠다. 에밀리는 제 모습이 투박하고 불편해 보인다는 사실을 알면서도 드레스를 입었다. 레인 부인의 애정과 성의를 알기에 부인에게는 거듭 고맙다고 말했다.

은행에서 레인 가족에게 빌려준 회의실은 사방이 광택 도는 짙은 갈색 목재로 장식되고 묵직한 갈색 벨벳 커튼이 쳐져 있었다. 그런 근엄한 분위기에서 퍼프소매 드레스에 분홍색 허리띠를 두른 에밀리의 모습은 더욱 어색해 보였다. 데이지는 정말이지 예뻤다. 레인 부인은 자신의 작은 꽃송이가 너무나 사랑스러워 가슴이 말랑말랑해졌고 에밀리에게는 너무 잘못했다는 생각에 속이 메스꺼울 정도로 부끄러웠다. 멀리 입스위치에서도 온 이들을 포함해 그 은행에 근무하는 젊은 남자 모두, 그리고 농부 몇몇이 파티에 왔다. 잠시도 쉬지 않고 춤을 추는 데이지는 꽃무늬 모슬린과 미소의 소용돌이 같았다. 그녀와 춤을 추려고 남자들이 줄을 섰는데 앨프리드는 그 누구보다 집요했다. 그녀의 삶에서 최고로 멋진 순간이었고, 데이지는 그 사실을 잊지 않았다. 시험을 너끈히 통과한데다 어렸을 때부터 그녀의 영웅이었던 앨프리드가 계속해서 그녀를 불러내 춤을 추었다.

에밀리는 그렇게 잘 어울리지 못했다. 앨프리드와 춤을 추긴 했지만 제 모습이 너무 싫어서 어색하고 뻣뻣했다.

데이지에게는 대성공, 에밀리에게는 되도록 빨리 잊어야 할 사건. 그날 밤, 에밀리는 데이지의 방 침대에 누워 소리 없이 울었고, 레인 부인은 그토록 사랑하는 에밀리에게 자신이 한 일, 혹은 하지 않은 일 때문에 울었다. 옆에서 자던 남편이 깨어나 무슨 일이냐고 물을 정도로 울었다.

레인 부인은 지역 신문사에 알려 이 댄스파티에 사람을 보내게 한 뒤 에밀리를 지목해 글을 쓰게끔 유도했고, 신문이 나온 뒤에는 기사를 잘라서 맥비 가족에게 보냈다.

매정한, 끔찍한 사람들. 냉정하고 매정하고 끔찍해, 레인 부인은 저주를 퍼부었다.

아침에 앨프리드는 레인 가족의 집 부엌문을 열고 레인 씨가 식탁 상석에서 오트밀죽을 먹고 있는 것을 보았다.

"오, 이 녀석, 왔구나." 레인 씨가 말했다. "오트밀죽 먹을래? 토스트? 차는 방금 끓인 거야."

앨프리드는 거의 아침마다 이 시간에 들렀다. 사실은 레인 부인을 보기 위해서지만 이날 아침에는 런던으로 떠나는 데이지를 잠깐 볼 수 있었으면 했다. 그는 항상 배가 고팠다. 잠에서 깬 지 이미 몇 시간이 지났다. 오늘은 네시에 밖으로 나왔다. 맞다, 그는 데이지를 생각하고 있었다. 하지만 대략 이런 느낌이었다. 데이지를 어릴 때부터 알고 지냈는데 이제야 그애를 제대로 보고 어떤 사람인지 알게 되었어.

앨프리드는 스토브 위에서 밤새 뭉근히 끓은 검은 냄비에서 오트밀죽을 덜었다. 땔감을 충분히 채워넣은 스토브에서 불이 훙겹게 타고 있었다.

남편일 뿐 아니라 아버지이기도 한 레인 씨는 전날 밤새 데이지와 시시덕거린 앨프리드를 떠올리며 앨프리드가 딸을 달라고 할 여지가 있을까 생각하는 중이었다. 만일 그런다면 뭐라고 대답할 것인가? 데이지가 이렇게 제 앞가림을 잘하는데, 아버지로서 딸이 농부와 결혼하기를 원하는가? 때가 되면 그때 생각하자, 그는 그렇게 결론짓고 토스트를 마저 먹었다.

그동안, 밤새 잘생긴 앨프리드의 꿈을 꾸다 일어난 데이지는 침실에서 노래를 흥얼거리며 머리를 빗었다. 하지만 에밀리는 런던으로 돌아가려고 가방을 꾸리면서 극심한 속앓이를 안겨준 흰 드레스를 차마 가방에 넣을 수가 없었다. 레인 부인이 그런 에밀리를 보고 다가와 팔로 감싸안았다. "정말로 미안하다." 그녀는 속삭였다. "내가 얼마나 부끄러운지 네가 알려나……"

"아주머니는 늘 제게 잘해주셨잖아요." 그렇게 대답한 에밀리는 레인 부인이 드레스를 가져가려 하자 안도했다. 가져가세요, 아, 태워버리세요, 안 보이게 감추세요, 그 드레스를 다시는 떠올리고 싶지 않아요.

레인 부인이 먼저 부엌에 와서 앨프리드에게 인사하고는, "그래, 오트밀죽을 좀 먹어야겠다" 하고 말했다.

곧바로 데이지가 들어와 앨프리드와 농담을 나누며 희롱했다. 앨프리드는 여자와 희롱하며 장난치기를 좋아했다. 그런데 둘의 수작이 너무 요란하고 야단스러워지자 레인 씨는 웃음을 터트릴 수밖에 없었다. 그는 밖으로 나가며 말했다. "녀석하고는. 그래도 내 아내와 그러느니 내 딸과 시시덕거리는 편이 낫겠지."

이때 에밀리가 들어왔고, 앨프리드는 생각했다. 그런데 이 근사한 여자는 누구지? 도대체 누굴까? 그러다 곧 에밀리를 알아보았지만 그녀는 간밤에 꽃무늬 모슬린 드레스를 입은 아가씨와는 상상이 안 될 정도로 달랐다. 그녀는 감색 치마에 작은 흰색 리넨 칼라가 달린 감색 줄무늬 블라우스를 입고 있었다.

에밀리는 앨프리드를 보고 웃으며, 그가 자신을 간밤의 모습으로 기억하지 않기를 바랐다. 그녀는 아침 생각이 없다고, 차나 한잔 마실까 싶다고 말했다.

앨프리드는 그녀가 피로하고 슬퍼 보인다고 생각했다. 직전 몇 분간의 경박함과는 대조되는 분위기였다.

"런던에 가면 만나러 갈까?" 그는 데이지에게 말했지만 에밀리에게 하는 말이기도 했다.

"오, 그래, 꼭 와." 데이지가 말했다.

"네, 그러세요." 에밀리도 그저 정중할 뿐인 태도로 말했다.

"우린 아마 조그만 플랫*을 구해서 함께 살 거예요." 에밀리가 말했다. "간호사 숙소는 지긋지긋하거든요."

"그러니 어머니한테 물어봐." 데이지가 말했다. 그리고 그 순간 간밤의 꿈은 꿈일 뿐임을 깨달았다.

이때 버트 레드웨이가 살짝 열린 문을 두드린 후 반쯤 열고 모두에게 말했다. "앨프리드를 찾으러 왔어요."

이 역시 거의 매일 아침 일어나는 일이었다.

앨프리드는 데이지에게 반쯤 장난으로 고개 숙여 인사하고 식탁을 돌아가 레인 부인을 포옹한 뒤 에밀리에게 말했다. "자, 내가 정말로 런던에 가게 되면 만나기로 해요."

---

* 단독주택과 달리 건물의 일부를 점유하는 연립주택 형태의 집.

앨프리드와 버트는 마당길을 따라 느긋하게 걸어갔다. 버트는 건초용 쇠스랑을 어깨에 걸머지고 있었고, 대문에 다다르자 앨프리드도 미리 놔뒀던 곳에서 쇠스랑을 집어들었다.

두 젊은이가 멀어지는 모습을 데이지와 레인 부인은 현관에 서서 바라보았다.

"앨프리드가 버트와 함께 있는 모습이 정말 보기 좋아." 레인 부인이 말했다. "서로에게 참 좋은 친구들이야." 그녀는 레드웨이 가족에게 앨프리드가—'실은, 아들보다 나은'—특별한 위치를 차지한다는 사실, 하지만 버트는 다소 거칠고 간혹 폭음을 해서 앨프리드가 옆에서 챙겨야 한다는 사실은 언급하지 않았다.

"앨프리드가 버트의 형 같아." 데이지의 어머니가 돌아서서 딸을 껴안으며 말했다.

"이제 저희 가야 할 시간이에요." 에밀리가 말했다.

레인 부인은 또 한번 현관에 서서 아까 남자들과는 반대 방향으로 떠나는 두 젊은이를 배웅했다.

최고의 시절

이제 에밀리와 앨프리드는 모든 면에서 운이 좋은, 삶의 전성기를 보내고 있었다.

"그 좋은 시절을 다시 한번 살 수만 있다면." 내 어머니는 그 나날을 격렬히 품에 안아 고이 간직하듯 그렇게 말하면서, 그 시절이 끝나버린 것이 남편의 책임인 양 흘겨보았다.

"그래." 아버지는 말했다. "참 좋은 시절이었지. 아, 정말로 즐거웠어."

레드웨이 농장의 앨프리드는 사실상 평생을 보낸 곳에서 살고 있었다. 아주 어릴 때부터 그는 농부의 아들들과 농장들을 누비며 놀았다. 배수로나 산울타리나 들판은 그의 놀이터였고, 버트는 지금이나 그때나 그의 특별한 친구였다. 두 젊은이는 품팔이 인부들을 감독하며 일하거나 둘이서만 일하기도 했고, 해가 지면 앨프리드는 버트와 주점에 동행했다가—앨프리드의 주된 임무—저녁을 먹으러 함께 집에 돌아왔다. 그는 레드웨이의 집에서 아들처럼 살았다. 앨프리드는 가축 돌보기를 좋아했고 버트는 곡식 농사를 맡았다. 여름 내내 주말이 되면 앨프리드는 크리켓을 하고 당구와 스누커 시합에도 나갔다. 버트가 경마장에 가기를 좋아해서 시간이 되면 되도록 함께 가기도 했다. 까만 곱슬머리에 덩치가 크고 혈색이 붉고 웃음소리가 요란한 이 서글서글한 남자는 소탈한 성격만큼이나 상황에 안 맞게 과음하는 경향으로도 유명했기 때문이다. 앨프리드는 자주 버트의 손에 들린 커다란 맥주잔을 내려놓고 너무 늦기 전에 집으로 데려갔다. 그는 버트의 부모님이 그 문제에 관해 자신을 얼마나 의지하는지 알고 있었다.

그는 춤도 좋아해서 토요일에 근처에서 크고 작은 댄스파티가 있으면 몇 마일이든 걸어갔다가 새벽녘에 다시 걸어서 돌아오기도 했다.

그러니 앨프리드의 삶은 격한 노동과 격한 놀이로 이루어졌지만, 이동도서관 회원이었던 레인 부인 덕에 책도 꽤 읽었다. 버나드 쇼, H. G. 웰스, 제임스 매슈 배리—이런 작가들에 관해 레인 부인, 그리고 역시 정치를 좋아하는 레인 씨와 담소를 나누었다. "난 진정한 토리당* 당원이야" 하고 레인 씨가 선언할 때는 사회주의자이자 평화주의 성향인 아내를 놀리려는 뜻도 있었다. 앨프리드는 짬이 나면 레인 가족을 찾아가 함께 토론도 하고 책과 잡지를 빌리기도 했다.

그는 좋아하는 보드빌** 공연장에 가거나 연극을 보러 런던에 갔다.

* 영국의 보수정당.

** 마술, 희극, 곡예, 노래, 무용, 동물 쇼 등으로 이루어진 통속적인 공연물로 19세기 말과 20세기 초에 유행했다.

레인 부인 말대로 '아가씨들'을 보러 들르기도 했다. "앨프리드, 우리 아가씨들에게 가보고 와서 어떻게 지내는지 좀 말해줘."

그들이 사는 '플랫'은—여자들이 플랫에 살며 스스로 부양하는 일은 이젠 과감한 모험은 아니더라도 여전히 새로운 경향이었으므로 그렇게 불렸지만—실은 병원 근처에 사는 노동자의 주택에서 세놓은 뒷방 두 개에 불과했다.

"공연을 보고 난 뒤 저녁 먹으러 다니는 것도 정말 좋았어." 그는 몇 해가 지나고 수십 해가 지난 뒤에도 그렇게 추억했다. "아, 정말 즐거웠지. 트로카데로 레스토랑에서, 카페 로열에서." 그렇지만 콜체스터로 돌아가는 마지막 기차를 타야 한다는 문제가 있었다. 그래서 그는 몇 번인가 아가씨들의 집 거실 바닥에서 웅크리고 잘 수밖에 없었는데, 그 집 안주인인 브루스 부인은 결혼 안 한 여자들이 사는 데서 젊은 남자가 잔다며 싫어했다.

"하지만 브루스 부인, 전 저애들을 평생 알고 지냈어요." 앨프리드가 말했다. "누이들이나 마찬가지라고요."

"하지만 내가 알기론 누이들이 아니거든요." 브루스 부인은 얇은 입술을 앙다물고 가슴을 거만하게 내민 채 팔짱을 단단히 끼고 말했다. "난 어쨌든 싫다고요." 부인은 그가 오기만 하면 아가씨들이 있거나 없거나 갑자기 방문을 벌컥 열곤 했다. 노크도 없이……

"그런디* 부인이었지." 내 아버지는 수 해, 수십 해가 지난 뒤에도 그녀를 언급했다. "그런디 부인." 그 시절의 소설과 회고록에서 발견할 수

* 남들의 행동을 감시하고 비판하는 편협한 사람을 대변하는 이름.

있는 도덕적 여인의 본보기. 그녀는 어떤 사람이었나? "브루스 부인은 내 어머니 같았어." 앨프리드는 노인이 되어서도—음, 나이가 들수록 더더욱—그렇게 말했다. "고약하게 말할 여지가 있다면 절대로 좋은 말을 하지 않아. 그런디 부인은 다른 사람 모두가 깨끗하고 말끔하다고 하는데도 바닥에서 먼지와 때만 찾는 사람이거든."

앨프리드는 런던 나들이에 가서 에밀리를 보기는 했지만 자주는 아니었다. 데이지가 집에 있는 때가 많았고, 그러면 그녀는 미안한 듯 굴었다.

"에밀리가 어떤지 알잖아." 그녀는 말했다. "어찌나 활동적인지. 나도 며칠씩 못 볼 때가 있어. 불쑥 나타났다가 휙 사라져버려. 아, 너도 그렇잖아." 데이지는 앨프리드가 더 자주 와서 더 오래 머물기를 바라서 그렇게 말했다.

에밀리가 '활동적'이라면 그는 아니던가?

"내게도 에밀리 같은 활력이 있었다면." 데이지는 한탄하곤 했다. "어디서 그런 활력이 생기는 걸까?"

"아이고," 레인 부인은 말하곤 했다. "잠깐 앉아봐라, 앨프리드. 차 한 잔 마시라고. 내가 만든 이 케이크, 너 좋아하잖아."

"돼지들을 옮겨야 하고…… 곧 새끼를 낳을 암소도 있는데다, 위쪽 들판에서 비트를 거둘 때가 됐어요." 앨프리드는 그녀가 그의 어깨에 양손을 올려 의자로 밀고 가는 동안 그렇게 말했다.

"네 얼굴 보기가 너무 힘들구나, 앨프리드. 게다가 데이지도 요즘엔 시간이 별로 없나봐. 그리고 에밀리는—다음달 큰 행사가 열리는 날 올지도 모르지."

안 올지도 모르고.

"우리가 어떻게 그랬지?" 내 아버지는 젊은 날의 자신을 돌아보며 어머니에게 따져 묻곤 했다. "세상에, 그때를 생각하면……"

"누가 알겠어." 내 어머니는 한숨을 내쉬며 말했다. "그 시절에 나는 피곤한 줄을 몰랐어."

왕립자선병원에서 맥비 간호사로 불리던 에밀리는 자신의 일을 사랑했다.

'규율에 엄격한 경향이 있지만 늘 공정한 사람.' 이는 데이지로, 에밀리와는 다른 길을 밟아나가고 있었다.

에밀리는 학교 친구들과 테니스를 쳤고, 노년에 그들에게 쓴 편지에는 늘 이런 말이 있었다. "기억나니……"

에밀리는 피아노를 열심히 쳤고, 그 시기에 기말시험도 치렀는데 감독관들은 그녀에게 원한다면 콘서트 피아니스트가 되어도 좋겠다고 말했다. 그녀는 랭엄 플레이스에 있는 세련된 교회 올소울스에서 열리는 예배에서 오르간을 연주했다. 연주회나 독주회에서, 병원의 사교 행사에서, 심지어 간호사들의 댄스파티에서도 연주했다. 에밀리 맥비 간호사는 참 괜찮은 사람이었다.

그 시절에 새어머니가 연락을 해서 아버지가 보고 싶어하는 것 같다고 알렸다.

하지만 아버지는 연락하지 않았다.

에밀리는 예전에 살던 집에 가서 점심을 먹었다. 아마 그뒤로도 몇 번 더 갔을 것이다.

"하지만 아버지를 용서하지 않았어, 절대로, 절대로." 그녀는 눈을 빛내며 주먹을 꽉 쥐고 말하곤 했다.

아버지의 말을 거역하고 독립해서 아주 잘 살아왔고 그 자신이나 가족에게, 모두에게 분명 자랑거리인 딸이 하는 '용서'는 무슨 의미였을까?

"아버지, 감사합니다. 아버지께 많은 신세를 졌어요." 이건가?

아, 그녀는 분명 아버지에게 많은 신세를 졌다.

"아버지가 안 계셨다면 저는 절대로……"

진실일지도.

하지만 그녀는 간호사 수련 기간을 잊을 수 없었다. "정말이지 너무 고생스러웠어. 너무 힘들었어." 그런데 그 말은 신입 간호사 생활의 중노동에 대한 것이 아니었다.

"배가 너무 고팠어. 우리 모두 그랬지. 제대로 된 손수건을 살 돈도 없었어." 그녀는 눈물을 흘리며 호소했다. "급여가 형편없었지. 장갑 한 켤레도 살 수가 없었단다." 내 어머니는 내게 말했다. 허구한 날 관목숲 어딘가에서 흙 묻은 맨다리에 생가죽 구두, 가게에서 할인된 드레스를 길이를 줄여 고친 원피스 차림으로 뛰어놀고, 알을 품고 있는 암탉을 만지다가, 혹은 철조망 울타리 위를 넘어가다 손을 긁힌 채로 돌아다니던 여자애에게 말이다. 장갑이라니!

"좋은 장갑을 살 수가 없었어. 보잘것없는 용돈이라도 있었으면…… 소소한 푼돈이라도."

어머니는 우편이 오는 날 뱅켓*에 갈 때는 항상 새 리본을 맵시 있게

* 짐바브웨 서북쪽에 위치한 소도시.

묶은 적절한 모자를 쓰고 조그만 단추가 달린 장갑을 꼈으며 반짝이게 닦은 구두를 신었다. 핸드백 안에는 새로 빤 흰 리넨 손수건이 들어 있었다. 그리고 그 지역 여자들 모두 특별한 행사 때 입는 '맞춤' 원피스를 입었다. 어느 대도시의 중심가를 걸어도 빠지지 않을 차림새였다.

하지만 어머니는 자기 아버지가 용돈을 주었다면 받았을까? 나는 아니라고 생각한다.

에밀리는 연주회나 극장에 가기를 즐겼고 춤은 그리 좋아하지 않았지만, 데이지는 앨프리드를 상급 간호사들의 크리스마스 댄스파티에 초대했고 거기에서 그는 벳시 서머스라는 여자와 저녁 내내 춤을 추었다. 동글동글 곱슬거리는 금발에 더우면 볼이 얼룩덜룩해지는 작고 통통한 여자였다. 아는 사람들은 자기들끼리 벳시가 레인 부인과 많이 닮았다고 평했다.

결혼—이제 그것이 큰 도약이겠지?

레드웨이 씨는 친절한 사람이었고 앨프리드는 삯일꾼보다 훨씬 많은 돈을 받았지만, 아직은 결혼하기에 충분하지 않았다. 벳시에게 레드웨이의 집에서 살자고 할 수도 없는 노릇이었다.

앨프리드가 어느 간호사를 만나러 틈만 나면 런던에 들락거린다는 소문이 돌았다. 레드웨이 씨는 위쪽 들판의 새 외양간을 살피러 가는 앨프리드를 따라나섰다.

앨프리드는 무슨 말이 나올지 궁금했다. 아마도 버트의 음주 문제겠지.

레드웨이 가족의 집은 예전에 가세가 기울어 분할 매각된 넓은 저택의 관리인 건물이었다. 레드웨이 가족의 집 말고도 종류와 크기가 다양한 오두막집이 많았고 일꾼들과 그들의 가족이 거기에서 살았다. 위쪽 들판 옆에 있는 작은 숲에서 레드웨이 씨는 앨프리드와 함께 서서 그곳에 넓은 주택을 지을 계획이라고 말했다. "물론," 레드웨이 씨가 말했다. "버트가 거기에서 살 수도 있겠지. 하지만 난 그애가 우리집에 있으면 좋겠어." 앨프리드는 그 말의 뜻을 알아들었다. 레드웨이 씨와 그의 대화는 이런 식이었다. 많은 것을 말하지 않고 남겨두었다. 당시에 버트는 이미 상당한 골칫거리였고 앨프리드가 계속 함께 살며 버트를 돌봐주기를 기대하는 것은 무리였다. "결혼하고 싶다면," 레드웨이 씨가 말했다. "네가 그 집에서 살아도 돼. 내가 널 챙겨주마." 이때 대략 다음과 같은 말을 할 수도 있었을 것이다. '앨프리드, 네가 우리 아들이었으면 얼마나 좋겠냐. 그러면 아무 걱정 없이 네게 농장을 물려줄 수 있겠지. 하지만 넌 우리 아들이 아니니, 최선의 대안을 찾아야겠지. 버트가 결혼할 생각이 있다면, 그렇다면…… 하지만 그애에겐 아무 계획이 없는 것 같으니.' 다음 말은 밖으로 나왔다. "벳시 서머스라고? 켄트 출신인가? 주말에 한번 데려오지 그래? 우리 연례행사에 데려와도 괜찮겠구나. 벳시가 크리켓을 좋아하나?"

"그랬으면 좋겠네요." 앨프리드는 웃으며 말했다. "좋아하지 않는다면 좀 견디기 힘들겠죠."

그렇게 앨프리드의 미래가 결정되었다. 앨프리드는 레인 부인 옆 의자에 앉아 그가 경기에서 뛰는 모습을 지켜보는 벳시를 생각하면 기분이 좋았다.

그러면 밖으로 나오지 않은 말은 무엇이었을까? '우리가 그애를 미리 소개받고 싶다는 건 너도 알겠지. 우리와 잘 어울릴 사람이려나?'

아들이 신부를 데려오려 할 때, 단단히 뿌리내린 지역사회에서는 이렇게 반응한다. 그 여자가 우리에게 섞여들 수 있을까?

"지붕에는 짚을 얹을까, 슬레이트를 얹을까?" 레드웨이 씨가 물었다.

"슬레이트가 좋겠어요." 앨프리드가 대답했다. "화재에 더 안전하니까요."

그는 집이 완공되면 벳시에게 청혼하겠지만 서두를 필요는 없었다. 그녀를 사랑하는 것 같긴 해도 독신생활이 정말 너무 즐거웠다. 그런데 운명이 결정적인 전환을 가져왔다. 어느 날 런던에 갔을 때, 그는 아가씨들의 플랫에 가서 저녁을 먹은 뒤 옆구리 통증 때문에 바닥을 뒹굴며 신음했다. 왕립자선병원까지는 걸어갈 수도 있는 거리였다. 데이지가 병원으로 달려가 들것을 챙긴 환자 이송 담당자들과 함께 돌아오는 동안 에밀리는 그를 앞쪽 현관으로 데려갔다. 제시간에 수술실로 옮겨진 터라 그는 목숨을 구할 수 있었다. 맹장 파열이었다. 병원에 오래 입원해 있는 동안 앨프리드는, 그렇다, 벳시를 정말로 사랑한다고 확신하게 되었다. 그들은 약혼을 했다. 그사이 에밀리 맥비는 심장의학과의 의사 마틴화이트 선생과 약혼했다고 알렸다. 맥비 간호사의 병동 사무실에서 조촐한 파티가 열렸다. 앨프리드도 목발을 짚고 데이지와 함께 구석에 서서 지켜보았다. 벳시는 어딘가에서 당직을 서고 있었다.

"아주 괜찮은 친구 같아 보인다." 앨프리드가 데이지에게 호평했다.

마틴화이트 선생은 앨프리드가 주변에서 늘 만나는 농부나 일꾼이나 시골 사람과는 아주 달랐다. 키가 큰 편인데 몸은 지나치게 말랐고 주제넘게 굴었다고 느끼는 양 머뭇거리는 태도를 보였으며 얼굴은 사려 깊고 예민해 보였다.

1916년에 일어난 일이었다.

현실에서 내 아버지의 맹장은 솜전투 직전에 터졌고, 덕분에 다른 중대원들과 함께 전사하는 운명을 피했다. 참호로 귀환한 뒤에는 오른쪽 다리에 유탄을 맞아 파스샹달전투에 나가지 않을 수 있었다. "참 운이 좋지." 아버지는 말하곤 했다. 하지만 뒤에 덧붙였다. "그러니까, 살아남는 데 큰 의미를 둔다면 말이야."

이제 상황은 급진전했다. 벳시는 당장 앨프리드와 결혼할 수 있다면 간호사 교육을 한 해 남기고 그만두어도 상관없다고 말했다. 나중에 더 편안한 시기에 결혼하게 되리라 생각했던 앨프리드는 한시도 헤어지기 싫다는 벳시의 말을 듣고 자신도 같은 마음임을 깨달았다. "왜 기다려야 해?" 그녀가 말하자 앨프리드도 맞장구쳤다. 하지만 어디에서 산단 말인가? 그들의 집은 완공되려면 아직 멀었다. 결국, 레드웨이 가족의 집에서 결혼생활을 시작해야 한다는 뜻이었다. 이는 또한 벳시를 소개할 만남을 미룰 수 없다는 뜻이기도 했다. "당연히 날 좋게 봐주시겠지." 그녀는 일이 잘될 거라고 확신하며 말했다. 벳시는 사람들이 자신을 좋아한다는 것을 알았다. 레드웨이 가족이라고 왜 싫어할까? 하지만 앨프리드에게는 레인 부인이 당장 벳시를 만나는 게 더 중요했다. 레인 부인이 찬성하지 않는다면…… 벳시를 포기할 각오가 되어 있나? 실제로 그 질문이 앨프리드에게 강력히 떠올랐다. 아니, 그렇지 않다. 바로 그렇게, 앨프리드는 진정으로 벳시가 자신에게 없어서는 안 될 사람임을 깨달았다.

걱정할 필요는 없었다. 레인 부인은 소중한 앨프리드가 택한 사람이 오기를 창가에 서서 기다렸다. 대문 앞에 통통한 금발 아가씨가 서 있었다. 레인 부인이 앨프리드에게 묘사한 대로 '부들부들 떨면서'. 레인 부인은 대문으로 달려나가 벳시를 껴안았다. "오, 잘 왔다, 우리 벳시." 앨프리드의 또다른 어머니가 노래하듯 말했다. ("내게 친모보다 더 어머니다웠던 분.")

두 여자는 서로의 품에서 울었고 레인 부인은 앨프리드에게 운이 좋은 사람이라고 말했다. "사랑스러운 아이로구나, 앨프리드. 오, 잘됐다."

레드웨이 가족의 집에서는 즉시 문제가 생겼다. 앨프리드의 약혼녀가 저녁을 먹으러 온다는 소식에 버트는 술을 마시다가 집으로 돌아왔고 곧바로 그녀를 맘에 들어했지만 반쯤 취한 터라 그런 마음을 간혹 유쾌하지 않게 표현하며, 짓궂게 장난치고 지분거렸다.

벳시는 잘 대처했고, 곧 '시아버지와 시어머니'가 될 이들은 그 모습을 조용히 지켜보며 좋은 점수를 주었다.

버트는 앨프리드에게 운좋은 녀석이라고 말했다.

얼라이드 은행의 연례축제가 다시 열렸을 때 벳시는 참나무 밑에서 레인 부인 옆에 앉아 부인이 알려주는 때에 맞춰 박수를 쳤다. 그날 오후에는 앨프리드 테일러가 나온다는 이유로 꽤 많은 군중이 몰렸고, 벳시는 가장 그다운 모습의 앨프리드를 처음으로 보았다.

앨프리드와 벳시의 결혼 축하연은 두 번 열렸다. 첫번째는 켄트에서 올린 진짜 결혼식으로, 그곳에서 앨프리드는 자신이 화목한 대가족의 일원이 되었음을 깨달으며 놀랐다. 그는 늘 자기 가족보다 다른 사람들의 가족을 더 좋아했다. 에밀리는 가지 않았다. 새 가정을 꾸릴 준비로 바빴기 때문이다. 데이지와 레인 부인은 참석했다. 추수가 끝나면 레인 부인이 두 사람을 위한 파티를 다시 한번 열 예정이었다. 그사이 에밀리 맥비의 결혼식 초대장이 앨프리드와 벳시에게 도착했다. 최고급 도자기처럼 섬세한 카드로 만든 우아한 초대장이 레드웨이 가족의 집 아침 식탁에 놓여 있었고, 그것을 본 버트가 노발대발 화를 냈다. 그는 벳시가 온 뒤로 상태가 나빠져 술을 더 많이 마시며 무슨 일에든 예측할 수 없는 감정적 반응을 보였다. "이것 좀 보게." 그가 비아냥거렸다. "에밀리 맥비는 자기가 뭐라고 생각하는 거야? 무슨 거물 귀부인이라도 되는 모양이지?"

버트는 그전까지 에밀리를 주의깊게 본 적이 별로 없었고 아마도 그녀가 누군지도 잘 몰랐을 것이다. 그런데 이제는 계속 떠들어댔다. "그 교회에서 결혼식을 하네, 그렇지? 그리고 넌 착한 소녀처럼 종종거리며 그 결혼식에 가겠지?"

벳시는 담담하게 말했다. "버트, 난 에밀리를 오랫동안 알았어. 에밀리가 일하는 병동에서 수습간호사로 일했으니까. 에밀리가 내 교육을 담당했고, 내게 잘해주었어. 그곳 간호사 중에는 진짜 못되게 구는 사람이 많았는데 에밀리와 일한 건 행운이었어."

"맥비 간호사가 거물 귀부인이 되었군." 버트가 소리쳤다. 그러고는 앉은 자리에서 고개 숙여 절하는 모습을 서툴게 흉내내다가 토스트 꽂이를 뒤엎었다.

"조심해라." 레드웨이 씨가 말했다. "난 에밀리 맥비가 좋더라. 메리레인을 자주 찾아왔잖아."

"그럼 이젠 안 오겠네요." 버트가 말했다. "너무 고귀해져서 말이죠. 젠장할 세인트바살러뮤교회라네. 피로연은 사보이호텔." 그러더니 초대장을 움켜쥐고 곧 찢을 것처럼 굴었다.

벳시가 초대장을 빼앗으며 말했다. "버트, 에밀리는 내 친구야. 그걸 기억해줬으면 좋겠어."

"기억!" 버트가 외쳤다. "앞으로 그 고귀한 친구들을 퍽 자주 들먹이겠군."

이런 경우에 늘 편두통을 써먹는 레드웨이 부인이 자리에서 일어나며 "두통이……" 하고 중얼거리다 부엌에서 나갔다.

"그만해라, 버트." 레드웨이 씨가 말했다.

"그리고 이젠 앨프리드도 네 성에 찰 만큼 고귀하지 않겠지." 버트가 말했다.

대개는 그보다 더 심한 버트의 '장난'에도 잘 대처하던 벳시가 울음을 터트리며 침실로 가버렸다.

레드웨이 씨는 허옇게 질리도록 화가 났다. "이보다 더 수치스러울 수 있을까……" 그러더니 밖으로 나가버렸다.

앨프리드가 말했다. "자, 버트, 이 모든 짓을 이젠 멈출 때가 됐어." 그는 '모든 짓'에 그의 음주도 포함된다고 생각했을 것이다. 하지만 버트는 취하지 않았다. 그런데도 물 한 잔, 차 한 컵만 마셔도 간밤의 취기가 되살아나는 지경에 이르렀다.

"이제 나도 질리려고 한다, 버트. 벳시를 울리는 짓은 이쯤 해서 그만둬."

"그냥 장난이었어." 버트가 말했다. 아버지가 나가버리고 앨프리드도 싫은 소리를 해서 제대로 마음이 상한 상태였다. "농담 좀 한 거야. 그뿐이라고."

"요즘 얼마나 자주 너 때문에 우는 벳시를 달래줘야 했는지 모르겠다."

"별일도 아닌데 유난스럽게 구냐." 버트가 발끈해서 말했다.

"버트, 계속 그렇게 벳시를 들들 볶아야겠다면 난 우리집이 완공될 때까지 벳시를 데리고 레인 씨네 집에 들어가 살 거야."

"넌 못 그래…… 넌 안 그럴 거야……" 버트는 진심으로 충격을 받았다.

"아니, 그럴 거야." 앨프리드가 말했다. "내 말 들어, 버트. 잘 들으라고……" 앨프리드는 몸을 기울여 버트의 어깨를 움켜쥐고 자기 말을 듣게 했다. "벳시는 내 아내야." 앨프리드가 말했다. "벳시가 우선이라고."

충격받은 버트는 금방이라도 울 듯했다. "하지만 앨프리드, 넌 안 그럴 거야…… 못 그럴 거야."

"그럴 거야." 앨프리드가 말했다.

"하지만 그렇게 심각한 일 아니야." 버트가 말했다. "정말로 그렇게 심각하지……"

"네가 벳시를 울리면 난 네 진심이 아니라고 변명해야 해. 하지만 이젠 끝이야."

"하지만 난 벳시를 사랑해." 버트가 말했다. "울리는 게 아니라, 그냥 장난을 좀 치는 거야."

"야," 앨프리드가 버트를 노려보며 말했다. "벳시를 사랑하는 건 나야. 벳시는 내 아내야."

버트가 말했다. "하지만 너도 벳시를 안 지 얼마 안 됐잖아." 그러다 너무 터무니없다는 생각이 들었는지 얼굴을 붉히며 말했다. "내가 미안하다고 말할게." 그러고는 벳시가 피신한 침실로 달려가 노크를 하고 안으로 쳐들어갔다. 벳시는 침대 위에서 울고 있었다.

"벳시," 버트가 외쳤다. "벳시, 미안해. 난 어설프고 무식한 놈이야. 정말로 미안해. 벳시."

앨프리드는 몇 분간 기다렸다가 문을 열었다. 버트는 벳시 옆에서 바닥에 무릎을 꿇고 머리를 그녀의 무릎에 대고 있었다. 잠든 것처럼 보이기도 했다. 벳시가 손짓으로 말했다. '구해줘……' 앨프리드가 다가가 버트를 일으키며 말했다. "자, 친구, 이제 됐어." 그는 버트를 팔로 감싸안고 방 밖으로 이끌었다.

"고마워." 그들이 방에서 나가는 동안 벳시가 말했다.

벳시와 데이지는 에밀리의 결혼식에서 신부 들러리가 되기로 했고, 이날은 벳시가 런던에 가서 예행연습에 참여하고 드레스를 가봉하기로 되어 있었다.

그녀는 신부 들러리 대표가 되어줄 레인 부인과 함께 갈 예정이었다.

이윽고 벳시가 런던 나들이를 위해 옷을 차려입고 방에서 나왔을 때 두 남자는 아직 아침 식탁에 앉아 있었다.

그녀는 버트를 외면하며 앨프리드에게 말했다. "난 지금 갈게. 당신은 안 오는 게 낫겠어." 버트는 울고 있었다. 알코올중독자의 병적인 자기 연민의 눈물이었다. 마치 앨프리드가 그를 심하게 나무라기라도 한 것처럼 보였다.

앨프리드는 늘 그녀와 함께 런던에 갔었다. 벳시, 앨프리드, 레인 부인은 즐거운 일행이었다.

밖에서 레드웨이 씨가 그녀를 기다린 듯한 모습으로 서 있었다.

"내가 같이 가마." 그가 말했다.

벳시와 시아버지는 마당길을 함께 걸어갔고 길은 금세 진흙탕으로 변했다.

바퀴자국이 푹 파인 진흙길에 이르자 레드웨이 씨가 말했다. "잠깐 기다려라. 내가 저쪽으로 옮겨줄 테니." 그는 커다란 팔로 벳시를 들어 올려, 가장 질척한 십 야드뿐만 아니라 진흙이 아예 없어지는 곳까지 옮겨주었다. 그는 벳시를 가만히 내려놓고 말했다. "버트는 신경쓰지 마라. 그렇게 나쁜 아이는 아니란다, 정말이야. 그리고 네 남편 앨프리드가 잘 해결할 거야."

벳시는 고마워서 말했다. "감사합니다. 제가 어리석어서 화를 냈어요."

그동안 버트는 앨프리드에게 말했다. "너는 나랑 같이 있을 거지? 넌 런던에 안 갈 거지?"

"그래, 난 너랑 있을 거야." 앨프리드는 말했다. 하지만 언제까지 이런 식으로 버트의 문제에 맞춰야 하는지 의문이 들었다.

"자, 가서 옥수수나 살펴보자, 버트."

버트는 에밀리도, 결혼식도 다시 입에 올리지 않았다. 벳시와 함께 런던에 가서 결혼식에 참석했을 법한 앨프리드는 그날이 오자 이번에도 버트에게 자신은 가지 않는다고, 남아 있겠다고 말했다. 레드웨이 씨가 옆에서 보다가 말했다. "고맙구나, 앨프리드." 그러고는 앨프리드와 벳시의 집을 짓는 현장에 함께 갔다. 버트와 앨프리드와 레드웨이 씨가 함께 서서 건설 인부들을 바라보며 이런저런 제안을 하고 있는데, 버트가 불쑥 말했다. "벳시가 그 드레스를 입으니 정말 예쁘던데."

"하지만 결혼식 때 입을 옷은 그게 아니야." 앨프리드가 말했다.

버트는 다시 분노, 비난, 책망으로 폭발할 조짐을 보였다.

레드웨이 씨가 말했다. "생각을 좀 해, 버트. 이게 다 무슨 짓이냐? 에밀리 맥비가 결혼식을 할 거야. 그게 다야. 그게 전부라고."

앨프리드가 에밀리의 결혼식에 가지 않은 것은 바로 그런 이유였다.

하지만 문제는 에밀리는 결혼을 했지만 버트는 못했다는 것이었다. 사람들이 버트에게 이제 곧 장가가겠다고 놀릴 만큼 진행된 관계가 결국 깨져버린 일이 여러 번 있었다. 그는 가족과 앨프리드에게 숨기고 구애를 하곤 했는데, 지난주에는 굉장히 좋아했던 여자와 댄스파티에 갔다가 집에 데려다줄 때 땅에 쓰러져 심하게 토하는 모습을 보이고 말았다. 이건 자신이 마음에 그리는 미래가 아니라고 그 여자가 말했다. 앨프리드는 그 일에 대해 알았지만 부모님은 몰랐고, 버트는 말하지 말아달라고 사정했다.

"부모님이 결혼하라고 날 들볶는데, 넌 그래도 괜찮은가보다."

근래에 버트는 벳시를 계속 눈으로 좇거나 그녀가 보이면 미소를 지으면서도 자기 행동을 자각하지 못했다. 벳시는 앨프리드에게 "버트는 꼭 로버처럼 굴어"라고 말했다. 로버는 레드웨이 씨의 커다란 검은 개로 벳시를 좋아했다.

그러다 벳시가 아기를 가져 입덧이 시작되었고, 의사는 쌍둥이가 생긴 것 같다고 우스갯소리를 했다. 초기부터 배가 급격히 불러와서, 과연 아기가 태어나는 때에 맞춰 집이 완공될 것인지가 문제였다.

"완공되면 좋겠구나. 여기에는 아기를 키울 공간이 없잖아." 레드웨이 부인이 투덜거렸다. 상당한 규모라 할 수 있는 이 집에서 버트를 키웠으면서도.

버트가 저녁에 취해서 돌아오면 벳시는 그를 나무랐고 버트는 핑계를 댔다. 그러던 어느 아침에 식사하러 부엌에 들어온 그의 볼에 벌겋게 부푼 상처가 있는데도 그는 모르는 듯했다. 상처를 본 벳시가 울면서 말했다. "오, 버트, 이젠 멈춰야 해. 꼭 그래야 해." 버트가 볼을 만지작거리다 상처를 터트리면서 급기야 피가 흘러내렸다. 벳시가 달려가 냅킨으로 지혈하는 사이에 버트는 벳시의 관심을 받으니 상처가 좀 날 필요도 있겠다고 농담을 지껄였다.

"재미있지 않아, 버트." 그녀가 말했다. "내 사촌 에드워드도 이러는 거 본 적 있어. 에드워드도 당신처럼 술꾼이었고 술을 좀처럼 끊지 못했는데, 건초 수레를 브레이크도 안 걸고 놔뒀다가 후진하는 수레에 치여 죽었어."

레드웨이 부인이 숨가쁘게 키득키득 웃었다. 그녀는 아들의 음주벽이 여러 단계와 상태를 거쳐 심해지는 것을 옆에서 봤으면서도 모른 척하겠다고 결심한 듯했다.

"오, 벳시." 그녀가 투덜거렸다. "버트는 그게 아니고…… 그게 아니고……"

"그거 맞아." 레드웨이 씨가 말했다. "그리고 벳시 말이 옳다, 버트. 이젠 멈춰야 해."

"안 그러면 우리 조지 삼촌처럼 될 거야." 벳시가 말했다. "삼촌은 이삼 년 전 크리스마스에 과음으로 돌아가셨어."

“벳시에겐 우리에게 교훈이 될 만한 친척이 한없이 많아.” 앨프리드가 말했다.

“그래, 정말이야.” 그녀는 말했다. “대가족 안에서 살면 그런 장점이 있지. 앨프리드 당신은 그렇지 않아서 안됐어.”

“음, 내겐 형이 있지.” 앨프리드가 말했다. “하지만 샴페인만 마시는 부류일 거야.”

“샴페인은 안 좋아.” 버트가 말했다. “머리만 아프지.”

“난 농담 아니야.” 벳시가 말했다. 그녀는 앨프리드의 오만한 형을 싫어했다. “그리고 우리 오빠 퍼시도 있잖아. 오빠에게 술꾼이라고 하는 사람은 없지만, 술꾼 맞아. 알코올중독 섬망증도 머지않았어.”

앨프리드가 웃음을 터뜨리더니 숨까지 컥컥거렸다.

“오, 벳시.” 그가 말했다.

그의 웃음에 안심한 버트가 따라 웃자 벳시는 매섭게 말했다. “장난이 아니야. 어서 멈추지 않는다면, 버트, 당신은 급작스럽게 죽고 말 거야.”

앨프리드가 다시 웃자 벳시는 울면서 부엌을 나갔다.

“못됐구나.” 레드웨이 씨가 말했다. “안 그래도 힘든 애를 놀리면 되겠냐?” 벳시가 눈이 빨개져서 돌아왔고 레드웨이 씨는 자리에서 일어나 그녀를 의자로 데려갔다. “네 말이 옳다, 벳시.” 그가 말했다.

“제가 하려던 말을 마저 할게요.” 벳시가 말했다. “우리 조지 삼촌이 상태가 아주 심해지자 런던에 있는 어떤 사람을 찾아갔어요. 유명한 의사예요. 버트도 거기에 가야 해요.”

궁지에 몰렸음을 깨달은 버트가 알겠다고, 언제 한번 가보겠다고 말했다.

"아니," 벳시가 말했다. "내가 데려갈게. 어머니께 주소 알려달라고 해서 편지로 예약을 잡을게."

벳시는 바로 행동에 옮겼다.

병원 예약일에는 날씨가 더워서 얼굴이 상기되고 몸이 불편한데도 그녀는 앨프리드에게 고집했다. "아니, 내가 데려갈 거야. 당신이 가면 버트는 당신을 따돌리고 주점으로 가겠지. 버트는 날 무서워하잖아, 하지만 당신은 무서워하지 않아."

"무서워한다고?" 앨프리드가 말했다. "당신을 무서워할 사람이 어디 있어?"

"보면 알아." 벳시가 말했다.

레드웨이 씨는 역에 갈 때 늙은 흰 암말을 타고 가라고 권했지만 벳시는 말이 흔들려서 불편할 거라고, 그냥 걸어가겠다고 말했다.

레드웨이 씨와 앨프리드, 버트와 벳시는 바큇자국이 움푹 파인 흙길을 걸어 역으로 갔다.

벳시는 더위 때문에 많이 힘들어 보였지만 "너무 신경쓰지 마. 난 괜찮아. 이건 중요한 일이잖아" 하고 말했다.

그녀는 차장에게 뇌물을 주고 단독 객실 자리를 잡아 버트와 함께 기차에 올랐다.

앨프리드와 레드웨이 씨는 기차가 멀어지는 모습을 바라보았다.

"아, 앨프리드." 레드웨이 씨가 말했다. "정말 야무진 여자를 만났구나."

"네," 앨프리드가 대답했다. "알아요."

런던에서 벳시는 버트의 팔짱을 끼고 말했다. "자, 버트, 술 마시려고 도망가면 안 돼."

딱 그런 계획을 세우고 있던 버트가 말했다. "약속할게."

윔폴 스트리트에 있는 의사의 진료실에서 벳시는 접수 담당자에게 레드웨이 씨가 왔고 자신이 대신 예약한 사람이라고 말한 뒤 그의 팔을 잡고 대기실로 들어갔다.

"이런, 벳시, 날 너무 심하게 몰아대는 거 아니야?"

"아니. 꼭 해야 하는 일이야, 버트."

접수 담당자가 그들을 부르자 벳시는 그를 진료실 앞으로 데려가 안으로 들인 뒤 대기실에 털썩 주저앉았다. 정말로 녹초가 된 기분이었다.

하지만 그녀는 진료실 문에서 눈을 떼지 않고 있다가 한 시간이 넘는 긴 상담 뒤에 문이 열리자 얼른 달려갔다. 그녀는 버트를 데리고 나오며 의사에게 미소를 머금고 말했다. "편지를 쓴 사람이 저예요."

"참 훌륭한 편지였어요." 저명한 의사가 말했다.

거리로 나온 뒤 버트는 벳시가 벌겋게 달아올라 땀을 흘리는 것을 보고 택시를 불러 부축해 태웠다.

그 와중에도 그녀는 버트의 팔을 꽉 잡고 기차 앞까지 갔고 다시 차장에게 뇌물을 주고 단독 객실에 자리를 잡았다.

그날은 버트가 술을 마시지 않은 터라 차장은 버트보다 벳시를 보고 더 불안해했다.

도착역에는 레드웨이 씨와 앨프리드가 나와 있었고, 그들은 벳시를 양쪽에서 부축해 산사나무 꽃향기가 자욱한 흙길을 따라 집으로 갔다.

"아, 저 냄새," 벳시가 말했다. "토할 것 같아."

하지만 그녀는 끝내 버티고 집에 돌아와 자리에 누웠다.

저녁식사 시간이었다.

레드웨이 부인은 괴롭고 숨넘어가는 목소리로 의사가 뭐라고 했는지 말하라고 재촉했다. 그녀는 '사소한 문제'라는 말을 들으리라 생각한 듯했다. 하지만 버트는 말했다. "지금 술을 끊지 않으면 십 년 안에 죽을 거래요."

레드웨이 부인이 눈가를 훔치며 신음했다. "오, 안 돼." 금방이라도 기절할 듯했다.

"그러니까, 버트," 그의 아버지가 말했다. "이제 끝이다. 정말로 끊어야 해."

저녁식사가 끝났다. 버트는 집 측면에 놓인 벤치로 갔다. 레드웨이 씨의 눈짓에 앨프리드가 그 뒤를 따라갔다. 버트가 빠져나가 주점으로 갔을까봐 겁이 났지만, 그는 늦은 오후 햇살을 받으며 벤치에 앉아 있었다. 그 옆에 앉은 앨프리드에게 버트는 낮은 목소리로 말했다. "나도 생각을 해보게 됐어, 앨프. 정말 그렇게까지 심하다고 생각하진 않았거든."

"꽤 심하긴 했지." 앨프리드가 말했다.

버트는 벤치에 푹 주저앉아 발을 들썩거리고 한숨을 쉬고 기침을 하고 앨프리드를 흘낏거렸다.

"안 돼." 앨프리드가 말했다. 이런 간수 역할이 너무 힘겹게 느껴졌다. 그는 태평한 청년이었는데 지금껏 몇 달간—몇 년간—계속해서 "안 돼, 버트, 안 돼"라고 말해야 했다.

한참 뒤에 버트가 말했다. "난 잘게." 앨프리드는 그가 정말로 집안으로 들어가는지 지켜보지 않았다. 얼마든지 도망칠 수 있을 텐데도 그랬다. 하지만 벳시였다면 지켜볼 거라고, 필요하다면 개입할 거라고 그는 생각했다.

몹시 더운 날씨였고 숨을 들이쉬면 혀에 먼지가 앉았다. 산사나무 꽃향기가 끈적끈적한 손길처럼 느껴졌다.

시냇가를 따라 길게 늘어선 느릅나무 그림자가 그의 발밑까지 늘어졌다. 보릿자루들을 실은 수레가 흙길 위를 지나갔다. 달콤하고 은근한 보리 냄새를 맡으니 거품이 풍성한 에일 맥주 한 잔이 생각났다.

"오, 이런." 앨프리드가 말했다. "버트의 병이 전염되려나."

그는 괴로운 오후를 보냈다. 첫째로, 얼굴이 벌겋게 붓고 볼에 머리카락이 들러붙은 벳시를 보자니 마음이 안 좋았다. 그는 오후 내내 이 상황을 받아들이려 애쓰며 이 년 전의 벳시를 생각했다. 그는 귀엽게 통통하고 예쁜 그 아가씨를 병원 댄스파티에서 봤을 때 '실례합니다'를 연발하며 그녀를 파트너에게서 떼어내 밤새 함께 춤을 추었다. 그런데 지금은 이런 상황이 되었고, 그는 당혹스럽고 어리둥절한 채 여기 앉아서—집 한쪽 귀퉁이의 방에 있는—버트의 동태에 반쯤 귀기울이고, 아내는 몸이 힘들어 누워 있는데, 또 그는……

역에서 벳시를 버트와 기차에 남겨둔 채 나오는 길에 두 여자가 그를 보고 외쳤다. "앨프, 앨프, 오늘밤에 돌리 댄스홀에서 당신을 볼 수 있을까?"

레드웨이 씨가 앨프리드를 매섭게 쳐다보았다. 앨프리드는 '그럼, 물론 볼 수 있지'라고 대답하려다가 정신을 차리고 말했다. "난 유부남이야. 잊었나봐." 그 여자들은 루비와 에설이었고 그는 수많은 댄스파티에서 그들과 춤춘 적이 있었다. 그의 어머니라면 상스럽다고 나무랐을 여자들이지만 그는 상관하지 않았다. 어쨌거나 그 여자들과 결혼하진 않을 거니까! 그들은 재미있었고 무엇보다 춤을 잘 췄다.

"그래," 루비가 외쳤다. "춤추던 시절은 끝났나봐, 앨프."

그리고 에설이 말했다. "안타까워, 앨프리드."

칼이 가슴에 박혔대도 더 아프진 않았을 것이다. 그렇다, 춤추던 시절은 끝났다. 그런데 그는 춤이 너무나 좋았다. 춤으로 상도 여러 번 탔다. 앨프리드가 춤추고 있으면 그와 파트너―루비였을까? 에설?―가 실력을 뽐낼 수 있도록 무도장이 싹 비워진 적도 많았다. 하지만 춤추던 시절은 끝났다. 커튼을 친 방안에 누워 있는 아내가 없었다면 그는 돌리까지 걸어갔을 것이다. 그늘이 짙어지고 새들이 밤 인사를 보내는 이 여름날의 초저녁에 길을 걷는다. 아, 아니다, 그는 견딜 수 없었다. 다시는 그럴 수 없다니. 그래서 앨프리드는 느릅나무 그늘이 발을 지나 다리까지 번져오는 내내 벤치에 앉아 있었다. 아내가 있으니 이젠 독신의 자유를 누릴 수 없다는 걸 이해하고 있었지만, 그날 오후 "춤추던 시절은 끝났나봐" 하는 말을 들었을 때만큼 절실히 깨달은 적은 없었다.

그뒤에는 이제 곧 필요해질 집이 얼마나 지어졌는지 보러 갔었다. 농장 한쪽 끝에서 다른 쪽 끝까지 걸어갔다가 다시 처음 자리로 되돌아왔다. 걷는 시절은 여전히 계속되고 있었지만 춤추던 시절은……

양아버지와 함께 역에 마중나갈 시간이 얼마 남지 않았을 때 갑자기 한 가지 생각이 떠올랐다. 그녀는 어떤 기분일까? 나는 그런 생각을 해본 적이 없구나.

그는 켄트에서 결혼식을 했을 때 애석해하는 젊은이들이 얼마나 많은지 직접 보았다. 벳시에게 구애를 했거나 그럴 작정이었던 이들이었다. 그는 가장 인기 있는 아가씨를 낚아챈 도둑 같은 기분이 들었고, 벳시가 그 주인공임을 알 수 있었다. 결혼식에서 그는 이루 말할 수 없는 자랑스러움을 느끼며 춤을 추었고, 아름답고 자그마한 춤꾼 아가씨는 깃털처럼 가벼웠다. 그들은 왈츠 음악에 맞춰 빙그르 돌았고 하객들은 그들의 날렵한 발동작을 보고 박수쳤으며, 여자들이 "대단한 춤꾼이야" 라고 하는 말이 그의 귓가에 들려왔다.

하지만 춤추던 시절은 끝났다.

그런데 벳시는, 배가 거대하고 보는 동안에도 계속 부푸는 듯한 그녀는 무엇을 느낄까? 앨프리드는 그 배가 싫었다. 불룩 튀어나온 배가 그의 벳시를, 그의 춤추는 아가씨를 집어삼킨 것 같았다. 하지만 그녀는 어떻게 느낄까? 어쩌면 벳시도 같은 기분일지 몰랐다. 뜰에 그림자가 짙게 깔리자 그는 돌아서서 버트의 방 창문을 바라보고 서 있었다. 집 뒤쪽으로 빠져나가기는 쉬웠을 테고 아무도 알아차리지 못했을 것이다. 그렇게 서 있는데 방에 불을 켜는 버트가 보였다. 램프 불빛이 초저녁 그늘로 내려앉았다. 버트는 앨프리드가 쳐다보고 있는 걸 알고 방 안에 있음을 알리기 위해 불을 켰다. 염탐당하고 감시당하고 의심받고…… 그것이 지금 버트의 삶이었고 그러해야만 했다. 언제까지? 그리고 벳시는 이 문제를 어떻게 느낄까? 그녀는 잘생긴 앨프리드 테일러와 결혼했는데 생명이 위태로울 정도로 술을 마시는 시형제가 있고 우는소리와 불평만 늘어놓는 시어머니가 있었다. 벳시가 타인과 비교를 하지 않는다면 오히려 이상할 지경이었다.

앨프리드는 벳시가 잠들었기를 바라며 집안으로 들어가 방으로 갔다. 최대한 조용히 이를 닦았지만, 커다란 배를 조심하며 옆자리에 누웠을 때 그녀가 팔을 둘러 그를 안았다. 땀 흘리고 괴로워하고 열이 나는 덩어리처럼 느껴지는, 사랑스러운 벳시였다.

"오, 앨프리드." 그녀가 말했다. "당신을 기다렸어." 그것은 확신을 얻기 위한 기다림임을 그는 알았다. 그 역시 그녀처럼 확신이 필요하지 않던가? 춤추던 시절은 지나버린 두 사람. 그는 씁쓸한 말이 혀에 맴도는 걸 막을 수가 없었다.

"여기 누워 생각해봤어." 벳시가 말했다. "우리가 처음 만난 지 이 년밖에 지나지 않았어. 기억해, 앨프리드?"

기억하느냐고!

"지금 우리를 봐, 벳시." 그가 축축한 금발 뭉치 아래로 그녀의 어깨를 쓰다듬으며 말했다.

"나랑 결혼한 걸 후회해, 앨프리드?" 슬픈 울먹임이 그의 귀에 들렸다.

"아니야, 내가 어떻게 그러겠어? 하지만 당신은 후회할 수도 있겠다 싶어. 너무 무거운 짐을 떠맡았잖아." 그러면서 그는 버트를, 그의 부담을, 그의 무게를, 그 위협을 생각했다. 이제 그 짐을 안정되게 떠받치는 일이 벳시에게 주어지고 있었다.

"후회하지 마, 앨프리드. 아, 후회하지 마." 그녀가 그의 귀에 대고 애원했다.

"우리 둘 다 후회할 수도 있겠지." 앨프리드는 그 뜨겁고 위협적인 배에서 눈길을 피하며 말했다. 보고 있으면 울룩불룩 솟았다 가라앉기도 하는 그 배.

그러자 그의 냉소에 어울리는 건조한 농담 같은 목소리로 그녀가 말했다. "하지만 우리 둘 다 지금 후회해봐야 소용없어." 벳시는 남편의 손을 잡아 그가 두려워하던 바로 그곳, 그 불룩한 둔덕—그의 아이—에 갖다댔다. 아, 그가 무슨 수로 그 상태를 이해한단 말인가?

"우린 서로 딱 붙들렸어, 앨프." 벳시가 그의 손 위에 자기 손을 포개며 말했다. 그의 손 아래로 아기의 손이나 발이나 무릎일 듯한 것이 불룩 튀어나왔다. 출산이 임박한 암소의 옆구리에서 볼 수 있듯이.

"그래, 그렇지." 앨프리드가 말했다. 그리고 후회와 망설임과 의구심을 삼키며 나직하게 웃었다. "벳시, 나는 '그래도 우리에겐 서로가 있어'라고 말하려 했는데 생각해보니 우리에겐 서로 말고도 참 많은 게 있는 것 같아."

그들은 웃음을 터트렸고 눈물이 날 만큼 웃다가 스르륵 잠이 들었다.

에밀리는 문득 자신이 몇 달 동안—몇 년일까?—그녀의 집, 아니 더 정확히는 윌리엄의 집 말고는 다른 생각을 전혀 하지 않았다는 사실을 깨달았다. 커튼, 벽지, 의자 커버, 새 식탁, 카펫, 러그 따위가 밤이고 낮이고 그녀의 머리를 채웠다. 마치 시험이라도 치르듯 모든 집중력과 기력이 거기로 쏠렸다. 그런 사실을 깨달은 것은 가재도구를 마련하느라 너무 바빠서 한동안 만나지 못했던 데이지를 찾아갔을 때였다. 데이지 앞에 실크, 벨벳, 면벨벳 등의 옷감 견본을 펼쳐놓고 고개를 들었을 때 그 얼굴이 말하고 있었다. '아, 그런데, 너 왜 이렇게 달라졌니, 에밀리?' 왜 달라졌을까? 데이지네 작은 응접실에는 데이지와 에밀리 대신 그 집에 들어온 동거인이자, 예전에 그녀의 직속 후배 간호사였다가 맥비 간호사가 담당하던 병동의 책임간호사가 된 디도라는 여자가 있었다. 그곳에서 그들과 앉아 있을 때 에밀리는 자신이 여태 무슨 주문에 걸려 있었나 싶었다. 이제 옷감 견본은 그녀, 맥비 간호사의 불합리함에 대한 논평처럼 보였다. 이는 그녀의 본모습이 아니었다.

데이지와 함께 살았던 그 집에서 병원 일에 대해 수다를 떨고 있자니 에밀리는 왕립자선병원을 떠난 적이 없는 듯한 느낌이 들었다. 눈부신 결혼 이후의 삶은 그녀가 아닌 다른 사람이 살았던 것만 같았다.

친구를 예민하게 응시하던 데이지가 말했다. "음, 에밀리, 예전 같았으면 난 네가 이런 데 관심을 둘 거라고 믿을 수 없었을 거야." 데이지는 아직도 아담해서, 풍만한 에밀리 옆에 있으면 발만 쿵 굴러도 날려가거나 사라져버릴 것 같았다.

에밀리는 이곳을 떠나지 않겠다고, 자신이 속한 곳은 여기라고, 열에 들떠 생각했다. 브루스 부인마저 계단을 올라가는 그녀를 보고 좋아하며 "집에 잘 돌아왔어"라고 말했다. 농담이었지만 에밀리의 기분과 잘 맞아떨어졌다.

저명한 의사 남편이 저녁에 업무 관련 만찬에 가는 날이라 에밀리는 그곳에 더 있을 수 있었고…… 그래서 더 있었다. 예쁜 헝겊들은 핸드백에 도로 집어넣고 왕립자선병원의 행사에 대해 그곳을 떠난 적 없는 사람처럼 얘기했다.

집에 돌아갔을 때 그녀의 윌리엄은 잠자리에 들 준비를 하고 있었다.

그는 약간 과음한 상태였다—하지만 도를 넘는 버트의 음주와는 비교도 되지 않았다. 그는 기분이 좋아서 평소보다 더 따뜻하게 키스했다. 남편이 자신을 소중히 여긴다고, 심지어 자신을 꿰뚫어본다고 느낀 그녀는 가슴이 벅차 무모해졌고, 급기야 그가 팔을 뻗어 안을 때 그에게 말했다. "아, 내가 왕립자선병원으로 돌아간다면 당신은 뭐라 할까요?" 에밀리가 요령 있는 아내가 아니라는 사실이 여기에서 드러난다. 그런 충동적인 발표에 적절한 시간과 장소가 아니었으니까. 그는 팔을 풀고 서서 그녀를 빤히 쳐다보며 반감이 차오르는 것을 느꼈다. "내겐 별로 좋진 않겠죠, 안 그래요, 맥비 간호사?" 그가 말했다.

하지만 그들이 마틴화이트 선생과 맥비 간호사로서 천천히 마음을 알아갈 때, 그때는 매우 좋지 않았던가? 그는 돌아서서 자기 침대로 올라갔다. 그들은 침대를 따로 썼다.

그것으로 끝! 가능성은 전혀 없었다.

그리고 그녀를 맥비 간호사라고 부르는 말투는 그가 예전에 그녀를 완전히 높이 사진 않았으며 지금도 그렇다는 사실을 알려주었다.

아, 그는 에밀리를 말릴 수 없을 것이다, 안 그런가? 아니다, 말릴 수 있었다. 단 한 마디의 차가운 말로.

데이지를 자주 볼 수 없었던 에밀리는 짬이 날 때마다 그 집에 갔다. 그녀는 배제된 느낌, 소외된 느낌, 차단당한 느낌이 들었다.

그토록 오래—일 년이 훨씬 넘었다는 사실을 인정해야 할 테다—벽지와 페인트를 생각하고 사들이고 물색하고 주문하고 심지어 꿈꾸기까지 했던 에밀리, 그녀 자신에게 이런 에밀리가 별안간 생경하게 느껴졌다면, 의사의 아내 마틴화이트 부인은 더욱 생경하게 느껴졌다. 그녀는 절망적일 만큼 불행했지만, 처음에는 병에 걸려서 그렇다고 생각했다. 아무런 이유 없이, 경고도 없이 온 존재를 휘어잡는 우울함, 불안, 격렬한 공황상태를 어떻게 설명할 수 있을까? 그 시절 사람들은 현재에 문제가 생기면 즉각 어린 시절의 기억을 훑으며 설명을 찾으려 하지는 않았다. 그렇다, 에밀리는 전에도 이런 기분을 느낀 적이 있었고 이를 자각하고 있었지만 왜, 언제 그랬는지는 기억나지 않았다. 그녀는 세 살 때 어머니를 여의었다는 사실을 상기했다. 그때는 아마도 불행했을 것이다. 하지만 고통이 당연한 조건이 되고 불행이 숨쉴 공기가 된 채로 지금 느끼는 이것은 무엇일까? 누구에게 말할 수 있을까? 실제로 그녀는 디도가 옆에 없는 틈을 타서 데이지에게 기분이 저조하고 우울하고 불행한데 이유를 모르겠다고 털어놓았다.

데이지는 결혼한 경험도 결혼에 대해 생각한 적도 거의 없었다. 그녀는 에밀리가 그 엄청난 결혼식을 계획하며 부자연스럽고 격렬한 환희에 빠졌을 때—데이지의 눈에는 그렇게 보였다—그녀가 자신에게서, 둘이 나눈 시간에서 떠나간 것만 같았다. 그건 데이지가 아는, 혹은 알았던 에밀리가 아니었다.

데이지는 간호사 감독관이 되는 최종 시험을 치르기 위해 공부하고 있었다. 목표에 집중하는 데이지의 능력은 에밀리만큼 우수했지만 에밀리처럼 불안의 기미까지 풍기지는 않았다. 데이지와 옛 동료들은 요즈음 에밀리가 예전 같지 않다고 말했고, 데이지의 어머니 레인 부인도 같은 의견이었다.

에밀리는 혼자서 자주 울었고, 붉어진 눈과 길고 깊은 한숨을 감추려 애썼지만…… 그런 상태를 하인들에게는 감출 수가 없었다. 하인은 가사관리인("어머니가 돌아가신 뒤로 내 곁에 있어준 사람")과 가정부와 잡역부, 그리고 요리사까지 네 명이었다. 하지만 그들은 에밀리가 자주 짜증을 내고 가끔 부당하게 굴자 모두 떠나갔다.

"하인을 잘 다루지 못하는 여자는 당신 말고도 많아요." 그녀의 다정한 남편이 말했다. "자, 하인을 더 구해요."

하지만 에밀리는 남편 동료의 아내들과 마찬가지로 하인 문제로 불만이 많았다. 이 문제는 중산층과 상류층이 경험하는 주요한 위기로 급속히 부상하고 있었다.

에드워드 시대* 영국의 풍요와 부는 아직 끝나지 않았다. 위대한 번영의 시대였다—아, 앞서 말한 계층에게만. 그리고 하인들은 제한과 규칙이 많은 개인 가정에서 일하기를 점점 꺼리게 되었다. 클라지스 스트리트를 따라 일 마일가량 떨어진 곳에 새 장갑 공장('프랑스제' 장갑)이 생겼고, 프랑스제 모자점, 파리에 분점이 있는 소파 커버 맞춤 전문점, 호화로운 초콜릿 상점, 다섯 개 층이 패션과 경박한 물건들로 꽉 채워진 백화점 등이 있었다. 또한 러시아 물건의 인기로 인해 활기를 띠는 '미르' 상점. 에밀리의 하인들은 그런 곳으로 떠났다. 그녀는 신문에 광고를 내고 중개업소에 의뢰했지만 가정부 한 명과 잡역부 한 명만을 구했을 뿐 식사 시중을 들 사람은 구하지 못했다. 그녀는 레인 부인에게 편지를 써서 시골 처녀들이 와서 일해줄 수 있을지 물었다. 숙소도 있었지만—음, 변변찮기는 해도—레인 부인은 요즘 처녀들은 가정부 일을 하기 싫어한다고 답장을 썼다.

---

* 에드워드 7세가 영국을 통치한 1901년에서 1910년을 포함해 제1차세계대전 발발 직전 1914년까지를 일컫는다.

그사이 에밀리는 몹시 가라앉아 우울했고 이를 알아차린 남편이 강장제를 처방했다. 아울러 그는 에밀리가 체스트넛 스트리트에 사는 간호사들과 너무 많은 시간을 보내는 것 같다고 논평하며 이 동료의 아내, 혹은 저 동료의 아내와 어울리는 편이 훨씬 더 적합하지 않겠느냐고 제안했다.

메리 레인은 놀라지 않았다. 그녀는 처음부터 결혼식의 광휘가 잦아들고 나면 에밀리에게 조언이 필요하리라 생각했다. 에밀리의 약혼자 사진을 본 순간 부인은 가슴이 철렁했다. "맞아, 심장이 바닥까지 철렁 내려앉더구나." 부인이 데이지에게 말하자 데이지는 에밀리가 예전과 너무 달라졌다고, 하지만 온통 패션과 가구밖에 모르는 새로운 상태에는 이 의사 남편이 적당할 거라고 대꾸했었다.

에밀리와 레인 부인은 작은 집 바깥에 내놓은 정원용 의자에 앉아 있었다. 거기에서 역으로 가는 길이 보였다.

레인 부인은 에밀리의 하소연을 기다리며 잡담을 했다. 통통한 금발 여자가 유모차를 끌고 길에 나타났고 유모차 안에는 아기 둘이 있었다.

"저기 벳시가 가는구나, 알잖아, 앨프리드의 아내." 레인 부인이 말하고는 벳시를 불렀다.

"아이들 점심이 늦었어요." 벳시가 대답은 그렇게 해놓고도 유모차를—레드웨이 씨가 "넌 돈으로 살 수 있는 가장 좋은 걸 가질 자격이 있어"라고 말하며 사준 유모차를—밀고 마당길 위로 조금 들어왔다.

"사랑스러운 아기들이야, 쌍둥이 형제지." 레인 부인이 세 사람에게 손을 흔들며 말했다. "벳시, 조만간 우리집에 와서 아기들이랑 실컷 놀게 해줘."

레인 부인은 길 아래쪽에 새로 태어난 쌍둥이에게서 잠시도 떨어질 수가 없었는데, 벳시가 이젠 혼자서 감당할 수 있겠다고 말한 뒤로는 방문을 줄인 참이었다.

벳시가 의자에 나른하게 앉아 있는 두 여자 근처까지 유모차를 밀고 다가왔다.

아기들은 더할 나위 없이 사랑스러웠고 레인 부인은 잠시 아기들을 보며 법석을 떨다가 문득 관심을 두어야 할 에밀리가 있다는 사실을 기억했다. 벳시가 천천히 집 쪽으로 멀어졌다.

"전 아직 아기도 갖지 못했어요." 에밀리가 말했다.

"뭐, 결혼한 지 얼마나 됐다고, 안 그래?"

"벳시는 그리 오래 걸리지 않았잖아요." 에밀리가 말했다.

"신경쓰이니? 걱정돼?"

그러자 에밀리는 무엇부터 인정해야 할지 알 수 없었다. 그녀는 친밀한 레인 부인과 얘기를 나누며 자신을 바닥으로 끌어내리는 불행감에 대해 말하고 싶었다. 아기가 없다는 건 문제의 극히 일부에 지나지 않았다.

레인 부인은, 노골적으로 얘기하자면, 부부 관계에 대한 속내 얘기가 나오리라고 예상했다. 그 소심하고 예민하고 섬세한 남자, 하지만 에밀리에게는 그 이상이 필요했다. 자신과 더 비슷한, 강하고 솔직한 성향.

하지만 오늘 에밀리는 강하지도, 솔직하지도 않았다. 이 에밀리를 결혼식을 알리러 왔던, 성공과 성취에 취해 활기를 띠던 그 아가씨와 비교해보라. 레인 부인은 그때의 에밀리를 묘사할 때 '의기양양'이라는 말을 썼다. 우유 크림을 먹은 고양이처럼 흡족한 모습. 그런데 지금은?

레인 부인은 윌리엄이 대단찮은—에밀리에게는 확실히 맞지 않는—남자일 거라고 생각했지만 먼저 말을 꺼내지는 않을 작정이었다. 뭐랄까, 조용한 사람들에 대해서는 잘못 판단하기 쉬운 법이지, 그것이 그녀의 속깊은 생각이었다.

그 시절에는 부부상담가가 없었지만 메리 레인이 부부상담가였다면 틀림없이 성격 차이에 대해 경고했을 것이다. 하지만 부인은 현명한 여인이어서, 어머니 자연은 짝을 지어줄 때 자식들의 행복에는 그다지 관심이 없다는 점을 분명히 눈치챘을 것이다.

미적거리던 에밀리가 마침내 너무 불행해서 죽을 것 같다고, 그 말이 어리석게 들리더라도 상관하지 않는다고 말했다.

하지만 왜 그런지 이유는 말하지 않았다. 레인 부인은 에밀리가 속을 털어놓기를, 무슨 말인지 알 수 있게 더 얘기하기를 기다렸지만 에밀리는 말하지 않았다. 부인이 묻고 싶었던 말은 '잠자리는 재미있니?'였다. 벳시와 앨프리드처럼—벳시는 내밀한 속내를 숨기지 않았다. 하지만 진지한 마틴화이트 선생을 두고 '재미'라는 말을 쓰다니—아니, 누구도 그럴 순 없을 것이다.

에밀리가 울기 시작했다. 그녀가 늘 진짜 어머니라고 말했던 이 여인 옆에서 울고 또 울었다. 에밀리는 풀밭에 앉아 레인 부인의 무릎에 머리를 묻은 채 계속 흐느꼈고 메리는 그녀의 머리를 쓰다듬었다.

"에밀리," 레인 부인이 애써 물어보았다. "음악 연주는 계속하고 있니?"

"아뇨, 별로 안 해요."

"네가 예전에 너무 바빴지…… 그럼 테니스는 치고?"

"아뇨."

"윌리엄이 안 했으면 한대?"

"아뇨, 윌리엄은 제가 테니스를 치면 좋겠대요, 적절한 사람들과 함께요."

그렇게 레인 부인은 아무런 답도 얻지 못했고, 에밀리는 다시 런던으로 돌아갔다.

에밀리가 메리 레인에게 무엇이 문제인지 말하지 못한 이유는 자신도 모르기 때문이었다.

에밀리는 권위적인 아버지의 양육을 받으며 모든 것이 규칙과 기계적인 학습에 따라 돌아가는 엄하고 냉랭한 집에서 자랐다. 그 집에서 도망쳐 병원으로 갔으나 그 역시 위계와 규율과 질서로 이루어진 곳이었다. 그녀는 평생 규칙과 통제와 규율에 묶여 살았다. 그런데 지금은 아무것도 없었고 자신이 무엇을 놓쳤는지도 몰랐다. 거기에서 지금의 고뇌가 시작되었다. 가능성의 바다로 해도海圖 없이 내쫓긴 기분이었다. 게다가 더 큰 문제가 있었다. 남편은 다정한 남자가 아니었고 확실히 잠자리도 아무런 재미가 없었다. 하지만 그녀는 자신이 무엇을 놓쳤는지 깨달을 만큼 아는 게 많지 않았다.

왕립자선병원으로, 맥비 간호사로 돌아가기를 열망했을 때 그녀가 원한 것은 질서, 확실성이었다.

에밀리는 사방이 높고 미끈한 깊고 캄캄한 구덩이에 빠진 기분이었다. 간호사 수습 기간에 신경쇠약증을 '다룬' 적 있지만 그 방면의 간호에는 관심이 없었다. 이제야 유감스러웠다. 그 캄캄한 구덩이에 이름을 붙일 수 있다면 기분이 더 나아질 것 같았다. 하지만 명심해야 할 게 하나 있었다. 스스로 이곳에서 벗어나야 한다는 것. 다른 사람은 해줄 수 없었다. 억압적인 아버지에게서 누가 그녀를 구조했던가? 자신이었다. 오로지 그녀 자신. 다른 사람이 아니라.

"내가 저녁 음악회를 열겠어요." 어느 날 저녁, 에밀리는 어두운 허공에 대고 말했다. 그런 말을 하게 될지는 바로 직전까지도 알지 못했다.

남편이 팔꿈치를 세워 상체를 일으키며 자신을 주시한다는 사실을 알았다.

에밀리는 '우리가…… 열면 어떨까요?'라고 하지 않았다. 아니었다. "내가…… 열겠어요."

그 '내가'의 뒤에는 그녀 특유의 활력이라는 막강한 기계가 있었다. 그것이 그녀를 구조하고 있었다.

남편이 반대하리라 생각하고 기다렸지만 그의 입에서 나온 말은 단지 "집안 일손도 없는데 사교 모임은 불가능하지 않겠소?"였다. 그는 안 된다고 하지 않았고, 늘 그녀를 구덩이로 밀어넣는 느낌을 주던 날카로운 반대의 시선을 쏘아보내지도 않았다.

"두고 보세요." 에밀리는 말했다. "우선, 가사 인력은 두 명으로 유지할 거예요. 요리사 겸 가사관리인, 그리고 가정부. 또 빨래는 중국인 세탁소로 보내고……"

"내가 그런 가사 문제에 관여할 수 있으리란 기대는 말아요." 그가 말했다. 하지만 여전히 상체를 일으킨 채 침실의 어둠을 뚫고 그녀 쪽을 바라보고 있었다.

병원에서 일할 때 맥비 간호사는 세탁실에 다녀올 때 '지옥을 보았다'라는 말이 어울릴 장난스러운 표정을 지었다. 혹은, "이곳에 들어오는 자는 모두 희망을 버려라." 그녀는 세탁실을 아주 싫어했는데, 이제는 자기 집에도 세탁실이 있어서 보일러와 빨래 짜는 기계와 빨래판과 증기다리미를 갖추고 한쪽 구석에 석탄더미를 쌓아두었다.

"이건 알아두세요." 에밀리가 말했다. "우리가 서로 동의해야 해요. 돈이 많이 들 거예요, 세탁소를 이용하면. 그래도 봉급을 줘야 하는 사람이 둘뿐이니까…… 그리고 특별한 행사가 있을 때는 일손을 더 구할 계획이에요."

"벌써 다 계획이 있군." 그가 말했다. 여전히 상체를 일으키고 있었던가?

그는 인색한 남자가 아니었다. 살림 경비를 두둑이 주었고, 의복 경비도 마찬가지였다. 그는 아내가 잘 차려입기를 바랐다. 하지만 남편이 각기 다른 봉투에 넣어 건네주는 돈을 받는 순간은 씁쓸했다. 그녀는 열여덟 살 때부터 스스로 부양하며 살아왔고, 결혼하고 나서 괴로워하게 된 많은 일 중에서 최고는 아마도 바로 그 순간, 미소와 함께 건네는 돈을 받는 순간이었을 것이다. 하지만 중요한 건 그게 아니었다.

"우리는 서로 동의해야 해요." 에밀리가 말했고, 이제 그녀는 '우리'를 강조하고 있었다. 안 그런가? "우리가 저녁 음악회를 열어 사람들을 접대하려면 가사 일손 경비가 더 늘어날 거예요."

남편이 다시 침대에 눕는 소리가 들렸다. 그는 전혀 화나지 않았다. 아니, 오히려 기뻐했다, 그녀는 느낄 수 있었다. 의외의 결론이 그녀의 머리를 채웠다. 지금껏 그는 아내가 사교 행사의 안주인이 되기를 바랐던 것이다. '그걸 위해 나와 결혼한 거였어.' 에밀리는 어이가 없었다. 나를, 맥비 간호사를. 저이는 날 그렇게 봤을까? 그래서 날 택했을까?

(그녀는 '그는 날 사랑해서 택한 거야'라고 말하지 않았다. 그런 결론은 그럴듯하지 않았다.)

사교 행사의 안주인. 내가? 어쨌거나 에밀리는 그 모든 걸 계획했고, 어두운 허공에 대고 말할 때는 미리 생각해둔 듯한 새로운 결정들이 입 밖으로 술술 흘러나왔다. 미리 종이와 연필을 가지고 앉아서 적어놓은 것처럼.

"당신은 틀림없이 잘할 거요, 에밀리." 그것이 그날 밤 그의 보상이었다.

여태 그는 이것을 기다려왔을까? 직접 말할 수는 없었나?

에밀리는 가사 인력을 바꿨고 그 외에 다른 일도 했다. 온갖 신기한 가정용품을 파는 새 유행 상점들을 돌아다닌 끝에, 나온 지 얼마 안 된 초기형 진공청소기를 샀다. 투박하고 육중하지만, 또 얼마나 놀랍고 신기한지. 그녀는 '노동 절약'을 위한 여러 가지 기기를 들여놓았다. 전화기도 각 층에 설치했다—당시에 전화기는 한 집에 한 대 있을까 말까 했다.

첫 저녁 음악회는 대단한 성공을 거두었다. 그녀는 피아노를 멋지게 연주했고 남편은 듣기 좋은 테너 음성으로 노래했다. 다른 의사들 몇몇도 재능을 발휘했다.

에밀리는 만찬 모임을 열기 시작했다. 윌리엄이 손님을 정했다.

그의 직장 동료 아내들을 위해서는 오찬 모임도 열었다.

이즈음, 앨프리드와 벳시 테일러가 쌍둥이 아들 세례식 초대장을 보냈다. 하지만 그녀가 주최하는 파티와 날짜가 겹쳤다. 데이지는 세례식에 갔고 어머니와 하룻밤을 자며 에밀리가 사교계의 명사가 되었다고 전했다. "어머니는 믿을 수 없을 거예요." 레인 부인은 믿을 수 있었다. 신문의 인물 동정 기사를 보며 에밀리가 하는 일을 주시하고 있었다. 신문에는 의사 윌리엄 마틴화이트 씨와 마틴화이트 부인의 파티가 자주 언급되었다.

"아무개 경이니 아무개 귀부인이니, 그런 데 관심이 많더라고요." 데이지가 말했다. "음악 행사에 저를 초대해서 갔더니 옆자리에 주베를린 대사가 앉아 있더라고요."

"있잖니, 데이지," 레인 부인이 무거운 침묵 뒤에 입을 열었다. "난 마음에 안 든다. 그런 삶에선 에밀리가 보이지 않아. 그건 진짜 에밀리가 아니야."

하지만 에밀리는 평생 그 일만 해온 사람처럼 그 역할을 해나가고 있었다.

'당신은 사교 모임의 안주인을 원했어.' 그녀는 남편에게 소리 없이 말했을 것이다. '당신이 원한 게 이거야? 자, 여기 있어.'

남편이 만찬이나 회의에 가고 없을 때, 에밀리는 진정한 집이라 느껴지는 예전의 플랫으로 가서 데이지와 함께 있었다. 다른 간호사들이 살다 갔지만 데이지는 플랫에서 계속 살았다.

데이지의 집에 갈 때면 에밀리는 도망치고 있다는 느낌이 들었다. 그런데 거기에서도 저명한 심장 전문의인 남편의 소식이 들렸다. 그가 남편으로서는 실망스러웠지만, 병원에서나 의학계 전체에서 얼마나 명성이 높은지 들으면 자신의 선택이 옳았다고 인증받는 기분이었다.

하지만 이따금 그렇게 빠져나와 예전의 집에서 데이지와 함께 있을 수 없다면 인생을 견딜 수 없으리라 생각될 때가 많았다.

남편을 잃은 여자들은 자신에게 공공연한 애도를 기대하는 눈길이 유언장을 낭독하는 날까지는 아니더라도 장례식이 지나고 나면 거둬지리라 생각하지만, 오히려 어떤 문제는 막 시작되고 있음을 깨닫는다.

윌리엄은 1924년 봄에 아무런 전조도 없다가 심장마비로 예기치 않게 죽었다. 마틴화이트 집안의 여러 사람이 보낸 조문 편지에는 갈등의 징후가 없었지만, 윌리엄의 누나 아들인 시조카 세드릭이 보낸 편지는 달랐다.

> 에밀리 숙모님, 저 기억하세요? 지난 월요일에 윌리엄 숙부의 관운구를 제가 도왔습니다. 숙모님의 어떤 말씀을 듣다가 문득 지금 사시는 집을 두고 분주히 진행되는 모의에 관해 숙모님은 전혀 모르시는구나 싶었습니다. 집안사람들이 그 집을 탐낸다는 걸 아세요? 경고해드려야 한다는 생각이 들었습니다.

장례식이 끝난 후 왕립자선병원에서 인기가 높았던 윌리엄 마틴화이트 선생을 위한 공식 석별 행사가 있었다. 역시 의료계에 종사하는 친척 일부가 그 행사에 참석했지만, 에밀리는 잘 들어보지 못한 사람들까지 포함해 마틴화이트 집안사람들 모두를 일요일 오후에 집으로 초대해 셰리주와 케이크를 대접했다.

일층 응접실의 접이식 문을 활짝 젖혀놓으니 에밀리와 윌리엄이 연주회를 열었던 널찍하고 우아한 공간이 그대로 드러났다. 평소에 눈에 잘 띄는 곳에 있던 그랜드피아노는 멀찍이 치웠다. 하프와 보면대도 마찬가지였다. 에밀리는 장례식을 강조하는 하얀 꽃이 싫어서 생기 넘치는 수선화 화병을 여기저기에 놔두었다. 검은 옷을 입긴 했지만 넓은 흰 깃이 달린 것을 골랐다. 그날 오후의 식사 시중을 위해 고용한 하녀에게도 검은 옷과 프릴이 달린 흰 앞치마를 입혔다. 사실, 장례식보다 훨씬 흥겨운 분위기여서 에밀리는 비난을 예상했고, 곧바로 반응한 사람은 머리끝에서 발끝까지 검은색으로 차려입은 윌리엄의 누이 제시카였다.

"오, 우리 에밀리," 제시카가 말했다. "안색이 아주 좋아 보이네."

에밀리가 슬픔의 눈물을 흘렸더라도 그 흔적은 잘 감춰져 있었다. 그녀는 손님들에게 여기저기에 놔둔 쟁반에서 음식을 가져다 먹으라고 권했다. 한눈에 호감이 가는 젊은이로 군인 스타일—최신 유행—을 한 세드릭은 늦게 도착해서 에밀리에게 진지하게 눈을 찡긋했고, 그 역시 쾌활하기까지는 아니어도 안색이 꽤 좋아 보였다.

"모처럼 이렇게 모였으니," 셰리주와 과일 케이크를 실컷 먹은 제시카가 말했다. "다 함께 논의할 기회가 있으면 좋겠어."

"네? 무슨 논의요?" 에밀리가 물었다. 귀띔해준 세드릭에게 윙크가 아니라—그렇게까지는 할 수 없었을 것이다—미소로 화답했다.

모인 손님은 서른 명가량이었고 결혼식 이후로는 한 번도 못 본 사람도 있었다. 에밀리는 그들을 다 알지는 못했다.

"그러면," 제시카가 검은 옷의 주름에서 케이크 부스러기를 털어내며 말했다. "내가 시작할까?"

"그러세요." 에밀리가 말했다. "하지만 저는 좀 얼떨떨하네요."

세드릭이 미리 경고했던 '모의' 때문인지 열띤 분위기가 흘렀다.

"우리 중 일부는 말이야, 에밀리," 제시카가 말했다. "자네가 이젠 좀 수수하게 사는 게 옳다고 생각할지도 모른다고 느낀다네. 이 집은 한 사람이 살기에는 확실히 너무 크지."

"그런가요?" 에밀리가 말했다. "전 이사할 생각이 없는데요."

"정말이지, 에밀리," 제시카가 말했다. "윌리엄은 자네가 더 검소하게 살기 바랐다는 걸 당연히 깨달았을 텐데."

"하지만 우리는 윌리엄이 뭘 바랐는지 알잖아요." 에밀리가 말했다. "유언장이 있고, 이건 제가 물려받은 집이니까요."

에밀리가 굉장한 쾌감을 느끼며 감행한 이 예리한 반격에 제시카는 기분이 언짢았다. 하지만 어떤 이들은 독설로 유명한 에밀리 맥비 간호사의 등장을 알아차렸다.

"우리 윌리엄이 제 바람을 자네한테 말하지 않던가? 걔도 틀림없이 자기 생각이 있었을 텐데."

이때 세드릭이 터지는 웃음을 가리려고 콜록거리자 제시카는 그를 노려보았다. "모두가 다수 의견에 동의하는 건 아니야." 그녀가 말했다. "세드릭만 해도 자네가 음악회를 그만두지 않았으면 좋겠다고 했고."

"뭐가 되었든 윌리엄이 어떻게 내비칠 수 있었겠어요? 자기가 심장마비를 겪게 될 걸 몰랐는데요." 에밀리가 말했다. "그런 대단한 선견지명을 기대하는 건 무리가 아닐까요?"

세드릭이 다시 콜록거렸다.

"아, 에밀리, 우리가 무슨 생각을 하는지 자네가 알아야 옳아. 자네 상황에 대한 논의가 있었으니, 자네도 우리의 소망을 고려는 해야지."

"제게는 윌리엄의 소망이 더 중요해요." 에밀리가 말했다. "여러분이 저를 이렇게 걱정하시는 줄은 전혀 몰랐네요. 찬찬히 생각해보고 나서, 앞으로 어떻게 할지는 당연히 알려드리죠. 하지만 저는 화장용 장작더미에 몸을 던질 생각은 없습니다."

세드릭이 대놓고 웃음을 터트렸고 젊은 친척 중 일부도 따라 웃었다.

"우리가 제시카 이모에게 숙모가 조용히 물러나시진 않을 거라고 얘기했어요." 세드릭이 말했다.

"세드릭," 제시카가 그를 나무랐다. "주제넘게 나서지 마."

"윌리엄 숙부가 남긴 그 많은 돈," 세드릭이 말했다. "그게 문제예요, 아시겠죠? 당연히 다들 숙모가 그 돈을 어떻게 할지 알고 싶은 거고요." 세드릭이 정곡을 찔렀다.

"세드릭!" 나이든 이모들과 삼촌들이 말했다. "너무 심하구나."

"세드릭, 에밀리가 슬픔에 잠겨 있는데 너무 배려가 없어."

"아, 여러분이 배려하시잖아요. 그럼 충분하죠." 세드릭이 말했다.

돈은 상당히 많았다. 윌리엄의 재산이 그 정도로 거금인지 에밀리는 전혀 알지 못했었다. 거금이라고 말하기에 충분한 액수였다. 그의 부친이 투자에 능한 증권중개인이었고 가족은 검소하게 살았다. 다시 말해, 윌리엄이 결혼한 뒤 에밀리가 집을 그토록 우아하게 꾸미고 게다가 온갖 최신식 세간살이를 들이기 전까지는.

"우리 중에는 이런 생각을 하는 사람들도 있어요." 세드릭이 여전히 마틴화이트 일가의 윗사람들을 약 올릴 심산으로 말했다. "이곳이 젊은 부부에게 완벽한 집이라고요. 제가 곧 결혼을 앞두고 있는데—하지만 제겐 이미 좋은 집이 있죠. 그런데 또 젊은 롤리가 있잖아요. 곧 사촌과 결혼할 예정이고, 그러면 이 집을 우리 가문 안에 묶어둘 수 있겠죠."

에밀리는 짜증이 났지만 재미있기도 했다. 이런 사람들이라면 윌리엄이 생전에 자기 가족을 그다지 좋아하지 않아서 얼마나 다행인지.

"명심할게요." 에밀리는 말했다. "롤리와, 또 누구였더라?"

"로즈," 제시카가 대답하면서 논의 진행의 통제권을 다시 손에 넣었다. "롤리와 로즈. 로즈는 자네가 이렇게 멋지게 꾸려놓은 집과 살림에 감사할 거야."

"롤리와 로즈가 제 집을 갖고 싶어한다는 사실, 알아둘게요." 에밀리가 말했다. "자, 셰리주 좀더 드시겠어요, 제시카?—세드릭, 토니……"

"봐라, 에밀리," 헨리 숙부라던가 하는 어느 노인네가 말했다. "그 돈 말이다. 그게 다 허비된다면 윌리엄이 서운할 거다."

"아, 전 집을 수리할—다시 꾸밀—생각이 없어요. 새 옷이 필요하지도 않고요. 그러니 안심하세요, 헨리 숙부님."

그들은 사치에 대한 그녀의 개념이 그토록 제한적이라는 사실에 틀림없이 안심했을 것이다.

"이 집을 롤리와 로즈에게 주고 시골에 있는 그애들 집에서 살아도 되겠네요." 사촌 하나가 말했다.

"전 시골에서 산 적도 없는데 왜 제가 시골로 가야 하죠?" 에밀리가 말했다. "제 말을 믿으세요. 무슨 결정이든 내리게 되면 여러분께 알릴 테니."

그렇게 에밀리의 미래에 대한 가족회의가 끝났다.

사실 에밀리는 윌리엄의 죽음에 심한 충격을 받았다. 그의 죽음이 예기치 못한 일이라서만은 아니었다. 그녀는 윌리엄이 젊다고—음, 늙지는 않았다고, 심지어 중년도 아니라고—생각했었다. 그는 쉰 살이었다. 죽음은 고사하고, 일테면 퇴직 같은 결정적인 일을 생각할 나이조차 아니었다. 그런데 그보다 더 당황스러운 점은 지금껏 자신의 삶이 남편에게 너무 꽉 묶여 있었다는 사실이었다. 결혼한 뒤로 행하고 생각한 모든 것이 윌리엄을 위해서였다. 그러면 에밀리 맥비는 어디에 있을까? 그리 멀리 있지는 않겠지, 당연히. 하지만 지난 십 년간 그녀는 그렇게 살아왔다. 그녀는 윌리엄의 것이었다. 그럼 이제는? 에밀리는 마흔 살이었다. 원하면 다시 간호사로 돌아갈 수도 있었다. 벌써 이런저런 제안이 들어오기도 했다. 그녀는 정처를 잃고 떠다니는 기분이 들었다……

다시 결혼할 수도 있었다. 하지만 에밀리는 결혼하고 싶은 남자가 있으리라고는 상상할 수가 없었다. 어찌되었든 그녀는 좋을 때나 나쁠 때나 윌리엄과 부부로 살았다. 십 년이 지나서 무엇이 이익이고 손해였는지 어떻게 계산할 수 있을까? 그녀는 어떻게 시작해야 할지 몰랐다. 그런데 자신에게 무슨 일이 일어났는지—그녀는 그것을 제 삶과 남편 삶의 가닥들을 합쳐 꼬아내는 무언가, 누군가의 손길로 감지했다—알 수 없다면, 다음에 무엇을 할 것인지 어떻게 생각할 수 있을까? 예전의 그녀는 에밀리 맥비, 결단력 있고 확고하고 과감한 인물이었는데, 지금은 아무것도 아니었다. 그저 표류물에 지나지 않았다.

데이지? 하지만 데이지는 예전처럼 의지하고 함께 지낼 사람으로는 생각조차 할 수 없었다. 데이지는 제 앞가림을 잘하고 있고 삶에서나 일에서나 굳건히 정착한 터라 자신이 데이지의 치마꼬리를 붙든 수습간호사처럼 느껴질 것 같았다. 게다가 데이지도 결혼을 생각중이라고 넌지시 말한 적이 있었다. 병원에서 함께 일하는 외과의사인데, 데이지도 '싫지는 않은'—본인의 표현—듯했다. 아직 생각중이고 물론 당장 결혼하지는 않겠지만, 그들은 젊은 연인이 아니었다.

에밀리에게는 붙잡을 사람도, 심지어 상의할 사람도 없었다. 오랜 결혼생활 뒤, 게다가 그렇게 가정에 함몰되어 살아온 뒤, 결혼할 남자를 생각할 때 '싫지는 않다'라고 말하는 사람과 어떻게 지금 자신의 상태를 이야기할 수 있을까?

그녀에게는 아무도 없었다. 아무도. 아이도. 그 무엇도.

하지만 메리 레인은 있었다. 그녀를 떠올리자 우연히 등대의 불빛을 발견한 기분이었다.

이 집을 닫아걸고 메리 레인에게 가서 함께 지내야겠다. 충동적이고 성급한 이 결정은 에밀리가 어느 날 밤 잠자리에 들었다가 아침에 일어나는 동안 내려졌다.

당연히, 그것이 그녀가 할 일, 해야만 하는 일이었다.

에밀리는 마당길을 달려올라가 메리 레인에게 갔다. 저녁식사 시간이었고, 결정을 내리고 이십사 시간이 지난 뒤였다.

그녀의 옛 친구는 커다란 팬을 들고 스토브 앞에 서 있었다. "너 주려고 팬케이크를 굽고 있어." 그녀가 말했다. "너 팬케이크 아주 좋아하잖니."

여행가방을 내려놓은 에밀리는 해럴드 레인이 미리 앉아 있던 오래된 식탁 앞에 털썩 주저앉아, 그녀가 어떤지 살피는 메리의 표정을 보며 말했다. "누구나 살다보면 비를 맞을 때도 있죠." 남편이 죽은 뒤로 자신을 포함해 사람들의 감정을 진정시키려고 그렇게 말해왔지만, 이번에는 급기야 눈물을 터트리고 말았다. 에밀리는 자리에 앉아 흐느껴 울었다.

"괜찮아," 메리가 말했다. "실컷 울어."

"저 불쌍한 것이 남편을 잃었어." 해럴드가 말했다.

이에 에밀리는 울음이 뚝 그칠 뻔했지만, 그 말은 혼란스러운 두뇌에 달라붙었다. 그녀는 생각했다. 맞아. 정말이야. 하지만 그런 식으로 생각한 적은 없었다. 그 상냥한 말이, 그녀가 불안할 때마다 도움을 주던 종류의 단순한 메시지가 치유제와 위안이 되었다. 마치 그런 위안은 한 번도 받아본 적 없는 것처럼.

에밀리는 해럴드 레인을 흘낏 쳐다보았다. 메리에게 너무 의존적인 그를 전에는 눈여겨본 적이 별로 없었다. 그러면서 생각했다. 저분이 내가 꼭 필요할 때 그렇게 옳은 말씀을 하시다니, 정말 우습다.

메리는 에밀리의 접시에 팬케이크와 레몬을 덜고 남편의 접시에도 음식을 더 덜어준 뒤 자리에 앉았다.

에밀리는 눈물을 그치고 웃으려고 애썼다. 평생 그 어느 때보다 몸과 마음이 힘들었지만 그녀는 꼭 와야만 했던 곳에서 메리와 함께 있었다. 주위를 둘러보자 꿈에서처럼 익숙한 것들이 변해 있는 느낌이 들었다. 이곳은 그토록 자주 와서 앉아 있곤 했던 오래된 부엌이고, 이들은 해럴드와 메리였다. 모든 것이 흐릿하고 가라앉아 보이는 건 반드시 눈물에 가려서만은 아니었다. 밝고 환하고 깨끗한 집에서 살다 그곳에 오니 보는 것마다 먼지가, 혹은 어둠이 내린 것처럼 보였다. 넓은 부엌은 칙칙한 분홍색과 갈색이 주조를 이루었고 의자 팔걸이에 앉은 고양이마저 우중충해 보였다. 기억 속의 고양이는 흰색이었다.

그리고 해럴드와 메리…… 그녀는 얼마 만에 여기에 온 걸까? 분명 몇 달은 넘었는데, 그래 여러 달, 아니 몇 해가 지났는지도…… 두 사람 다 몸집이 커졌다. 볼이 발그레하며 지푸라기 같은 금발이 회색으로 변해가는 투실투실한 노인들이었다.

"난 요즘 음식을 함부로 먹으면 안 돼." 메리가 생각에 빠져 말했다. "너무 뚱뚱해지고 있어."

"말도 안 돼." 해럴드가 말했다. "많을수록 좋은 법."

그러자 에밀리가 웃음을 터트렸다. 긴장되고 발작적인 웃음이었지만 우는 것보다는 나았다.

세련된 런던의 상복을 입고 앉아 있는 에밀리 때문에 부엌이 더욱 우중충해 보였다.

"이제 상복은 벗어버려." 메리가 말했다. "여기선 아무도 네게 그런 기대 하지 않아."

에밀리가 말했다. "마땅한 옷이 별로 없어요." 그녀의 여행가방에는 멋진 옷이 가득했다.

"안달 좀 내지 말고." 메리가 말했다. "그래, 내가 살이 쪄서 오히려 잘됐구나. 저녁 먹고 나서 입을 옷을 찾아주마."

해럴드는 자기 '굴'로 가서 신문을 읽겠다고 말했다. 메리는 에밀리와 함께 설거지를 한 뒤 방에서 옷을 한아름 안고 나왔고, 그중에는 에밀리가 예전에 본 기억이 나는 옷도 있었다.

에밀리는 검은색 짧은 치마를 벗고 유행에 끔찍하게 뒤떨어진 갈색 긴 치마와 노르스름한 블라우스를 입었다. 그런데도 꽤 예뻐 보였다.

"넌 참 재주가 좋구나." 메리가 한숨을 쉬었다. "아무리 낡은 치마와 블라우스라도 넌 멋지게 입을 수 있지."

그녀는 등불을 켜고 에밀리와 마주앉았다.

"기분이 너무 안 좋아요, 메리. 뭘 어떻게 해야 할지 모르겠어요."

"넌 그럼 기분이 다를 거라고 예상했니?"

"뭘 예상했는지 모르겠어요."

고양이가 팔걸이의자에서 펄쩍 뛰어 메리의 무릎 위로 올라갔다.

"아이라도 있다면…… 하지만 그런 일은 일어나지 않았죠."

메리가 고양이를 쓰다듬자 고양이가 계속 가르릉거렸다.

에밀리는 그 커다랗고 튼튼한 손을 바라보았다. "이제 전 뭘 해야 적당할까요, 메리? 그동안은 그런 생각 안 했는데 지금 보니 십 년간 제가 한 거라곤 오찬과 만찬을 열고 저녁식사를 차리고 윌리엄을 보살핀 일밖에 없네요."

"나라면 그런 생각은 아예 안 할 거야." 메리가 말했다. "그냥 좀 쉬어라."

"쉬어요?" 에밀리가 말했다. "전 평생 쉬어본 적이 없어요."

"음, 그러면," 메리가 말했다. 곧이어 고양이를 들어올려 에밀리에게 건네준 다음 색종이가 가득 든 커다란 판지 상자를 꺼내왔다.

"내게 새로운 소일거리가 생겼어." 그녀가 말했다. "거의 날마다 아이가 여기로 오거든. 네가 버트를 아는지 모르겠다. 그애 아내 필리스가 둘째를 가져서 그 집 첫째를 잠시 봐주고 있어."

저간의 사정은 이러했다.

벳시는 버트를 닦달하고 재촉해 술을 영영 끊겠다는 약속을 받아냈다.

"그게 유일한 방법이야." 그녀는 말했다. "그리고 의사 선생님도 그렇게 말씀하시지 않았어?"

버트는 술을 끊었다가, 아니 거의 끊었다가, 어느 불운한 밤에 쓰러져 뇌진탕을 일으키고 말았다.

"자, 이젠 그만해, 버트." 벳시가 말했다.

앨프리드도 할 수 있는 만큼 도왔지만 버트를 치유한 사람은 벳시였다.

이 년이 지난 뒤 이런 대화가 오고갔다. 앨프리드와 벳시의 새집 응접실에서였다.

"버트, 요즘 어울려 다니는 그 여자는 누구야?"

그녀는 당연히 알고 있었다.

"필리스 머튼인데, 나랑 결혼하고 싶대."

"그래, 그런데 넌 그 여자랑 결혼하고 싶어, 버트?"

"근데 그게 문제야. 내가 누구랑 결혼하고 싶은지 알잖아. 난 너랑 결혼하고 싶거든."

"아, 버트. 가끔 넌 정말 유치해."

버트는 술을 끊은 뒤에도 약간은 우둔한 늙은 개처럼 어리숙하게 행동했다. 원래 성격이 그렇기도 했지만 그러면 술을 마셔도 취했는지 아닌지 구분하기가 어렵기 때문이기도 했다.

그러면 버트는 조만간 다시 술을 마실 생각인 걸까? 벳시는 궁금했고, 그래서 물었다. "버트, 네가 그렇게 어리숙하게 굴면 재미있긴 해. 재미없다는 뜻이 아니야. 하지만 때로는 네가 진심으로 계속 술을 끊을 생각인지 의문이 들 때가 있어."

"영리한 벳시. 때로는 나도 의문이야. 뭔가를 영원히 포기한다, 그런 생각 해봤어? 일생보다 더 긴 시간 동안."

"하지만 버트, 결혼하면 절대로 술 마시면 안 돼, 절대로."

"근데 말이야, 그게 문제야, 벳시."

"그 여자를 좋아해, 버트?"

"너는 좋아? 난 네가 반대하는 여자랑은 절대로 결혼하지 않을 거야."

"난 그 여자가 진짜 잔소리꾼이었으면 좋겠어. 나처럼 말이야." 벳시가 말했다.

그건 앨프리드가 가끔 벳시를 부르는 말이었다.

"자, 봐, 앨프리드. 내가 버트를 술 끊게 했어, 안 했어?"

"있잖아, 버트, 결혼생활을 하면 가끔 아주 힘들어지는 때가 있어. 그러면 다시 술 마시고 싶은 유혹을 느낄 거야."

"네가 찬성하면 그 여자랑 결혼할게." 버트가 말했다.

필리스는 입스위치 쪽에서 온 농부의 딸이었다. 관련된 모든 사람이 그 여자를 꼼꼼히 살펴보았다. 전반적인 의견은 필리스가 술을 끊고 꽤 괜찮은 사내가 된 버트뿐만 아니라 레드웨이 농장에도 마음을 두고 있다는 것이었다. 이제, 그것은 거부할 사유가 되지 않았다.

사람들은 대체로 찬성했다. 그녀는 깡마르고 가무잡잡하고 영리한 여자로, 늘 경계하고 관찰하고 알아차렸다. 벳시는 그 마지막 몇 가지 성향을 좋게 보았다.

"네게 알맞은 여자야, 버트. 네가 바르게 생활하도록 도와줄 거야. 필리스가 너를 맡아주면 난 정말 너무 기쁠 거야. 가끔 네가 날 좀 지치게 했잖아, 버트. 너 때문에, 네가 너무 걱정돼서 울면서 잠든 적이 얼마나 많았는데."

"그럼 난 필리스랑 결혼해서 널 기쁘게 해줄게." 버트가 예의 그 우둔한 늙은 개 같은 태도로 말했다.

레드웨이 부부도 찬성했다. 말하자면, 레드웨이 씨가 찬성했다는 것이다. 근래에 레드웨이 부인은 삶에서 성미에 맞는 게 거의 없다고 느꼈다. 성대한 결혼식이 열렸다. 벳시는 신부 들러리 대표가 되었다. 신부 들러리는 열 명이었고, 롱거필드의 작은 교회가 가득찼다. 앨프리드의 아버지가 오르간을 연주했다.

앨프리드는 신랑 들러리였다.

모든 것이 순조롭게 흘러가다가 필리스가 아기를 가졌을 때 어려운 일들이 생겼다. 버트는 자주 벳시를 찾아가 의논하고 조언을 구했다.

건강한 딸이 태어났지만 버트는 다시 술에 빠졌다. 필리스는 아기를 돌보느라 바빠서 벳시가 다시 술을 마시는 버트를 상대했다. "다시는 안 돼, 버트. 약속했잖아, 안 그래?"

시간이 꽤 흐른 후 필리스가 다시 아기를 가졌고 그때 메리 레인이 나서서 딸아이 양육을 거들었다. 필리스에게도 어머니가 있었지만, 길 위로 조금 떨어진 곳에 사는 메리와는 처지가 달랐다.

메리는 딸아이를 예뻐했고 아기도 메리를 좋아했다.

"내게 할머니 노릇은 이 정도가 전부일 것 같다." 그녀가 한탄했다. "그러니 이 기회라도 잘 활용해야겠지."

에밀리는 잠에서 깨자 여기가 어딘지, 자신이 누구인지 알 수 없었다. 그러다 멀지 않은 곳에서 들려오는 소 울음을 듣고 런던은 아니라는 사실을 알았다. 매우 조용했다. 다리의 따뜻하고 묵직한 느낌에 정신이 쏠렸다. 고양이였다. 에밀리가 무릎을 움직이자 고양이가 잠에서 깨어 하품을 했다.

이제 메리를 찾아 그녀의 이야기를 들으며 자신과 자신의 상황을 이해할 필요가 있음을 에밀리는 알 수 있었다.

어깨에 숄을 두르고 부엌으로 갔을 때 아침식사는 끝난 지 오래인 듯했다. 이미 아침이 다 가고 있었다. 에밀리는 주전자의 물이 뭉근히 끓고 있는 것을 보고 차를 한 잔 우려 식탁에 앉았다. 병이 난 게 틀림없다고 판단했다. 전에는 병을 앓은 기억이 떠오르지 않았다. 심장이 아픈데, 만일 그게 증상이라면 이건…… 밖에서 사람 목소리가 들렸고 어린아이 소리도 났다. 부엌 창문 밖으로 두 사람이 보였다. 메리 레인과 어린 여자아이가 정원으로 창문이 난 온실처럼 생긴 작은 방에서 서로에게 집중하고 있었다.

뭉툭한 가위로 색종이를 자르는 아이에게 고개 숙여 미소 짓는 메리를 보자 에밀리는 가슴이 싸늘하게 비참해졌다. 아이가 메리의 널찍한 무릎 위로 뛰어올랐고 메리는 버트와 필리스의 아이 조시를 안고 뽀뽀했다. 에밀리는 자신이 그 아이가 되어 부드럽게 어르는 메리의 품에 안기고 싶어한다는 사실을 여전히 깨닫지 못했다.

에밀리는 차를 놓아둔 식탁으로 돌아가 그곳에 앉아 여자와 아이가 내는 소리를 들었고, 이따금 창가로 가서 무슨 일이 벌어지고 있는지 보았다. 메리는 얼마나 철저히 아이에게 몰두하는지. 에밀리도 아이가 있었다면 메리처럼 했을까? 헌신적인 안주인 노릇을 했던 그 십여 년 동안에 지금의 메리와 같은 모습으로 살아갈 수도 있었을까?

나름의 성과는 있었을지 몰라도 자꾸만 이런 생각이 떠오르는 건 어쩔 수 없었다. 하지만 그건 정말이지 내가 아니었어. 내 관심을 고스란히 차지했던 그 좋은 집에서 살던 내가 정말 나였을까?

점심시간에 메리가 아이를 안으로 데리고 들어와 이런저런 요리를 했고 에밀리에게 몇 가지 음식을 차려주었다. 메리는 거의 먹지 않았다. "아이가 곧 낮잠을 잘 거야." 그녀는 말했다. "아, 어린아이는 내 한계가 어디까지인지를 확실히 알려주지."

아이가 메리와 함께 침실로 들어간 뒤 에밀리가 안을 슬쩍 들여다보니 둘 다 잠들어 있었다.

그녀는 전혀 변하지 않은 마을길로 나가 백합과 수선화가 군데군데 피어 있는 길을 정처 없이 걷다가 어느덧 전에 본 기억이 나는 너른 들판을 만났다. 하지만 들판 곳곳에는 소란스레 뛰어다니는 아이들이 가득했고, 그때 문득 크리켓이 연상되는 어떤 남자가 보였다. 맞다, 그는 앨프리드 테일러로, 연령대가 다양한 남녀 청소년 수백 명에게 크리켓 경기 방법을 가르치고 있었다. 에밀리는 예전에도 앉은 적 있는 참나무 아래에 앉아서 그들을 바라보았다. 사방이 소음과 활기로 가득했다. 크리켓 공이 발치에 다가왔을 때는 예전의 에밀리가 되살아나 팔짝 뛰어오르며 공을 남자에게 다시 던졌고, 그 남자는 공을 받아 웃으며 고개를 살짝 숙였다. 곧 그가 다가와 말했다. "내가 아는 사람 맞는데, 조금 혼란스럽네. 그 치마는……"

"메리 레인 아주머니 옷이야." 에밀리가 말했다. "충동적으로 여기 오는 바람에 적절한 옷을 챙기지 못했거든."

"아, 그래." 앨프리드가 말했다. "그렇구나. 요즘 불운을 겪었다고 메리 아주머니에게서 들었어."

아, 그렇게 표현할 수도 있었다.

"맞아, 남편이 죽었어."

"정말 슬픈 일이야. 안타깝네."

"전에, 아주 오래전에, 네가 크리켓 경기하는 모습을 본 적 있어."

"그렇게 오래전은 아니지." 앨프리드가 호탕하게 대답할 때 두 소년이 달려왔다. "톰과 마이클이야." 앨프리드가 말했다. 소란스럽고 들뜬 아이들이 아버지를 다시 크리켓 경기장으로 데려가려고 끌어당겼다.

앨프리드가 뛰어가고 아이들이 그 뒤를 따랐다.

나도 저럴 수 있었을까? 에밀리는 궁금했다. 둘 다 가무잡잡하고 호리호리한, 호감 가는 소년들이었다. 자기네 아버지처럼, 에밀리는 생각했다.

계속 앉아서 보고 있자니 얼마 후 앨프리드가 다시 달려와 내일 저쪽에 있는 아이들과 경기를 할 텐데 원한다면 오라고 말했다. 그쪽에서 일꾼 두 명이 각자 땅을 고르는 무거운 기계를 밀고 있는 모습이 보였다.

앨프리드는 아이들에게 둘러싸인 채 멀리 달려갔다.

레드웨이 농장의 오두막들, 주택들에는 아이들이 바글바글했다. 에밀리가 레인 부부의 집으로 돌아갔을 때 만삭의 임신부가 메리에게서 아이를 데려가려고 손을 잡고 가는 중이었다.

"아뇨, 걸어가면 제게도 이로워요." 그 여자는 그렇게 말했지만 낯빛이 새빨갛고 땀을 흘렸으며 아주 힘들어 보였다.

가무잡잡한 여자였는데, 임신하지 않았다면 어떤 모습일지 그려지지 않았다.

"산달이 얼마 남지 않아서 다행이야." 메리가 말했다. "불쌍한 필리스는 임신을 너무 힘겨워해."

그리고 저녁식사 시간이 될 때까지 메리는 필리스에게 무슨 문제라도 생기면 버트가 또 술을 입에 댈까봐 '모두'가 얼마나 걱정하고 있는지 에밀리에게 말했다. "바로 그게 문제거든."

에밀리는 '모두'라는 사람들에게 관심이 갔다. 해럴드도 은행에서 돌아온 뒤 대화에 합류해 앨프리드의 아내가 버트를 위해 얼마나 애를 썼는지 말했다. 다들 버트가 진전섬망증* 단계로 직진하고 있다고 생각하던 시절도 있었으니, 벳시가 버트를 그토록 잘 타이르지 않았다면 무슨 일이 벌어졌을지는 아무도 모른다고도 말했다.

다시 해럴드가 '굴'이라고 부르는 곳으로 갔고, 메리는 창고에 또 생쥐들이 들어와서 정말이지 어쩔 줄 모르겠다고, 뮤 부인—고양이—이제 밥값도 못한다고 말했다.

그 집은 예전에 농가 주택이었다가 근처의 다른 농가 주택들과 합쳐지면서, 그 전체가 마을이라고 부를 만한 규모를 이루었다. 집 뒤편에는 식품저장실이 있었고 대리석 선반 위에는 크림과 우유가 든 단지들, 치즈, 달걀 여러 줄, 노란 버터 덩어리 등이 놓여 있었다. 그 뒤쪽 창고에는 귀리, 밀가루, 설탕 부대가 여럿 있었고 바닥에는 빛이 들지 않게

* 주로 알코올 금단에 의해 발생하는 섬망증.

가린 감자와 양파가 무더기로 쌓여 있었다.

이곳 바닥에, 심지어 식품저장실 안에도 생쥐 가족이 쥐똥을 남긴다고 메리가 한탄했다.

에밀리에게 창고와 식품저장실의 식량은 매력적으로 보였다. 식재료가 날마다 배달되어 오는 런던 집에서 최소량으로 가지런히 유지하던 선반과는 대조적이었다.

메리가 말했다. "오, 에밀리, 미안하다. 난 자러 가야겠어. 손님 대접이 소홀하다고 느끼겠구나."

"전 여기 있는 것만으로 충분해요." 에밀리는 메리가 근처에, 겨우 몇 야드 거리에 있으니 그거면 정말로 충분하다고 생각했다. 하지만 함께 부엌으로 가서 구석의 느긋한 잡담을 마음껏 나눌 수 있다면 정말 좋았을 것이다.

"넌 너의 길 밖으로 나가떨어지는 사람이 아니야." 메리가 에밀리의 슬픈 얼굴을 찬찬히 들여다본 뒤에 말했다. "넌 괜찮아." 그러고는 자러 갔다.

그 정도로 에밀리는 만족해야 했지만, 한참을 창고 안에 머물렀다. 뮤 부인이 안으로 들어왔다. 더 열심히 일하라는 기대를 받고 있다는 사실을 모르는지 마치 손님처럼 앉아서 구석에 있는 작은 구멍을 무심히 응시하고 있었다. 에밀리는 그곳이 생쥐 구멍이 아닐까 생각했다.

그녀는 코코아를 마셨다. 마지막으로 코코아를 마신 게 언제였을까? 그래, 데이지의 집에서였다. 그들은 수습 기간 내내 하루의 마무리로 코코아를 마셨고, 나중에는 에밀리가 놀러갔을 때 함께 마셨다.

잠자리에 든 에밀리는 이곳에 온 지 이틀도 채 되지 않았는데 벌써 무기력했던 자신을 자책하는 마음이 일어난다고 생각했다. 그녀는 자기 길 밖으로 나가떨어지는 사람이 아니라고 메리는 말했었다. 아, 그녀는 나가떨어졌고, 산산이 부서졌다. 게다가 자기 길이란 무엇일까?

다음날에도 아이가 메리와 함께 지내러 왔고, 에밀리는 오후에 밖으로 나가 두 남자와 함께 뛰노는 아이들을 구경했다. 한 남자는 활발하게 계속 움직이는 앨프리드였고, 키가 크고 굼뜨고 어기적거리는 다른 남자는 그 유명한 버트인 듯했다. 약간의 거리를 두고 앉은 그녀는 메리의 모피코트를 걸쳐 봄날의 싸늘한 공기를 막아냈다. 토끼털로 보이는 그 모피는 그녀가 런던에서 입는 매끈한 검은색 두더지 모피와는 달랐다.

다음날 지역 어린이를 위한 대규모 운동회가 열릴 예정이며 에밀리도 참석할 계획이었다. 하지만 당일이 되자 필리스가 메리에게 연락했다. 통증이 느껴지는데 정말로 산통인지는 모르겠지만 혹시 메리가 와서……

에밀리는 반쯤은 야외나 다름없는 작은 온실에 조시와 단둘이 남겨졌다. 곧바로 에밀리를 좋아해서 무릎으로 올라와 안아주고 얼러달라는 걸 보니 조시는 다양한 어른들을 따르는 데 익숙해진 아이 같았다.

에밀리는 신기해하며 생각했다. 하지만 난 이런 거 다 해봤잖아. 내가 이런 일에 서툴다는 생각은 사실이 아니야. 물론 그녀는 간호사 수습 기간에 소아과 병동 근무를 좋아했다. 에밀리 맥비 간호사는 아이들을 좋아했었고—세상일이 그랬다—조시는 숙련된 팔에 안겨 있었다.

하지만 앞으로 긴 하루가 남아 있고, 에밀리는 기대에 찬 아이를 즐겁게 해주어야 했다.

고양이가 안으로 들어왔다. 조시도 고양이를 알고 좋아했다. 고양이가 밖으로 나갔다.

"어디 가는 거예요?" 조시가 물었고, 이 무심한 질문 하나로 모든 것이 시작되었다. 에밀리의 새로운 삶은 바로 그때 시작되었다.

"내 생각엔 창고로 가는 것 같아. 거기에 생쥐들이 있거든."

"네, 야옹이들은 생쥐를 좋아해요." 이 시골 아이는 생각에 잠겨 말했다. "불쌍한 생쥐. 야옹이가 생쥐들을 찾지 못하면 좋겠어요."

"이 생쥐들은 아주 똑똑할 것 같아. 창고에서 꽤 오래 살았거든."

"하지만 고양이가 더 크잖아요."

"하지만 생쥐들이 똑똑하잖아." 에밀리가 말했다. "고양이가 쫓아오면 숨어버려."

"어디에 숨을까요?"

"레인 씨가 창고에 장화를 놔두시거든. 거기에 숨을 것 같아."

"맞아요. 그리고 고양이는 장화 속으로 못 들어가요, 그렇죠?"

"못하지. 생쥐들은 장화 발가락 부분으로 쏙 들어가서 고양이가 물러가기를 기다렸다가 다시 기어나올 수 있어."

"생쥐들이 제일 좋아하는 먹이는 뭘까요?"

"내 생각엔, 고양이."

"그리고 치즈." 아이가 말했다. "나도 치즈 좋아해요."

"우리 가서 보자." 에밀리와 조시는 창고로 갔다. 가는 길에 아이가 뮤 부인을 안아올렸고 순순히 안겨 있던 고양이는 창고에 도착하자 몸을 힘껏 비틀어 빠져나가 의자로 달려가버렸다.

에밀리와 조시는 식품저장실에 가득한 먹거리를 꼼꼼히 살폈다. 판에 담긴 달걀이 벽 한쪽에 첩첩이 쌓인 것을 보고 조시가 말했다. "생쥐는 달걀을 좋아할 것 같아요. 근데 껍데기는 어떻게 깨죠?"

"똑똑한 생쥐는 달걀을 한쪽으로 밀어 바닥에 떨어뜨릴 거야. 달걀이 깨지면 생쥐들이 모두 모여 먹을 수 있겠지."

"보세요, 여기 레인 씨의 장화가 있어요. 달걀이 장화 속으로 떨어지면 레인 씨는 생쥐들에게 짜증이 날 거예요."

"아니면 레인 씨가 장화를 신었다가 앞코 부분에서 뭔가 꼬물거리는 느낌이 들면 이렇게 말하겠지, 누가 내 발가락을 잘근잘근 갉아대지?"

조시는 너무나 우스운지 바닥으로 구르며 깔깔 웃었다.

작은 방으로 돌아와서도 조시는 장난감은 무시한 채 말했다. "생쥐 얘기 더 해주세요."

그러자 생쥐에 관한 장황한 이야기가 시작되었다. 상점들을 드나드는 모험, 달걀, 치즈, 고양이…… 에밀리는 자신에게 그런 능력이 있다는 사실을 몰랐다. 아이가 "그래서요? 그다음엔 어떻게 됐어요?" 하고 말하는 동안 계속해서 이야기를 만들어낼 수 있다는 사실을 몰랐다.

메리 레인이 돌아와서 필리스에게 진통이 시작된 듯하지만 곧 산파가 올 거라고 말했다. 에밀리가 지어낸 이야기를 부분적으로 들은 메리도 조시처럼 재촉했다. "계속 이야기해줘, 에밀리."

그래서 에밀리는 계속 이야기했다.

다음날 아침에는 조시가 다른 꼬마 친구와 함께 메리 레인의 집에 오더니 곧바로 둘이 함께 아우성을 부렸다. "이야기. 생쥐 이야기 해주세요."

아이들은 생쥐들의 모험과 뮤 부인의 모험 이야기를 한없이 듣고 싶어했다. 게다가 정원이 내다보이는 창문 밖에는 나뭇가지에 앉은 새들도 있었다.

"더 해주세요!" 아이들이 외쳤다.

메리가 구석에서 흔들의자에 앉아 미소를 지으며 다시 말했다. "에밀리, 너 정말로 소질이 있구나. 그런 이야기 소재는 다 어디에서 얻는 거니?"

"모르겠어요." 에밀리가 말했다.

더 많은 아이들이 찾아왔다. 작은 방에 바글바글 모인 아이들에게 메리는 우유와 케이크와 사과를 주었다.

그러다 더 큰 아이들도 왔고 그중에는 앨프리드의 아들들도 있었다. 하지만 더 어른스러운 아이들이 생쥐와 찌르레기의 모험과 고난에 만족할까?

에밀리는 이야기의 목록을 넓혀 농장의 많은 개와 고양이, 바로 그 창문에서 가끔 보이는 토끼까지 포함했다. 어느덧 그녀는 해럴드와 메리에게 흰담비와 여우와 오소리의 습성을 묻기도 했다. 그러자 레드웨이 씨가 아이들을 통해 전갈을 보내왔다. 톰의 선생이 아이에게 음악적 재능이 있다고 하는데, 그녀가 집으로 와서 사실인지 확인해줄 수 있겠느냐는 것이었다.

에밀리는 들판을 건너가 레드웨이 씨와 레드웨이 부인, 앨프리드, 예쁘장하고 통통한 여자 벳시, 그리고 두 소년을 만났다.

레드웨이 가족의 응접실에는 훌륭한 그랜드피아노가 있었다. 다른 농장 주택과 오두막에도 저마다 업라이트 피아노가 한 대씩 있었다. 마을의 아이들은 수줍음 없이 편안히 노래했고, 에밀리가 하는 이야기에도 노래들이 조각조각 섞여 있었다.

에밀리가 피아노를 연주할 때 톰은 옆에 서서 노래했고 가족들은 이들을 지켜보았다. 톰의 재능을 평가해본 에밀리가 말했다. "그래, 네 선생님 말씀이 옳구나. 이 아이는 음악 수업을 받아야겠어요."

"그건 주선해볼 수 있지." 레드웨이 씨가 즉시 말했다.

"이런 재능이 어디서 왔는지 모르겠네요." 벳시가 말했다. "나는 아니에요."

"우리 아버지야." 앨프리드가 말했다. "이애 할아버지. 아버지는 평생을 그 교회에서 오르간을 연주하며 살아온 것 같아."

온 동네 부모들이 레인 부부의 집에 연락해 에밀리에게 자기 아이들의 재능을 평가하러 와달라고 부탁했다.

그러는 동안에도 이야기 모임은 계속되었고 날마다 더 많은 아이들이 찾아왔다.

"아이들이 이런 걸 원했나봐요." 에밀리가 말했다.

"갈망했겠지." 메리가 말했다. "자, 그럼, 이제 넌 뭘 할 거니, 에밀리?"

그 무렵 데이지가 부모님을 보러 왔다. 에밀리가 와 있다는 이유도 있었다. 저녁식사 시간에 도착한 데이지를 포함해 네 사람이 식탁에 앉았다.

메리는 아침 내내 음식을 장만했다. "데이지는 맛있게 끓인 스튜를 좋아해." "데이지는 쌀 푸딩을 좋아해, 육두구를 좀 넣으면." 데이지는 어떤 어머니라도 절망을 느낄 만큼 입이 짧았지만, 메리가 그 사실을 잊은 듯해서 에밀리는 그저 잠자코 있었다.

데이지의 주말여행용 가방이 세련된 새 제품인데다 재킷도 마찬가지여서 에밀리는 생각했다, 루퍼트를 위해 마련한 것들이겠지. 데이지는 세련미에 별 관심이 없었다. 루퍼트는 데이지의 약혼자로, 그들이 식탁에 앉자마자 해럴드가 말했다. "그런데 우린 그 친구를 만나는 영광을 언제쯤 누릴 수 있겠냐?"

메리는 런던에서 점심을 먹으며 루퍼트를 만난 적이 있었지만 해럴드는 이야기로만 들었다. "참 괜찮은 사람"이라고 메리가 보고했으나 더 할 말이 없지는 않은 말투였다.

"곧 주말에 그이를 데려올 생각이에요." 데이지가 말했고, 에밀리는 데이지가 저명한 외과의사인 약혼자가 무척 바쁘다는 말은 하지 않으려고 주의한다는 사실을 알았다.

메리는 데이지를 만나러, 혹은 쇼핑을 위해 런던에 오갔고, 데이지가 일하는 곳에 가서 분주한 병원의 일상을 보기도 했지만, 데이지가 무엇을 하고 무슨 생각을 하고 쉬는 날을 어떻게 보내는지는 알지 못했다. 메리가 살면서 하는 경험은 딸의 경험과 무척 달랐지만 그래도 그녀는 더 많이 알고 싶었다. 그녀는 이해할 수 있는 정보가 나오기를 바라거나 심지어 대화의 빌미라도 되기를 바라며 몹시 소심하게 질문을 건넸지만, 데이지는 그런 탐색이 싫어서 그저 짧게 대답할 뿐이었다.

식탁에는 거의 손대지 않은 음식이 빼곡하게 놓여 있었다. 해럴드가 두 번씩 가져다 먹었는데 주로 메리를 기쁘게 하기 위해서였다.

"이제 너희끼리 이야기를 나누고 싶겠구나." 메리가 말하고 일어서서 벽에 붙여놓은 장식장 위에 촛불을 켰다. 그녀는 전구의 유용함을 인정할 마음은 있었으나 등불과 초의 불빛을 더 좋아했다.

두 사람은 에밀리가 쓰고 있는 방으로 들어갔고 데이지가 자기 침대

옆의 촛불을 켜자 에밀리도 제 촛불을 켰다.

데이지는 팔이 길고 목선이 높은 원피스 잠옷을 입었고 에밀리는 군청색 바탕에 주홍색 가장자리 장식이 있는 파자마를 입었다. 그들은 침대에 앉아 머리를 빗었다. 데이지는 벌써 희끗희끗해지는 금발을 돌돌 말아 뒤통수에 고정한 스타일을 유지했지만 에밀리는 단발로 바꿨다. 에밀리는 그간 메리에게 단발은 일주일에 한 번씩 다듬어줘야 하는데 이젠 그냥 내버려둘까 한다고 말해왔다. 에밀리의 세련된 친구들이 하는 단발은 합스부르크 가문의 몰락을 초래한 폭동과 내전 때문에 시작되었다.* 폭동 집단과 반란자들은 머리를 매우 짧게 잘랐다. 똑같은 반란의 혼돈에 빠진 튀르키예에서는 하렘에 대한 사람들의 상상에서 비롯된 머리 모양을 패션계에 퍼뜨렸다.

흔들리는 초의 불빛 속에서 두 여자 모두 머리를 열심히 빗었다.

그때 데이지가 말했다. "메리가 편지에도 쓰고 얘기도 하시던데, 네가 이 동네 아이들을 말로 꽉 붙잡고 있다면서?"

에밀리가 솔빗을 툭 떨어뜨리고 말했다. "아, 이런. 오, 데이지, 내가 무슨 짓을 한 거지?" 그녀는 눈물을 터트리며 베개 위로 쓰러졌다.

데이지가 솔빗을 내려놓고 말했다. "왜, 에밀리, 뭐가 문제야?"

"내가 잘못한 걸까? 어머니가 불평하셨지? 오, 데이지……" 흐느낌이 격해졌다.

데이지가 허리를 세우고 앉아서 말했다. "에밀리!" 분개한 목소리였다. "도대체 왜 이러니, 에밀리. 울음 그쳐, 당장."

---

* 실제로 합스부르크 왕조는 제1차세계대전을 거치며 해체되었지만, 이 소설은 대전이 일어나지 않은 가상의 현실을 배경으로 진행되며 이 부분도 역사적 사실과 다르다.

에밀리는 흐느낌을 억눌렀다. “수많은 아이들이 여기로 왔는데 메리는 그 아이들을 다 먹이며 다정히 대해주셨어.”

“당연해, 그러는 걸 좋아하시니까.”

“이렇게 될 줄 몰랐어, 데이지. 어쩌다보니 이렇게 돼버렸어.”

“하지만, 에밀리, 이건 굉장한 일이야. 어서 그쳐.”

“그럴까, 정말 그래?”

“모두 널 대단하다고 생각해. 넌 뭐든 대충하는 법이 없지, 안 그래? 그만 울어.”

에밀리가 최근에 남편을 잃었다는 생각이 떠오르기는 했지만 데이지는 에밀리가 남편이 없어진 것을 다행스러워할 거라고 은밀히 믿고 있었다. 시적인 분위기를 풍기던 젊은 시절의 의사 윌리엄은 모든 간호사의 사랑을 받았다. 하지만 윌리엄 마틴화이트는 딱딱하고 엄격한 별개의 존재로 사람들이 두려워했다. 데이지는 그랬다. 자신 역시 병원의 위계질서 내에서 상당히 막강한 인물이라는 생각은 떠오르지 않았다.

데이지가 물었다. “재혼할 생각은 있니, 에밀리?”

“어휴, 아니야.” 에밀리는 단호히 대답했다.

이에 제 생각이 옳았음을 확인한 데이지가 말했다. “그쪽 촛불 꺼. 너한테 할 이야기가 있어.”

에밀리는 그 말에 따랐다. 조그만 파란색 에나멜 촛대에는 몽당초가 꽂혀 있었다. 에밀리는 예쁜 촛대를 좋아했고, 촛불을 동무 삼아 켜둘 때가 많았다.

“자, 에밀리.” 데이지가 누우면서 말했다. 하지만 자기 쪽의 촛불을 켜놓아서 에밀리가 진정했는지 볼 수는 있었다. “내가 이 얘기를 한 적은 없을 거야, 거의 확신해. 내가 요즘 잡다한 일로 바쁘게 돌아다니고 있는데, 루퍼트 때문에 말이야. 그이가 곧 결혼식을 하고 싶어하거든…… 그런데 있잖아, 그이가 이스트엔드의 아이들을 위한 협회에 관여하고 있어. 너도 알겠지만, 거기가 정말 끔찍하게 가난한 곳이잖아."

에밀리는 오래도록 가난을 의식하지 않고 살아왔다. 파티에 오던 사람들은 대단한 부자는 아니어도 형편이 좋은 편이었다. 생각해보니 그녀에게 런던의 가난을 가장 가까이에서 보여주는 사례는 하인들이었다. 이곳에서 레인 부부와 함께 지낸 몇 주 동안에도 그녀는 레드웨이 가족의 좋은 집에 가봤을 뿐, 농장 일꾼들의 오두막에는 가보지 않았다. 일꾼들의 아이들은 아무것도 부족해 보이지 않았다. 따뜻하게 옷을 입었고 먹을 것도 충분했다. 그런데 학교는 신통치 않다는 생각이 들었다.

영국은 부유했고 성장세였으며 주류 작가나 공적 인물들이 시시때때로 예찬하는 번영을 구가했다. 보어전쟁* 이후로 영국은 전쟁을 겪지 않았고 서유럽 전체도 전쟁 없이 평안한 삶을 누렸다. 붕괴하는 오스트리아 제국과 튀르키예 제국의 처참한 상황만 보더라도 번영의 비법은 전쟁을 피하는 것임을 알 수 있었다.

아프리카에서 다양하게 발생한 소규모 접전도 더 악화할 수 있었지만, 결국 기세가 꺾인 것은 '우리가 가진 것을 왜 망쳐야 하지?'라는 생

* 1899년에서 1902년까지 아프리카 종단 정책을 추구하던 영국과 남아프리카 지역에 정착해 살던 네덜란드계 보어족 사이에 벌어진 전쟁. 케이프 지역에서 발견된 금광을 차지하기 위해 양측이 치열한 전쟁을 벌인 끝에 영국이 승리했다.

각 때문이었다. 프랑스, 독일, 저지대 국가들*도 호황을 누리는 중이었다.

영국은 에드워드 시대에 그랬듯이 대형 주택과 호화로운 삶이 넘쳐났지만 그 풍요가 아래로 스며들지는 않는 듯했다.

다시 에밀리가 울까봐 주시하던 데이지가 일어나 앉더니, 이스트엔드의("게다가 런던 밖은 또 오죽하겠니?") 아이들이 얼마나 측은하게 굶주리고 헐벗고 더러운지 이야기했다. "작은 야만인들처럼 말이야, 에밀리. 어쨌든 루퍼트는 이 협회를 세울 거고 유명한 후원자도 많아. 우리는 이스트엔드를 변화시킬 거야. 런던처럼 부유한 대도시가 그런 가난을 용인한다는 건 수치스러운 일이야." 그녀는 한동안 이야기를 계속하다가 에밀리가 잠든 것을 보고 자신도 잠들었다.

다음날, 에밀리는 데이지에게 어제 한 말을 이해했다며 이제 정신을 차렸으니 다시 한번 말해달라고 부탁했다. 에밀리와 메리가 "이야기를 해주세요, 아줌마, 이야기요" 하며 아우성을 부리는 아이들을 안으로 들이는 동안 데이지가 에밀리에게 상황을 간단히 알리며 지원을 부탁했다. "넌 이런 일을 정말로 잘해, 에밀리. 우리는 네 활력과 유능함이 필요해. 루퍼트에게도 네가 틀림없이 우리와 함께 일할 거라고 말했고, 그이도 병원에서 일하던 시절의 너를 잘 기억한대. 그러니 넌 수락만 하면 돼."

에밀리는 수락했지만, 그사이에 다른 계획들도 생각해내고 있었다. 그에 대해 메리에게 상의했을 때, 그녀는 그렇게 많은 책과 이야기에

* 북해 연안의 벨기에, 네덜란드, 룩셈부르크의 통칭.

관한 지식은 어디서 얻었는지 궁금하다고 말했다. 이 대화를 계기로 에밀리는 새어머니에게 편지를 써서 옛날에 보던 책들이 아직 그대로 있다면 집에 들러 살펴봐도 되겠는지 물었다.

"네 방은 손대지 않고 그대로 있다. 그리고 아버지도 널 보고 싶으실 거야."

에밀리는 런던에 가면서 진정한 자신을 남겨두고 떠나는 느낌이 들었다. 결혼 상대로 농부를 찾아봐야 하나, 그녀는 생각했다.

블랙히스의 집은 페인트칠까지 변함없이 예전 그대로였다. 에밀리는 유년기의 장면과 감정을 기억하지 않으려고 곧바로 아버지에게 갔다. 그는 살집이 많이 붙고 얼굴이 울긋불긋했다.

"초상을 치렀다고 들었다." 아버지가 말했다. 그녀는 남편의 죽음을 알리는 편지를 보냈었다. "심장마비였다고? 나도 가벼운 뇌졸중을 겪었어."

"네, 심각한 심장마비였어요."

"난 요새 음식과 음주에 주의하고 있다."

에밀리는 한참 아버지의 건강에 대해 이야기한 뒤, 새어머니가 손대지 않고 그대로 두었다고 한 예전 방으로 올라갔다.

방은 이십이 년 전 집을 떠날 때와 똑같았다. 옷장 문을 살짝 열었다가 고등학교 때 입던 옷이 보이자 문을 쾅 닫았다. 분노가 치밀었다.

창문 아래쪽에 오래된 참나무 책장이 보여서 그 앞 바닥에 앉아 빛바랜 헌책들을 뚫어지게 쳐다보았다. 우선, 첩첩이 쌓인 낱장 지도들과 지도책들, 맞다, 그녀는 지리를 잘했다. 이 책들은 어떤 기준으로 선택되었을까? 수신인이 적힌 책 상자가 어디선가 나타났고, 그러면 에밀리는 그 책들을 방으로 가져다놓곤 했다. 『월장석』, 『흰옷 입은 여인』, 셜록 홈스. 『피터 팬』, 그래 맞아, 그녀는 예전에 피터 팬을 읽으며 울었다. 조지 메러디스, 디킨스는 전작이 갖춰진 듯했다. 트롤럽의 모든 작품. 『미들마치』와 『플로스강변의 물방앗간』. 윌리엄 블레이크, 맞다, 그녀는 수업중에 "오, 장미여, 너는 병들었구나"라고, 무슨 뜻인지도 모르면서 시를 낭송했었다. 바이런, 매슈 아널드, 셸리, 워즈워스, 테니슨의 시. 토머스 하디—하지만 『이름 없는 주드』는 없고. 『모비 딕』, 호손, 존 키츠. 셰익스피어. 램 남매가 쓴 『셰익스피어 이야기』. 찰스 램의 수필들. 『산중야화』. 폴그레이브의 『명시 선집』. 존 러스킨의 『베네치아의 돌』, 『허영의 시장』…… 에밀리는 침대에 누워서도 읽었고 지금 앉아 있는 자리에서도 읽었다. 책은 평온과 고요의 장소, 숨을 수 있는 곳…… 책은 좋았다. 독서는 좋았다. "책 읽으러 올라가니, 에밀리? 기특하다."

딸을 위해 노력했다, 에밀리의 아버지는. 그리고 탁자 위에는 암적색 가죽으로 장정한 월터 스콧의 작품들이 가지런히 쌓여 있었다. 아무도 읽지 않은 책이었다. 참 이상했다, 안 그런가? 에밀리는 아래층으로 내려가 아버지에게 '감사해요. 제게 얼마나 도움이 되었는지 아버지는 모르실 거예요, 독서요' 하고 말하려 했지만, 아버지는 코를 골며 잠들어 있었다. 그녀는 새어머니를 찾아 자신의 어릴 적 옷은 이젠 치우는 게 좋겠다고 말했다.

그렇게 그녀는 아버지가 뿜어내는 오래된 불화의 냉기를 여전히 느끼며 집을 나서면서도 그의 평안을 빌었다. 감사해요.

에밀리는 서점 몇 군데를 돌아다니면서 책을 대량으로 주문할 예정이라 말하며 도매가격을 문의했다.

그녀는 의기양양하게 레인 부부의 집으로 돌아갔다.

"감사해요, 메리. 아주머니가 아니었다면 옛집에 돌아가 제 책들을 살펴볼 생각은 못했을 거예요." 그리고 저녁을 먹은 뒤에는 메리와 해럴드에게 계획을 설명하며 의심이나 반대의 기미가 있는지 그들의 표정을 살폈다. 하지만 두 사람 다 기뻐했다.

해럴드가 말했다. "네가 맥빠져 지내지 않으리란 걸 알고 있었다. 너는 그런 사람이 아니지."

메리가 말했다. "네가 아주 좋은 생각을 해낼 줄 알았어."

해럴드는 자신의 굴로 들어가고 여자 둘만 이야기를 나누던 중 메리가 에밀리에게 유능한 변호사가 필요할 거라고 말했다.

데이지가 이 계획에 동참한다는 사실도 이 대화중에 비로소 언급되었다. 데이지는 어머니에게 그런 말을 한마디도 하지 않았고, 자신의 미래에 대해서도 등기소에서 조용한 결혼식을 올리겠다고, 어머니가 원한다면 호텔—작은 호텔—에서 피로연은 할 수도 있다고 말했을 뿐이었다.

에밀리는 자신의 계획을 다 설명한 뒤에 덧붙였다. "아주머니는 제게 정말로 잘해주셨어요. 어떤 여자애든 아주머니 같은 친구만 있다면 어머니가 없어도 될 거예요."

두 사람은 서로를 안고 울었지만, 우는 이유는 각자 달랐다.

에밀리가 세드릭 마틴화이트에게 편지를 써서 두 사람은 에밀리의 집에서 만났다. 그녀는 그곳에 마지못해 들어섰다. 이 얼마나 쾌적하고 밝고 시원한 곳인가, 레인 부부의 집에 비하면 얼마나 멋지고 환한가. 그런데도 그녀는 그곳이 자신을 에워싸는 그림자처럼 느껴졌다. 집이 그녀를 못마땅해했다! 도대체 왜? 오, 이렇게 허무맹랑하고 어리석다니.

에밀리는 윌리엄과 함께 무수한 만찬 파티를 치른 대형 식탁에 세드릭과 마주앉았다. 메모가 필요할 거라고 말하고 노트와 연필을 가져온 세드릭은 책임이 막중한 사업가의 화신처럼 에밀리의 맞은편에 앉았다. 사실 그는 변호사였다.

최근에 메리에게 계획을 자세히 설명한 뒤로 내용을 충분히 숙지한 에밀리가 세드릭에게 무엇을 원하는지 말하는 데는 그리 많은 시간이 걸리지 않았다.

즉시 그는 이 계획에서 데이지와 루퍼트의 역할이 명확하지 않은 것 같다고 말했다. 그들은 하나의 협회를 설립하겠다는 것인가, 아니면 각기 다른 협회를 설립하겠다는 것인가?

"내 생각에 우리는 대충 비슷한 걸 원하는 것 같아."

"복수의 유사한 목적을 추구하는 하나의 협회, 아니면 별개의 두 협회 설립을 위한 규정을 정리해드릴 수 있어요. 그런데 에밀리 숙모님은 원하는 것에 대한 확신이 투철하시네요."

"그래, 아주 투철하지."

"그러면 협회든 공익신탁이든 전적으로 숙모님 혼자서 운영하는 단체를 세우지 그러세요? 통제권이 한 군데에 집중되는 게 얼마나 중요한데요. 사람이 많이 포함될수록 불화의 가능성도 커지죠. 다툼도 생길 수 있고요. 이 루퍼트란 사람은 잘 아세요?"

"모르는 사람이 없지. 루퍼트 펜리처즈."

"아, 그 사람. 미리 알려주시지. 주교나 저명인사의 이름을 많이 넣어야 숙모님의 사업에 품격과 명성이 올라가거든요."

"어이구."

"하지만 혼자서 사업을 운영하시려거든 저를 영입하시라고 제안드립니다. 저를 언제든 마음대로 부리셔도 돼요, 에밀리 숙모님. 저는 숙모님의 바람에 어지간해서는 반대하지 않을 듯하네요. 말씀하신 모든 게 마음에 들거든요. 변호사 하나쯤 있으면 언제나 도움이 되죠."

"그러면 나와 데이지 레인, 그리고 너를 중심으로 하면 이상적이겠구나."

"친구분 남편이 이 사업을 영예롭게 빛내주는 후원자가 기꺼이 되어주실까요? 그와 비슷한 사람들을 더 낚아서 데려오면 더욱 좋고요."

에밀리가 말했다. "그런데 말이야, 그와 비슷한 사람들은 내가 아주 많이 알아." 그래서 마침내 그녀의 만찬 파티들이 유용해졌다. "루퍼트로 말하자면, 그 사람은 너무 바빠서 실질적인 일은 거의 못하리라고 봐. 그 점에서, 결혼하고 나면 데이지에게도 그만두라는 압력이 있겠지." 에밀리는 자신의 말투가 얼마나 불만스러운지 알지 못했다.

세드릭이 웃으면서 말했다. "그렇게 말씀하시니 한 가지 더 제안드릴 엄두가 나네요. 제 약혼녀 피오나가 숙모님과 함께 실무에 참여하는 거예요."

"하지만 난 피오나를 만난 적도 없잖아." 에밀리는 말했다. 권한을 양도한다고 생각하니 벌써 내키지 않았다.

"하지만 그 문제는 곧 해결되겠죠. 저희랑 점심이라도 하시죠, 내일은 어떠세요? 피오나가 숙모님 아이디어에 관심이 지대합니다. 편지에 적으신 얼마 안 되는 내용만으로도 아주 불이 붙었어요. 그뒤로는 온통 그 얘기만 한다니까요. 피오나는 이미 이스트엔드에서 자선 활동을 꽤 많이 해왔지만 숙모님 아이디어만큼 훌륭한 활동은 없었답니다."

"그애가 맘에 들지 않는다면?"

"그러면 그렇다고 말씀하세요. 하지만 제가 피오나를 쥐락펴락할 수 있어요. 보시면 알아요." 그의 미소는 곧 결혼할 남자에게 어울렸고, 에밀리는 그 모습을 보고 웃음을 터트렸다.

"오, 지금은 그렇게 생각하겠지."

"저는 집에 앉아서 다과회나 여는 아내는 원치 않아요." 그러더니 에밀리의 불쾌한 심기를 읽고 얼른 덧붙였다. "물론 숙모님의 저녁 음악회 같은 멋진 행사를 기획한다면…… 피오나가 음악가라는 얘기를 제가 했나요? 사실이거든요. 에밀리 숙모님, 정말로 모든 일을 숙모님 혼자서 하실 순 없어요."

사실 에밀리는 혼자 해낼 수 있는 사업을 구상해왔다. 그러면서도 속으로는 남몰래 되뇌기도 했다, 영국의 모든 도시로 퍼져나가 우리 학교를 세울 거야.

"내일, 점심?"

"나는 호텔에 묵을 거야." 에밀리가 말했다. "이곳은 좀 오싹해."

"윌리엄 숙부가 유령이 되어 나타나기 시작했을까요? 일단 저는 숙부가 충분히 그럴 수 있는 분이라고 봅니다. 아시다시피 저는요, 숙모님이 원하시면 일주일 안에 이 집을 맡아드릴 수도 있어요. 피오나가 무척 좋아할 거예요. 피오나가 귀족 작위 상속녀라는 얘기를 제가 했나요?"

에밀리는 차량이 오가는 도로 건너편을 바라보았다. 그쪽 인도에서 세드릭과 피오나가 언쟁을 벌이는 듯했으나 알고 보니 둘 다 웃고 있었다. 그들을 둘러싼 무리는 대개 젊은이들이었고 모두가 손짓을 하며—야유인가?—깔깔 웃고 있었다. 세드릭과 피오나가 주연배우인 뮤지컬의 코러스 같았다. 혹은 미용사 협회의 대회장인가? 차들을 피해 무리로 다가가면서 보니 젊은 여자들의 머리가 대략 두 가지 스타일로 나뉘었다. 어떤 이들은 옆머리 한 가닥을 볼 위로 내려 스프레이로 고정했는데, 예전 같았으면 '뻗친 머리'라고 했을 법한 그 귀밑머리는 흡사 나무처럼 딱딱하고 뾰족해 보였고 색깔은 갈색, 노란색, 검은색, 금색, 그리고 심지어 회색도 한두 명 있었다. 다른 쪽은 에밀리도 이미 아는 머리 모양이었는데, 곱슬곱슬한 머리채를 양볼에 드리운 스타일로 이는 튀르키예 지지자임을 나타냈다. 에밀리가 두 사람에게 다가갔을 때 세드릭은 피오나의 어깨에 팔을 두르고 곱슬머리 스타일의 반대자 여성들 무리와 대적하고 있었다. "식사하러 가시죠." 세드릭이 말했다. "음식이 맛있어요." 곱슬머리 여자들이 터키시딜라이트 레스토랑으로 들어가는 피오나에게 길을 비켜주었다. 피오나의 머리는 첫번째 스타일이었다.

"두 분을 따로 소개하진 않을 거예요." 세드릭이 에밀리에게도 팔을 두르며 말했다. "이제 두 분 다 서로에 대해 지겹게 들으셨을 테니까."

세드릭과 아는 사이인 식당 주인이 손짓으로 그들을 테이블로 안내하고 피오나의 볼을 보며 쯧쯧 혀를 차는 시늉을 했다.

"자, 이제 당신이 자유로운 영혼이라는 걸 보여줘." 세드릭이 피오나에게 말했다. 피오나는 웃고 있었지만 금방이라도 눈물을 쏟을 것 같았다. "초연해지라고."

"다른 대안이 없어 보여." 피오나가 대답한 뒤 자신의 '세르비아 지지자' 머리 모양에 손가락질하는 사람들을 향해 허공에 주먹을 휘두르는 시늉을 했다.

"샴페인." 세드릭의 말에 즉시 샴페인이 대령되었다. 모두가 샴페인을 마시는 듯했다. 롱거필드 사람들은 생일이나 특별한 행사가 있을 때만 샴페인을 마셨다.

"에밀리 숙모님." 피오나가 말했다. "정말 부끄럽네요. 이런 소동을 보시고 어떻게 저를 진지하게 여기시겠어요?"

"난 사람들이 머리 모양으로 제국의 멸망을 기념하는 걸 에밀리 숙모님이 보고 싶어하실 거라고 생각했어." 세드릭이 말했다. "믿을 수 있으세요, 에밀리 숙모님? 어젯밤에 여기 터키시딜라이트하고 옆에 있는 라스트워드 레스토랑 앞에서요, 곱슬머리 여자들이 세르비아 레스토랑으로 들어간다는 이유로 사람들이 싸웠어요."

"세르비아 사람들이, 혹은 튀르키예 사람들이 뭐라고 할지 궁금하구나." 에밀리가 말했다.

"오, 얼마나 경박해요. 맞아요, 숙모님 말씀이. 하지만 잊지 마세요. 우린 과잉의 세대거든요. 자기를 내세워야만 해요."

어느 신문은 사설에서 요즘 젊은이들은 그동안 전쟁이 없어서 자신들이 아직 시험을 거치지 않았다고 느끼기 때문에 불안정하다고 썼다. "그들은 필요한 수준을 훨씬 초과하는 과잉이었다." 즉시 젊은이들은 자신들이 '과잉'이라고 주장하는 배지와 단추를 만들어 달았다.

샴페인을 약처럼 마시던 피오나가 갑자기 외쳤다. "에밀리 숙모님—제가 숙모님이라고 불러도 될까요. 전 아직 마틴화이트 집안사람이 아니라서요, 곧 되긴 하겠지만요…… 이건 정말이지 너무 불행한 출발이에요. 전 숙모님이 저를 진지하게 여기시기를 정말로 바랐거든요."

"당연히 숙모님은 널 진지하게 여기실 거야. 곱슬머리 반대파들에게 대항하는 네 모습을 보셨으니까."

"에밀리 숙모님," 피오나가 끈질기게 말했다. "제가 숙모님의 계획을 얼마나 우러러보는지는 따로 말씀드릴 필요도 없어요." 그러더니 샴페인 잔을 높이 들어 마시며 숨을 돌린 뒤 상기된 표정으로 젖은 눈을 훔치며 주장했다. "있잖아요, 제가 몇 달째 이스트엔드에서 일하고 있는데, 정말 너무 끔찍해요. 제가 말을 해도 사람들은 믿질 않아요. 가난이 얼마나 지독한지. 아이들이 너무 깡말라서 그 안쓰러운 작은 갈비뼈가 툭 불거진 걸 보면 믿을 수가 없어요. 이런 부유한 나라에서……"

피오나는 청중 앞에서 말하는 연습을 해본 사람이 분명했다. 에밀리는 중간에 말을 끊고 끼어들었다. "하지만 난 가난한 이들 중에서도 가장 가난한 이들과 함께 일했어, 왕립자선병원에서 말이야."

하지만 피오나는 계속 몰아쳤다. "숙모님을 돕기 위해 할 수 있는 일이라면 뭐든 하겠어요. 세드릭한테서 숙모님 계획을 들었을 때 허황된 줄로만 알았던 꿈이 실현된 느낌이었어요."

웨이터가 음식을 가져다놓는 동안에도 그녀는 계속 말을 이어갔다.

"피오나," 세드릭이 말했다. "잠깐만 멈춰봐. 에밀리 숙모님, 이곳 음식이 정말 아주 맛있어서……"

"오, 세드릭, 음식, 그래, 알아. 그리고 이스트엔드에서는요, 몇 달간 온전한 식사를 한 적이 없는 이들도 봤어요."

한 웨이터가 거리 쪽 입구에서 들어와 출입문 근처에 앉은 손님에게 허리를 숙여 뭐라고 말한 뒤 경쟁 식당을 의기양양하게 둘러본 후 다시 나갔다. 웨이터와 말을 나눴던 남자가 손을 쳐들었다. "우린 바로 옆의 라스트워드 레스토랑에서 왔습니다. 아까 들어왔던 사람이 코소보 전투가 어젯밤에 끝났다는 소식을 전했어요. 세르비아가 대승했습니다."*

"분명 이건," 세드릭이 모든 이들을 향해 말했다. "무승부라고 불러야 합니다. 코소보에서 다시 전투가 거듭 벌어질 게 뻔하니까요."

그 말에 어떤 이들이 그에게 고함을 질렀다. 아까 보도에서와는 달리 조롱하는 기색은 전혀 없었다.

레스토랑 뒤쪽에 있던 청년들 여럿이 자리에서 일어나 세드릭에게 다가왔다.

"이럴 수가," 세드릭이 말했다. "깡패들이네."

레스토랑 주인이 잽싸게 달려와 위협하는 청년들을 손짓으로 물리치고 세드릭에게 말했다. "어서 나가주시는 게 손님들께 이롭겠습니다." 그러더니 세르비아식 옆머리가 도드라진 피오나의 볼을 가리켰다.

세드릭이 서서 피오나를 일으켰고 에밀리도 일어섰다.

"상관없어요." 세드릭이 말했다. "근처에 제가 아는 좋은 식당이 있거든요." 그러더니 한쪽 팔로는 에밀리를, 다른 팔로는 피오나를 안고 그들을 터키시딜라이트 레스토랑 밖으로 이끌었다.

---

* 실제 역사에서 세르비아 왕국과 오스만 제국 사이에 벌어진 코소보전투는 1389년의 일이며 튀르키예가 승리했다.

보도 위에서 세르비아 지지자들이 춤을 추며 환호하고 있었다.

"안 돼, 피오나," 세드릭이 말했다. "거기서 나와. 당신이 세르비아 편인 건 누구나 알아." 그러더니 길 아래의 아는 식당으로 그들을 데려갔다.

"에밀리 숙모님," 피오나가 말했다. "저는 진지한 사람이에요. 부디 믿어주세요."

다음날, 에밀리가 묵는 호텔에서 세드릭은 피오나가 몹시 당혹스럽고 우울해한다고 전하며, 에밀리가 알아주었으면 한다고 말했다. 그는 피오나가 더할 나위 없이 분별 있는 여자라는 점을 확신시키려고 그곳에 왔다.

"세드릭," 에밀리가 말했다. "이해가 안 되니? 난 이 계획을 세울 때 나와 내 오랜 친구 데이지, 거기에 더해 한두 명쯤을 생각했어. 그런데 지금 이렇게 네가 있고, 사실 우리는 서로 안 지도 얼마 되지 않았는데 이젠 또 피오나와—"

"하지만 에밀리 숙모님, 그 모든 계획을 숙모님과 다른 한두 명이 실행할 수 있다는 건 상상도 할 수 없어요. 일단, 비서도 한 명 필요할 거고요."

"내가 잘 생각해볼게." 에밀리가 말했다.

"하지만 너무 오래 생각하지는 마세요." 세드릭이 말했다.

곧바로 데이지의 편지가 도착했다. 그녀와 에밀리가 함께 살았던 집에서 멀지 않은 곳에 헐값에 나온 집 두 채가 있고, 루퍼트가 이 새로운 사업을 위해 그 집들을 사들였다는 것이었다. 즉시 세드릭이 도착했고, 에밀리는 자기 집으로 다시 들어갔으며, 두 사람은 식당의 대형 식탁에 마주앉았다.

"자, 이제, 에밀리 숙모님!"

"데이지는 사업적인 문제는 신경쓰고 싶지 않대. 곧 결혼하거든. 사람들을 참여시키는 일을 네가 맡아야겠다. 데이지, 데이지의 남편 루퍼트, 나, 너……"

"피오나도 넣어주실 거죠?"

"아주 좋아."

"후회하지 않으실 거예요. 정말로 괜찮은 여자예요. 그런 여자를 만난 제 행운을 믿을 수가 없다니까요."

그렇게 해서 에밀리는 무척 분주해졌다.

무척 외롭기도 했다. 데이지는 예식 준비로 정신이 없었다. 피오나도 마찬가지였다.

에밀리는 커다란 집에서 혼자 거울을 뚫어지게 바라보며 지금 슬픈 것은 결혼하지 않을 거라서가 아니라 전에도 진정한 의미의 결혼을 한 적이 없기 때문이라고 속으로 말했다. 그녀는 자신과 윌리엄을 데이지와 루퍼트에 비교했다—'하지만 그 둘은 서로를 정말로 좋아하잖아' 하고 에밀리는 혼자서 속삭이며 거울 속에서 마주한 얼굴이 엄해 보인다고 생각했다. 요즘 유달리 미소가 환한 데이지의 얼굴과 비교되었고, 젊은 커플 세드릭과 피오나를 생각하니 눈물이 쏟아질 것만 같았다. 윌리엄이 세드릭처럼 농담하고 장난을 친다—그건 상상도 할 수 없는 일이었다! 한쪽은 중년이고 다른 한쪽은 아주 젊은 이 두 커플은 에밀리는 알지 못했던 행복에 파묻혀 있었다. 그래서 에밀리는 거울에 반사된 빛에 음울하기 그지없어 보이는 자신의 얼굴을 꾸짖었다. 자신에게 뭔가 문제가 있었다. 분명했다. 세드릭은 피오나가 '무척 재미있는' 사람이라고 했다. 데이지는 편지에 "정말 행복해, 에밀리. 이럴 줄 몰랐어"라고 썼다.

하지만 다행히도 할일이 아주 많았다.

세드릭은 서류와 계획과 구상을 준비해서 찾아왔다. "다행이에요, 에밀리 숙모님. 신랑에겐 이것저것 하라는 게 별로 없어서요. 불쌍한 피오나."

"세드릭, 요즘 집배원이 올 때마다 편지를 많이 받는다. 우리 학교 직원을 사교계 아가씨들로 채우는 게 정말로 괜찮을까?"

"피오나를 사교계 아가씨라고 부르시는 건 아니길 바라요, 에밀리 숙모님."

"봐, 세드릭." 그녀는 편지 한 무더기를 그에게 밀었다.

"이건 제가 가져갈게요. 제가 아는 사람들이 대부분일 거예요. 옳은 선택을 하시도록 제가 확인하겠습니다."

그리고 다시, "세드릭, 주교님들이 이렇게 많을 필요는 없어."

"주교님들은 아무리 많아도 괜찮아요. 우린 그저 전용 문서용지에 이름을 인쇄할 가장 잘나가는 분들만 고르면 돼요."

그는 에밀리에게 향후 오 년간, 그리고 십 년간, 이 프로젝트를 어떻게 발전시킬 것인지를 글 한 단락으로 요약하라고 시켰다. 그는 말했다. "윌리엄 숙부가 꽤 많은 돈을 남기셨죠, 에밀리 숙모님. 하지만 계획하시는 사업을 전부 충당할 정도는 아니에요. 아니, 제가 작고 알찬 자선단체를 모아드릴게요. 그러려면 주교들이 있어야 해요. 대주교들이면 더욱 좋고요. 그리고 왕실 사람도 한두 명 있으면 좋겠죠. 그런 걸 운영하려면 누구를 데려와야 하는지 알려드릴게요. 피오나의 사촌 매지예요. 자선사업과 관련된 건 뭐든 끝내주게 잘하거든요."

이 얼마나 이상한가, 에밀리는 생각했다. 이건 빈민들을 위한 학교와 책의 문제인데 갑자기 난 온종일 이런저런 귀족과 왕족을 만나고 주교들과 차를 마시고 있다니.

데이지도, 피오나도 결혼식을 마쳤다. 즉시 에밀리의 오른팔이 된 피오나는 책임감 있고 총명하며 에밀리가 바랄 수 있는 모든 것을 갖추고 늘 옆에 있었다.

그런데 젊은 부부의 새집이 아직 완공되지 않은 터라 에밀리는 세드릭과 피오나에게 자신의 집을 빌려주고 방 하나만 사용하기로 했다. 하지만 그녀는 비크 스트리트의 주택 안에 있는 플랫을 더 좋아했다.

육 개월 안에 첫번째 윌리엄 마틴화이트 학교가 문을 열어 큰 성공을 거두었다.

첫 학교가 문을 연 뒤 메리 레인은 런던에 자주 찾아왔다. 처음에는 이스트엔드의 병약한 아이들을 보고 충격을 받았다. "시골에도 가난한 사람들이 있긴 해," 그녀는 말했다. "하지만 이 정도로 지독한 가난은 본 적이 없어." 메리는 에밀리가 있을 때는 그녀와 함께 지냈다. 하지만 에밀리는 다른 도시에서 마틴화이트 학교에 대한 정보를 요청할 때마다 출장을 자주 다녀야 했다. 그런데 곧이어 일손이 늘어났다. 결혼식 전후의 분주함이 지나가자 데이지가 될 때마다 자주 들러 살피고 도왔기 때문이다. 그녀는 학교 일에 큰 흥미를 느끼고 직장에서도 곧 퇴직할 계획이었다. 그 무렵 해럴드가 은퇴했고 그 역시 런던에 자주 왔지만, 올 때마다 이곳이 얼마나 충격적인지, 얼마나 열에 들뜨고 신경과민한 곳인지 언급하지 않는 법이 없었다. 그는 루퍼트와 데이지의 집에 '굴'을 마련했고 거기에서 사위와 마주앉아 세상일을 논했다. 하지만 루퍼트가 매우 바빠서 자주 그럴 수는 없었다.

메리 레인은 에밀리에게 '두 부인네'(벳시와 필리스를 이르는 말이었다)가 학교를 열었고, 금세 런던에만 세 곳이 생긴 마틴화이트 학교로부터 얻은 온갖 정보를 활용해 잘 운영하고 있다고 전했다.

롱거필드 학교는 왜 마틴화이트 분교로 열겠다고 신청하지 않았을까? 실은 신청했지만 거부당했다. 인가를 받기 위해서는 몬테소리 교육을 시행할 교사가 있어야 한다는 규정이 있었다.

"아, 개의치 마." 메리가 말했다. "작지만 좋은 학교야. 너도 그렇게 생각할 거다. 그러니 한번 와서 봐."

그녀는 더 권하지 않았고 에밀리는 의아하게 생각했을 수도 있다. 에밀리와 관련된 무슨 일인가가 일어났지만, 본인은 모르는 편이 나을 수도 있겠다고 사람들은 판단했다. 그리고 그녀는 정말로 몰랐다. 이는 모든 이가 신중했기 때문에 가능했다.

왜 그러는지는 자기도 몰랐을 테지만 어쩐지 에밀리를 견딜 수 없었던 버트는 그녀의 이야기—생쥐와 고양이와 새 등등—를 흉내내며 조롱하는 버릇을 들였다. 그는 에밀리 흉내를 아주 잘 내서 사람들은 그가 "그러자 들쥐 친구들이 고양이를 전부 먹어치웠어. 그리고 곧 생쥐들도……" 하는 식으로 말하면 웃음을 터트렸다. 에밀리에 대한 혐오가 역력해서 그녀의 친구들이 불편해하며 흉내를 그만두라고 했지만 그는 따르지 않았다. 그러다 놀라운 일이 벌어졌다. 버트가 고약하게 흉내내는 소리를 들은 어린아이 몇몇이 거기 담긴 고마운 에밀리 아줌마에 대한 비판을 '감지'하지 못하고 목청껏 외쳤다. "버트 아저씨가 이야기를 해준다, 아저씨가 이야기를 해줘. 버트 아저씨, 이야기를 해주세요……"

버트는 곤욕스러워서 아이들을 멀리 쫓아내고 자신도 농장 끝으로 가버렸지만, 그가 다시 나타나자마자 아이들이 또 졸랐다. "버트 아저씨다. 이야기를 해주세요……"

"어쩌나," 그의 아내 필리스가 말했다. "당신 이번에는 못 빠져나가겠는데, 안 그래, 버트?"

앨프리드는 처음에는 그 상황이 우스워서 깔깔 웃었다. 누군가와 말을 하다가도, 혹은 어떤 상황에 부닥쳐서도 언제나 등을 돌리고 있는 것처럼 보였던 이 투박하고 굼뜬 남자. 그가 어떻게 이 아이들—그중 둘은 친자식이고 나머지도 모두 태어났을 때부터 알던 아이들—에게 등을 돌릴 수 있을 것인가?

"자," 앨프리드가 버트에게 말했다. "그럼 한번 시도라도 해보지 그래? 이 아이들은 까다로운 관객도 아니잖아."

버트는 생쥐나 고양이로 전락하는 건 차마 받아들일 수 없었지만 농장에는 이제 말들이 있으니 말에 관한 이야기를 만들어보려 했다. 하지만 그는 정말로 재주가 없었다. 아이들은 그래도 다 받아주었다. 그의 주위에 입을 벌리고 앉아서 에밀리 아줌마의 마법을 기대하며 눈을 반짝였다. 그런데 버트는 그럴 수가 없었다. 그저 불가능했다.

그는 말했다. "새로 온 말 그레이보이 알지? 우리가 개를 동커스터에서 오십 파운드를 주고 샀거든. 근데 값어치를 못해. 보조를 못 맞춰."

"이야기," 아이들이 외쳤다. "이야기요, 버트 아저씨."

메리 레인이 런던에서 가져온 동화책 선물을 풀어 버트를 구해주었다. 버트는 아이들이 점심 먹고 낮잠을 자고 나면 학교에 가서 책을 읽어주었다. 처음에 단순한 이야기를 읽을 때는 하릴없이 비웃는 목소리가 나왔지만 아이들은 그것을 알아차리고 말했다. "그렇게 말고요. 잘 읽어주세요."

책 읽기는 아주 잘 진행되었고, 버트의 아내와 앨프리드와 벳시는 그를 이 일에 계속 붙잡아두었다.

그런데 전에도 그랬듯이 그의 중독이, 메리가 에밀리에게 표현한 대로, '살짝 재발'했다.

"그래, 우리는 아주 잘해나갔는데 무언가가—그게 뭔지는 모르겠어—버트를 자극했는지 자제가 끊긴 거야. 벳시가 다시 버트를 다잡았는데, 이번엔 앨프리드도 함께였어. 앨프리드와 버트는 워낙 가까운 친구 사이라 형제나 다름없거든. 그래서 주점 밖 배수로에서 술에 취한 버트를 봤을 때 앨프리드가 길길이 날뛰었지. 벳시는 버트한테 다시 아이들에게 책을 읽어줘야 한다고 말했어. 실은 아이들이 너무 귀찮게 해서 버트가 폭발한 건 아닐까 생각한 사람들도 있는데 말이야. 그래서 버트와 앨프리드가 매일 오후 우리 학교에 와서 아이들에게 책을 읽어준단다."

"앨프리드가요?" 에밀리는 그 상황을 전혀 이해할 수 없었다.

"버트가 그만두지 못하게 하려고 그러는 거야, 알겠니? 앨프리드가 농장 어디에서든 버트를 찾아 학교로 데려오고, 이야기책을 고르고, 버트와 교대로 아이들에게 책을 읽어주지. 벳시도 학교에 들르고 가끔은 그애도 책을 읽어줘. 그래서 우린 책이 많이 필요하단다. 네가 좀 기부해주면 좋겠구나. 네가 학교에 가져다놓는 것들로 말이야."

에밀리는 주요 도서 공급업체를 찾아가 좋은 아동 도서 선집을 롱거필드에 주문해 보내고 나서 직접 그곳으로 갔다. 늘 그러듯 메리의 집에 머물며, 지금껏 그토록 자주 옆 침대의 데이지와 함께 잤던 방에서 잤다. 조그만 파란색 에나멜 촛대가 늘 있던 곳에 있었고, 그녀는 거기에 불을 켜고 낮은 천장 위로 어른거리는 그림자를 바라보았다. 천장보의 옹이구멍이나 거미줄을 보면 새로운 발상이 떠오르기도 하고, 필요할 때는 아이들을 위한 이야기가 생각나기도 했다. 저 위 거미줄 가장자리에 조그만 반점처럼 보이는 거미는 그때와 같은 거미일까? 에밀리는 그렇다고 생각하고 싶었다. 이 방이 진짜 자신의 방이라고, 침대도 자신의 침대라고 생각하고 싶었다. 근래 그녀는 모르는 도시에 가서 새로운 방의 새로운 침대에서 자는 일이 잦았기 때문에 천장 귀퉁이에 펼쳐진 작은 거미줄이 어떤 보증처럼 느껴졌다. 에밀리 맥비, 그녀도 자신 안에 꾸준하고 믿을 만한 무언가를 지녔다는 보증. 그녀의 인생은 종잡을 수 없는 압박에 대응한 적응의 연속인 것만 같았다.

에밀리는 레드웨이 부부의 넓은 응접실에 앉아 있었다. 예전에 마이클과 톰의 음악적 재능을 평가하기 위해 왔던 곳이었다. 오늘은 그 두 아이도, 다른 아이들도 없었다. 있는 사람은 단호한 모습의 레드웨이 씨였다. 메리는 근래에 그를 '나이든 레드웨이 씨'라고 불렀다. 그러면 버트는 젊은 레드웨이 씨가 될까? 레드웨이 부인은 버트의 중독이 마지막으로 재발했을 무렵 어느 아침에 일어나야 할 이유가 전혀 없다고 결론을 짓고 그뒤로 계속 침대에 머물렀다. 대체로 사람들은 안도했지만 버트의 아내가 할 일이 매우 많았다. 가무잡잡하고 혈색이 붉은 보기 좋은 용모에 날카롭게 질문하는 듯한 표정을 짓는 여자였다. 그 근처에는 금발에 살집이 좋고 예쁜 벳시가 앉아서 부채질을 하며 한숨을 내쉬었다. 7월의 더운 오후였다. 메리도 초대를 받았으나 올 수 없다고 말했는데, 메리가 자신을 '혼내려고 벼르고' 있다고 믿는 버트 때문이었다. 그녀는 긴장된 분위기가 될 게 뻔한데 상황을 더욱 악화시키고 싶지는 않았다.

다과 쟁반이 미리 준비되어 있었지만 레드웨이 씨가 고개를 끄덕이고 나서야 필리스가 차를 따른다는 사실을 에밀리는 주목했다.

버트는 다과 때문에 지체되어 짜증이 나는지 안달을 내며 자꾸 말했다. "자, 어서 본론으로 들어가죠."

에밀리는 '본론'이 무엇일지 잘 알았지만 자신을 향한 버트의 적대감이 불편했다. 그렇다고 그가 호전적인 사람 같지는 않았다. 그는 빈에서 들여온 '불용군수품'으로 인기 있는 헐렁한 어두운색 셔츠를 입었다. 호전적이라기보다는 누구에게나 으르렁거리는 버릇이 든 늙은 개처럼 보였다. 그녀는 버트가 자신을 얼마나 싫어하는지 알지 못했다.

앨프리드는 여전히 훤칠하고 건장하고 자세가 꼿꼿했으며, 입고 있는 재킷은 짙은 갈색 바탕에 군데군데 연한 색이 섞인 옷감이 개똥지빠귀의 깃털 같다면서 아내가 골라준 것이었다.

두 남자 모두 근래에 몇 파운드만 주면 어디서나 살 수 있는 군화를 신었다.

"내가 좀 따질 일이 있어요." 버트가 찻잔과 설탕과 우유를 손사래로 물리치며 에밀리에게 직접 말했다.

메리가 미리 준비하라고 일렀기 때문에 에밀리는 이 상황을 각오하고 있었다. "네, 그럼," 그녀가 선선하게 말했다. "들어보죠."

"내게 설명해봐요—그러니까, 우리에게 설명을……" 그러면서 성급하게 자기 아내와 벳시를 가리켰다. "왜 롱거필드 학교를 당신네 분교로 받아들이지 않았는지 우리가 알고 싶다는 겁니다."

"그게," 에밀리는 그가 보이는 적대감의 위력을 겨우 견디며 대답을 시작했다. "신청하셨을 때 이유를 설명하지 않던가요? 마틴화이트 학교가 되려면 몬테소리 교사가 있어야 한다고요."

"당신은 그런 일에 발언권이 없어요? 다 당신 돈 아니요?" 버트가 주먹을 꽉 쥐고 그녀에게 몸을 기울이며 따졌다.

"저기," 에밀리가 말했다. "내 돈만으로 사업을 한다면 우리는 학교를, 보자, 네댓 곳 정도밖에 운영할 수 없을 거예요. 학교 문을 연다고 끝나는 일이 아니에요. 유지관리를 하고 봉급을 주고, 그 외에도 온갖 비용이 드니까요."

"그래서요? 그래서요?" 버트는 그녀가 이미 한 말을 묵살하며 우겼다.

"하지만 우리가 지금 하는 일을 계속하려면—지금 열다섯 개 학교가 운영중이고 앞으로도 더 생길 거예요—내 돈만으로는 안 돼요. 자선단체가 있어야 해요. 그렇게 되면 해야 할 일과 하면 안 되는 일이 있고……" 에밀리 자신도 그런 제약이 참기 힘들다는 기색을 감출 수가 없었다. "일정한 규칙이 없다면 아무나 마틴화이트 간판을 내걸 수도 있겠죠."

"아무나!" 필리스가 화난 목소리로 말했다.

"아, 우리가 누군지 마침내 알게 되어 다행이군요." 벳시가 말했다.

버트는 기세등등해져서 활짝 웃었다. 에밀리는 그들이 하는 말만큼이나 갑작스러운 적의에 상처를 받아 축 늘어져 앉아 있었다.

"우와," 앨프리드가 말했다. "잠깐만. 너는 그동안 우리에게 어마어마하게 많은 책을 보내줬잖아, 에밀리." 그가 말했다. 어쨌거나 두 사람은 사반세기 동안 알고 지낸 사이였다.

"그래, 하지만 그건 내가 사비로 계산했어." 에밀리는 그에게 직접 대답하며 그 순간에는 적으로 느껴지는 다른 이들을 무시했다.

"그러니까," 버트가 말했다. "당신의 그 소중한 재단인지 뭔지는 책 몇 권 값도 댈 수가 없다는 거요?"

"그래요." 에밀리가 말했다. "하지만 내가 댔어요. 그리고 바로 얼마 전에도 서점에 주문해서 여기로 책을 더 보내게 했고요."

"그러면, 에밀리," 앨프리드가 말했다—그가 버트의 진짜 분노로부터 의도적으로 자신을 구해내려 한다는 것을 그녀는 알 수 있었다. "내가 좀 개인적인 요청을 할게. 내 아들들이—그애들 기억하지?—책을 좋아하는데, 불도그 드러먼드 이야기나 헨티, 에드거 월리스 같은 작가들 책은 어떨까? 동화나 작은 동물 이야기를 좋아할 나이는 지났거든. 그리고 나도 그런 책이 좋더라고. 아니면 타잔도 괜찮고. 그리고 난 항상 제인 그레이의 책이 좋았어."

"내가 알아볼게." 에밀리가 감사의 미소를 띠고 그를 똑바로 보며 말했다. "당연히 그래야지. 그리고 우리도 어쨌거나 좀 확장할 생각이었어. 성인용 도서까지. 학교에 도서관을 마련해놓으면 어른들이 늘 우리는요, 하고 묻거든."

"그렇다니까." 앨프리드가 말했다. "나만 그런 건 아니군. 우리 아들들도 굉장히 좋아할 거야, 안 그래, 벳시?"

"맞아." 벳시가 말했다. 자신도 버트를 구조하는 데 동참해야 한다는 것을 알았다—그간 너무나 자주 해야만 한 일.

"자, 그럼," 앨프리드가 말했다. "우린 이제 말을 살피러 갈 시간이야, 그렇지, 버트?" 그러고는 버트의 팔을 잡아 일으켰다.

"하는 수 없지." 분노가 사그라지며 완연히 기가 꺾인 버트가 시무룩하게 대답했다.

앨프리드와 함께 나가면서 버트가 어깨 너머로 말했다. "책 보내줘서 고마워요. 정말로요." 앨프리드가 옆구리를 찌른 결과였다.

두 남자는 마구간으로 갔다.

두 부인네는 버트가 나가고 나니 꽤 상냥해진 말투로 말했다. "그나저나, 우리 학교를 안내해드릴게요."

"우린 이 학교가 자랑스러워요."

빈 일꾼용 오두막이 학교 건물로 쓰였고, 아이들이 그곳을 애용했다. 에밀리와 메리는 오후에 흙길을 따라 그곳으로 다가가며 그 모습을 볼 수 있었다. 건물에 드리운 거대한 물푸레나무 그늘에서 다양한 나이대의 아이들이 놀고 있었고, 아이들이 와글와글 떠드는 소리에 두 여자는 대화를 멈췄다. 그때 나이가 많은 편인 아이 하나가 에밀리를 알아보고 소리쳤다. "이야기해주려고 오신 거죠? 그렇죠?" 그리고 그들은 아이들 무리와 함께 건물로 들어섰다.

벳시와 필리스가 서른 명가량의 아이들 사이에서 커다란 도자기 주전자로 레모네이드를 따르고 있었다. 온갖 종류의 유리컵, 손잡이가 있거나 없는 도자기 컵 따위가 사용되는 것을 보고 에밀리는 자신이 운영하는 학교들에서 늘 일어나는 실랑이를 떠올렸다. 재단의 이사들이자 그녀가 속으로 '사교계 아가씨들'이라고 뭉뚱그려 부르는 '그들'은 늘 가장 비싼 컵과 유리잔을 사려 하고 에밀리와 피오나는 비용을 줄이려 하기에 실랑이가 생길 수밖에 없었다.

에밀리와 메리는 레모네이드 잔을 받아 들고 창틀에 앉아 관찰했다. 다들 아주 어렸고 엄마를 따라온 아기도 있었다. 더 나이가 많은 아이들은 옆방에 있었다. 그들은 직접 돌아가며 또래에게 책을 읽어주었고 어린아이들의 경우에는 필리스와 벳시가 읽어주었다. 에밀리를 알아보는 아이들이 몰려들었지만, 요즘 에밀리는 식품저장실의 생쥐나 찌르레기의 모험으로부터 멀리 떠나와 있었다. 에밀리는 자신이 사서 보낸 책 가운데 한 권을 꺼내 토머스 위전이라는 새끼 고양이의 활약을 그린 이야기를 읽어주었다.

"더요! 더요! 더요!" 하는 성화에 그녀는 계속 책을 읽으면서도 옆방에서 『정글북』을 읽는 큰 아이들의 목소리에 반쯤 귀를 기울였다.

가장 어린 축에 속하는 아이들은 잠이 들었다. 날씨가 더웠다. 유난히 즐거운 오후가 순조롭게 흘러가고 있을 때 한 여자애가 농장주의 집에서 케이크와 비스킷과 우유를 접시에 담아 가져왔다. 레드웨이 씨도 들러 에밀리와 메리와 함께 앉아 지켜보았다.

에밀리는 자신이 운영하는 학교들에는 이 학교의 친근함과 편안함이 없다고 느꼈다. 책을 읽어주다가 잠시 쉴 때 그녀는 구슬프게 말했다. "계획이 늘 예상대로 흘러가는 건 아닌가봐요."

"무슨 말이야?" 메리가 물었다.

"제가 설립한 어느 학교보다 여기가 낫네요."

"하지만 에밀리, 그걸 어떻게 비교하겠어? 모르겠니? 여기 있는 사람들은 모두 서로 아는 사이야."

"그래서일까요? 모르겠어요. 그리고 여기엔 자격증이 있는 교사도 없는데 필리스와 벳시는 충분히 잘해나가고 있는 것 같아요."

"나도 가끔 온단다." 레드웨이 씨가 말했다. "그리고 버트와 앨프리드도 빠뜨리진 말고."

"제가 뭔가를 놓치고 있다는 느낌이 들어요. 우리에게 뭔가 부족하다는 느낌."

중부지방에 새로 생긴 두어 학교를 빼고 모든 학교를 가본 메리가 말했다. "에밀리, 터무니없는 소리 마. 마틴화이트 학교는 모두가 본받고 싶어해. 그걸 알아야지."

에밀리는 아무 말도 하지 않았다. 마음속의 느낌을 어떻게 표현해야 할지 몰라서였다. 이건 일종의 가족이다, 모두가 서로에게 소속감을 느끼는 것 같다, 온정이 흐른다—그런 느낌일까? 그리고 이는 언제나 그녀가 롱거필드를 제외한 어디에서도 느끼지 못했던 감정이었다.

에밀리는 버트와 앨프리드가 나무 근처에서 아이들 사이를 걷고 있는 모습을 보았다. 버트가 그녀를 보더니 다른 방향으로 가버렸고 앨프리드도 함께 갔다.

에밀리는 눈치채지 않을 수 없었다. 버트는 그녀를 만나고 싶지 않은 것이다.

"버트는 굉장히 특이해요, 안 그래요?" 마음이 온통 불편해진 그녀가 메리에게 말했다.

"굉장히 이상하지." 즉시 메리가 맞장구를 쳤다. "그리고 우린 다들 앨프리드와 벳시—그리고 물론 필리스—가 버트에게 그만큼 잘하지 않았다면 무슨 일이 일어났을지 모르겠다고 생각해."

날이 저물고 작은 아이들이 더 큰 아이들과 함께 집으로 돌아가자 필리스와 벳시, 그리고 레드웨이 씨네 여자애들 두엇이 레모네이드와 우유를 치울 때 에밀리와 메리가 도우려 했다.

"아니에요, 놔두세요." '부인네들'이 말했다. "그래도 우리 시골 사람들 방식에 너무 충격받지 않으셨으면 좋겠네요."

물론 에밀리는 전혀 그렇게 느끼지 않는다고 손사래를 쳤지만, 정말로 무엇을 느끼는지는 말하지 못했다.

그들은 학교에서 나와 큰 아이들 몇이 아직 놀고 있는 물푸레나무의 짙은 그늘을 지나 저무는 해의 노란 빛으로 들어갔다.

"빈 오두막이 꽤 많은가봐요" 하는 에밀리의 말에 대한 대답은 "새로운 농기구를 들이고부터 농장에 필요한 일꾼이 많이 줄었다"라는 것이었다. 실제로 너른 들판에 서 있는 농기구들이 또렷한 검은 그림자를 이루었다.

농기구가 놓인 들판 너머의 큰 연못에서는 말 여남은 마리가 찰랑거리는 물속에 다리까지, 한두 마리의 경우에는 옆구리까지 담그고 서 있었다.

"레드웨이 농장에서 일하는 사람이 반으로 줄었어." 메리가 말했다. "근처 다른 농장들도 다 비슷하지."

그들은 걸음을 멈추고 시원한 물을 즐기는 말들을 바라보다가 벌건

흙으로 덮인 들판을 마저 건너갔다.

"우리는 롱거필드가 땅 위보다는 저 위 허공으로 더 많이 옮겨갔다고 농담을 해."

"그건 문제 아닌가요?"

"어쨌든 우리가 할 수 있는 건 없어 보여." 메리가 말했다. "우리 노인들은 다들 걱정하는데 젊은이들은 무슨 일이 일어나고 있는지 못 보는 것 같다."

청년들 몇이 그들 옆을 지나가는데 모두가 불용군수품 배지를 가슴에 달고 있었다.

저녁식사 때 그들은 청년들이 런던에 가서 군대에 자원한다는 얘기를 나눴다. 그곳에서는 남미, 아프리카, 아시아 일부 지역에서 벌어지고 있는 전쟁에 보낼 군인을 모집하고 있었다.

"적어도 여기엔 전쟁은 없지." 메리가 말했다.

롱거필드의 부모들은 군인이 되고 싶어하는 아들들 때문에 두려움에 떨었다. 에밀리는 앨프리드와 벳시의 아들들은 어떤지 물었다.

"아직은 좀 너무 어리지—하지만 그애들도 멀지 않았어."

다음날 아침에 메리는 에밀리를 불러 창문 너머 흙길에 있는 두 사람을 보라고 했다. 키가 크고 어깨가 넓은 소년들이 나무들 아래 공간을 꽉 채웠다. 그들은 크리켓 공을 주고받으며 성큼성큼 걸어가고 있었다.

"네가 모병관인데 저애들이 와서 열여덟 살이라고 말하면, 너 같으면 믿겠니?"

"그렇게 믿고 싶다면요." 에밀리가 대답했다.

"그런데 저애들은 열여섯 살도 채 안 됐어. 말들을 돌보며 일하느라 몸에 근육이 붙고 나이도 들어 보이는 거지. 부모들이 할 수 있는 일이 없단다. 물론, 애들이 말을 좋아하긴 하지."

사정은 이러했다. 버트는 몇 년간 아버지에게 말을 사육하자고 설득했다. 그의 열렬한 소망이었다. 레드웨이 씨는 농사도 점점 어려워지는 판국에 사서 고생하고 싶지 않다고 말했다. 앨프리드는 레드웨이 씨에게 말을 들이면 버트에게 이로울 거라고 이야기했다. "버트에겐 자기만의 것, 자기만의 일이 될 거예요." 농장에서 버트가 맡는 특별한 역할이 없다는 말은 할 필요가 없었다. 버트는 자기가 아이들의 아비라고, "그러니 나도 어딘가에는 쓸모가 있는 거지"라고 농담을 했다.

사용하지 않던 마구간들을 다시 정비했고 경마장도 조성했다. 그리고 그 순간부터 마을의 남자아이들은 시도 때도 없이 몰려와 말을 돌봤다. 그만큼 매료된 여자아이들도 있었다.

하지만 앨프리드는 버트의 염원을 이루게 해주었다가 도리어 발 뻗고 잘 수 없게 되었다고 토로했다. 농장의 소년들이 말을 먹이고 운동시키는 일을 도맡다보니 죄다 크고 다부지고 힘이 세졌다. 실질적으로 마구간지기나 다름없었다.

"불쌍한 앨프리드, 불쌍한 벳시." 메리가 말했다. "다들 그 둘을 가여워해. 이곳 사내아이 중에는 이미 전쟁에 나간 애들이 많단다. 여자애들도 몇 갔지, 간호사로."

뿌연 먼지 속에서 붉은 태양이 커져가는 초저녁에, 메리는 에밀리에게 모자를 내밀었고 두 사람은 말들이 있는 곳으로 올라갔다. 에밀리가 롱거필드에서 본 사람들이 전부 그곳에 모였는지 울타리 주위가 북적였고 말을 연못으로 데려가는 사람들도 있었다.

앨프리드는 말이 질주를 마친 뒤 들어오는 곳을 지키고 있었다. 우람한 남자. 만만한 사람이 아니었다. 그는 덩치가 큰 검은 말을 타고 달렸다가 지금은 옆에 세워두고 목과 귀를 쓰다듬고 있었다. 그러면서 트랙 쪽에서 말을 타고 먼지구름을 일으키며 그들을 향해 빠르게 달려오는 남자를 바라보았다. 버트였다. 에밀리는 얼굴이나 목소리에 반감의 기색을 담지 않은 버트를 보거나 들은 적이 없었다. 이런 버트는 본 적도, 상상한 적도 없었다. 그는 편안하고 자신만만하게 미소를 지었고 앨프리드에게 다가가서 방향을 틀고 말에서 뛰어내린 뒤에는 울타리를 훽 넘어 앨프리드 옆에 섰다.

"지금껏 가장 빨랐어." 앨프리드가 말했다. "잘했어! 그럼 다음 주말에 동커스터에 가는 건가?"

"그러는 게 좋겠지." 버트가 대답하면서 고개를 살짝 숙였다. 마구간지기 소년들, 구경꾼 아이들과 부모들의 박수에 대한 조롱 섞인 인사였다.

그래, 그래야 버트지, 에밀리는 생각했다. 그가 온몸에 찬사와 박수를 받는 이런 영웅이 될 수 있을 거라고 에밀리는 상상이라도 해봤을까?

그런데 나에게도 그런 일이 일어났지, 에밀리는 생각했다. 갑자기 내가 이야기를 잘한다는 사실을 깨달았고 아이들은 나를 따라다니며 "더 해주세요, 에밀리 아줌마. 이야기 더 해주세요" 하고 졸랐어.

그녀는 버트를 바라보며 따뜻한 마음으로 그를—그녀 자신을—인정했고, 에밀리를 본 버트도 그녀까지 포함할 수 있게 다시 살짝 인사했다.

그때 그는 다시 에밀리를 쳐다보았고 그의 함박웃음은 눈에 띄게 냉소적으로 변했다. 옷 때문이었다. 에밀리는 한 시간 안에 런던으로 떠나는 저녁 기차를 탈 예정이어서 롱거필드가 아니라 런던에 어울리는 옷을 입고 있었다. 군청색 마직 코트와 치마를 입었는데 흰 칼라와 벨트가 흙먼지로 붉어졌다. 흙을 털어내려 해도 더 번질 뿐이었다.

그녀는 당혹스러운 기색이었지만 버트를 무시하고 앨프리드에게 말했다. "저번에 한 말 잊지 않을게. 책을 너한테 바로 보낼게."

"그래주면 고맙지." 앨프리드가 그녀를 똑바로 보고 미소 지으며 말했다. 늘 그랬듯이, 직접적으로, 사적으로, 진심으로 바라보며.

그건 그녀가 이곳 아닌 어디를 가나 그립다고 느낀, 전부터—미처 깨닫지도 못한 채로—늘 그리워했다고 느낀 친절함이었다.

그렇다, 앨프리드는 친절한 남자였다, 신뢰할 수 있는 사람이었다. 그의 얼굴이 어두워졌고 눈빛은 불안했다. 지금 그는 두 아들, 제 나이보다 훨씬 더 성숙해 보이는 큰 소년 둘을 보고 있었다. 둘 다 말의 굴레를 잡더니 말 등으로 뛰어올라 안장도 없이 고삐만 잡고 달려갔다.

이제 그의 눈에 눈물이 가득 고였다.

"아," 그가 떨리는 목소리를 가다듬으며 말했다. "우리가 뭘 걱정하는지 메리 아주머니가 다 말씀하셨겠지. 이 근처 부모들 대부분이 같은 걱정을 한다는 걸 알아도 별 위안이 안 되네."

앨프리드는 작은 문 안쪽으로 들어가 거대한 말 위로 휙 올라탔다.

"또 만나, 그렇게 되겠지?" 그러고 나서 그는 말을 타고 멀어졌고 버트가 그 옆에서 달렸다.

에밀리는 늘 그렇듯 아쉬운 마음으로 롱거필드를 떠났다. 문득, 그곳에 은퇴해 메리 옆에 작은 집을 산 뒤 다시는 롱거필드를 떠나지 않아도 되면 좋겠다고 생각했다. 그러고는 스스로에게 놀랐다. 은퇴라니! 함께 일하겠다고 사람들이 몰려오고 돈을 내놓는 사람도 많아서 이렇게 성공적인데. 그런데 바로 그게 요점이었다. 사업을 시작하기 위해서는 에밀리 맥비가 필요했지만 이젠 그녀가 없어도 잘 굴러갈 수 있다는 것. 피오나가 충분히 유능할 텐데…… 에밀리는 피오나를 보러 가는 중이었다. 그녀는 피오나를 만난 것이 가장 큰 행운이라고 믿었다. 에밀리는 비크 스트리트에 플랫이 있고 언제든 데이지의 집에서도 지낼 수 있는데 정작 자기 집에는 방이 없었다. 피오나가 직접 말하지는 않았지만, 오늘부터 일하는 유모를 위해 그 방이 필요한 듯했다. 피오나는 겉보기엔 별 노력 없이 아이 둘을 얻었고, 그렇다고 에밀리와 함께 하는 일을 그만두지는 않았다. 그러나 유모가 꼭 필요해졌다. 에밀리는 상황이 어떻게 돌아가는지 보고 싶었다. 그리고 아이들이 잠드는 시간에 그 집에 있기를 무척 좋아하기도 했다.

에밀리는 예전에 윌리엄과 함께 쓴 침실이었던 아이들 방으로 곧장 갔다. 피오나가 기세 좋게 타오르는 벽난로 옆에 앉아 있고 첫째인 딸아이가 요람의 가로대를 붙잡고 서서 엄마가 갓난아이에게 젖을 먹이는 모습을 보고 있었다.

에밀리는 롱거필드에서 겪은 일에 대해 피오나가 무슨 말을 하는지 듣고 싶었다. 그녀에게 의지해 생각을 좀 정리해야겠다고 마음먹었다. 사실, 피오나는 무슨 일에나 에밀리와 의견이 잘 맞아서 에밀리는 피오나에게, 말하자면, 확인을 받아야만 비판자들을 대면할 자신이 생겼다. 비판자들은 주로 '사교계 아가씨들과 주교들'로, 대부분이 피오나의 사촌이거나 그 밖의 친척인 듯했다.

에밀리는 아기를 안은 피오나의 확신에 찬 손길과 하얗고 풍만한 가슴을 보았다. 그 가슴은 에밀리가 알지 못하는 피오나의 다른 측면 같았다. 그녀가 잘 아는 사람은 재빠르고 총명하고 야심만만하며 견제와 방해를 참지 못하는 젊은 여자였는데, 그 부드럽고 둥근 가슴은 다른 능력들을 말하고 있었다. 에밀리는 롱거필드에 다녀온 일을 천천히 이야기하며 피오나를 주시했고, 그 얼굴은 무슨 말인지 즉시 알아들었다고 말하고 있었다. 그 이야기의 딱 한 부분에서 에밀리는 자신이 느낀 것을 제대로 전달할 수 있을지 확신이 없었다. 그 학교에서 많은 아이들과 함께 앉아 있을 때 이것이 옳은 방식이라고 느꼈던 그 경험을 피오나와 함께 나누고 싶었다.

에밀리가 말하는 동안 피오나의 시선은 그녀의 얼굴에 머물렀다. 그러다 학교에 갔던 이야기가 끝나갈 때쯤, 피오나는 에밀리가 말하지 않은 것을 포착했다는, 혹은 하고 싶은 말이 더 있다는 느낌이 든다는 기색을 보이며 이렇게 말했다. "언제 숙모와 함께 롱거필드에 가야겠어요. 거기 갔다 오시면 이렇게 만족하시니까요."

"만족한다고?"

"네. 그런데 특히 귀에 들어오는 부분이 있네요. 학교에 도서관을 마련할 때마다 성인용 책을 비치해달라는 요청을 받는다는 거요." 이에 에밀리는 앨프리드에게 요청받은 소설을 열거했고 거기에 그동안 자신이 생각한 책도 더했다.

"그래요." 피오나가 말했다. "이제는 성인용 도서에 대해 별도의 자금을 편성해도 좋을 것 같아요."

"공공도서관이 있지만," 에밀리가 말했다. "우리가 별도로 작은 도서관을 운영하거나 도서 목록을 게시한다면 사람들이 공공도서관에 가서 무슨 책을 요청해야 하는지 알 수 있겠지. 도서관에 어떤 책이 있는지, 그러니까 뭘 빌릴 수 있는지 모르는 사람이 많잖아."

"그런 일에 딱 맞는 사람을 알아요." 피오나가 말했다. "우리랑 일하고 싶어서 안달이고요. 이름이 제시인데, 제가 한번 얘기해볼게요. 아뇨, 돈 받고 일하고 싶진 않을 거예요."

"사교계 아가씨들의 이점이 바로 그거야." 에밀리가 말했다.

"무슨 일이라도 좀 해보려고…… 불쌍한 것들." 피오나가 말했다. "어디서나 여자들이 일하고 싶어서 미치려 해요."

피오나에게 안겨 있던 아기가 마치 바위에 붙은 삿갓조개처럼 입으로 꽉 붙들고 있던 가슴에서 떨어져나갔다. 아기는 손을 꼭 쥐고 눈을 감은 채 피오나의 무릎 위에 누워 있었다. 피오나는 부풀어오른 가슴 너머로 배를 잔뜩 채운 아기를 내려다보았다. 가슴에서 젖이 방울져 내렸다. 난롯가에 있던 흑백 얼루기 고양이가 야옹 하고 울었다. 피오나는 근처에 있던 접시를 잽싸게 집어 떨어지는 젖을 모아 고양이 옆에 놓아주었고, 고양이도 아기처럼 기쁜 듯했다. 요람에 있던 딸아이가 뒤로 주저앉았다가 말없이 졸린 눈을 깜빡이며 누웠다.

"다 먹였네요." 피오나가 말했다. "고양이는 로지가 태어나기 한참 전부터 있었어요. 이 녀석이 샘을 내는데, 그러다 로지에게 해코지할까 싶었죠. 그런데 어느 날 수유를 끝냈을 때 고양이가 제 무릎으로 뛰어

올라와 가슴을 핥는 거예요. 그래서 접시에 젖을 받아서 내려줬더니 샘을 내지 않더라고요."

"자기가 사람 아기라고, 아니면 새끼 고양이라고 생각하나?" 에밀리가 말했다.

"고양이에게 젖을 나눠주는 걸 버턴 부인이 보면 안 돼요." 피오나가 말했다. 그러고는 거들먹거리는 목소리로 부인을 흉내냈다. "'그 고양이가 제 분수도 모르고 착각을 할 겁니다. 그러면 안 되겠죠.' 부인은 제가 진짜 보헤미안이라고 요리사에게 말했다는데, 그러고도 절 바로 잡을 수 있다고 생각해요."

"너랑 스코틀랜드에 함께 갈 수 있으면 좋겠다." 에밀리가 말했다.

"저도 그래요. 뭐, 영원히 젖을 먹이진 않겠죠."

노크 소리가 나더니 풍채 좋은 부인이 들어와 피오나에게 말했다. "아기를 주세요. 오늘밤엔 제가 데리고 잘게요. 잠에서 깨면 젖병으로 먹이죠. 오늘은 일찍 좀 자요. 그렇게 잠을 안 자면 버틸 수 없어요."

이렇게 해서 에밀리는 수유기의 고충에 대해 알게 되었다. 유모가 잠든 아기를 안아들고 첫째에게는 작은 담요를 덮어준 다음 방에서 나갔고, 피오나는 벽난로 앞에서 하품을 하며 앉아 있었다.

다시 한번 노크 소리가 나고 요리사가 들어왔다. "저녁 차렸습니다." 그가 안면이 있는 에밀리에게도 말했다. "부인께서 드실 음식도 마련했어요."

두 여자는 계단을 내려갔다.

에밀리가 안주인이던 시절에 쓰던 거대한 식탁 대신 더 작은 원형 식탁이 놓인 식사실에 세드릭이 앉아서 하품을 하고 있었다.

"우리 얼른 자라는 명령을 받았어, 세드릭." 피오나가 말하자 그는 "에밀리 숙모, 숙모 방을 쓸 수 있게 해주셔서 감사합니다. 버턴 부인이 와서 상황을 정리해주지 않았다면 피오나와 저는 살아남지 못했을 거예요."

세드릭이 식탁 앞에 앉고 피오나가 옆에 앉았다. 음식이 들어왔으나 다들 별로 먹지 않았다.

"난 안 먹어도 돼." 세드릭이 말했다. "하지만 불쌍한 피오나는 먹어야지."

"당신도 먹어야 해." 피오나가 말했다. "당신이 안 먹겠다고 하는 소리를 들으면 버턴 부인이 가만있지 않을 거야."

그는 겨우 몇 숟가락을 뜨고 나서 예전에 에밀리가 좋아했던 작은 초록색 소파로 물러갔다. 그는 앉아서 하품을 했다. 피오나는 버턴 부인이 옆에 서서 감시라도 하는 양 가자미를 약처럼 먹더니 남편 옆으로 가서 앉았고, 그가 아내를 팔로 감싸안았다.

"에밀리 숙모, 벌써 알아채셨겠지만," 세드릭이 말했다. "우리가 셋째를 가지려 한다면, 버턴 부인 없이는 절대로 안 돼요."

"아, 그럴 생각이니?"

"아직 결정하진 않았어요." 세드릭이 피오나에게 입을 맞추며 말했다. 에밀리는 버턴 부인이 이 키스를, 그리고 다음에 이어진 다른 키스도 좋게 보지 않았을 거라고 느꼈다.

서로 희롱도 못할 만큼 피곤한 건 아니군, 에밀리가 생각에 잠겨 속으로 말했다. 결혼한 부부도 희롱을 한다면 말이지만—뭐, 나랑 윌리엄은 그러지 않았으니까.

"하지만 자러 위층에 올라갈 기력도 없는데," 세드릭이 말했다. "셋째를 가질 기력이 남았겠어요?"

피오나가 뭐라고 중얼거렸다. 농담인가, 에밀리는 생각했다. 세드릭이 요란하게 웃음을 터트리고 뭔가 대꾸했는데, 에밀리는 그것이 꽤 성적인 말이라는 걸 알 뿐 정확히 뭐라고 하는지는 알지 못했다.

두 사람, 세드릭과 피오나는 서로의 팔 안에서 살짝 키스하고, 이내 몇 번 더 하고, 그래가며 조는 듯했다. 그때 버턴 부인이 들어와 엄한 표정으로 그들을 살폈다.

"두 분은 정말로 가서 잠을 좀 주무세요." 버턴 부인이 말했다. "젖이 잘 안 나올 거예요." 부인이 피오나에게 경고했다.

"나는 젖도 안 먹이는데요?" 세드릭이 진지하게 물었다. "좋아, 피오나, 어서 일어나."

그는 피오나를 당겨 일으켰고, 그녀는 이미 반쯤 잠든 채 남편에게 기대어 서 있었다.

"좋아요." 버턴 부인이 말했다. 그러고는 에밀리에게 고개를 까딱한 뒤 밖으로 나갔다.

"그럼, 안녕히 주무세요, 에밀리." 피오나가 중얼거렸다.

"안녕히 주무세요, 우리 에밀리 숙모." 세드릭이 말했다. 그리고 둘은 나갔다.

에밀리는 그들에게 가장 시급한 일이 잠이라고 생각하지 않았다.

에밀리는 택시를 잡아 비크 스트리트로 가서 잠자리에 누운 뒤 어떻게 해야 앨프리드가 원하는 책을 빨리 구해줄 수 있을지 생각했다.

에밀리는 어딘가에 이야기꾼이 있다는 말을 들으면 즉시 그 사람을 보러 갔다. 그녀는 스털링 근처 마을에 사는 앨리스터 맥태가트라는 사람을 보러 가는 길이었다. 꽤 먼 길이었고 에밀리는 기차 안에서 많은 일을 했다. 어떤 사람을 만나게 될지 알 수 없었다. 나이든 이야기꾼 중에는 자신이 함부로 쓰면 급히 닳아버리는 보물의 수호자라도 되는 양 행동하는 이들이 있었고, 또 어떤 이들은 학교에 와서 어린이들에게 이야기를 해달라고 요청하면 응해주기도 했다. 앨리스터라는 이 사람은 키가 크고 우락부락하며 구레나룻을 기른 남자였는데, 아이들이 위대한 전통을 경험하게 하는 것은 무엇보다 중요하다고 곧장 대답했다. 여러 주점을 돌며 공연하는 그는 지역에서는 유명했고 케일리*나 다른 모임에도 초대되곤 했다. 그는 에밀리에게 바로 그날 밤에 초청된 근처 주점의 행사에 같이 가자고 권했다.

그렇다면 스털링에서 하룻밤을 자고 가야 했다. 그가 '남는 방'이 있다고 자고 가라고 권했지만 거실 겸 침실에 딸린 그 방은 큰 벽장보다 나을 것 없는 좁은 공간이었다. 그곳이 보잘것없어서가 아니라 행사가 끝나면 늦은 시간일 테고, 그가—혹은 그녀가—술에 취할지도 모르는데, 그러면 분명히…… 하지만 결국 정말로 시간이 너무 늦어졌고 둘 다 상당히 취했기 때문에 마을에서 스털링으로 나갈 때 타려고 예약해둔 택시를 취소했다. 그들은 새벽이 밝아오기 직전까지 노래를 부르고 이야기를 했다.

앨리스터의 채근에, 에밀리도 나서서 이야기를 들려주었다. 피오나

---

* 스코틀랜드나 아일랜드 전통 음악과 춤과 이야기로 이루어진 사교 행사.

의 고양이를 보고 착안한 이야기로, 질투의 원인이 된 모유를 우유로만 바꿔서 들려주었다. 그녀는 쥐구멍 같은 방의 침대에 기쁜 마음으로 누웠고 앨리스터와 성대한 스코틀랜드식 아침을 즐겼다. 하루이틀 더 머무를 수도 있었지만—실제로 권유도 받았고—에밀리는 런던으로 돌아가야만 했다. 가야만 했다고? 왜?

에밀리는 피오나에게 주점을 가득 채운 사람들이 전통 설화로 이루어진 공연에 몇 시간 동안 쥐죽은듯 귀기울이게 한 이 놀라운 이야기꾼에 대해 말해주었고, 피오나는 굳이 구실을 만들어 에든버러의 마틴 화이트 학교에서 공연하는 앨리스터 맥태가트의 이야기를 들으러 갔다. 그곳에서 하룻밤을, 혹은 권유대로 여러 날을 묵는 것은 아기들 때문에 힘들었으므로, 피오나는 여러 의무가 기다리는 런던으로 마지못해 돌아갔다.

얼마 지나지 않아, 그녀와 에밀리는 대화를 나눴다.

피오나는 앨리스터 맥태가트와 보낸 시간, 아이들과 함께 이야기를 들으며 그를 지켜본 시간이 얼마나 즐거웠는지 모른다고 말하고 나서, 무심한 말투로 앨리스터가 에밀리를 흥미롭게 보는 것 같다고 덧붙였다. 피오나는 흥미라고 표현했다. 에밀리는 그 말에 더 큰 의미가 담겼음을 알아차리는 것 같았나? 에밀리는 어쩐지 경계하는 듯했으며 피오나의 눈을 똑바로 바라보지도 않았다. 그러자 피오나는 바로 전에 한 말을 에밀리가 못 들은 척할 수 있도록, 조용히 다시 말했다. "그분이 숙모를 정말로 좋아해요, 정말로요."

에밀리는 그 말을 듣고도 눈을 내리깔고 말없이 있다가—얼굴을 붉혔나?—이내 깔깔 웃으며 말했다. "아, 나도 그 사람 좋아."

힘을 얻은 피오나가 물었다. "혹시 재혼 생각해보셨어요, 에밀리?"

에밀리가 말했다. "있잖아, 피오나, 모든 사람의 결혼생활이 너와 세드릭 같지는 않아."

곧바로 피오나가 말했다. "아, 저도 알죠, 정말이에요. 제가 얼마나 운이 좋은지 안답니다."

"세드릭도 운이 좋은 거 아니니?"

"저만큼은 아니죠."

에밀리가 잘 알아듣지 못하는 기색을 보이자 친절한 피오나는 에밀리가 바라는 설명을 한 문장으로 요약했다. "좋은 남자는 찾기가 힘들거든요."

그 선언이 옳다는 사실은 에밀리 역시 몸소 증명하지 않았던가?

"친구들을 보면요, 에밀리 숙모, 제가 행운이라는 걸 알아요, 정말이에요."

피오나는 여전히 답을 기다리는 표정으로 에밀리를 바라보았다. 진지한 어린 소녀 같은 표정이었고, 금발을 양갈래로 땋은 머리 모양 때문에 더 그렇게 보이기도 했다. 피오나는 집안에 있을 때만 머리를 그렇게 땋았다. 첫아이가 태어난 직후에는 밖에서도 땋은 머리에 조그만 아기용 리본 머리띠까지 하고서 돌아다녔다. 편해서 그랬을 뿐 '세르비아'나 '튀르키예' 머리 모양에는 관심이 없었다. 그녀를 보고 친구들은 즉시 새로운 유행을 선언했다. '평화를 위한 땋은 머리'는 대유행이 되었으나 피오나는 이에 동조하는 것을 경멸했다.

"에밀리 숙모, 우리는요, 그러니까 세드릭과 저는요, 숙모가 독신 할머니가 되겠다고 결심하기엔 너무 이르다고 생각해요."

에밀리는 웃을 수밖에 없었지만, 확실히 마음은 뒤숭숭했다. 웃을 문제가 아니지, 그녀의 얼굴이 말했고 이내 질문이 이어졌다. "하지만 결혼 생각은 젊은 사람들이나 하는 거 아냐?"

피오나는 뭐라고 답해야 할지 모른 채 속으로 생각했다. 윌리엄 숙부와 결혼할 때 에밀리 숙모가 나이가 많았다고는 할 수 없지. 그리고 에밀리는 생각했다. 지금이라면 내 나이가 몇이든 윌리엄과는 결혼하지 않을 거야. 윌리엄이 얼마나 실망스러운 남편이었는지 피오나에게 말할 수가 없었다. 누구에게도 그런 말을 한 적은 없었다. 피오나는 결혼생활에 대해 친구들과 얘기하겠지? 에밀리는 그런 행동은 상상할 수조차 없었다.

"잘 생각해봐, 피오나. 내가 스코틀랜드의 작은 마을에서 살겠니? 그냥 그렇게, 내 일을 포기하고?"

이제 피오나는 말이 없었다. 에밀리를 얼마나 그리워할지 깨달았기 때문이기도 했다.

곧이어 피오나가 사교계 아가씨들과 다시 충돌이 있을 거라고 말했다. 두 사람, 에밀리와 피오나는 사교계 아가씨들과의 계속되는 전투를 즐겼고 때로는 현실이 되지 않은 싸움을 지레 상상하는 경우도 있었다. 이번에는 에딘버러와 글래스고와 스털링에서 기껏해야 '옛날이야기'나 들려주라고 앨리스터 맥태가트에게 그 많은 돈을 쓸 필요는 없다고 사교계 아가씨들이 따지는 상황을 상상했다. 그들은 이야기꾼에게 쓰는 돈에 늘 시비를 걸었다. 어떤 교과과정에서든 이야기 시간을 모조리 몰아내려는 시도가 놀라울 정도였다. 피오나와 에밀리는 열심히 싸웠다. 에밀리는 학교와 이사회와 공익신탁으로 이루어진 이 거대하고 비현실적인 구조 전체가 어디에서 시작되었는지 잊지 않았다. 롱거필드의 몇몇 아이들에게 우스운 이야기를 해주었더니 아이들이 "이야기를 해주세요" 하면서 떼를 지어 따라다녔던 그때를.

그렇게 앨리스터 맥태가트에 관한 이야기는 끝났지만, 그는 계속해서 맥비 선생님의 다음번 방문을 얼마나 고대하고 있는지 모른다고 연락을 해왔다. 그녀가 자신의 결혼 전 이름이 분명 스코틀랜드 지역과 연고가 있을 거라고 말한 뒤로 그는 에밀리를 맥비 선생님이라 불렀다. 피오나도 에밀리도 별다른 언급을 하지는 않았지만 에밀리가 그렇게 바쁘지만 않다면 스코틀랜드에 더 자주 가서 앨리스터 맥태가트와 함께 지내리라는 사실은 둘 다 알고 있었다. 피오나가 미소 띤 얼굴로 "그분은 숙모를 사랑해요. 정말이에요, 에밀리" 하고 일깨웠듯이.

그리고 앨리스터도 피오나에게 전화를 걸어 다음주에 열릴 케일리에 맥비 선생님이 오셨으면 한다고 말하곤 했다. "피오나 씨에게 기대를 걸고 있어요." 그렇게 해서 실제로 에밀리가 가게 되는 경우도 많았다. 그 지역에서 에밀리는 이야기꾼 앨리스터 맥태가트의 런던 친구이자 본인 역시 이야기꾼인 인물로 알려졌다. 이런 관계가 일 년, 이 년, 또 삼 년 동안 즐거이 이어졌다—어느 날 앨리스터가 피오나에게 전화를 걸어 몸이 어쩐지 이상하고 안 좋은데 맥비 선생님에게 와서 좀 살펴봐달라고 해주겠느냐고 말하기 전까지는.

에밀리가 찾아갔을 때 그는 고열과 함께 땀을 흘리고 기침을 하며 침대에 누워 있었고, 아닌 게 아니라 전혀 정상이 아니었다. 에밀리는 피오나에게 연락해 앨리스터를 돌보며 한참 더 있어야겠다고 알렸다. 부름을 받고 온 의사도 맥태가트 씨의 상태가 아주 좋지 않다고 진단했다. 그러던 어느 날 밤, 그는 사경을 헤맸다. 심장이 문제였다. 앨리스터는 죽었고, 에밀리는 그의 딸에게 알려 뒷일을 맡긴 뒤 울면서 런던으로 돌아갔다. 하지만 장례식에 참석하기 위해 다시 스코틀랜드로 가야 했다.

그곳 사람들은 에밀리에게 언제 다시 와도 환대를 받을 거라고 일깨워주었고 이에 에밀리는 또 울음을 터트렸다. 숫제 울음만 나온다고 피오나에게 하소연했다. "난 잘 우는 사람이 아닌데 말이야." 에밀리는 항변했다.

앨리스터 맥태가트가 묻히고 난 직후에 데이지가 전화를 걸어 아버지가 돌아가셨다고 알렸다. 장례식은 그다음 주였다.

"불행은 한꺼번에 온다더니." 에밀리가 말했다. 그런데 두 사람의 죽음은 불행의 일부에 지나지 않았다.

그때까지 마틴화이트 학교들은 대체로 큰 어려움 없이 굴러갔다. 심각한 사건은 일어나지 않았고, 사상자가 없는 화재 사고가 한 건 있었지만 세드릭의 지시에 따라 보험회사에서 처리했다. 아울러 콘월에 있는 학교를 쉼터로 사용한 부랑자들과 얽힌 약간의 문제가 전부였다.

그런데 이제 사반세기 동안 축적된 악의가 폭발해 마틴화이트 학교의 명성과 평판과 목적을 파괴할 기세였다. 교사 한 명이 아이를 가졌는데, 그 사람을 조용히 내보내려 했지만 어느새 소식을 들은 언론이 이를 보도했다. 기사의 표제들은 대략 다음과 같았다. '양의 탈을 쓴 늑대.' '부도덕의 온상이 된 마틴화이트 학교들.' '마틴화이트 재단에 만연한 자유연애.'

어떤 이유로 이 사건은 당시의 맹렬한 도덕성에 기름을 부었다. 이

사건이란, 아이비 스미스라는 예쁜 아가씨가—공평무사한 사람들이 지적하듯이—예전에도 수많은 여자가 경험한 대로, 손가락에 반지를 끼기도 전에 아기를 먼저 갖게 된 일을 뜻했다. 아이비가 손가락에 반지를 낄 기회는 없었다. 이른바 약혼자라는 자가 사라져버렸기 때문이다. 때마침 에밀리는 스코틀랜드에 가 있었고, 피오나는 시골에서 아이들과 휴가를 보내고 있었다. 데이지는 그 여자를 간단히 해고하고 특정 수녀원에 찾아가보라고 조언했다. 에밀리와 피오나는 그 말을 듣고 데이지에게 너무 가혹했다고 말했다. 피오나는 심지어 '위선적'이라는 말까지 썼다. "우리 학교에 사생아를 받을 순 없잖아." 데이지가 말했다. "신문에서 뭐라고 떠드는지 못 봤어?"

피오나의 말로는 이사들(사교계 아가씨들과 주교들)이 이 처분에 단체로 항의하며 사임한다, 대중에 알린다, 〈타임스〉에 투고한다면서 으름장을 놓고 있다고 했다.

"용납할 수 없어." 데이지가 우겼다. 에밀리는 데이지가 이 문제를 지나치게 사적으로 즐기고 있다고 의심했다. 데이지 레인이 긴 세월 동안 젊은 여성들을 간호 실력뿐만 아니라 행실, 평판, 행동, 도덕관념 등의 측면에서 평가하며 살아왔다는 사실을 사람들은 새삼 기억했다.

"우리가 할 수 있는 일이 없어요." 세드릭이 말했다. 그는 아이비가 받은 처우에 전적으로 반대했다. "곧 사그라들 겁니다. 그건 확실해요."

그런데 이윽고 더욱 선정적인 신문에서 해당 수녀원에 의탁한 여자들이 어떤 대접을 받는지를 보도했다. '디킨스 시대 이후로 유례없는 곳' '빅토리아 시대 구빈원에서라도 비난받았을 환경' 기타 등등.

예전에 롱거필드를 방문했을 때 레드웨이 가족의 여자들과 가까이

지냈던 아이비는 수녀원에서 구조된 뒤 롱거필드 학교에서 아이들을 가르치기로 했다.

"드디어," 에밀리가 모두가 반기지는 않는 암울한 유머를 섞어 피오나에게 말했다. "롱거필드 학교에도 몬테소리 교육법을 훈련받은 교사가 생겼구나."

해럴드의 장례식이 끝나고 런던으로 돌아가자마자 에밀리는 벳시 테일러와 필리스 레드웨이의 이름으로 온 편지 한 통과 메리 레인이 보낸 별도의 편지 한 통을 받았다.

> 에밀리, 네가 아이비를 해고하고 그 끔찍하기 짝이 없는 곳으로 보내버린 일로 인해 얼마나 원성이—진정한 분노라고 해도 될 듯하다만—자자한지 네가 제대로 깨닫지 못하는 듯하구나. 내가 그곳의 상태를 직접 보러 갔었다. 〈타임스〉에도 그에 대해 직접 편지를 써 보냈다. 그런 곳이 존재하고—추측건대—공금을 지원받는다니 수치스러울 따름이다. 그 수녀원은 자선기관일 테니까. 네가 한번 와서 설명해줄 수 있다면 도움이 될 것 같구나. 나는 네가 어린 아가씨를 그토록 충격적인 곳으로 보내버릴 만큼 비정한 사람이라고 믿지 않는다.

에밀리는 메리에게 편지를 써서 자신은 아이비 문제와 아무런 관련이 없다고 말했고, 메리가 다른 사람들에게도 그런 뜻을 알리리라는 것을 알았다. 하지만 그녀가 개인적으로는 책임이 없더라도 완전히 면책될 수는 없었다. 게다가 또 한 가지 생각이 자꾸만 신경이 쓰였다. 이

아가씨가 아기를 가졌는데 결혼식을 올릴 가능성은 없다는 말을 처음 들었을 때 자기도 모르게 생각한 것이다. 이런 성가신 일이 있나. 시기가 이렇게 나쁘다니. 아기 하나로 인해 우리가 쌓아올린 모든 것이 무너진다고 상상해봐…… 재단의 활동을 웨일스와 스코틀랜드까지 확대하는 계약이 협상 단계에 있었다. 추문이 생긴다면 계약은 쉽사리 무산될 수 있었다. 아무런 문제가 없었는데 갑자기 상황이 복잡하고 어려워졌다. 아기 때문에. 단지 한 명의 아기 때문에. 남들이 말하듯 '사생아'…… 그래서 인정하건대 에밀리는 욕이 터져나올 것 같았지만, 내색은 하지 않았다. 끓어오르는 심사를 혼자 감당했고 피오나에게조차 드러내지 않았다. 그런데 이제는 그런 자신이 수치스러웠다. 피오나의 아기들을 '물고 빨았던'—에밀리 본인의 표현—자신이 혼외 자식으로 태어난 아기에게 그토록 야멸차게 굴었다니.

런던에서 오는 기차가 연착한 모양이었다. 에밀리를 기다리는 사람들은 차를 두 잔 혹은 석 잔째 마시고 있었다.

누가 기다리고 있었을까? 어떤 어리석은 아가씨가 아기를 뱄다고 해서 열을 내기에 자기는 너무 늙었다고 말한 레드웨이 씨는 아니었다. 그는 기다란 창문 밖에서 옷을 잔뜩 껴입고 의자에 앉아 있었다. 맵찬 바람이 훅 불었다. 아이비는 아이를 눕힌 바구니를 옆에 놓고 방 한가운데에 기세등등하게 앉아 있었다. 레드웨이 부인은 죽고 없었다. 몇 년간 사람들만 보면 가겠다고 말한 창조주의 품으로 돌아갔을 것이다. 그다지 변한 데가 없는 앨프리드도 있었고 그 옆에서는 뚱뚱하고 꾀죄죄한 버트가 찻잔을 든 손을 떨고 있었다. 제법 풍채 좋은 중년 부인이 된 벳시는 콧대가 날카롭고 가무잡잡한 필리스 옆에 앉아 있었다. 이 모임이 일주일 전에만 열렸어도 두 부인네의 독선적인 의기양양함은 꽤 참기 힘든 수준이었겠지만 상황은 빠르게 변하고 있었다.

바뀌지 않은 것은 자기 이야기를 늘어놓는 아이비의 열성뿐이었다. 하고, 또 하고…… "오, 그만 좀" 하고 버트가 불평했다.

아이비는 다시 한번 그 장황한 이야기를 막 끝냈는데 이번에는 맺음말이 달랐다. "네, 마틴화이트 부인은 아무 관련이 없다는 걸 알아요. 하지만 부인은 그때 스코틀랜드에서 애인과 함께 있었어요."

그러자 앨프리드가 갑자기 묵은 감정이 폭발한 듯 화를 내며 말했다. "그렇게 보잘것없는 애인을 두었던 여자가 할 소리는 못 되지."

"애인이란 말이 어때서요?" 아이비가 당당하게 말했다. "그 애인이 나를 하늘로 띄웠다가 땅으로 패대기쳤다가 절벽에 올려놓더니 혼자 가버렸죠." 아이비가 킥킥거렸다. 최근까지만 해도 소심하게 숨죽이던 아가씨가 수녀원을 겪은 뒤로 뻔뻔함에 가까운 반항의 갑옷을 둘렀다.

앨프리드가 말했다. "여기 있는 사람 대부분이 에밀리 맥비와 오랜 세월 친구로 지내왔어—아가씨가 태어나기도 전부터."

아이비는 화가 나서 눈을 번득이며 입을 다물었다. 그녀의 지지자 두 명—두 부인네—도 아무 말이 없었다.

두 사람은 아이비를 수녀원에서 구조해 데리고 오면서 자기들 중 한 명의 집에서 살게 해주겠다고 약속했다.

아이비는 꼭 뭉개진 라즈베리처럼(버트의 표현) 둥글고 자그맣고 가무잡잡한 여자로, 북슬북슬한 빨간색 스웨터에 짧은 치마를 입었다.

앨프리드는 앞서 벳시에게 말했었다. "안 돼, 그 여자를 우리집에 들이지 마. 그러면 안 돼, 벳시. 내가 무슨 일이 일어났는지도 모르는 채 그 여자랑 한 침대에 있는 날이 올 거야."

앨프리드는 감수성이 예민한 남자였고 벳시는 질투심이 많은 아내였다. 둘 사이에서 그렇게 직선적인 말은 오간 적이 없었다. 어쩌면 그렇게까지 늙은 건 아닐지도 모르는 레드웨이 씨는 아이비가 "누가 봐도 알 만한, 행실이 좋지 않은" 여자라고 말했다.

두 집 다 아이비를 받아들일 준비가 되지 않은 터라 메리 레인이 나섰다. 이제 집에 혼자 살고 있는데 적적한 생활이 잘 맞지 않는다면서 기쁜 마음으로 아이비를 맞아들이겠다고 말했다. 말들이 목욕하는 연못 근처에서 앨프리드를 만난 메리는 걱정할 필요 없다고 타일렀다. 아이비는 그해가 가기 전에 유부녀가 되어 있을 거라고.

"그 여자는 골칫거리예요." 앨프리드가 오랜 친구 메리에게 말했다. "그 여자를 보면 신경이 곤두서요. 왜 그런지 모르겠어요."

메리는 남자들이 왜 아이비에게 반감을 느끼는지 아주 잘 알았다. 그녀는 혀끝에 맴도는 무례한 언사를 삼키고서 말했다. "앨프리드, 마음 놓아. 괜찮을 거야."

테일러 가족의 두 소년이, 이제 더는 소년이 아니었지만, 외국 땅을 드나들다가 돌아와 있었다. 톰이 곧바로 아이비에게 마음을 빼앗겼다.

아버지와 아들 사이에 다음과 같은 대화가 오갔다. "톰," 앨프리드가 말했다. "저 아가씨는 스물두 살도 채 안 됐어. 그리고 너는 조금만 있으면 그 여자 아버지라 해도 이상하지 않을 나이야."

"네, 알아요, 아빠."

"그 여자에게 마음을 완전히 굳힌 거냐?"

"네, 맞아요."

"그럼 일 년만 기다려라. 너와 마이클은 일단 여행을 떠나도록 해."

"다른 사람이 그 여자를 채갈 텐데요." 톰이 히죽 웃으며 말했다.

앨프리드는 바로 그것을 기대했다.

두 부인네는 '그 몹쓸 늙은 까마귀들', 즉 수녀들만큼이나 아이비를 싫어하는 사람은 정작 자기 남편들이라는 사실을 알고 호전적인 태도를 조금은 거둬들였다. 그들에게 비정함의 상징이었던 에밀리도 메리 레인의 양해를 받았다.

바로 이런 분위기 속에서 에밀리는 어느 쌀쌀한 오후에 그곳에 도착했다. 바람이 일으킨 생기로 인해 발그레하고 헝클어진 모습이었지만 실은 오전 내내 스코틀랜드의 각종 자선단체 대표자들과 씨름하느라 꽤 피곤한 상태였다.

"푸우," 에밀리가 양손을 비비며 말했다. "롱거필드가 얼마나 추워질 수 있는지 잊고 있었어요."

뚱뚱하지는 않아도 제법 살집이 붙었던 에밀리는 앨리스터 맥태가트를 간호하는 동안, 그리고 그뒤로 이어진 난관에 대처하느라 살이 좀 빠졌다. 군청색 의상 위에 그즈음 유행이 돌아온 여우 목도리를 둘렀다. "저게 내가 지난봄 숲 어귀에서 사냥한 여우 아닌가 몰라." 버트가 말했다.

"차 한잔 마셔야지." 앨프리드가 이미 차 쟁반 앞에 가 있는 아내에게 차를 준비시켰다.

모인 사람들을 둘러본 에밀리는 옆에 아기를 데리고 있는 예쁜 아가씨가 이 사달의 원인임을 알아차렸다. 그녀는 그쪽에 미소를 지으며 말했다. "난 에밀리 마틴화이트예요. 문제의 장본인이 바로 여기 있습니다."

아이비는 고개를 뻣뻣하게 까딱했다. 앨프리드가 말했다. "괜찮아요, 에밀리. 메리가 전부 설명하셨어요."

몇 주 동안 에밀리를 열렬히 미워해야 할 존재로 마음에 새겼던 두 부인네는 최근에야 비로소 그녀를 평소의 자리, 다시 말해 이 기적 같은 조직을 일궈낸 막강한 중년 부인의 자리로 되돌려놓았다.

"메리가 말씀하시길, 그 수녀들이 아가씨를 수도실에 가두고 빵하고 물만 주었다고요?" 에밀리가 말했다.

"난 지지 않고 대들었어요." 아이비가 거만하게 대답했다.

"맞아, 그랬어요." 벳시가 흥분해서 말했다.

"맞아요." 필리스도 열을 냈다.

"수녀들은 자꾸 우리가 죄인이라고 얘기했어요." 아이비가 말했다. "우리에게 형편없는 음식을 주었죠—우리가 죄인이라서요. 수녀원의 모든 옷을 찬물로 빨게 한 것도 우리가 죄인이라서였어요. 그래서 제가 그 우화를 들려줬죠. 아시죠, 간음을 저지른 여자 이야기."

"물론 알죠." 유년기 내내 일요일마다 교회에 다녔던 에밀리가 말했다.

"그 여자에게 돌을 던지려던 남자들에게 예수님이 말씀하셨어요. '너희 중 죄 없는 자가 먼저 돌로 쳐라.' 예수님은 그 말씀을 하시기 전에 허리를 숙이고 손가락으로 흙 위에 뭔가를 쓰셨죠. '그게 무슨 글이었을지 생각해보신 적 있나요, 퍼페츄어 수녀님?' 그러자 수녀님이 절 때렸고, 저도 수녀님 등을 때렸어요. 그래서 저를 가둔 거예요."

에밀리가 웃었다. "잘했어요."

"빵과 찬물 말고는 아무것도 주지 않았어요. 난 아기를 가졌는데 말이죠." 아이비는 실컷 비난을 쏟아내고도 불필요한 첨언이라 느껴지는 말을 입에 올렸다.

"그건 정말로 옳지 않았어요." 에밀리가 말했다.

그 말이 그녀를 계속 쫓아왔다. 오늘은 스코틀랜드, 어제는 웨일스의 자선단체 대표자들과 씨름하던 긴 시간 동안에도 그들은 마틴화이트 학교 재단처럼 모범적인 학교에서 미혼모를 고용한 건 옳지 않다고 거듭해서 말했다.

그들이, 공공 자선단체의 대표자들이 그런 말을 하며 얼마나 즐기는지 에밀리는 알아봤다. "옳지 않았어요. 옳지 않아요."

옳지 않다, 옳지 않다, 옳지 않다, 이제 에밀리도 말없이 동의했다. 어떤 말이, 혹은 노래 구절이 자꾸만 머리에 떠올라 맴돌 때 그렇게 말려들듯이. 이제 사라져. 날 좀 내버려둬.

앨프리드가 말했다. "와줘서 정말 다행이야, 에밀리. 우리는 너의 지혜를 빌려야 하거든. 보다시피, 우린 조언이 필요해."

레드웨이 노인이 앉은 자리 너머로 잔디밭에서 어슬렁거리는 이들은 아직도 '쌍둥이'라고 불리는 테일러 가족의 두 아들이었다. 이 토론에 불려가게 될 것을 알고 있어서 아버지가 부르기를 기다리는 중이었다. 앨프리드가 자리에 앉으며 팔을 활기차게 흔들어 아들들을 불렀다. 톰이 잽싸게 튀어와 즉시 의자를 하나 가져다 추문 당사자 가까이에 앉았고, 관심을 충분히 받은 여자는 얼굴을 빛냈다.

아기가 꽥꽥 울자 아이비는 아기를 안아 어르며 톰을 슬쩍 쳐다보고 웃었다.

그녀는 앨프리드의 며느리가 되고 싶은지 확신이 서지 않았다. 장점이 있다면, 모두가 알다시피 앨프리드는 버트가 죽으면 농장을 책임지게 될 테고 아예 상속을 받을 가능성도 있었다. 아이비는 버트가 그리 오래 살지 못하리라고 판단했다. 그런데 톰의 나이가 문제였다. 나이 많은 남자와 정말로 결혼해도 괜찮을까? 그는 확실히 매력적이었고 곳곳을 여행하며 키운 능력도 충분했다. 하지만 젊지는 않았다. 젊은 남자가 아니었다. 그녀에게는 눈여겨보고, 좋아하고, 마음에 품은 어느 젊은 농장 일꾼이 있었는데……

앨프리드가 말했다. "너는 여기 내 두 아들을 태어나자마자부터 알았잖아. 더 말할 필요도 없을 거야. 이 아이들은 나라 밖 여러 전쟁에서 싸웠어. 그러고는 남미로 갔다가 또 아프리카에도 갔지. 네가 말해라…… 톰."

톰이 이어받았다. "있죠, 우리는 여기 살면서 나라 밖이 어떤지 정말 너무 무지합니다. 우리는, 마이클과 저는, 전혀 특별하지 않아요. 여기에서 교육을 받았을 뿐이죠. 하지만 예를 들어 트란스발*이나 볼리비아에 있는 마을에 들어가면 우리가 다른 이들에게는 없는 것을 얼마나 많이 가졌는지 깨닫게 됩니다. 그런 마을에 들어가면 우리는 경이로운 존재가 돼요, 단지 머릿속 지식 때문에요. 마이클과 저는 별의별 주제로 수업들을 열었어요. 놀라실 거예요……"

"그런데 우리에게 의사까지는 아니더라도 간호사라도 한 명 있다

---

* 1850년대에 네덜란드계 보어인들이 세운 자치 공화국이었으나, 영국이 제2차 보어전쟁에 승리해 점령했고 1910년에 남아프리카연방의 주로 편입시켰다.

면……" 마이클이 끼어들었다.

"맞아. 간단히 설명하자면—"

앨프리드가 이어받았다. "우리가 부대를 하나 창설하려 해. 모병관들을 배제하려는 거지. 지금 어떤 젊은이가 영국 밖으로 나가기를 원한다면 그들을 기다리는 건 모병관들이거든."

"이 부대는 위생병들을 갖추고 특히 좋은 일을 할 수 있는 곳을 찾아갈 거야. 그런데 그 부분에서 너의 도움이 필요해."

"아, 내 서명을 요구하는 게 아니구나." 에밀리는 미소를 지었다. 방금 들은 얘기가 썩 마음에 들었다.

"그것도 필요하지." 앨프리드가 말했다. "아니. 너의 전문지식이겠다. 알겠지만, 기금을 모아야 하니까."

에밀리가 말했다. "세드릭이 내게 말한 걸 얘기해줄게, 세드릭이 우리 전문가거든. 가능하다면 모든 것을 직접 관리해야 해. 하지만 그건 돈이 얼마나 있는지에 따라 달라지겠지."

"별로 많지는 않아. 하지만 이 근방에서도 꽤 많이 모금할 수 있어. 자기 아들이 빌어먹을 전쟁에 나가기를 바라는 사람은 없으니까."

"세드릭이 필요하겠어." 에밀리가 말했다. "세드릭이 잘 정리해줄 거야."

"젊은이들이 영국 밖으로 나가게 하는 것, 그게 중요해." 앨프리드가 말했다. "우리가 얼마나 웃음거리인지 알아? 이런 빌어먹을 계급제도, 우스꽝스러운 공중도덕을 내세우며 발악하고……"

에밀리는 최근의 추문에 책임이 없다는 사실을 다시 한번 말할 필요는 없겠다고 느꼈다.

"다들 우리를 비웃어." 앨프리드가 말했다. "여긴 어리석고 하찮고 좀스러운 작은 나라야. 전쟁에 휘말리지 않았다는 이유로 희희낙락하고 있지. 하지만 난 말이야, 전쟁이 한번 일어나면 대단히 큰 교훈이 될 거라고 봐. 우린 무르고 썩어빠졌으니까. 신선도가 떨어진 배처럼."

이쯤 되자 그의 아들들과 아내는 지금껏 너무 자주 들었던 얘기에 부드러운 박수로 대꾸했다. 그들은 웃었다. 화를 내는 앨프리드를 웃음거리로 여기는 그들에게 앨프리드가 말했다. "아, 웃으려면 웃어. 하지만 내가 맞아. 우리가 전쟁을 조금이라도 경험했다면, 너무 심한 전쟁은 안 되지만, 여하튼 그랬다면 이렇게 매사에 견딜 수 없이 독선적이진 않을 거라고."

에밀리는 앨프리드의 말을 듣지 않고 있었다. 칭얼거리는 아기가 발그레한 팔에 안겨 살살 흔들렸다. 아이비는 아주 예쁘고 자연스러운 모습으로 미소를 지으며 관심을 한몸에 받았다. 정말 보기 좋구나, 에밀리는 아이비의 북슬북슬한 스웨터를 움켜쥔 아기의 작은 손을 보며 생각했다.

너무 예뻐, 저 둘은…… 그러자 가슴이 아팠다. 왜 그랬을까? 그럴 이유가 전혀 없었다.

젊은 엄마와 조그만 아기를 보면서 에밀리는 조심하지 않으면 다시 울 것 같았다.

"여기 도착한 지 얼마 되지도 않았는데, 하지만 내가 오늘 얼마나 힘들었는지 안다면," 에밀리는 핑계를 댔다. "그 사람들이 어찌나 지치게 하던지…… 그리고 정말로 이 문제는 세드릭과 상의해야 해, 앨프리드. 그게 가장 중요해. 아니, 난 이제 가려고. 그냥 바로 갈게."

모두가 포옹을 하고 악수를 나눴다.

다시 바람 부는 바깥으로 나온 에밀리는 이제 눈과 볼이 젖어도 바람 핑계를 댈 수 있었다. 그녀는 레드웨이 씨에게 인사를 하고 그곳을 떠났다.

에밀리는 메리의 집에 들르지 않았다. 데이지가 거기에 있었다. 메리와 데이지는 사이가 좋지 않았다. 언제 좋은 적은 있었나? 에밀리는 가시 돋친 대화에 끼어들고 싶지 않았다.

데이지는 아이비가 잘못을 저지르고도 보상을 받고 있다고 말했다. 그건 옳지 못하다. 이 집에서 살면서 메리의 보살핌을 받게 됐다. 누구든 아이비가 굉장히 멋지고 똑똑한 일을 했다고 생각할 것이다. 그렇게 말은 하지만 정말로 그렇게 생각하지는 않는다는 것을 에밀리는 알았다. 데이지는 어머니와 함께 있을 때만 그렇게 생각했다. 메리도 원래 이만큼 딸에 대해 비판적이지는 않았다. "넌 어쩌면 그렇게 매사를 나쁘게 보니?" 기타 등등.

에밀리는 역으로 가서 대기실로 들어갔다. 사람들 서넛이 런던으로 가는 기차를 기다리고 있었다.

에밀리는 구석에 앉아 울었다.

앨리스터가 죽었을 때는 울면서 생각했다. 당연히 친구가 죽으면 누구나 울어. 하지만 지금은 매우 달랐다. 앨리스터가 죽고 영영 떠나기 전까지 그 사람을 얼마나 좋아하는지 몰랐다는 생각을 하니 울음이 나왔다. 어떻게 그럴 수가 있었지? 그녀에게 뭔가 문제가 있었다. 그 남자는 에밀리를 사랑했다. 그녀는 자신도 그를 사랑했음을 이제야 인정했다. 서로 알고 지낸 오 년 동안 그는 둘이 함께 지내자고 수백 가지 다른 방식으로 부탁했고, 기분좋은 쪽지들을 써 보냈으며, 그들은—이건 머리를 떠나지 않는 한 가지 사실이었다—수백 번도 함께 잘 수 있었지만 그녀에게는 그게 불가능한 일만 같았다. 왜? 알 수 없었다. 에밀리는 자신을 알지 못했다. 아픈 가슴을 붙잡고 앉아 고통스럽게 우는 경험, 흠, 그건 많은 이들이 해봤을 것이다. 하지만 자신에 대한 걷잡을 수 없는 분노에 휩싸여 그렇게 울며 앉아 있는 경험, 흠, 그건 아마 흔한 일은 아닐 것이다.

런던으로 오가는 기차가 들고 나는 사이에 대기실로 돌아온 역장이 끓는 물이 담긴 주전자 옆에 서 있는 소녀 쪽으로 다가갔다. 두 사람은 잡담을 나누면서 가끔 대기실 안의 아는 사람들에게 큰 목소리로 인사를 건넸다.

에밀리는 양손에 머리를 묻고 있다가 자신에게 건네진 찻잔을 보며 역장이 하는 말을 들었다. "선생님이 누구신지 압니다. 이렇게 우울하신 모습을 보니 괴롭네요." 그러고는 무언가가 담긴 병—그렇다, 위스키다—을 가져와 그녀의 찻잔 위에 들고서 권했다. 그녀는 고개를 끄덕이며 감사합니다, 하고 말했다. "제 조카가 선생님의 브리스틀 분교에서 일하고 있어요." 친절한 남자가 계속 말했다. "학교가 제 조카에게 모든 걸 다 해줘요. 정말 훌륭한 일을 해내셨더군요."

차와 위스키를 마시자 살 것 같은 기분이 든 에밀리가 자신의 구원자에게 웃음을 지었다. 역장은 자기가 데리러 올 테니 기차 소리가 들려도 자리에 그대로 있으라고 말했다. 이윽고 역장이 돌아와 그녀를 감싸안아 플랫폼으로 데려갔고 경비 요원을 찾아 에밀리를 가리키며 몇 마디 귓속말로 런던까지 편안히 모시도록 조치했다.

비크 스트리트로 돌아온 에밀리가 세드릭에게 전화를 걸자 그는 즉시 말했다. "이제 돌아오셨군요, 에밀리."

이에 에밀리가 말했다. "세드릭, 물어볼 게 있어."

그가 말했다. "뭘 물으실지 알아요. 전 심령술사거든요. 아니, 피오나가 알려줬어요. 숙모한테 돈이 얼마나 있는지 물으실 거잖아요."

"그래, 맞아. 피오나는 어떻게 알았지?"

"음, 초자연적 예지력으로 무장한 제가 숙모 계좌를 조회해봤습니다. 윌리엄 숙부가 남겨주신 상당한 금액이 그대로 유지되지는 않았지만, 숙모의 재무 관리자가 누굽니까? 네, 바로 저, 세드릭이죠. 그래서 금액이 크게 줄지는 않았어요."

"고맙다, 세드릭. 난 훨씬 적을 줄 알았어."

"그리고 지금 피오나와 저는 숙모가 그 돈을 어디에 쓰실지 얘기하고 있었어요. 피오나는 숙모가 곤경에 처한 아가씨들 모두에게 남편을 구할 수 있을 만큼 큰돈을 주시려는 건지도 모른다고 말하죠. 반면에 저는 혹시 쉼터를 설립할 생각이신가 추측해봤습니다. 제 말이 맞나요? 뭐, 아주 좋은 집을 구할 만한 충분한 돈이 있긴 해요. 생활이 편안할 만큼 일손도 넉넉히 갖출 수 있고요……"

"그런 지독한 깡패들은 사절이야." 에밀리가 말했다.

"지당하신 말씀이죠. 제가 피오나에게 한 말도 바로 그거예요."

"내가 그렇게 뻔히 들여다보인다니 놀랍구나."

"아주 재미있을 정도죠. 옛날 옛적의 기사처럼, 잘못된 일이 있으면 반드시 바로잡으시잖아요. 하여간 숙모에게는 마틴화이트 학교 재단 같은 제국을 수립할 돈은 없어도 훌륭한 쉼터를, 어디 보자, 세 곳 정도는 세울 수 있을 거예요. 주교들과 사교계 아가씨들과 함께하는 길로는 안 가실 거죠?"

"절대로 안 가지. 내 돈으로 할 거고, 내가 유일한 결정권자가 될 거야."

"더 잘하실 분이 어디 있겠어요?"

"네 초자연적인 재주가 앨프리드 테일러와 그의 선한 사마리아인 부대에 대해서는 아무 말도 안 해주던?"

"앨프리드가 제게 전화해서 물었어요. 그 사람들이 독자적으로 모금할 거라면 그냥 회계사 하나만 있으면 돼요. 제가 한 명 추천할 거고요. 쉼터 이름은 뭘로 할지 결정하셨어요?"

에밀리는 아이비 스미스가 간음을 저지른 여인에 관한 우화를 인용했다가 수녀에게 얻어맞고 자기도 때린 일을 세드릭에게 이야기했다.

"아주 훌륭해요." 그가 말했다. "음, '첫번째 돌'이라는 이름이 곧바로 떠오르는데 그건 안 되겠죠? 피오나는 하디의 시에서 따온 '몸 버린 처녀'를 제안했어요. 이름을 정하려고 하면, 이런 까다로운 사업의 경우는 더 그렇고요, 자꾸만 즐거운 음담패설의 유혹에 빠지는 게 문제예요. 지금 우시는 거예요, 에밀리?"

"그래, 자꾸만 울음이 나와."

"굉장히 멋진 휴가를 떠나면 어떨지 생각해보셨어요?"

에밀리는 말이 바로 나오지 않았다. 앨리스터를 알게 된 후로는 휴식이 필요하면 그를 찾아가 함께 지냈다.

한참 뒤에 에밀리가 말했다. "세드릭, 난 정말 멍청한 여자야. 그걸 이제야 알았어."

"다행히 우리 대부분은 그렇게 고통스럽게 자신의 멍청함을 깨닫진 않는데, 참 불쌍하셔라."

"첫번째 쉼터를 시작하면 아주 바쁠 거야. 내가 얼마나 어리석은 여자인지 생각할 시간이 없겠지."

엄밀히 그건 사실이 아니었다. 그 아이비라는 여자가 신생아를 품에 안고 앉아 있는 모습을 본 뒤로 그 영상이 계속 마음에 남아 가슴을 찔러댔다. 이미 슬픔으로 터질 듯한 가슴을.

에밀리에게도 어머니가 있었지만 세상을 떠났다. 평생 그녀는 말해왔다. "내겐 거의 늘 어머니가 없었어요, 세 살 때 돌아가셨거든요." 어머니 에밀리 플라워는 모두가 재앙이라고 여긴 사람이라 사진 한 장도 남지 않았다. 에밀리 플라워는 경박한 데 관심이 많고 노는 것만 좋아했다…… 잠깐만. 어머니는 아이 셋을 연달아 낳았고 셋째 아이를 낳다가 죽었다. 그런데 경박한 취향과 재미를 누릴 여지가 있었을까? 그러자 새로운 생각이 떠올랐다. 어머니는 첫아이인 꼬마 에밀리를 품에 안고 어를 시간이나 제대로 있었을까? 아이비가 자기 아이를 안고 얼렀듯이 어머니도 에밀리를 실제로 안고 어르기는 했을까? 그걸 생각하고 싶은가? 그걸 생각하고 싶기는 한지, 적어도 그것만은 정해야 했다. 에밀리는 앨리스터가 죽은 뒤에 그랬듯이 어두운 구덩이에 고여 있던 슬픔이 쏟아져나와 가슴에 들러붙는 일만큼은 피하고 싶었다.

에밀리는 인정해야 했다. 앨프리드의 집에서 막 태어난 아기를 안고 반항적으로 미소 짓는 아이비의 맞은편에 앉아 있었을 때 그 여자를 죽이고 싶었다는 사실을. 정말 그랬다. 왜 그랬을까? 피오나와 그녀의 아기들을 볼 때는 그런 느낌이 들지 않았는데.

세드릭이 말했다. "아이비 스미스는 너무 걱정하지 않으셔도 돼요.

자기 앞가림을 충분히 할 수 있는……"

"우리와 일할 때는 앞가림을 그다지 잘하지 못했잖니, 안 그래?"

"맞아요. 그 여자가 마틴화이트 재단을 쩍 갈라놓을 뻔했죠. 하지만 잘못은 그 여자가 아니라 우리의 근사한 영국 대중에게 있습니다."

"아마도."

"아침에 저를 찾아오실래요? 그때 세부적인 문제를 샅샅이 살피기로 할까요? 우셔도 괜찮아요. 원하는 만큼 실컷 우세요."

앨프리드 테일러는 나이가 많이 들어 세상을 떠났다. 장수하는 집안의 자손이었다.

에밀리 맥비는 개를 괴롭히는 소년들을 보고 꾸짖으러 다가갔다. 소년들이 에밀리를 공격했다. 이때 받은 심적 충격이 머리에 받은 물리적 타격보다 더 직접적인 심장마비의 원인이 되었을 거라고 사람들은 믿는다. 에밀리는 일흔세 살이었다. 장례식에는 조문객 수백 명이 찾아왔다.

설명

노인들을 볼 때, 심지어 이제 막 초로에 접어든 사람들을 볼 때도, 그 평범한 얼굴 뒤에 광활한 대륙과도 같은 경험이 쌓여 있으리라는 생각은 전혀 들지 않을 수도 있다. 직접 늙어보면 가장 잘 이해할 수 있다. 스치는 시선이나 작은 손짓 하나도 경고나 보상을 의미할 수 있음을 알기에 경계를 배우며 예민해진 눈치 빠른 아이들이 아니라면 말이다. 두 노인이 눈물이 깃든 눈빛을 주고받거나 "기억나니……" 하고 말할 때, 이는 삼십 년간 기억할 가치가 있었던 무언가를 가리키는 이정표다. 심지어 어떤 말투나 다정함이나 짜증이 십 년간의 연애, 혹은 반목을 나타낼 수도 있다. 부모에 관해 글을 쓸 때는 기민한 자식들도 핵심을 놓칠 수 있다. "그래, 맞아, 그해 여름에 메이비스와 함께 동커스터에 살 때 그랬지."

"뭘 하셨다고요? 그런 얘기 하신 적 없잖아요."

내 아버지와 어머니의 다른 삶을 상상해 글을 쓰면서, 나는 성격적 특성을 추론하거나 확대해 묘사했을 뿐만 아니라 어조, 한숨, 아쉬운 표정 등을 비롯해 숙련된 추적자들이 주목할 만한 극히 사소한 표시에도 의지했다.

아버지는 여러 번 젊은 시절에 알던 어떤 여자 얘기를 하다가 웃으면서 이렇게 말했다. "그런데 난 그 여자 엄마를 더 좋아했어." 앨프리드와 메리 레인의 친밀한 관계는 그 말에서 비롯되었다.

버트는 아버지의 어린 시절 친구로 청년기를 함께했다. 소년들의 오락거리를 즐기기도 하고 함께 경마장에도 가면서 둘은 즐겁게 놀았다. "오, 난 정말로 말이 좋았어." 아버지는 말했다. 말이라는 동물 자체가 좋았다는 의미다. "시간이 날 때마다 버트와 함께 동커스터로 갔지. 하지만 난 경계를 늦추지 않았어—내가 쉽게 휩쓸리는 편이었거든. 가죽에 햇살을 받으며 직선 경주로를 천둥 치듯 질주하는 말들, 그 냄새, 엉덩이를 쓰다듬을 때 부드럽게 미끄러지는 손의 촉감. 하지만 버트는 경마장에서나 다른 문제에서도 나만큼 조심성이 없었지. 버트를 잘 살펴봐야 할 때가 많았어. 자기 관리가 좀 부족한 녀석이라서."

한번은 로디지아*의 뱅켓에서 살 때, 이유는 기억나지 않지만 어느 덴마크 여자가 집에 머물고 있었다. 얼굴이 불그레하고 잘 웃는 통통한 여자였는데, 어린 내가 그 여자 무릎 위에 앉아 품에 안긴 채, 이 아줌

---

* 아프리카에 있던 옛 영국 식민지로 남부의 짐바브웨와 북부의 잠비아로 분리 독립했다. 이 책에서 묘사하는 남(南)로디지아는 1923년에 영국의 백인 정착민이 수립한 자치정부로 도리스 레싱은 이곳에서 유년기를 보내고 1949년 30세 때 런던으로 이주했다.

마는 날 좋아해, 엄마보다도 날 좋아해, 하고 생각했던 기억이 지금까지도 남아 있다. 아버지도 분명 그 여자를 좋아했다. 그 오랜 옛날의 오후로부터 앨프리드의 아내 벳시가 생겨났다. 아버지에게 온화하고 다정한 사람을 선사할 수 있어서 좋았다.

에밀리 맥비의 남편 윌리엄은 화장대 위의 작은 사진으로 늘 존재했던 어머니의 위대한 사랑에서 비롯되었다. 하지만 이상하게도 가죽 액자 속의 그 사진은 사진관에서 찍은 인물사진이나 친근한 스냅사진이 아니라 신문에서 오려낸 사진이었다. 그런데도 어머니는 마치 그 남자와 결혼할 예정이었던 양 말했다. 예민하고 신중한 얼굴이었다. 영화에서 너무 수줍어 사랑을 말하지 못하는 연인, 혹은 첫사랑이 젊었을 때 죽어버린 뒤 슬픔에 잠겨 영원히 다른 사람을 사랑하지 못하는 인물로 나올 만한 얼굴이었다. 어렸을 때도 나는 그 얼굴을 보며 생각하곤 했다. 흠, 엄마는 저 사람과 별로 재미있게 지내지 못했을걸요. 이때 재미란, 아버지가 전쟁 전에 런던에서 즐겼다고 얘기하던 종류의 오락을 뜻한다.

데이지는 어머니가 평생 친하게 지낸 친구로, 수십 년간 두 사람은 영국에서 아프리카로, 남로디지아에서 런던으로 편지를 주고받았지만 다시 만났을 때는 서로 공통점이 별로 없다고 느낀 듯하다. 실제의 데이지는 결혼을 하지 않았으나 이는 남편을 찾지 못한 세대의 일원이어서였다. 남편이 될 만한 남자들이 전쟁, '모든 전쟁을 종식할 대전쟁'에서 죄다 죽었으니까.

젊은 시절의 에밀리와 앨프리드는 둘 다 런던을 최대한 활용하는 법을 알았다. 극장에 드나들었고—아버지는 보드빌 공연장을 좋아했고 어머니는 클래식 연주회를 좋아했다—트로카데로 레스토랑과 카페 로열에서 저녁을 먹었다. 둘 다 대단한 활력을 지녔다. 크리켓, 테니스, 하키, 피크닉, 파티, 댄스파티.

에밀리를 좋아하는 젊은 부부 세드릭과 피오나는 어머니와 친했던 젊은 부부들에게서 영감을 얻었다. 주변에는 늘 어머니를 우러러보는 사람들이 있었다. 대개 더 젊었고 일부는 훨씬 더 부유했던 그들은 어머니의 활력과 유머, 재능, 충동적인 삶의 태도를 좋아했다. 우러러보는 남자들도 많았다. 내가 어머니의 삶을 상상하며 맘대로 지어낸 부분은 앨리스터와 나눈 우정이었다. 그는 에밀리를 좋아했는데 에밀리는 알아차리지 못했거나 알아차리고 싶지 않았다. 이 부분은 아버지가 돌아가신 후 남동생과 내가 어머니에게 재혼을 설득했던 시기에서 영감을 얻었다.

그 의도는 다분히 이기적이었다. 우리는 그 막강한 활력이 자식이 아닌 다른 데로 향하기를 바라는 마음을 변명조차 하지 않았다. 하지만 어머니를 염려하는 마음도 있었다. 어머니는 시시각각 자신에게 의존하는 중병 환자 남편을 간병하는 일 말고 다른 삶은 전혀 없이 오랜 세월에 걸쳐 힘겹게 살았다. 이제는 어머니와 결혼하고 싶어하는 남자들이 생겼다. 그들은 하나같이 분별 있고 꽤 인상적인 남자들로, 한 명은 은행 지점장—어머니의 취향에 딱 들어맞는—이었고 또하나는 부유한 농부였다. 마침내 돈 걱정에서 해방되어 근사한 휴가를 보내고 동반자와 함께할 수 있게 된 것이다. 하지만 우리의 권유에 어머니는 단순히 의욕을 보이지 않은 정도가 아니라 터무니없는 소리를 한다는 듯이 반응했다. 대체 왜요? 남동생이 따져 물었다. 안 될 이유가 뭐예요? 나도 압박하며 설득했다. 우리가 입을 다물 수밖에 없었던 것은 어머니가 전혀 이해하지 못해서였다. 그렇게 가당찮고 상상할 수조차 없는 제안을 하다니! 어떻게 그럴 수 있지? "어떻게 내가 너희 아버지 아닌 남자와 결혼할 수가 있겠니? 게다가 난 자식들에게 전념해야 해." 그 자식들이란 이미 성인이고 어머니와 멀리 떨어져 살고 있었는데도.

좀처럼 감정을 화제로 잡담하는 법이 없는 남동생과 내가 실제로 그 일로 대화를 나눴다. "둘 중에 한 사람이 왜 안 돼?" 동생이 따져 물었다. "아무개, 그 사람은 그야말로 점잖은 사람 아니야? 데릭은 뭐가 문제야? 찰스는 왜 안 돼? 그 사람은 엄마를 사랑하잖아." 해리는 그러더니 낯간지러운 말이었다고 생각했는지 얼굴을 붉혔다. "어머니도 이제는 좀 멋지게 살면 왜 안 되느냐고!" 하지만 아니었다. 누가 들었다면 우리가 어머니를 킹콩과 짝지으려 한다고 생각했을 것이다.

"있잖아요," 동생이 쑥스러움을 무릅쓰고 다시 시도했다. "저기요, 어머니, 제 생각엔 찰스가 어머니한테 굉장히 관심이 많은 것 같아요."

"정말로 어이없다, 너희 둘." 어머니가 딱딱하게 대꾸했다.

출처: 『런던 백과사전』, 벤 와인렙과 크리스토퍼 히버트 편집, 1983년.

왕립자선병원, 폰드 스트리트, 햄프스테드, 북서런던 3구

젊은 외과 의사 윌리엄 마스든이 홀본에 있는 세인트앤드루스 성당 앞 계단에서 죽어가는 젊은 여성을 본 뒤 무료 입원이라는 개념에 착안해 창립한 병원이다. 당시 런던의 모든 병원은 기부자의 추천서를 요구했고, 그래서 그 여성을 받아주는 병원이 없었다. 1828년 2월 14일에 마스든은 그레이스인 커피하우스에서 제화장인조합* 회원들과 만나 환자들이 병원비나 기부자의 추천서 없이도 입원할 수 있는 최초의 병원을 설립하기로 뜻을 모았다. 이 병원은 국왕 조지 4세의 후원을 받고 글로스터 공작을 초대 병원장으로 임명해 1828년 4월 17일에 개원했

* 런던에서는 12세기부터 시작된 동업자 조합의 전통이 현대까지 명맥을 이어오며 자선과 교육 사업을 펼칠 뿐만 아니라 시 의정에도 관여한다. 현재 백여 개의 동업자조합이 활동하고 있다.

다. 그뒤로도 계속 왕실의 후원을 받아왔다. 처음에는 해턴 가든의 그레빌 스트리트 16번지에 작은 집을 임대해 병상 몇 개로 운영했다. 이 병원은 '자선병원'이라는 친근한 이름으로 불렸지만 공식적인 명칭은 '악성질환 무료 치료를 위한 런던 종합의료기관'이었다. 1837년에 후원자가 된 빅토리아 여왕은 앞으로는 이 병원을 '왕립자선병원'으로 알리라고 요구했다. 첫해에 치료한 환자는 926명이다. 이듬해에는 1551건의 질환을 다뤘다. 1832년에는 700명 이상의 콜레라 환자를 치료했다. 전염병이 계속되는 동안 수간호사와 간호사 각각 한 명을 채용했다. 1839년에는 추가로 건물 한 채를 구했고 병상 수는 30개에서 72개로 증가했다.

공공 후원이 급속히 늘면서 더 큰 건물이 필요해졌고, 1843년에 병원은 그레이스인 로드에 있는 건물로 이사했다. 그곳은 이전에 경기병 의용군의 병영으로 쓰이던 곳이었다. 건물 임차권은 1843년 8월 31일에 취득했다. 새로운 부지에 자리잡은 병원은 시설을 증축해, 1856년에 서식스 공작을 추모하는 서식스 별관을 열었다. 1877년에는 학생들을 교육하기 시작했고, 이로써 런던에서 최초로 의대 학부과정을 제공하는 병원이 되었다. 외래진료를 담당하는 빅토리아 별관은 1878년에 증축되었고, 알렉산드라 빌딩은 왕세자의 후원으로 1895년에 개설되었다. 리델 경, 앨버트 레비 경, 프리메이슨, 런던의 몇몇 동업자조합을 비롯해 병원의 후원자는 매우 많았다. 설립 초기의 개척자적 신조 외에도 왕립자선병원은 병원 사업의 두 가지 중요한 측면에서 선구적인 역할을 담당했다. 1877년에 여성을 의대생으로 받아들인 일과 1895년에 여성 의료복지사를 처음으로 운영한 일이 그것이다.

여성 의학도를 받아들인 조치는 이 병원 역사에서 획기적인 진보였으며, 이어 여학생들에게 임상 의료시설을 개방함으로써 엘리자베스 개릿 앤더슨과 소피아 젝스블레이크가 주도한 소규모의 용감하고 결연한 여성 집단이 몇 년간 벌여온 인정 투쟁을 성공적인 절정으로 이끌었다. 1894년까지 고문 의사와 레지던트 전원이 남자였으나, 그해에 L. B. 올드리치블레이크 양이 명예 마취과 전문의로 임용되었다. 이듬해에 올드리치블레이크 양은 여성 최초로 런던의 외과 마스터* 자격을 취득했고 뒤이어 이 병원 의료진에 속한 저명한 외과의가 되었다. 1901년부터는 여성도 상근 수련의가 될 수 있었다.

1921년, 왕립자선병원은 영국에서 최초로 산부인과를 운영하는 병원이 되었다. 1926년부터 1930년까지 버넷, 테이트 앤드 론 건축사무소의 설계로 이스트먼 치과병원이 건축되었다. 왕립자선병원은 제2차 세계대전 동안 상당수 병상이 손실되는 극심한 피해를 입었다.

1948년에 국민보건서비스가 출범하면서 왕립자선병원은 햄프스테드 종합병원, 엘리자베스 개릿 앤더슨 병원, 런던 피버 병원(리버풀 로드), 노스웨스트 피버 병원(론 로드), 그리고 나중에 추가된 뉴엔드 병원과 코페츠 우드 병원 등을 포함하는 병원 그룹의 중심이 되었다. 엘리자베스 개릿 앤더슨 병원은 이 그룹에서 분리되었으나 햄프스테드 종합병원과 노스웨스트 피버 병원과 런던 피버 병원은 다시 왕립자선병원과 의과대학으로 통합되었다. 현재 위치의 왕립자선병원은 왓킨스, 그레이, 우드게이트 인터내셔널 건축사무소의 설계로 신축되었고,

* 19세기 중반 영국에서 설립한 고급 전문의 자격.

첫 환자는 1974년 10월에 입원했다. 1975년 3월에 병원 전체가 완전히 가동하기 시작했고, 1978년 11월 15일에 여왕이 공식적으로 개원을 선포했다. 현재 병상 수는 1070병상으로, 신관의 852병상, 뉴엔드 병원(뉴엔드, 북서런던 3구)의 144병상, 코페츠 우드 병원(코페츠 로드, 머스웰힐, 북런던 10구)의 74병상 등으로 구성되어 있다.

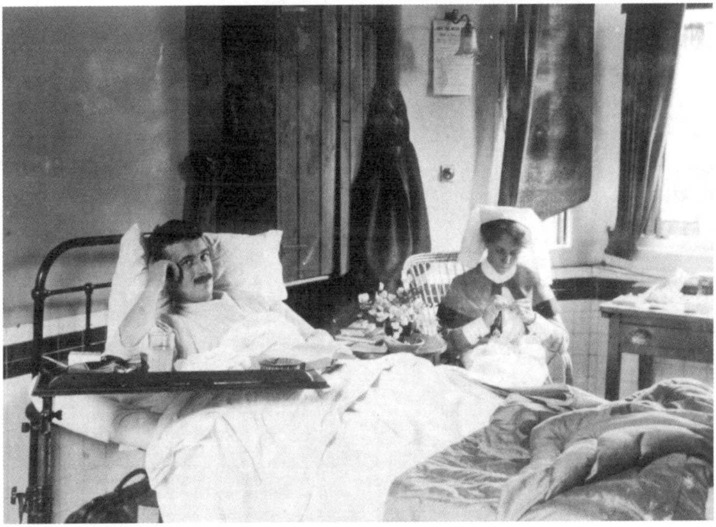

제2부

앨프리드와 에밀리: 두 인생

그리고 그녀는 인간 영혼의 위대한 법칙 하나를 흐릿하게 깨달았다. 감성적인 영혼이 육체를 죽이지 않을 정도의 충격으로 상처를 입으면 육체가 회복하면서 영혼도 회복하는 듯 보인다는 것. 하지만 이는 단지 겉보기에 그럴 뿐이다. 사실은 재개된 습관의 작용 원리에 지나지 않는다. 천천히, 천천히, 영혼에 가해진 상처가 그 모습을 드러내기 시작한다. 끔찍한 아픔이 온 정신을 채울 때까지 천천히 깊어지는 타박상처럼. 그리고 우리가 회복하고 잊었다고 생각할 때, 바로 그때 우리는 무시무시한 후유증을 최악의 형태로 맞닥뜨려야 한다.

D. H. 로런스, 『채털리 부인의 연인』

나는 지금까지 다양한 방식으로 아버지에 관한 글을 써왔다. 길거나 짧은 글로도 썼고, 소설로도 썼다. 아버지는 명료하고 또렷하고 완전히 아버지답게 표현되었다. 한 사람의 인생을 쓰자면 책 다섯 권으로도, 한 문장으로도 쓸 수 있다. 이건 어떤가? 활기차고 건강한 남자였던 앨프리드 테일러는 제1차세계대전에서 심한 부상을 당한 뒤 장애가 전혀 없는 양 살고자 했지만 여러 질병이 그를 무너뜨렸고, 그로 인해 짧아진 삶의 끄트머리에 이르렀을 때 "늙고 병든 개는 고통을 끝내주면서 나는 왜 안 되는 거야?"라고 애원했다.

이 문장은 인상적인 몇 가지 사실을 간과한다. 아버지는 페르시아의 케르만샤에서 말을 타고 은행으로 출근했다. 나는 아버지가 두레박을 타고 거친 수직갱도를 내려갈 때 나무 의족이 밖으로 삐져나와 돌투성이 갱도 벽에 쾅쾅 부딪히는 모습을 보았다. 아버지는 남동생의 학교에서 열린 아버지 달리기에서 절뚝절뚝 뛰기도 했다. 오르기 만만찮은 나무를 타고 동생과 내가 만든 나무집에 올라가기도 했다. 관목 숲을 쿵쿵거리고 다녔고 여러 번 넘어졌으며 갈아놓은 밭 위의 거대한 흙더미를 기어오르기도 했다.

그 모든 것을 가능하게 한 장치를 아버지는 '내 나무다리'라고 불렀고, 똑같이 생긴 다리가 하나 더 부모님의 침실 벽에 기대어 놓여 있었다. 최근에 버로스 앤드 웰컴에서는 자사의 과거와 현재 제품들을 대영박물관에 전시했는데, 거기 유리 진열창 안에 전시품으로 놓인 아버지의 나무다리가 있었다. 금속제 발과 다리 위로 나무 대접 모양의 기구가 붙어 있고, 그 우묵한 곳에 가련하게 쪼그라든 다리 끝을 끼워넣은 뒤 묵직한 띠로 묶어 고정시키는 형태였다. 잘린 다리 끝에는 털실로 떠서 만든 양말을 신기는데 날씨나 다리 상태에 따라서 최대 열 개까지 덧신었다. 날씨가 더우면 양말이 따끔거리고 불편했다. 아버지는 당뇨병에 걸려 체중이 줄었을 때 결착 부위의 우묵한 곳에 모직 헝겊을 몇 겹씩 채워넣었다. 이 나무다리와 대체품들은 육군성*이 공급했다. 발 부분에는 일반적인 양말과 구두를 신었다. 금속으로 된 무릎은 잘 구부러졌다. 이 장치는 가볍고 기민하고 뭐든 가능한 오늘날의 의족과는 전혀 비슷하지 않았다.

앞의 한 문장 이력서는 당뇨병을 언급하지 않는다. 인슐린이 처음 발견된 시기여서 당뇨병을 지금처럼 세심하게 관리하지 못했다.

---

* 1964년에 국방부로 통합되었다.

아버지에 관한 내 글을 읽고 아버지가 했던 말을 마음의 귀로 듣자니, 한 가지가 유달리 두드러진다. 의약품의 전반적인 발전으로 인해 오늘날 대부분의 사람들은 내 아버지가 부상을 당했을 때처럼 약물로 인한 불편을 겪지 않을 것이다. 아버지는 병원에 누워 있을 때 온갖 공포가 정신을 가득 채웠다고 말했다. "무시무시하고 공포스럽고 끔찍했지. 자다가 비명을 지르며 일어나곤 했어." 아버지를 간호했던 어머니가 정말로 그랬다고 말했다. "잠들기가 무서웠지."

외상후스트레스장애가 아니었나 싶은데, 그때는 그 질병이 정의되기 훨씬 전이었지만 개념조차 없던 시절은 아니었다. '포탄 쇼크'라는 어휘는 외상이라는 의미를 내포하고 있다. 아버지가 '그 친절한 의사 양반'이라고 불렀던 담당의는 아버지가 운이 좋아서 포탄 쇼크를 면했다는 투로 말했다.

확실히 요즘에는 그런 상태를 완화하고 심한 우울증 아닐까 싶은 증상에도 효과를 내는 약이 있다. "캄캄한 구름 속에 있었어. 그 구름이 들러붙어 떨어지지 않는 거야. 사상병들 말이야, 우리 중대 사람들, 아, 다들 훌륭한 친구들이었는데. 그 사람들 생각이 머리를 떠나지 않더라. 가슴이 얼마나 무거운지, 내 심장이 커다랗고 차가운 돌같이 느껴졌지……"

슬픔을 경험한 사람들은 그것이 가슴에서, 차가운 통증의 무게처럼 느껴진다고 증언한다.

하지만 약에 대한 언급은 없었다. 브롬화물*이었을까? 그랬다 해도 아버지에게 큰 효과는 없는 것 같았다.

---

* 과거에 항경련제, 안정제로 쓰이던 약품. 20세기 중반 무렵부터 효능과 안전성 문제로 점점 쓰이지 않게 되었다.

아버지가 외상후스트레스장애나 극심한 우울증을 근래에 겪었다면 모든 증상을 누그러뜨릴 기적적인 약이 있었을 것이다.

지금 아버지의 삶을 돌아보면, 끝을 향해 느리게 흘러갔던 그 끔찍했던 시기에도 아버지는 분명 우울증을 앓았다. 요즘은 지독하고 암담한 노인 우울증은 상식이다. 아버지 같은 사람도 약을 먹으면 최악의 상태를 면할 수 있다. 하지만 당시에는 아버지가 양극성장애나 다른 우울증을 앓고 있으니 강력한 약이 필요하다고 말하는 사람이 없었다.

아버지는 평생 잠을 잘 이루지 못했다. 과거의 전우들을 꿈에서 만났고 그들 때문에 슬퍼했다. 맞다, 슬픔의 고통은 희미해지다 사라진다. 하지만 아버지는 아침 식탁에서 어머니에게 "토미가 다시 꿈에 나왔어"라고 말하곤 했다. 조니 혹은 밥일 때도 있었다. "내게 뭐라고 농담을 하던데." 그렇다! 죽은 병사들은 처참한 상처를 보여주는 화난 영혼만은 아니었다. 토미나 조니나 밥은 농담을 무척 잘하는 사람인 듯했는데, 그건 우리집에서 즐겨보던 베언즈파더*의 만화 때문이었다는 생각도 든다. 영국의 전형적인 토미라 할 수 있는 올드빌은 포탄 구멍 속에 괸 물에 허리까지 빠져 있든 밝은 달빛 아래에서 포탄을 피해 달아나든, 슬퍼하거나 한탄하는 법이 없었다. 어떤 회차의 제목은 '똑같은 정든 달이 그를 내려다보고 있다'였다. 영국의 한 젊은 여성이 침실 창가에서 머리카락을 바람에 날리며 달을 바라보고 있는데, 그동안 연인은 포탄이 쏟아지는 전장에서 달빛을 피해 몸을 웅크리고 있다. '똑같은 정든 달이 ……를 내려다보고 있다'는 아이들을 포함해 우리 가족

* 영국의 만화가. 제1차세계대전에 참전해 군에 복무하는 동안 올드빌이라는 군인을 주인공으로 전쟁중의 삶을 그린 만화를 연재했다.

사이에서 유행어가 되었다.

이런 식이다. 달빛이 환히 빛나는데 우리는 언덕 위에 서 있고 아래쪽에는 옥수수가 자라는 들판이 달빛을 받아 초록색으로, 초록만은 아닌 색으로 일렁인다. 들판 군데군데에서 부드러운 술렁임이 있는 것으로 보아 그곳에 사람들도 있음을 알 수 있다. "도둑들이야." 아버지가 너무도 빤한 상황을 재미있어하며 말한다. "도대체 왜 그럴까?" 아버지가 밤하늘에, 우주에 묻는다. "밝은 달빛 아래에서 옥수수를 훔치다니."

"똑같은 정든 달이 우리를 내려다보고 있는데." 어머니가 말한다.

혹은 이런 식이다. 남동생은 기숙학교에 가 있고 어머니는 아들이 없어서 슬퍼한다. "똑같은 정든 달이……"

"아, 그만둬, 이 사람아." 어머니가 즐기는 감상벽이 못마땅한 아버지가 말한다.

어머니는 자신이 깊은 감상을 드러내면 남편이 왜 그리 난처해하는지 이해하지 못했다. 동생과 나는 어머니가 그러면 질겁했다. 하지만 어떤 감상은 그 안에 해독제를 갖고 있다. 감동에 젖은 어머니의 목소리에서는 눈물이 묻어났다. 그렇다, 어머니는 진심으로 느꼈다. 하지만 감상이 견디기 어려운 건 가짜 감정이라서가 아닐까? 어머니는 눈밭으로 걸어나간 오츠* 때문에—"오래 있을 거야"—혹은 주파수가 잘 안 맞아 지직거리는 라디오에서 흘러나오는 〈진혼 나팔〉 때문에도 울 수

* 로런스 오츠는 영국의 탐험가로, 1912년에 남극 탐험 도중 동상과 괴저로 거동이 불편해지자 동료 탐험가들에게 짐이 되지 않으려고 텐트에서 나가 눈보라 속에서 사망했다. 나가기 전에 동료들에게 "밖으로 나가려고 해. 오래 있을 거야"라고 말했다고 전해진다.

있었다. 하지만 끔찍한 일을 해야 할 때, 가령 병든 개를 쏘아죽여야 하거나 새끼 고양이들을 익사시켜야 할 때, 어머니는 딱딱한 표정으로 입을 앙다물고 해치웠다. 어머니는 아버지가 냉정하다고 불평했다.

농장에 도착한 직후 병에 걸린 어머니는 견딜 수 없이 감상적인 상태가 되었다. 말이 나온 김에 내가 지금 이해하려고 애쓰는 일 중에서 가장 어려운 부분을 당장 살펴볼까 한다.

어머니가 한 말이나, 다른 이들이 어머니에 대해 한 말, 혹은 지독한 열성으로 눈부신 성적을 거둔 굉장한 청소년기나 아버지를 포함해 믿을 만한 목격자들이 증언하는 간호사 시절, 그토록 즐겁고 사교적이었던 페르시아 시절, 이 모든 것의 그 어떤 면도 당시의 변해버린 어머니와 어울리지 않는다.

어머니가 한 사람이 아니라 각기 다른 여러 사람이었던 것처럼, 그 무엇도 들어맞지 않는다.

어렸을 때 나는 어머니가 이루 말할 수 없이 안쓰러웠다. 가출할 계획을 품고 있을 때조차 그랬다. (가출을 어떻게? 관목 숲 한복판에서? 어디로?) 어머니가 좀처럼 괴로움을 숨기지 않았기에 안쓰러울 수밖에 없었다. 우리의 탐구는 바로 이 지점에서 다음 질문과 함께 시작된다. 에밀리 맥비가 자기연민에 빠져 불평하고 한탄한 적이 있었던가? 어머니가 원래 그런 성격이었다고는 생각하지 않는다. 하지만 그런 면이 없지는 않았는지, '심장발작'을 앓고 자리에 누웠을 때는 자주 자기연민의 눈물을 흘렸다.

이제, 끝내주게 건강하고 활기찬 이 여인을 보자. 그녀는 다섯 살과 세 살의 어린 자식들을 데리고 테헤란에서 런던으로, 배를 타고 케이프타운을 거쳐 베이라*로, 기차를 타고 솔즈베리**로 옮겨다녔고, 몸이 불편한 남편을 도와 지도에도 없고 사람 손이 닿지도 않은 황무지의 농장을 골라 생전 처음 보는 미지의 자재로 집을 지었다. 집안에 '정착민들'의 방식대로 가구를 채워넣었고 염색한 밀가루 포대로 커튼을, 등유 상자로 찬장과 탁자를, 그 외에 모든 것을 직접 만들었는데, 그뒤로 남편과 함께 말라리아에, 그것도 두 번이나 걸렸다. 어쩌면 거기에 단서가 있을까? 극도로 쇠약해진다, 말라리아에 걸리면. 그러다가 진흙과 풀로 지은 그 집에서 앞으로의 삶에 맞게 집을 단장하며 이제 꼼짝없이 그곳에 처박히리라는 것을 깨닫고 어머니는 심장발작을 일으켜 자리에 눕고 말았다.

어머니는 다름 아닌 간호사였다. 세계에서 가장 훌륭한 병원에 속하는 곳에서 수년간 일했고, 세계대전의 와중에 부상자들을 간호했다. 지금은 쉽게 알 수 있다. 어머니는 무시무시한 불안 상태였고, 공황에 빠져 있었으며, 앞날을 내다보고 출구 없는 덫에 갇혔다고 생각했음을. 심장발작. 어머니는 심장발작이라고 말했다. 아버지가—아무런 지식도 없는 상태로—관목 숲을 밀어내고 농기계를 사들이고 노동자를 고용하고 자신을 가사관리인이라고 일컫던 주정뱅이 과부의 도움을 받아 두 어린 자녀를 돌보는 동안, 어머니는 침대에 누워 있었다. 너무 달라진 모습이었다. 어머니는 절대로 그런 사람이 아니었다. 어린 자식들을 불러놓고 이렇게 말하기도 했다. "엄마 불쌍하지. 너무너무 불쌍한

---

* 모잠비크의 항구로 아프리카 대륙을 횡단해 짐바브웨까지 가는 철도의 종착역이 이곳에 있다.

** 짐바브웨의 수도 하라레의 예전 지명.

엄마야."

그때 느꼈던 격분을 지금도 느낄 수 있다. 나는 격분했고, 부글부글 끓어올랐고, 화가 치밀었으며, 당연하지만 어머니가 이루 말할 수 없이 안쓰러웠다. 병에 걸렸던 걸까? 그랬다, 심장발작은 아닐지 몰라도. 맞다, 어머니는 병들었었다. 그리고 제정신이 아니었다. 그게 중요했다. 그러면 우리는 뭘 해야 했나? 입맞춰준다? 꼭 안아준다? 하지만 어머니는 우리가 자신 못지않게 눈물을 흘리며 동정해주기만을 바란 게 아니었다. 어머니는 더 많은 것을 바랐다.

집에서 사 마일 떨어진 곳에서 제재소를 운영하고 내 어머니를 우러러보던 남자가 있었는데, 그가 누워서 책을 읽을 수 있는 장치를 어머니 침대에 매달아주었다. 그는 어머니를 보며 경탄하는 사람들 가운데 하나였다고 기억한다. 어머니는 우리를 이 독서 기구로 불러들여 처음으로 공부를 가르쳤다. 무슨 공부였는지는 기억나지 않는다. 나는 너무 덥고 화가 났다. "네 동생을 잘 돌봐야 해." 어머니가 감정에 복받친 목소리로 말했다. 하지만 동생을 돌보는 일은 늘 나의 부담, 나의 과제, 나의 책임이자 긍지였다. 어머니는 왜 갑자기 그걸 강조했을까?

나중에 어머니는 그때 침대에서 일 년을 보냈다고 말하곤 했지만, 실은 그렇게 오랜 시간은 아니었다. 어머니를 침대 밖으로 나올 수밖에 없게 한 것은 주정뱅이 가사관리인이었을까? 아니면 고양이들과 개들을 때리고 우리를 괴롭히던 주정뱅이 가사관리인의 통제 불능 열두 살 아들이었을까?

어머니는 자리에서 일어났고 그러기 위해 어떤 대가를 치렀을지 나는 감히 상상조차 할 수가 없다. 어머니는 이 식민지의 삶에서 기대했던 모든 것에 작별을 고하고 있었다. 어머니가 기대한 것은 분명 케냐의 '행복한 계곡'* 같은 삶이었을 테다. ('행복한 계곡'을 정말로 경험했다면 무척 역겨워했겠지만.) 리버티 커튼** 뒤에 놓아둔 트렁크 속에는 이브닝드레스와 장갑, 깃털, 모자 등이 있었고, 어딘가에 치워둔 핸드백 안에는 이런 삶을 위해 특별히 제작한 명함도 있었다.

그런 물건들과 달리 피아노만은 거실에 내놓고 자주 연주했다. 거실의 둥근 창 너머로는 관목 숲이 보였다. 어머니는 거의 모든 음악을 연주했다—하지만 나는 쇼팽과 베토벤 곡에 가장 어울리는 반주는 그 지역의 토속 북소리임을 어릴 때부터 알면서 자랐다.

이제 와 생각하니 어머니는 그때 자신을 이루던 모든 것을 무너뜨리는 심각한 신경쇠약 발작을 일으켰음을 알겠다. 병상에 누워 "불쌍히 여겨줘, 날 좀" 하던 그 여자는 전혀 내 어머니답지 않았다.

그런데 이야기가 너무 앞서갔다. 혹은 옆으로 샜거나. 시간을 그 경계 안에서 파악하기가 불가능해서 그렇다. 사람들이 정해놓은 경계, 그것이 핵심이다. 나는 다섯 살 생일을 대서양을 가로지르는 독일 국적의 배 안에서 맞았고, 일곱 살에는 수녀원으로 보내졌다. 두 해가 조금 넘는 기간이었다. 그 시기에 끼워넣어야 할 이야기는 다음과 같다. 우리 가족은 느린 기차를 타고 솔즈베리로 갔고 거기에서 부모님은 우리 남매를 '릴포디아'라는 게스트하우스에 맡겨놓고 농장을 보러 갔다. 속도

* 1920년대에서 1940년대까지 영국의 식민지 케냐의 고원지대에서 극도로 향락적이고 무질서한 삶을 추구했던 영국 최상류층 집단의 거주지, 혹은 그들의 생활양식을 '행복한 계곡(Happy Valley)'이라고 불렀다.

** 1920년대에 리버티오브런던이라는 직물회사에서 생산하기 시작한 자잘한 꽃무늬 커튼.

가 빠른 좋은 차가 아니라 조랑말을 맨 가벼운 마차를 타고. 농장을 구하고 나서 우리 남매와 트렁크들은 영화에 나오는 것과 같은 지붕 달린 마차에 실려 뒤따라갔다.

농장에는 아직 집이 없어서 우리 가족은 집을 짓고 관목 숲과 부지의 경계를 조성하는 동안 소규모 광산주인 화이트헤드 일가의 집에 세 들어 살았다. 아, 진흙 벽을 올리고 이엉지붕을 올리는 데는 그리 긴 시간이 필요하지 않다. 그리고 말라리아에 걸렸다. 우리 모두, 두 번씩이나.

그리고 이제 비디 오헬로런 이야기를 끼워넣어야 한다. 그 여자는 어린 자식 둘을 키우는 내 어머니를 돕게 되어 있었다. 지금 같으면 오페어* 정도 되겠다. 이 젊은 여자는 어머니와 아버지 모두에게 골치와 짜증을 안겨주었다. 운명의 신이 이 상황을 지켜보고 있었다면 한바탕 웃음을 터트렸을 것이다. 비디는 당시에 다수의 옹호 혹은 공격을 받았던 이른바 현대 여성이었다. 담배를 피웠고 머리를 단발로 잘랐으며 립스틱을 발랐는데, 립스틱은 어머니도 곧바로 따라하기 시작했지만, 그러면서도 비디가 창피한 줄 모른다고 생각했다. 문제는 내 부모님이 제1차세계대전 이후에 페르시아에서 살아서 그 열에 들뜬 시기를 겪지 못했다는 점이었다. 그들은 재즈도, 찰스턴 춤도 놓쳤고, 다음 세대가 브래지어를 태울 때와 같은 기백으로 머리칼을 짧게 자르던 젊은 여성들도 보지 못했다. 드레스는 무릎길이—혹은 미니스커트—였다. 젊은 여성들은 욕을 하고 술을 마셨고, 남자들처럼 될 수 있는 자유를

* 숙식과 소액의 수고비를 대가로 아이들을 돌보는 입주 보모.

요구했다.

아버지도 비디 오핼로런에게 경악했다. 동네에 새로 나타난 아가씨 때문에 청년들이 계속 찾아왔다. 많은 이들이 아주 절실하게 아내를 원했다. 아내 없이는 농장을 성공적으로 운영할 수가 없었다. 아버지는 비디를 찾는 어느 젊은이를 때렸다. "오핼로런 양을 말하나보지?" 아버지가 따져 물었다. "하지만 내가 부모 대신이나 마찬가지라서, 오핼로런에 대한 책임은 내게 있어." 여기에 더 컴컴한 기류가 흐르고 있었을까? 아버지가 비디를—동생과 내가 새침하게 표현했듯—'좋아한' 것일까? 어머니는 비디를 질투했을까? 에밀리 테일러가 페르시아에서 보낸 시간은 온통 즐거움으로 가득해서 아버지가 불만을 토로할 정도였다. "내가 이런 사교계 마당발과 결혼했다는 사실을 미처 몰랐군." 영국에서는 그만큼 즐겁지는 않았어도 이어진 항해가 있었다. 어머니는 선장과 친하기로 유명했다. 아버지는 침상에서 앓고 있었다. 어머니만큼 항해에 잘 맞는 사람은 없었다. 갑판에서 하는 갖가지 게임과 댄스파티와 옷 단장—항해의 모든 것—을 좋아했으며, 독일인 선장은 어머니를 우러러보는 기색이 역력했다. 트렁크 가득 멋진 드레스를 가진 어머니는 무도회의 여왕이었을 것이다. 하지만 이제는 농장과 버릇없는 비디가 있었고, 모든 것이 잘못되어가고 있었다, 그것도 아주 빠른 속도로.

비디 덕분에 나는 가장 중요한 기억 하나를 갖게 되었다.

광산에서 아이들—남동생과 나와 화이트헤드 가족의 자식들—은 커다란 움막에서 잤다. 침대가 네 개 있었고 각 침대 위로 길게 드리운 흰 천이 모기장 역할을 했다. 진흙 바닥에 코코넛 매트를 깔았고, 지붕은 이엉으로 얹었다.

초를 하나 들고 움막으로 들어온 비디가 초를 어디에 놓을까 생각하며 주위를 둘러보고 서 있다. 내 침대 옆에는 협탁—페인트를 칠한 등유 상자—이 있다. 비디가 거기에 촛대를 놓는데, 불꽃이 겨우 반 인치 떨어진 모기장에 붙는다면 성냥이나 폭죽처럼 확 타오를 거다. 바로 뒤따라 들어온 어머니가 비디가 한 짓을 본다. 기류를 흩트려 불꽃이 너울거리면 모기장에 닿을까봐 천천히 다가온 어머니가 촛대를 가만히 들어올려 위험에서 멀리 벗어난 탁자에 놓는다. 어머니는 허옇게 질려 자기 목을 움켜쥔다. 의자에 앉아, 혹은 의자로 쓰러져, 덜덜 떤다. 만일 그 불꽃이 모기장—내 모기장—에 닿았다면 불이 타올라 다른 모기장 세 개로 번졌을 것이다. 모기장, 그 하늘하늘한 무명천의 흰 기둥처럼 불붙이기에 매력적인 물건이 또 있을지 상상이 안 된다. 모기장들이 타올랐다면 우리 머리 위 이엉도 타올랐을 테고, 거세게 타오르는 움막의 불은 다른 초가 움막들 전체로 번졌을 것이다.

"뭐하는 거니?" 어머니가 갈라진 목소리로 속삭이며 비디에게 묻는다. 어머니의 머리를 채우는 것은 맹렬히 타오르는 불길과 비명을 지르는 아이들, 우리 위로 무너지는 움막, 다른 움막 곳곳에서 들리는 비명……

어머니의 상상이 내게 와닿는다. 나는 불이 무엇인지 이미 알고 경계하는 나이다. 나는 울기 시작한다.

"왜 그래?" 비디가 재빨리 묻는다. 반지를 여러 개 낀 손가락으로 머리칼 한 가닥을 배배 꼬거나, 사랑스러운 아일랜드 민요 한두 마디를 불렀어도 어울렸을 분위기다. 내 울음은 말할 것도 없지만 어머니의 목소리로도 뭔가 잘못되었다는 사실은 전해졌다. "하지만 아무 일도 일어나지 않았잖아요." 마침내 그녀가 당돌하게 말한다. 아무 일도 일어나진 않았다.

하지만 어머니의 상상 속에서는 모든 일이 일어나고 있었다. 어머니는 의자에 앉아 비디를 노려보았다. 그리고 내 머릿속을 떠나지 않을 장면은 바로 이것이다. 어머니는 이해가 안 되고 당혹스럽다. 입술이 허옇다. 이 세상의 총명하고 선견지명이 있는 사람들과 상상력이 없는 사람들 사이에는 깊은 계곡이 파여 있고, 언젠가 우리는 모두 그 계곡 아래로 떨어질 것이다. 어머니는 비디가—다른 누구라도—그런 짓을 할 수 있었다는 사실을 도저히 믿을 수가 없다.

"난 자러 가야겠어요." 비디가 말하고 자기 움막으로 간다. 어머니는 미동도 없이 앉아 있다가 떨리는 손바닥에 얼굴을 묻고 메마르게, 속수무책으로 흐느낀다. "오, 세상에. 오, 세상에."

비디는 딱히 아이들을 다루는 솜씨가 좋지도 않았다. 남동생에게는 입을 다물지 않으면 메뚜기가 입속으로 뛰어들어가 위를 먹어치울 거라고 말했다. 내게는 『잭과 콩나무』에서처럼 내 안에서 나무가 자라 밖으로 나올 거라고 말했다. 동생은 비명을 질렀고 악몽을 꿨다. 나는 나무가 자랄 거라고 믿지는 않았지만, 어린아이다운 감탄스러운 균형을 일찌감치 갖춘 상태였으므로 믿으면서 동시에 믿지 않을 수 있었다. 나무는 없다. 없어, 하지만 있다면 얼마나 재미있을까……

비디는 떠났고 어머니는 병으로 몸져누웠다. 비디는 나중에 아일랜드에서 어느 집안의 차남과 결혼했고 신문의 사교계 동정란에 등장했다. 주정뱅이 가사관리인과 그녀의 한심한 아들, 지금 생각하면 망가진 가정의 희생자였음을 쉽게 알 수 있는 그 아이를 끼워넣을 자리가 바로 그즈음이다. 어머니는 정부의 통신교육 수업을 요청했다. 교재는 매주 기차로 도착했다. 그러다 나는 한 학기 동안 유쾌한 사람들로 가득한 온화한 곳으로 보내졌다. 그곳에서 몇 년은 산 것처럼 느껴졌다. 그런 다음에는 애번데일 중학교 근처에 사는 가정에 맡겨졌는데 그들은 몰인정하고 멍청한 사람들이었다. 그곳에서 많은 시간이 흘렀다. 그러다 그들이 나를 수녀원 학교로 보냈다. 겨우 이 년 사이의 일이지만 나는 지금까지도 그때 일을 머릿속에 다 정리할 수가 없다. 너무도 많은 사람, 사건, 극적인 일, 말라리아, 점점 완성되어가던 집. 나는 담뱃갑에 쓰인 글을 읽을 수 있게 되었다. "보세요, 나 읽을 수 있어요." 그뒤는 수녀원이었다. 일곱 살 아이들을 집에서 멀리 내보내서는 안 된다. 아이들에게 좋을 게 하나도 없다.

여러 가지 힘든 일들, 나와 방을 함께 썼던 주정뱅이 여자, 끝도 없이 침대에 누워 있던 어머니 등이 생생히 기억나지만, 어머니가 침대에서 벗어날 때쯤 시작된 내 유년기의 기쁨은 더욱 잘 기억한다.

어머니는 우리에게 이야기를 들려주었다. "더요…… 더요, 계속 얘기해주세요…… 더요, 제발요." 어머니는 창고에 있는 생쥐를 비롯해 들쥐, 고양이, 개, 양계장의 닭으로 대서사시를 지어냈다. 중심 소재는 창고에 높이 쌓인 달걀이었는데, 이 달걀을 탐내는 생쥐들과 들쥐들이 매우 기발한 방식으로 달걀 무더기를 바닥으로 무너뜨려 깨진 달걀을 먹는다는 이야기였다.

얼마나 훌륭한 이야기꾼이었는지. 어머니는 우리에게 책도 읽어주었고 전부 재미있는 이야기들이었지만, 직접 지어 들려주는 이야기와는 비교할 수가 없었다.

1924년, 자그마한 두 사람이 부두에 서서 그들의 짐이 하나하나 뱃전을 따라 흔들리며 올라가 안으로 넘어가는 모습을 바라본다. 어머니는 짐 하나하나를 세고 있었다. 다른 이들이 자신만큼 유능할 수도 있다고는 절대로 믿지 못했다. '항해중 필요한 물품.' '항해중 필요하지 않은 물품.' 그들은 배를 타고 미래로 나아갈 예정이었다. 앞으로 펼쳐질 삶에 대해서는 미국 동부 해안의 제임스타운*으로 가던 최초의 항해자나 더 나중에 메이플라워호**를 타고 가던 정착민만큼이나 아는 게 거의 없었다.

그 트렁크들과 상자들 속에는 그들이 상상한 삶을 위한 모든 것이 들어 있었다. 아버지의 짐에는 크리켓 장비와 운동복이 있었다. 아버지는 페르시아에서 크리켓을 거의 하지 않았지만 지금 가는 곳은 영국 식민지이니 거기에서는 크리켓 경기가 열릴 게 틀림없었다. 승마용품이 든 트렁크도 있었다. 영국식 사냥—여우와 수사슴—을 위한 용품이 아니라 항상 걷기보다 말을 타고 다니는 신사에게 필요할 물건들이었다. 긴 나무 상자에는 아버지의 나무다리들이 들어 있었다. 어머니가 상상한 삶은 좀더 다양한 것들을 포함했다. 먼저, 암적색 가죽 장정을 한—리스트, 베토벤, 쇼팽, 그리그를 비롯해 거의 모든 작곡가의 곡이 담긴—악보집 여남은 권과 대중음악, 보드빌 노래들과 어머니가 어렸을 때 에드워드 시대의 화려한 피아노 주변에서 부르던 발라드의 악보들이 담긴 트렁크가 있었다. '항해중 필요한 물품'이라고 적힌 트렁크

* 북미 최초의 영국 식민지.

** 1620년에 미 대륙에 정착한 영국 이민자들을 태우고 간 배의 이름.

에 든 것은 이브닝드레스, 스카프, 장갑, 모자, 깃털 목도리, 가방, 은빛이 도는 스타킹, 비단 구두 등이었다.

이 전직 간호사는 이전의 삶도 함께 가져갔다. 카테터, 관장기, 관주욕 기구, 청진기, 계량 유리컵 등. 이것들은 트렁크 하나의 아래쪽 반을 차지했고 그 위에는 석재 건축용 연장들이 놓였는데, 아버지는 그 물건들에 대해 지독히 냉소적이었다. 이딴 것들을 왜 아프리카에 가져왔을까?

또다른 상자, 혹은 함 안에는 아동 교육을 위한 도구들, 크레용과 분필, 책 등이 가득했다. 그러므로 이 풍요로움, 그 엄청나고 환상적인 대비 물자는 처음부터 농장에 구비되어 있었다.

어디서부터 시작할까?

스티븐슨의 『어린이를 위한 시집』
A. A. 밀른의 『곰돌이 푸 구역의 집』

아동용 연감과 선집들. 온갖 종류의 읽기 교재.

이것이 어머니가 가져온 것들이었다. 농장에서 살 때는 우리를 위해 영국에 책을 주문했다. 이를 위해 어머니는 식탁 위에 크록슬리* 필기 용지와 펜과 잉크를 늘어놓고 긴 책 목록을 주의깊게 작성했다. 그것을 봉투에 넣어 런던의 서점 주소를 적고 우표를 붙이면 보이**가 자전거를 타고 기차역으로 나가 봉투를 우체국에 전달했다. 로디지아에 있

* 19세기에 독보적인 제지 기술을 보유했던 존 디킨슨 문구 주식회사의 제품명.
** 과거에 영국 식민지에서 나이와 무관하게 흑인 남자 하인이나 종업원을 낮춰 부른 말.

던 수십 개의 기차역이 그러했듯 뱅켓역도 가장 중요한 우체국과 백인 전용 식품점 하나, 흑인 전용 식품점 하나, 정육점, 그리고 '호텔'로 구성되어 있었다. '호텔'은 파리를 막으려고 망사를 드리운 벽돌 베란다가 있는 식당으로 안에는 테이블 대여섯 개와 의자 몇 개가 있었다. 객실은 두 개였다. 그리고 물론 역사가 있고, 진짜 술을 파는 바도 있었지만 백인 전용이었다. 아메리카 원주민들이 알코올의 타격을 받았을 때 어떤 일이 일어났는지 유념한 행정 당국은 지역민에게 토속주인 '캐퍼 비어'*를 제외한 모든 술을 금지했다. 머지않아 이는 정치적 사안으로 비화하게 된다.

편지는 기차로 솔즈베리로 간 뒤 그곳 우체국을 거쳐 베이라나 케이프타운행 기차에 실렸다. 그런 다음 이 소중한 편지가 배편으로 영국의 런던으로 가서 읽히고 나면 갈색 종이로 싼 커다란 꾸러미들이 마련되어 두꺼운 노끈으로 묶인 뒤 케이프타운과 베이라로 운항하는 배에 실렸다. 그런 뒤에 다시 반대의 여정이 시작되었다. 솔즈베리로 가는 기차, 그곳의 우체국, 뱅켓으로 가는 기차, 그곳의 역무실. 역무실에 보관된 꾸러미들은 '보이'가, 때로는 우리 어머니가 가서 집으로 가져왔다. 책 꾸러미들이 식탁 위에, 내 방의 여분 침대에 펼쳐졌을 때 그 기쁨이란. 방학에 학교에서 돌아오면 책 꾸러미들이 나를 기다리고 있었다. 어머니는 직접 풀지 않고 놔두었다. 남동생? 그애는 아무런 관심이 없었다.

런던에서 발행한 『어린이 신문』은 주요 뉴스를 어린이를 위해 다시

---

* 남아프리카의 곡류주. 캐퍼는 흑인을 비하하여 부르는 금기어여서 지금은 밀릿(수수) 비어라고 부른다.

쓴 기사를 비롯해 월터 데라메어와 엘리너 파전의 시, 단편소설 따위를 담은 훌륭한 정기간행물로 한 부씩 읽을 때마다 몇 시간의 즐거움을 안겨주었다. 당시에는 이집트의 유적지와 이라크의 우르* 유적지에서 발굴 작업이 진행되고 있었다. 그곳의 발굴물을 다룬 기사와 귀중한 유물의 사진을 실은 잡지들이 발행되었다. 어머니가 그 잡지들을 주문해 주면 며칠간 여러 방의 이엉지붕 밑은 투탕카멘**과 네페르티티***, 파라오가 비축한 보물, 우르에서 발굴된 금빛 유물의 사진으로 환히 밝혀졌다.

『이상한 나라의 앨리스』

『비밀의 정원』

『버드나무에 부는 바람』

『더벅머리 페터』

『어린이를 위한 호메로스 이야기』

『어린이를 위한 그리스신화』

『어린이를 위한 영웅 전설』

『블랙 뷰티』

『짐 끄는 황소 비펠』 우질牛疾 유행을 헤쳐나간 황소를 다룬 남아프리카의 이야기. 오, 그 눈물, 그 슬픔.

『저지대의 개 조크』

---

* 고대 메소포타미아에 속하는 도시국가 수메르의 수도.

** 기원전 14세기경에 재위한 이집트의 왕.

*** 이집트 18왕조의 파라오 아크나톤의 왕비.

『킴』

『그저 그런 이야기』

『정글 이야기』

『주홍 별봄맞이꽃』

『허클베리 핀』

『피터 팬』

『세실 로즈의 인생』

『플로렌스 나이팅게일의 인생』

『윌버포스의 인생』

월터 데라메어의 『세 원숭이 왕자』와 『시집』

롱펠로

비어트릭스 포터의 『동화』

『엉클 리머스』

데이지 애슈퍼드의 『젊은 방문객들』

『꼬마 흑인 삼보』 하지만 이 주인공은 내 주변의 흑인들과 얼굴이나 말하는 방식, 옷 입는 방식 등이 전혀 닮지 않아서 나는 어른이 되어서야 이 골리워그* 같은 생물이 인간을 가리킨다는 사실을 알았다. 캐리커처는 그 대상에서 너무 멀어져서는 안 된다.

미국에서 발행한 아동용 도서도 있었고 일부는 특별히 여자애들을 위한 책이었다.

---

* 흑인을 새까맣고 기괴한 모습으로 묘사한 헝겊 인형. 인종차별적으로 여겨져 인형도, 단어 자체도 금기에 속한다.

루이자 메이 올컷의 『작은 아씨들』 『좋은 아내들』 『작은 신사들』
L. M. 몽고메리의 『빨간 머리 앤』 『에이번리의 앤』 『앤의 꿈의 집』
엘리너 하지먼의 『소녀 폴리애나』 시리즈
진 스트래턴 포터의 『림버로스트의 소녀』 『래디』 『벌을 치는 사람』
해리엇 비처 스토의 『톰 아저씨의 오두막』
수전 쿨리지의 『케이티가 한 일』 그리고 다른 케이티 이야기들

그리고 어떤 미국 작가들은 아동만이 아니라 전체를 대상으로 책을 썼는데, 그중 최고는 어니스트 톰프슨 시턴이었다. 그는 동물에 관한 책을 썼고 내게 그의 책 몇 권이 있었다. 그중 가장 훌륭하고 기억에 남는 존재는 『늑대왕 로보』에 나오는 늑대였지만, 프레리도그와 곰, 수사슴, 은빛 여우 등을 다룬 다른 책들도 있었다.

잭 런던의 『야성의 부름』 『흰 송곳니』 『밑바닥 사람들』 『바다 늑대』
『테니슨 시집』
『아서왕과 원탁의 기사들』
한스 크리스티안 안데르센
그림 형제의 이야기들
찰스 킹슬리의 『물의 아이들』

의외로 브라질에서 발행한 근사한 동화책도 한 권 있었고, 나는 그 극도로 낭만적인 삽화에 정신을 빼앗겼다.

너새니얼 호손의 『슬리피 홀로의 전설』

존 버니언의 『천로역정』

검은 옻칠을 한 등유 상자들로 만든 책장에는 디킨스의 전작과 흐늘흐늘한 붉은 가죽으로 표지를 입힌 키플링의 책들, 월터 스콧의 전작, 러스킨의 책들이 있었다. 또한, 1924년에 인기 있었던 소설들, 예를 들면 모리스 휼렛의 『숲의 연인들』과 이제는 잊힌 H. G. 웰스의 소설 『조운과 피터』도 있었다. 내 부모님 세대에 큰 영향을 미친 『조운과 피터』는 온통 교육에 관한 내용이었다.

이렇게 아동용 도서가 계속 우리집으로 쏟아져 들어왔고 때로는 다시 밖으로 나가기도 했다. 어머니는 불평했지만 사람들이 자신을 일종의 도서관으로 본다는 점에서 내심 좋아하기도 했다. 영국에 있을 때 아버지는 유럽을 휩쓴 대전에 관한 책을 함께 읽는 북클럽에 가입했다. 장군들이 쓴 책, 그들의 회고록, 그들의 전기, 그들의 참전기…… 별의별 책이 다 있었지만 여자들이 쓴 책은 극히 적었다—그런 책들은 나중에 나왔다. 러시아에서 남장을 한 여자가 전쟁이 끝날 때까지 발각되지 않고 싸운 모험을 다룬 책이 한 권 있었다. 부상당한 세르비아인을 간호한 두 여자를 그린 책도 한 권 있었다. 프랑스에서 활동한 구급간호봉사대에 관한 책도 한 권.

이런 전쟁 관련 책은 한 가지 주제를 반복했다. 노병은 두 부류가 있는데, 한쪽은 자기가 겪은 전쟁에 대해 끊임없이 이야기하는 사람이고 다른 한쪽은 입을 꾹 다물고 한마디 말도 하지 않는 사람이라는 것. 두

번째 부류의 사람이 있을까 싶을지도 모르지만, 나는 제2차세계대전에서 싸운 병사들을 시련의 현장으로 데려가는 사업을 하는 (지금도 하고 있다) 남자를 미국에서 만난 적이 있다. 그 일을 하며 남자는 놀라운 사실을 발견했다. 노병들과 함께 그곳에 간 아내들은 남편이 겪은 일에 대해 전혀 들은 적이 없었다는 것이다. 그들은 사건이 벌어진 실제 장소에서 남편과 함께 서서 모든 이야기를 처음으로 들었다.

아버지는 첫번째 부류였다. 나는 아버지의 강박적인 전장의 참호 이야기가 공포를 떨쳐내는 수단임을 어렸을 때부터 알고 있었다. 그래서 유년기 내내 참호, 탱크, 조명탄, 파편, 곡사포—모든 것—에 크게 영향을 받았고, 아버지가 말한 검은 구름이 바로 옆에서 나를 짓누르는 느낌을 받았다. 어렸을 때 덤불 속에서 손으로 귀를 꽉 틀어막고 쭈그려 앉아 있던 기억이 난다. "아니야, 아니야. 그만해. 난 안 들을 거야." 어머니의 목소리는? 그 목소리에 귀기울일 수도 있었겠지만, 그 모든 게 내겐 너무 벅찼다. 자식이 자기 이야기를 들어주고 제 본질의 어떤 부분을 '흡수'하기를 간절히 필요로 하는 부모들의 운명은 자주 좌절되게 마련이다. 아버지의 필요는, 말하자면 정당했다. 전장의 참호, 그래, 나는 그걸 받아들여야 했다. 하지만 어머니 역시 이야기를 들어줄 사람이 필요했으나 나는 어머니의 필요를 모른 척하려 했다. 나중에, 한참 시간이 흐른 뒤에야 나는 참호가 아버지를 갉아먹었듯이 어머니가 전쟁중에 겪은 고난 역시 어머니의 내면을 파헤치고 있었다는 사실을 깨닫게 되었다.

전쟁이 진행되는 동안 어머니는 참호에서 실려온 부상자들을 간호했다. 생명을 건질 수 있는 부상자들은 지역의 응급 치료소에 들른 뒤

기차에 실려 런던이나 그 외 영국의 도시로 이송되었다. 대규모 전투가 벌어지고 나면 런던의 모든 병원이 구급차나 트럭이나 심지어 수레에까지 실려 쇄도하는 환자들 때문에 바짝 긴장했고 복도를 비롯해 온갖 빈자리에 이들을 받았다. "남은 병실이 없었어, 알겠니?" 어머니는 한탄하곤 했다. "환자를 받을 공간이 없었다고. 침대도 부족했고. 다들 너무 젊었어, 알아? 그 불쌍한 소년들, 무시무시하게 젊었는데. 죽어가는 사람도 있고, 이미 죽어서 병원에 도착하는 사람도 있었어. 우린 할 수 있는 걸 했지. 복도에다 병동을 차렸어. 하지만 많이들 죽었어, 알겠니? 우리가 할 수 있는 게 없을 때가 많았고. 그게 끔찍했지. 아무것도 할 수 없는 때가 있다는 것. 약품은 그럭저럭 유지되었어. 한두 번은 아슬아슬했지만. 한번은 모르핀이 떨어졌는데 정말이지 끔찍하더라. 얼마나 끔찍하던지, 알겠니……"

그렇게 그 끔찍함은 한 해를 지나 다음해로, 또 다음해로 이어졌다. 맥비 간호사와 그 휘하의 용맹한 간호사들. "가끔 피로에 찌들어서 환자를 돌보다가 잠들어 고꾸라지는 간호사도 있었어." 그런 상태가 계속 이어졌다. 어머니는 한쪽 다리를 절단하는 수술에서 죽을 고비를 넘긴 남편 앨프리드 테일러를 간호했고, 그뒤로도 계속 그렇게 흘러갔다. "그런 거였어, 알겠니? 결코 끝나지 않을 것 같았지. 파스샹달전투 같은 대규모 접전이 끝나고 우리가 최선을 다해 일하고 나면 또다른 전투가 벌어지고, 그러면 환자는 또 밀려들고. 그 사람들이 외치는 소리가 지금도 들려. '간호사, 간호사.' 환자들 목소리가 들려. '으윽, 아파요, 간호사. 으윽, 간호사, 너무 아파요.'" 내가 늘 주장하듯이 배우가 될 수도 있었을 우리 어머니가 그 오랜 세월 뒤에 모르핀을 달라고 외치는 불쌍한 소년들의 목소리를 고통스럽게 흉내냈다. "그런데 최악이 뭐냐면, 최악은 환자들이 엄마를 부를 때였어. 기껏해야 애들이었잖아, 그뿐이잖아. 작달막한 청년 하나가 기억나네. 열여섯 살이었지. 열여덟 살인 척했지만 실은 겨우…… 그 아이가 엄마를 부르다가 죽었는데, 나는……" 오랜 세월이 지나고도 맥비 간호사는 그 소년에게 어머니인 척했던 그때를 떠올리며 울었다. "'그래, 엄마 여기 있어' 하고 내가 말했어. 오, 그 일만 생각하면……"

음, 어머니는 그 일을 생각했다, 그것도 무척 자주. 때로 전쟁의 공포는 두 줄기로 함께 흘러, 어머니의 "오, 그 불쌍한 소년들"이 참호의 추억이라는 주선율에 고음부를 더해주었다.

그렇게 아버지와 마찬가지로 어머니의 내면 깊은 곳에도 이런 고난의 짐이 있었으니, 오랜 세월을 감내한 이런 종류의 고통이 무시무시한 타격을 주지 않는다고는 말할 수 없다.

나는 몇 년, 또 몇 년, 또 몇 년이 걸려서야 깨달았다. 어머니에게 눈에 보이는 흉터나 상처는 없었지만, 어머니 역시 불쌍한 내 아버지와 다를 바 없는 피해자였다.

뒤돌아보면 그 시절은 평행하게 흐르는 두 줄기 경험이었다고 느껴진다. 책, 전쟁담, 회상, 그다음으로 신체적, 정신적 질병. 그리고 이 모든 것보다 더 강렬한 관목 숲과 그 속에서 보내는 시간. 모든 재미로부터 멀리 떨어진 교외에 사는 소녀만큼이나 좁은 틀에 갇힌 기분을 느끼는 사춘기의 아이에게 다음과 같이 말할 순 없으니 애석할 따름이다. "너 자신을 봐. 자, 보라고. 세계의 아동문학 작품이 손만 뻗으면 닿는 곳에 있잖아. 지난 전쟁의 정수가 여러 책에 담겨 있고, 살아 있는 부모의 이야기 속을 흐르고 있어. 넌 BBC 라디오를 듣고 부모님은 유럽 정치를 논하지. 집 밖으로 나가면 저녁 산책을 나온 호저나 쿠두*나 큰 뱀을 적어도 한 종류는 볼 수 있어. 고개를 들면 머리 위로 수없이 많은 매가 날고 있지. 세상의 아이들 가운데 몇 명이나 이런……" 기타 등등.

뱅켓에 도착한 지 십 년이 지났을 때—그때는 아버지가 당뇨병 진단을 받기 전, 다시 말해 처음에는 느리게, 나중에는 급속히 위중한 질병과 죽음으로 급전직하하는 과정이 시작되기 전이었다—농장 사정이 좋지 않았다. 우리는 침체된 상태로 벽지에서 빈둥거리고 있었다. 제대로 되는 것은 하나도 없었고, "하지만 이대로 영국에 돌아가면……" 같은 말이 이미 오갔다.

무엇 때문에 잘못된 걸까?

사후에 내리는 깔끔한 결론은 얼마나 매력적인지! 과거를 돌아보는 자리에서 당연한 것들을 확인하면 얼마나 흡족한지. 당연히 이렇게 하면 저렇게 될 테고……

아무것도 제대로 될 수 없었다는 사실을 지금은 아주 쉽게 알 수 있다.

전적으로 부모님의 잘못이었지만 부모님이라고 어떻게 알 수 있었겠는가? 무엇보다, 우리는 당면한 상황과의 연관 속에서 자신을 바라볼 수 있어야 한다. 이 가족과 이 집이 '……하기만 했다면' 혹은 '미리 알았더라면……' 하는 관점에서 자신들을 바라보는 잘못된 믿음에 휩

* 아프리카 영양의 일종.

쓸렸음을 알 수 있어야 한다.

내 부모는 페르시아에서 살 때 휴가차 대영제국 박람회*에 갔다가, 거대한 옥수숫대를 진열하고 "옥수수로 부자가 되십시오"라는 초대장을 붙여놓은 남로디지아 전시관을 보았다. 그러니까, 그 바보들이 박람회 전시관에 붙은 슬로건을 믿었단 말인가? 하지만 많은 바보들이 그 말을 믿었고 남로디지아로 갔고 옥수수를 키웠고 부자가 되었다. 전시에는 옥수수를 기르면 정부가 사들여 병사들과 동물들을 먹였기에 큰 돈을 벌 수 있었다.

하지만 애초에 그렇게 했던 사람들은 더욱 큰 성공을 안겨주게 될 담배로 이미 눈을 돌렸다.

하지만 내 아버지는 부자가 되는 데 관심이 없었다. 그저 영국으로 돌아가 에식스나 서퍽이나 노퍽에 농장을 하나 사서 영국 농부가 되는 꿈을 이룰 수 있을 만한 돈을 벌 수 있기만을 바랐다. 하지만 어머니는 다른 꿈을 꾸었다. 로디지아에서 농장을 경영하는 일이 파티를 하고 즐기느라 온통 분주했던 페르시아 생활의 연장일 거라고 예상했다. 그런데 나는 다른 어디보다 그곳에서의 어머니, 그 '사교계 마당발'을 내가 아는 어머니와 연결시키기가 가장 어렵다. 늘 아프고 오래 시달렸고 의무에 충실하고 에드워드 시대 여인처럼 다른 사람들의 뒤치다꺼리를 도맡는 어머니 말이다.

남로디지아 정부는 퇴역군인들에게 그곳으로 오면 땅을 줄 테니 토지은행에서 주는 대출로 농장을 운영하라고 권했다. 이 정책의 목적은

* 1925년 4월에서 10월까지 웸블리 파크에서 열린 박람회로 영국의 식민지들이 각기 전시관을 열어 자국의 문화와 특산물 등을 소개했다.

분명히 서술되어 있었고 당시에는 전쟁에서 패배한 흑인들을 제외하고는 아무도 그 의미를 문제삼을 생각을 하지 않았다. 즉, 영국에서 온 백인들을 정착시키는 일은 특히 백인 문명을 건설하고 흑인들의 삶을 개선하는 일이었다. 로마인들도 그렇게 생각했고 시대를 막론하고 모든 제국이 그렇게 생각했다. 내 부모는 제국을 신봉하고 그 혜택을 믿었다.

그러면 무엇 때문에 부모님은 다른 모든 이웃처럼 담배를 재배해 부자가 되지 않은 걸까?

그건 부모님 자신, 그리고 그들의 천성 때문이었다.

우선, 농장이 너무 작아서 상당한 수익을 낼 만한 일을 도모할 수 없었다. 이곳은 이것 조금, 저것 조금 키울 수 있는 혼합 농장이었다. 해바라기, 땅콩, 목화, 옥수수 조금, 담배 조금. 부모님은 왜 관목 숲의 다른 광활한 부지를 놔두고 그 농장을 택한 걸까? 그것은 수 마일에 걸쳐 탁 트인 풍경을 볼 수 있는, 그리고 나중에 꼭대기에 집이 들어서게 되는 언덕 때문이었다.

그들이 식민지에 도착했을 때는 우기가 시작되기 직전이었다. 10월이었고 매우 더웠다.

우리 가족은 솔즈베리에 도착해 도시 외곽에 있는 농장의 '게스트하우스'에 묵었다. 릴포디아라 불리는 그곳은 릴포드 대장이라 알려진 사람의 소유였는데, 그는 나중에 이언 스미스*의 측근이 되어 흑인들의 미움을 받았다. 부모님은 '게스트하우스'가 어떤 모습일 거라고 상상했

* 로디지아의 정치인으로 1964년부터 1979년까지 로디지아의 총리를 지냈다.

을까? 서픽에 있는 예쁜 시골집? 그곳에는 여남은 채의 진흙 움막이 있었다. 이엉으로 지붕을 얹은 그 움막들은 분홍색이 도는 모래질의 땅 위에 흩어져 있었고 포인세티아와 히비스커스가 울타리를 대신했다. 부모님은 아프리카에 대해 전혀 알지 못했기 때문에 조언을 해줄 정부 사람이 있어야 했다.

다음 장면을 상상해보자. 진흙 움막 한 곳에서 등유 상자로 만든 의자 위에, 만일 만든 사람이 포부가 컸다면 골풀을 엮은 방석도 갖추었을—어머니가 그로부터 몇 주 안에 만들게 된 가구가 그런 식이었다—그 의자 위에 어머니가 앉아 있었다. 아버지는 이미 토지은행, 농업국 등과 면담을 마쳤다.

어머니는 자잘한 꽃무늬가 있는 리버티 원피스를 입었다.

"옷을 사실 때는 날씨가 궂을 수도 있다는 점을 기억하세요. 면이나 마가 제일 좋고요, 밤에는 추워질 수 있으니 모직 외투를 입으시고요."

그 공무원의 아버지는 삼십오 년 전에 파이어니어 칼럼* 부대와 함께 왔는지도 모른다. 그 사람 본인이 아버지처럼 퇴역군인이었을 수도 있다. 남아프리카연방에서 온 사람이었는지도 모른다. 로디지아에는 파업과 싸움과 폭동이 난무하는 랜드** 지역의 '골칫거리'에서 피신해 온 사람이 많았다.

그의 업무는 테일러 부인에게 농장 경영에서 생길 수 있는 문제를 알려주는 것이었다. 현재 농부이거나 과거에 농부였던 적이 있는 사람

* 영국의 광산업자이자 정치가였던 세실 로즈가 1890년에 남로디지아를 점령해 영국의 식민지로 삼았을 때 이끌고 간 군대의 이름.

** 남아프리카공화국 요하네스버그 인근의 금광산지.

같지는 않았다.

"자, 테일러 부인, 어떤 종류의 농장을 찾고 계십니까?"

이 청년은 자신이 어떤 문제를 다루고 있는지 알지 못했다.

무엇보다, 어머니는 무엇을 원했나? '좋은 사람들,' 즉, 우리와 같은 부류, '우리 계층 사람들' 사이에서 사는 것. 이런 표현이 당시에는 난처함 없이 자유롭게 사용되었다. 달리 말하면, 어머니의 음악 취향을 공유하고 자식들에게 어린이가 꼭 읽어야 하는 책을 구해주는 중산층 사람들. 어머니는 이 식민지 주민에게 '우리와 같은 부류'라는 말을 썼을까? 충분히 그럴 수 있었다. 만일 그랬다면 그 사람은 불쾌함을 넘어 강한 거부감을 느꼈을 것이다. "보시죠, 테일러 부인, 이 식민지는 그런 태도를 좋아하지 않습니다." 그는 그렇게 말했을 수도, 암시했을 수도 있다. "그런 건 운에 맡기셔야 할 겁니다."

자, 이것은 어머니가 남로디지아의 삶에서 바라는 가장 주요하고도 소중한 요구사항이었다. 케냐와 같을 수는 없더라도—케냐에 대해 어머니가 아는 건 전혀 없었지만—음, 그러면, '우리 부류의 사람들'은 항상, 확실히, 어디에나 있겠지?

음악을 사랑하고 문학과 정치에 관심이 많은 중산층—다시 말해 토리당원. 미술도 포함.

어머니가 이런 말을 정말로 했을까? 그럴 리가. 미술? 어머니는 인상파 미술을 다룬 거대한 책, 이후로 내게 수많은 시간의 즐거움을 선사하게 되는 책 한 권을 가져오긴 했다. 어머니는 이 젊은이가 인상파 미술에 대해 들어본 적이 있으리라고 생각하지 않았을 것이다.

"남편이 농장 주변에서 말을 타고 싶어할 거예요." 어머니는 그렇게 말했을 것이다.

부모님을 그곳에 정착시킨 사람이 솔즈베리에서 온 그 공무원이었을까?—꽉대기에 집이 들어설 그 콥제* 생각나시죠? 부모님은 조언이, 아주 많은 조언이 필요했지만 실제로 조언을 얻지는 못했다고 생각된다.

우리 구역의 땅은 말을 타기에 적합하지 않았다. 대체로 점토질이었고 일부는 작물 생산성이 높기로 유명한 끈끈하고 검붉은 흙이었다. 말들이 있는 곳은 그 구역 반대편의 모래질 초원이었다. 우리집 근처에 말을 가진 사람은 없었지만, 한동안 당나귀 두 마리가 있었고 그중 하나를 아버지가 탔다. 한동안.

'좋은 사람들'이라는 요구 조건은 즉시 실패로 돌아갔다. 이웃 사람들은 모두 뼛속까지 노동계층인 스코틀랜드인이어서 어머니의 '우리 부류'에 들지 않았을뿐더러 그들도 어머니를 고상한 체하는 속물, 자기들과는 완전히 다른 사람으로 여겼다.

그 구역에서 저녁 음악회에 오는 사람은 대여섯 명이었다. 그들은 좋은 사람들이었지만 전쟁 피해자이기도 했다. 두 명은 나무다리를, 한 명은 나무 팔을 썼고, 전쟁중에 남편을 잃은 사람도 있었다.

그리고 땅이 실제로 충분하지 않다는 문제도 있었다. 게다가 물도 없었다—강이 없어서. 우리 농장은 오랜 세월을 변변찮은 우물 세 개로 버텨야 했다.

농장이 부적합하다는 사실을 깨달았을 때 부모님은 영국으로 돌아

* 아프리카의 초원 위에 솟은 작은 언덕을 뜻하는 남아공 어휘.

갈 방법이 없었다.

아버지는 수천 파운드의 전상자 연금을 받았지만 그 돈은 사업 자본금이 되어 농장의 장비를 사들이는 데 다 들어갔다.

영국에 돌아가면 뭘 한단 말인가? 그뒤 얼마 되지 않아 찾아온 불경기가 대답이 될 것이다. 아버지가 당뇨병에 걸렸을 때 어머니 나이는 쉰에 가까웠다.

농장을 시작한 뒤로 십 년에 걸쳐 가족 내의 정서적 균형이 변해갔다.

우선, 남동생. 어머니는 나를 가졌을 때 내가 아들일 거라고 확신해서 여자애 이름을 지어놓지도 않았다. 남동생은 태어나자마자 어머니의 가슴속 기쁨이 되었고 당연히 나도 알아차렸다.

"내 귀여운 아기." 동생이 어렸을 때는 그렇다 치자. 하지만 어머니는 동생을 계속해서 아기라고 불렀고 늘 아기 해리, 아기, 아기, 하고 불리던 동생은 일곱 살 때 어머니에게 "날 아기라고 부르면 안 돼요"라고 말했다.

"하지만 넌 내 아기인걸." 어머니가 사실을 따지며 농담처럼 부르짖었으나 아버지가 개입했다.

"당신이 그만둬." 아버지가 명령했다. "해리에게 부당해."

남동생은 계속 저항했다. 어머니는 '아기'를 고집했고 그러면 동생은 어머니의 말을 듣지 않거나 반응하지 않았으며, 가정사에 완강한 주장을 내세우는 일이 드물었던 아버지가 이번에는 화를 내며 완강히 반대했다.

어머니는 아기를 잃었다. 아버지가 아직 병으로 쓰러지기 전이었지만, 어머니에게는 딸도 있었기에 바야흐로 나와의 투쟁이 시작되었다.

지금까지 무수한 글이 어머니와 딸의 이야기를 써왔고, 그중에는 내가 쓴 글도 있다. 예로부터 그다지 변한 것은 없음을 분명히 보여주는 옛말들이 있다. "그 여자는 어머니에게서 도망치기 위해 결혼했다." 『마사 퀘스트』*는 모녀간 전쟁을 전면적으로 다룬 최초의 이야기라고 생각한다. 잔혹했다, 그 책은. 지금이라도 나는 그런 책을 쓸 것인가? 하지만 그것은 자유로워지려는 노력의 일부분이었다. 나는 자전적이고 직설적이었던 『마사 퀘스트』가 내 첫 소설이라고 말하겠다. 실제로 내 첫 소설인 『풀잎은 노래한다』는 내 첫 진짜 소설이었다.**

최근에 본 일이다. 배우인 한 여자가 딸을 낳은 뒤 다시 아들을 낳았다. 딸은 임신했거나 수유중이거나 살이 많이 찐 주부가 아닌 어머니를 본 적이 없었다. 어머니, 나의 소유, 나의 어머니. 여배우는 연극 무대로 돌아가 화려한 주연을 맡았고, 공연 첫날 저녁에 어린 딸을 데려가 연극을 보게 했다. 어머니는 자신이 느끼는 진정한 자아로, 세련되고 매력적이고 멋지게 차려입은 여성으로 돌아가게 되어 자랑스러웠다. 어린 딸은 아버지와 함께 객석 앞자리에서 굳은 표정으로 말없이 앉아 있었다. 연극이 끝나자 지인이 좋은 뜻에서 "엄마가 저렇게 멋진 모습으로 무대에 서 있으니 자랑스럽지 않았니?" 하고 묻자 소녀는 차올랐던 감정이 마침내 출구를 찾은 듯 울음을 터트렸다. "엄마요? 아, 엄만 별로였어요. 대단하지 않았어요. 정말로 별로였다고요."

근원적인 경쟁심이, 아무런 숨김 없이, 그대로 드러난 것이다.

---

* 도리스 레싱의 두번째 장편소설로 남로디지아에서 성장하는 소녀를 다룬 자전적 소설.
** 『마사 퀘스트』는 1952년 발표작이고, 『풀잎은 노래한다』는 1950년 발표작.

나는 어머니가 미웠다. 남동생이 태어난 날로 쉽게 특정할 수 있는 그 감정의 시초도 기억한다. 마구 밀어내는 거칠고 매몰차고 조급한 손길. 나는 그 손이, 어머니가 두려웠지만, 그보다 더 두려운 것은 어머니의 무의식적 힘이었다.

나는 여섯 살 때 처음으로 집을 나갔다. 관목 숲 한가운데에서 하는 가출이란 대도시나 마을에서 감행하는 도피와는 다르다. 나는 한밤중에 역으로 가는 큰길로 이어지는 오솔길을 따라 달려갔다. 관목 숲에는 동물들이 있었다. 콥제에 서식하는 표범도 있고 뱀도 있었다. 나는 분에 겨워 요란한 소리를 내며 울고 있었다. 돈은 없었다. 역에 도착했을 때—도착한다면—사람들이 기차에 태워주지 않을 것을 알고 있었다. 두려워진 나는 유순하게 집에 돌아가 아무도 모르게 잠자리에 들었다. 가출은 반복되었다. 손목을 긋거나 약물을 과다복용하는 행위처럼 그것은 도와달라는 외침이었다. 어머니의 대응 방식은 이웃들에게 전화를 걸어 다정한 웃음과 함께 내 업적을 알리는 것이었다. "매슈스 분기점까지 갔다네요. 철없는 것 같으니."

어머니는 자신에게 잘못이 있을지도 모른다는 생각은 해보지 않았을 것이다. 이 말을 하고 나니 정말로 방대한 주제를 거론하게 된다. 내 생각에 이 주제에 대한 인식은 충분하지 않은 것 같다. 지금까지 의학, 약물 등의 분야에서 막대한 변화가 일어났지만, 일반적인 심리학에 대한 대중의 인식에서는 더욱 큰 변화가 일어났다. '도와달라는 외침'이라는 용어는 부모와 자식 간 상호작용에 대한 일반적인 지식에 속한다. 언제든 '문제아'는 분명히 있었을 것이다. 심지어 문제 부모도 있었을 것이다. 하지만 과거에는 그들을 신문에서 제시되는 일반적인 조언을 바탕으로, 혹은 평범한 부모를 판단하는 방식으로 이해하지 않았을 것이다.

가출과 그 행위에 함축된 맹렬한 비난은 어머니가 웃어넘김으로써 싱겁게 변해버렸다.

그뒤로 몇 살 더 먹지 않았을 때 나는 어머니에게 당신은 내 엄마가 아니라고, 내 진짜 엄마는 페르시아인 정원사라고 말했다(나는 그가 상냥하고 무엇보다 공정한 사람이었다고 기억한다). 당연히 남자인 정원사가 내 어머니일 수는 없다는 사실을 알았지만, 절실한 필요가 이 불가능성을 덮어버렸다. 나는 그때를 떠올리면, 어린아이들이 사실을 알면서도 모르고, 마음 한편에서는 동화를 믿으면서도 다른 한편에서는 그게 사실이 아님을 알 수 있는, 그들만의 경이로운 사고방식을 생각하게 된다. 이는 자양분이 되고 구원이 되는 엄청난 능력이며, 이 능력을 갖추지 못한 아이는 어려움을 겪을지도 모른다.

나는 어머니에게 미워한다고 말했다. 어머니를 미워하는 아이들은 많고 그래도 큰 탈은 생기지 않는다. 내 어머니에게도 큰 탈이 나지는 않았다. 이즈음 그녀는 한낱 어머니일 뿐이었으니까. 운명이 그녀에게 허락한 역할은 그것뿐이었다.

미워하면서도 미워하지 않는 마음 역시 정신의 이중 행위에 속한다. 나는 기숙학교에 보내졌을 때 집이 그리워 고통스러웠다. 내가 그리워한 것이 어머니가 아니라면 무엇이었을까? 농장, 개들, 아버지, 나중에 남동생이 생긴 후에는 남동생이었다. 그리고 한 주, 한 주가 그때는 한없이 늘어져 흘러가는 느낌이었으며, 방학 때는 매 순간을 음미하면서도 어머니와는 끊임없는 싸움을 벌였다.

모든 것이 그렇게 계속되었고—어떤 사람들이 말하듯이 '그저 가정사일 뿐'—그동안에도 나는 탈출하기를, 멀리 떠나기를, 해방되기를 꿈꿨다.

그러다 열세 살 때 아주 좋은 일이 일어났다. 최고였다. 내가 홍역에 걸렸고 십여 명의 여학생과 함께 빈집에서 감독자 없이 병원에서 보내주는 약과 식사만 받으며 따로 살게 되었다. 간호사 한 명이 거의 매일 와서 우리를 살피고 갔다.

당시에 홍역 환자의 격리 기간은 육 주였다. 우리는 권한이 없는 사람에게는 누구에게도 가까이 가지 않겠다고 맹세를 해야 했다.

격리 기간 막바지가 되자 좀이 쑤시는 아이들도 있었지만, 온몸에 발진이 일어나고 기운이 없을 때는 누군가에게 모습을 드러낼 마음이 거의 들지 않는다. 뜰 주변을 빙 둘러 '홍역 환자 격리중, 접근 금지'라는 안내판이 붙어 있는데도 가끔 울타리에 기대어 야유를 보내는 남자애들에게 몇몇 아이들은 수영복을 입고 잔디밭에 누워 거만한 무관심을 내보였다. 정말이지 좋은 시간이었다. 완벽한 고립, 평온, 모든 부담에서 해방. 내가 그럴 수 있다는 것을, 인생이 그렇게 흘러갈 수도 있다는 것을 알게 되었다. 편지들이 배달되었다. 어머니는 날마다 보내는 편지에서 이것을 위한 과외, 저것을 위한 수업 등등을 준비하고 있다고 말했다. 어머니의 편지를 읽으면 화가 나서 미칠 것 같았다. 그러던 어느 날 어머니가 격리소 외곽의 울타리로 찾아와 팔을 흔들어댔다. 음식 꾸러미를 놔두겠다는 뜻이었다. 우리는 밖에서 보내주는 좋은 음식을 배불리 먹고 있어서 케이크와 간식은 필요하지 않았다.

늘 그랬듯 실제로 어머니를 봤을 때, 그 외롭고 불행하고 병들어 보이는 여인의 애원하는 듯한 눈빛을 마주했을 때, 나는 어머니가 불쌍해서 미칠 것 같았다. 오, 정말이지 어머니가 시내에 오고 음식을 보내고 편지를 보내지 않기를 바라고 또 바랐다. 우리는 숙제를 해야 했고, 온갖 연습 문제지가 정기적으로 배달되었다. 하지만 그런 것들을 한 기억은 없다. 우리는 내내 빈둥거렸고 서로의 옷을 입어보기도 했다—요즘에 나오는 멋들어진 옷을 상상하지 말기를. 옷을 많이 가진 아이는 없었고, 원피스 하나, 블라우스 하나, 바지 하나 정도가 다였다. 우리는 수다를 떨고 빈둥거리고 몽상에 잠겼다. 내 인생에서 일어났던 모든 행운 중에서 이때의 홍역은 최고에 속한다. 하지만 그 행운도 끝이 났다. 학교로 돌아갔을 때는 결막염에 걸려 농담 섞인 놀림을 한없이 받아야 했지만 실은 꽤 심각했다. 나는 눈이 멀 거라고 생각했다. 그러다 방학이 되면서 학교를 영원히 떠났다. 당시에는 떠났다는 사실도, 왜 그렇게 되었는지도 모른 채 그저 끝에 이르렀다는 것만 알았다.

농장으로 돌아가니 상황은 그 어느 때보다 나빴다. 긴 격리 기간의 자유에서 맛본 완벽한 기쁨을 상쇄하듯이. 나는 눈에 문제가 생겨서 책을 읽을 수 없다고 말했지만 여느 때만큼 많이 읽었다.

막 당뇨병 진단을 받은 아버지는 병세가 위중했다. 당시는 당뇨병 연구 초창기여서 그 병을 어떻게 치료해야 할지 몰랐다. 어머니는 늘 아팠다. '신경통' '구토성 두통' '심장 문제' 등을 호소했다. 두 사람 다 벽장 가득 의약품을 구비해두고 있었다. 나도 의심스러운 다양한 질병에 시달렸고 나 역시 부모님처럼 건강에 집착하며 일생을 보냈을 수도 있었지만, 이때 또 한번 행운이 찾아왔다. 어느 자선단체에서 정착민 자녀들에게 휴가여행을 보내주었고, 그래서 나는 비참한 집에서 구출

되어 산악지대의 멋진 곳으로 가게 되었다. 내가 머문 집의 주인은 피셔 할머니라고 불리던 여든 살 노인으로 숙박객들을 데리고 녹초가 될 때까지 걸어다닐 수 있는 사람이었다. 병은 잊혔다.

농장으로 돌아가야 했을 때 집을 떠나는 것은 시간문제일 뿐이었다.

근래에 그런 감정을 느끼는 사춘기 청소년들의 몸부림을 본다. 자기 자신이 되려는 청소년들의 노력은 한심하고 어리석고 무분별할 때도 많다. 과거에 내가 그랬듯 그들은 자신이 무엇을 하고 있는지 잘 알지 못하지만 그래도 시도하고 몸부림치고 해방되어야만 한다.

나는 해방되어야만 했다. 나는 어머니를 상대로 엄청난 투쟁을 벌였다. 무엇에 관한 투쟁이었나? 모든 것이자 아무것도 아니었다. 하지만 어머니는 내가 자기 품에서 도망치자 제정신이 아니었다.

너는 내가 널 통해 살게 해주지 않아, 네가 되게 해주지 않아, 날 죽이고 있어.

그러면 나는 말한다. 싫어요, 안 할 거야. 날 풀어줘요. 아니, 안 할 거라고. 어머니가 날 위해 계획한 것은 그 무엇이든.

그 몇 달간 어머니는 내가 (본인이 될 수도 있었던) 위대한 피아니스트가 되어야 한다고 판단했지만 내게는 재능이 없었다. 그다음은 위대한 성악가, 하지만 난 목소리를 타고나지 않았고, 그러자 위대한 화가……

나도 잠시 상상의 나래를 펼치며 동조하다가 정신을 차리면 가차없이 지적하곤 했다. 하지만 난 재능이 없어요.

내가 어머니 본인에게 재능이 없다고 얘기했나? 내가 뭐라고 했던가? 그저 "아니, 안 할래요"라고 했을 뿐이다.

그 당시 이 불쌍한 여인은 제정신이 아니었다. 남편은 병에 걸렸고, 소중한 아들, 그녀의 '아기'는 이미 오래전에 도망쳤으며, 나는 뭐든 싫어, 싫어, 싫어, 싫어, 하고 있었다.

어머니는 많은 다른 방식으로 매우 재능 있는 여성이었다. 나는 그처럼 유능한 사람, 그런 훌륭한 조직자를 만난 적이 없다. 그런 어머니의 재능과 활력이 오로지 그녀에게서 벗어나려는 생각뿐인 염치없고 성난 여자애 하나에게 집중되었다.

그리고 나는 떠났다. 요즘의 오페어에 해당하는 일을 하며 살았다. 하지만 어머니는 나를 가만히 내버려두지 않았다. 누가 되었든 나를 고용한 사람에게 끝없이 편지를 보내 나를 어떤 식으로 대해야 할지 충고했다.

그 시기에 일어난 좋은 일은 딱 하나였다. 그때까지 나는 책을 읽고 또 읽었으며, 유년기에 읽은 책들로 이루어진 느린 꿈속에 가라앉아 있었으나, 갑자기 전쟁 관련 책을 제외하면 진지하거나 어른스러운 책을 읽지 않은 지가 오래되었다는 사실을 깨달았다. 그래서 스스로 영국에 책을 주문하기 시작했고 문학이라는 위대하고 찬란한 발견의 길에 들어섰으며 이 모험은 나의 전 생애에 걸쳐 계속되었다. 하지만 내 인생의 전부를 이루는 책과 독서로 나를 안내한 공은 어머니에게 있다. 아니, 어머니는 이제 내가 읽는 책을 이해하지 못했다. 그런 책들은 어머니의 삶에서 별 역할을 하지 못했기 때문이다. 어머니의 독서는 H. G. 웰스, 버나드 쇼, 마테를링크에서 멈췄고 여기에 장군들의 회고록과 대전의 최전선들에 관한 책만이 더해졌다.

어머니는 내가 런던에서 주문한 책들을 만지작거리며 미심쩍어했다. 내가 하는 모든 행동이 어머니를 무시하고 모욕하는 행위라고 여겼으며, 의도했든 아니든 그건 사실이기도 했다.

많은 작가와 시인은 위대한 러시아 작가들의 영향이 자신을 크게 변화시켰다고 주장해왔다. 유럽 전역에서 그런 일이 일어났다. 내가 톨스토이, 체호프, 도스토옙스키, 투르게네프와 다른 러시아 작가들의 책을 주문할 만한 식견을 어디에서 얻었는지는 기억나지 않지만, 어딘가에서 주워듣고 그들의 작품을 읽었다가 크게 감탄했다. 그 위대한 러시아 문학만큼 내게 영향을 준 책은 없었다. 우리가 '소설은 죽었다'라고 오래 외쳐온 것은 『전쟁과 평화』와 『안나 카레니나』와 도스토옙스키의 작품처럼 훌륭한 소설을 쓰지 않은 탓이라고 생각한다. 아주 단순히 말하면 이 작품들은 문학의 절정이자 정수이다. 그 이유를 설명하는 조예 깊은 기사가 수천 건 쓰였지만, 내게는 그 사실 자체로도 충분하다.

나는 다른 책에서 언급된 책들도 주문했다. 안내자는 없었다. 1930년대를 지나고 그뒤로 책 소포들이 독일 잠수함을 피해야 했던 전쟁중에도 영국에서 느리게 오는 책을 주문했고 소포가 도착하는 날은 희열이 절정을 이루었다. 러시아문학 다음으로 프랑스문학으로 옮겨가서는 스탕달이 내 위대한 사랑이었고 발자크와 졸라도 좋아했다.

미국 작가들 역시 러시아 작가들만큼이나 짜릿했다. 시어도어 드라이저—요즘은 아무도 그의 작품을 읽지 않는 듯하지만 훌륭한 소설을 여러 편 써온 작가다—스타인벡, 더스패서스, 그리고 조금은 덜 감탄스러웠던 헤밍웨이. 『위대한 개츠비』도 좋았지만 내 생각에 스콧 피츠제럴드가 쓴 훌륭한 소설은 딱 한 편뿐이다. 포크너는 조금 늦게 읽었고, 다음으로 영국 작가들이 있지만 그즈음 나는 영국 작가들의 작품을 대부분 읽었다. 하디는 언제나 가장 좋아하는 작가였고 조지 메러디스—역시 유행이 지났다—대니얼 디포, 조지 엘리엇, 브론테 자매, 제인 오스틴, 그리고 미치게 근사한 『트리스트럼 섄디』*. 빠뜨린 게 있나? 시인들, 하지만 시인들은 일찍부터 접했었다. 그리고 내 목록에서 절대로 마지막이라 할 수는 없는 프루스트, 그 믿기지 않는 열정. 나는 『잃어버린 시간을 찾아서』를 읽고 또 읽으면서, 이것이 내가 실제로 처한 삶에 대한 해독제임을 알았다—전쟁중인 로디지아, 대영제국의 마지막 몸부림. 물론 그때는 그게 마지막이리라고는 아무도 믿지 않았겠지만.

버지니아 울프와 D. H. 로런스도 읽었지만 그들의 작품을 다 쉽게 구한 건 아니었다. 예를 들어, 『채털리 부인의 연인』은 삭제본이었다. 종이가 배급품이었던 영국에서 굉장히 어렵게 출간된 정기간행물로는 『새로운 글쓰기』 그리고 『새로운 글쓰기와 일광』이 있었다.

당연히 빠뜨린 작품이 많지만, 이 목록을 보면 당시 독서가들이 어떤 책을 읽었는지 알 수 있다. 쓸모가 있을지는 몰라도 목록을 적어봤다. 하지만 이 책들이 이미 신기할 만큼 케케묵은 과거로부터 살아남은 생존자 목록처럼 보일 것 같기도 하다.

어머니가 보내는 편지들은 끔찍했다. 미친 여자가 아니고서는 쓸 수 없는 글이었다. 내가 직업적인 창녀의 길로 나섰다는 비난은 일례에 불과하다. 그때도 나는 어머니가 병들었다는 것을 알았기에 편지가 오면

---

* 1759년부터 1767년까지 아홉 권으로 발표된 로런스 스턴의 소설. 연상과 의식의 흐름에 따라 서사가 옆길로 새고 다른 내용이 갑자기 끼어들고 이야기 안에 또다른 이야기가 자리하는 등, 당시로서는 파격적인 실험적 기법으로 표제 인물의 삶을 묘사했다.

바로 찢어버렸다. 아마도 갱년기였을 것이다. 요즈음이라면 그렇게까지 고통을 겪지는 않았을 것이다. 자꾸만 같은 생각으로 되돌아간다. 지금처럼 효과 좋은 약품이 있었다면 어머니에게 큰 도움이 되었으리라는 생각.

나는 어머니로부터 도망침으로써 나 자신을 구했다는 것은 알았지만, 자식의 삶을 장악해 대신 살려는 부모의 욕구가 얼마나 막강한 것인지는 알지 못했다. 이에 우리는 어머니가 자기 아버지에게 어떻게 맞섰는지 살펴봐야만 한다.

존 맥비는 이상적인 아버지였다. 그는 에드워드 시대의 아버지가 자식에게 쏟아야 할 모든 것을 쏟았다. 독일 황제의 런던 방문이나 각종 가두행진, 왕실의 생일 행사, 군대의 분열행진, 마페킹 해방* 기념행사 등 모든 공공 행사에 자식들을 데려갔다. 어머니의 기억은 공적 행사의 연감 같았다. 어머니는 좋은 학교에 다녔다. 연주회나 연극과 관련해서는 원하면 뭐든 볼 수 있었고, 하키와 테니스를 했으며, 피아노 연주 실력도 뛰어났다. 하지만 이렇게 귀여움을 받고 자란 소녀가 아버지에게 맞서 "싫어요, 안 할래요" 하고 말한 때가 있었다. 왜 그래야 했을까? 당시로서는 특이하게도, 존 맥비는 총명한 딸이 대학에 진학하기를 바랐다. 시원찮은 아들 말고, 바로 이 딸이어야 했다. 그래서 모든 시험에 합격하고 밥 먹듯 일등을 하는 딸에게 그의 야심이 집중되었다. 하지만 딸은 그에게 "싫어요"라고 말하더니 간호사가 되겠다고 떠났다. 그래서 그는, 아마도 그게 얼마나 불합리한 말인지 의식하지 못한 채, "다시는

---

* 제2차 보어전쟁 때 남아프리카연방의 영국령 행정도시 마페킹(현 지명은 마히켕)이 217일간 포위 공격을 받았으나 성공적으로 방어했다.

내 집에 얼씬도 하지 마" 혹은 "더는 너를 딸로 생각하지 않겠다"라고 말했다.

그런데 여기에 설명하기 어려운 뭔가가 있다. 왕립자선병원은 여성 의사를 키우고 있었는데 어머니는 왜 의사가 되려 하지 않았을까? 틀림없이 아버지가 기뻐하셨을 텐데. 하지만 이미 내가 한 말 속에 정확한 답이 있다. 아버지가 기뻐하셨을 거라고. 바로 그래서 그녀는 싫다, 간호사가 되어 '가난한 사람들의 엉덩이를 닦으며' 살겠다, 라고 한 것이다.

하지만 왜? 그 의문을 풀 만한 말을 어머니에게서 들은 기억은 없다. 어머니는 새어머니를 좋아하지 않았지만, 냉정하고 엄격했다는 말 빼고는 새어머니에 대해 말한 적도 거의 없었다. 그러니 아버지에게 맞서 "싫어요"라고 말한 에밀리 맥비의 행동은 어쩐지 난데없지 않은가. 하지만 진짜 질문은 이것이어야 한다. 자족적인 중산층의 넉넉한 아버지는 왜 총명한 딸을 자신의 연속으로, 정당성의 증거로 여겨야만 했을까?

어머니는 그것을 설명한 적이 없고, 어쩌면 설명이 필요한 일이라고 여기지도 않았을 텐데, 이 얼마나 이상한가.

순종적인 어린 딸, 아버지의 모든 말에 따르며 실망시키지 않으려고 전전긍긍하는 이 소녀가 아버지 앞에서 양팔을 몸에 붙이고 자처럼 빳빳하게 서서 칭찬 혹은 꾸중을 기다리고 있다(어머니가 이 장면을 내게 연기로 보여줬기 때문에 나는 엄격하고 막강한 아버지와 그 딸을 눈앞에 그려볼 수 있었다). 오래도록 계속 그렇게 흘러갔다. 그동안 딸은 더욱 좋은 성적을 내며 모든 일에 박수를 받았고 원한다면 콘서트 피아니스트가 될 수도 있겠다는 말도 들었는데, 그 총명한 에밀리 맥비가 어느 날—모든 게 끝—말한 것이다. "싫어, 싫어, 싫어, 싫어요."

존 맥비의 첫번째 아내인 에밀리 플라워는 어린 자식 셋을 남기고 죽었는데, 아들은 실망스러운 아이였고 아마 두번째 아내도 그리 큰 즐거움을 주지는 않았을 것이다. 하지만 모든 일에서 승승장구하는 총명한 딸이 있었다. 그래, 이 딸이 대학에 가서 눈부신 성적을 거두고 각종 우등상과 박수갈채를 받으며 등장한다면? 무슨 공부를 할 것인가? 그가 골라준 전공. 그는 자신의 삶을 성공적으로 마무리하기 위해 그런 꿈을 품었을까? 하지만 우리는 알 수 없다. 에밀리 맥비는 무엇에 영향을 받았기에 하필이면 간호사를 택하게 되었을까? "하지만 간호사는 우리와 같은 계층이 아니야, 에밀리."—자아실현을 위해 간호사가 된 것일까.

그런데 이제 그녀의 딸이 "싫어요"라고 말하며 편지를 찢어버리고 어머니에게서 전속력으로 달아나고 있었고, 그 끝에는 어머니에게 시달리던 여자들의 아주 오래된 도피처가 있었다. "아, 물론 난 어머니에게서 도망치기 위해 결혼했어."

비공식적이고 부정기적인 여성들의 모임

자, 이제 앞으로 빨리 넘어가 전쟁중에 나를 포함한 젊은 여성 열다섯 명가량이 겪었던 문제를 살펴보자. 당시에 이들은 정치관 때문에 도드라졌는데, 다들 자신을 사회주의자 아니면 공산주의자로 여겼다. 그들은 누군가를 만나기만 하면 즉시 말했다. "나는 그 정당 당원이에요." "히틀러가 소련을 침공했을 때 가입했어요." 혹은, "스탈린이 핀란드를 공격했을 때 그 정당에서 탈퇴했어요." 혹은, "히틀러와 스탈린이 동맹을 맺었을 때." "나는 마르크스주의 공산주의자예요." 혹은, "마르크스주의자가 시온주의자가 될 수 없다는 건 알지만, 그래도 난 마르크스주의 시온주의자예요."

우선 이들 모두가 얼마나 박식했는지가 가장 눈에 띌 것이다—지금과 비교하면 놀라울 정도로. 요즘에는 텔레비전과 인터넷으로 정신이 오염된 터라, 『전쟁과 평화』가 너무 길어서, 혹은 『율리시스』가 너무 어려워서 못 읽겠다고 당당하게 써놓은 서평을 읽는 일이 그리 희귀하지는 않다. 그러면 독자는 자신의 무능을 인정할 생각이 들지 않는다. 당시에 우리는 공통적인 문제가 있다고 모두가 동의하면 자연스럽게 문학으로부터 그 문제에 접근했다. 여성들만의 모임이 그때처럼 활성화되었던 다른 시기를 나는 기억할 수 없지만, 그건 남자들이 이해하려는 노력을 전혀 하지 않아서였다.

우리에게는 저마다 어머니가 있었는데, 문제의 수준은 여느 젊은 여자가 눈을 치뜨며 "우리 엄마가 원래 좀 그래" 하고 말하는 정도를 넘어섰다. 심각한 문제였다. 우리는 토론을 시작하며 말했다. 문학작품, 희곡, 회고록 등에 비추어 판단하면, 최근까지는 군림하고 괴롭히는 아버지들과 그를 두려워하는 아들딸들이 있었다. 그들은 다 어디로 갔을까? 신경증에 시달리는 어머니들이 그들의 자리를 차지해 딸들을 미치게 했다. 한 어머니는 아마도 1920년대의 신여성 스타일에 집착하는지, 짧은 치마를 입고 덜렁거리는 목걸이를 늘어뜨린 채 호박으로 깎은 일 피트 길이의 궐련용 파이프를 들고 다녔고, 매일 아침식사 시간 무렵에 딸의 집에 찾아와 밤까지 죽치고 있었다. 딸은 결혼한 여자였는데 어머니가 그 불행한 사태에 대처하는 방식은 사위를 무시하며 이렇게 말하는 것이었다. "네가 저 녀석과 결혼한 건 그저 날 화나게 하기 위해서였잖아." 그 어머니는 극단적인 사례였다.

어떤 여자들은 당시 풍속대로 신랑감을 구하러 식민지로 나왔지만 로디지아 남자들은 전쟁에 떠밀려 북아프리카에서 로멜*과 싸우다 살아남거나 죽었다. 이제 식민지에는 공군 장병인 영국인이 많았지만 이 여자들이 보기에 그들과 결혼하는 것은 어느 정도 패배라 할 수 있었다. 영국에 있는 그들의 어머니들은 어서 신랑감을 구하라고 애원하는 편지를 보냈다. 딸을 따라 솔즈베리까지 온 어머니가 둘 있었는데, 둘 다 거기까지 왔다는 사실 자체가 딸이 어머니를 부양하며 함께 살아야 한다는 의미라고 믿는 듯했다. 내 어머니는—하지만 그 얘긴 충분히 했으니 관두자.

'어머니에게서 도망치기 위해 결혼한다?' 이 무슨 농담인가. 어머니는 내 집에 오면 가구를 옮기고, 맘에 들지 않는 옷을 죄다 버리고, 하인들을 들볶고, 요리사에게 이런저런 명령을 내렸다. "그런데 왜 어머니에게 그러지 말라고 말하지 않았나요?" 몇 년 뒤, 떠밀려 찾아간 심리상담사가 내게 따져 물었다.

"그러면 어린애를 패는 기분이었을 거예요." 나는 그렇게 대답했지만, 만일 내가 '어머니, 난 이제 어른이라는 사실을 언젠간 정말로 받아들이셔야 해요'라고 말했다면 어머니는 이렇게 대답했을 것이다. '네가 이렇게 형편없는데? 뭐가 뭔지 전혀 모르잖아.' 남편은 웃어넘겼다. 병환이 너무 심한 아버지에게 하소연할 수도 없었다.

그러면, 이렇게 한심하고 정신 나간 여자들은 어떻게 생겨났을까? 우리는 알고 있었다. 소설에서 찾아낸 사례를 풍부하게 다룬 우리의 토론은 얼마나 지적이었는지. 하지만 예리하기 그지없는 우리의 분석이 그 어떤 변화라도 가져왔다는 기억은 없다. 우리는 문제가 무엇인지 알았다. 이들은 일을 해오고 여전히 하고 있어야 했던 여자들, 인생에 우

---

* 제2차세계대전 당시 독일의 장군으로 북아프리카에서 영국군과 싸워 패배했다.

리 말고, 다시 말해 시달리고 들볶인 딸들 말고, 자신만의 관심사가 있어야 했던 여자들이었다.

그리 오래되지 않은 과거에 영국에서 여성은 바깥일을 해서는 안 되고 집에 머물며 아이들을 돌봐야 한다고 공공연히 주장하는 이들이 있었을 때, 나처럼 부르짖고 싶은 여자들이 얼마나 많을지 궁금했다. "그만둬! 당신들은 미쳤어. 지금 자기가 무슨 짓을 하고 있는지 모른다고. 자식을 놔주지 못하는 여자들을 한 세대 더 만들고 싶은 거야? 정말 그걸 원해?"

우리의 어머니들이 지닌 잠재력을 살펴보면, 모두가 능력 있는 여성이었고 한두 명은 비상하게 뛰어났다. 변호사, 의사, 국회의원, 기업 경영자가 되어야 했을 사람들이었다.

그들은 하나같이 자신의 운명을 한탄했다. "난 가수…… 배우…… 위대한 화가…… 의상 디자이너…… 모델이 되어야 했는데 결혼을 해버렸어. 너무 어려서 내가 무슨 짓을 하는지도 몰랐던 거야. 아이가 생기면 끝장이지. 내가 뭐가 될 수 있었건, 아이가 생기면 끝장나는 거야."

그리고 지금은 아이를 갖지 않겠다고 결심하는 여자들이 점점 늘어나고 있다. 얼마나 좋은 일인지.

죽음보다 더 나쁜 운명을 상상하고 싶다면—그렇다, 지나친 과장이 아니다—가령 19세기에, 혹은 피임법이 없었던 과거 어느 때에 모성 본능이 없는 한 여자가 있다고 생각해보자. 그 여자는 그 밖의 다른 길은 없으니 결혼을 해야 했고 그런 다음 아이를 낳아야 했다. 자식을 갖지 말았어야 할 여자에게 줄줄이 태어난 아이들이 있고 탈출구는 없었다. 독신녀의 삶을 택할 만큼 강인한 여자가 아니라면 말이다.

우리의 여성 모임은 이런 것들을 토론했다. 현대적인 페미니스트들과는 거리가 멀었다. 우리의 토론은 각자의 어머니를 참아낼 수 있게 도왔을망정 그들을 변화시키는 효과는 거의 없었다.

나는 내 부모 세대 어머니들을 돌아볼 때 치를 떨며 생각한다. 오, 하느님, 다시는 그런 일이 일어나지 않게 해주세요…… 그리고 내 어머니를 돌아보며 깨닫는다. 그녀의 본질, 진짜 에밀리는 농장에 정착한 직후 침대 신세를 졌을 때 죽어버렸다고. 오래도록 나는 아버지가 전쟁 전에 어떤 사람이었는지 모른다는 사실을 알고 있었다. 그런데 어머니가 어떤 사람인지 역시 몰랐다는 사실을 깨닫기까지는 오랜 세월이 걸렸다. 진짜 에밀리 맥비는 내게 이야기를 들려주고 책을 구해준 교육자였다. 나는 어머니를 그렇게 기억하고 싶다.

어머니가 자신의 본모습인 줄 알았던 모든 것에서 멀어져 쇠락해가던 오랜 세월의 여러 시기에, 그녀는 어머니가 되는 것이 자신의 운명임을 받아들였다. "다 그런 거였다!" 그러더니 그 비길 데 없이 막강한 활력을 다시 내게 집중했고—남동생은 어머니에게서 벗어났다—나를 지도하기 위한 계획을 짰다. 내가 고마워하지 않았다고 생각하지 말기를 바란다. 물론 나는 어머니에게 나를 영국에 있는 '좋은 학교'로 보낼 생각이라면 왜 농장 일을 가르치느냐고 대놓고 따질 수도 있었고, 실제로도 그렇게 했다.

나의 영국 학교 진학은 어떤 아이디어의 일부였고, 나와 남동생은 그것을 '농장 탈출'이라고 불렀다. 그게 허황한 생각인 줄은 알았지만 비웃느라 그렇게 부른 게 아니라 어머니를, 혹은 아버지를 이해하지 못하고 한 소리였다. 그래도 우리가 덫에 걸린 건 아니었으니까—저 아래 심연에서 미끈한 촉수가 올라와 우리의 발목을 잡고 아래로, 아래로 끌어당긴 건 아니었으니까. '농장 탈출'은 부모님이 옥수수나 담배를 잘 키워 팔면 이루어지는 게 아니라 아일랜드 병원복권*에 당첨되거나 금광을 발견해야만 가능한 일이었다.

그래서 나는 알을 품은 암탉을 '처음부터 끝까지' 돌보라거나, 어미를 잃은 송아지를 책임지라거나, 일주일간 닭들에게 모이를 주는 일을 '전적으로 담당'하라는 지시를 받곤 했다. "너도 현실이 어떤지 알아야지." 어머니가 눈빛을 번득이며 주장하곤 했다. "전쟁이 임박했어." 아버지는 말했다. 그래서 나는 현실을 알고 그 점에 대해 어머니에게 감사한다.

내 검은 송아지

우리 예쁜 암소의 이름은 데이지 무.
나는 다정한 우리 암소를 사랑하네.
데이지 무가 온 마음을 다해
우리에게 주는 우유와 노란 크림은
사과 타르트와 함께 먹을 수 있다네.

---

* 1930년대에 아일랜드 정부가 병원 건립과 시설 확충을 위한 기금을 마련하기 위해 발행한 경마 복권. 당시로서는 당첨금이 많아서 국제적으로 인기를 끌었다.

이제 이런 다정한 암소를 아는 사람은 세상에 얼마 남지 않은 것 같다.

'소떼.' 그 말을 들으면 우리는 달콤한 영국의 풀과 클로버에 배까지 잠긴 채로 흡족하게 거니는 소들을 떠올린다.

아프리카의 우리 농장에서 우유를 만들어준 가축은 가뭄에 시달린 깡마른 젖소 예닐곱 마리였다. 우유를 충분히 공급받기 위해서는 한 가정에 소가 여섯 마리는 필요했다. 영국에서라면 한 마리면 충분했을 것이다.

하지만 이제 클로버를 먹는 흡족한 소들은 사라졌다. 우리가 소를 좁은 곳에 가두고 아무거나 마구 먹이면서 너무 잔혹하게 취급하기 때문이다. 소들은 빽빽한 풀밭을 한가로이 거닐지 않고 신선한 바깥 공기를 마시지 않으며 젖통에 우유를 가득 담고 있는데, 이는 소가 금방이라도 고꾸라질 듯 병들게 하는 부자연스러운 상태다. 이런 소들은 우리가 키우던 초췌하고 앙상한 짐승들의 운명을 부러워할 테고, 그들의 눈에는 우리 소들의 팔자가 천국처럼 보일 것이다.

어린 남자애 하나가 우리집 소들을 돌보며 표범이나 개들이 접근하는지 감시했다. 가뭄이 심해 우유의 양이 너무 줄면 어머니는 그 아이에게 우리 우유를 가족에게 가져다주고 있는지 물었다. 아이는 당연히 그러고 있었고 다시 비가 내려 풀이 날 때까지 계속해서 우유를 집에 가져갔다.

우리 소들은 아프리카에서 살아남은 뿔이 날카롭고 과격한 품종이었고 나는 걷다가 소를 만나면 멀찍이 거리를 두었다.

온순한 애완동물도 아니고 다정한 암소도 아니었으며 그들이 주는 크림으로는 우리 가족이 먹을 버터나 겨우 만들 뿐, 부모님이 "지금쯤 영국에서는……" 하면서 떠올리던 진한 크림과는 거리가 멀었다.

어린 암소를 황소가 있는 이웃집으로 데려갔다가 어미가 될 준비를 마치면 다시 데려왔다. 이때의 황소를 품평회에서 리본을 달아주는 우량 품종으로 상상해서는 안 된다. 팍팍한 삶에 지친 암소는 송아지를 두세 마리쯤 낳은 뒤 푸줏간으로 보내졌다.

언젠가 검은 송아지 한 마리와 검정 점박이 송아지 한 마리가 농장에서 우리집으로 올라왔다. 어미가 새끼를 낳다가 죽었으니 송아지들을 언덕 위의 집에서, 즉 우리집에서, 키우는 것이 좋겠다고 결정했다는 것이었다. 아버지는 감상적인 허튼소리라고 했고 어머니는 우리에게 좋을 거라고 말했다. 여기서 '우리'란 나와 동생을 의미했는데, 동생은 제 역할을 하지 않았다. 검은 수송아지가 내 몫이 되었고 내가 그 소를 돌봐야 했다.

춥고 건조한 계절이라 양동이에 모인 우유가 얼마 되지 않았지만, 받침 대야에 튄 우유가 있어서 손가락으로 송아지의 입에 대주었다. 내 손가락을 빨아당기는 그 힘은 갈급한 필요의 한가운데에서 나오는 외침—살려줘, 난 살아야 해—같았고, 그 느낌은 지금도 남아 있다. 만일 전쟁이나 기아로 초토화되어 아무것도 남지 않은 세상에 살고 있을 때 그 필사적인 빨기를 떠올린다면 나는 삶이 반드시 승리한다고 믿을 수밖에 없을 것이다. 송아지가 너무 세게 빨아서 하얗게 된 내 손가락을 보고 어머니는 말했다. "아이고 세상에, 손가락에서 피가 날 때까지 빨겠구나." 어머니는 송아지를 나무라고 있었다. 내게 줘, 줘, 줘…… 하는 송아지를.

머지않아 우유가 전혀 남지 않자 송아지는 죽은 어미의 우유를 간절히 원하며 내 다리를 머리로 들이받았다.

우리는 일꾼을 시켜 자전거를 타고 가게에 다녀오게 했고 그가 사온 분유를 물에 타서 송아지에게 먹였다. 머지않아 내 손가락이 필요 없을 만큼 자란 송아지는 주둥이를 대접에 푹 담갔다. 물에 탄 분유를 마시고 또 마시던 그 송아지와 누이 송아지의 엉덩이에서 설사가 줄줄 흐르자 아버지는 "그것들 다 죽겠구나" 하고 말했다. 하지만 송아지들은 적응했고 계속 물에 탄 분유를 마셨는데, 다른 송아지는 몰라도 내 송아지 데미는 늘 더 먹고 싶어했다. 두 송아지의 이름은 루이자 메이 올컷의 소설에 나오는 쌍둥이를 본뜬 데미와 데이지였다.

데이지가 어떻게 자랐는지는 기억나지 않는다. 내가 나타나기를, 다시 말해 우유가 나타나기를 기다리며 데이지와 함께 풀숲에 서 있던 악동 같은 작은 송아지에게 내가 너무 푹 빠져 있었기 때문이다.

매끄럽고 유연하고 검고 빛나던 잘생긴 송아지, 우유를 보면 기분이 좋아서 엉덩이를 꿈틀거리며 꼬리를 휘두르던 그 작은 송아지가 어찌나 예뻤는지, 그 모습을 보면 얼마나 기뻤는지……

그 녀석은 아름답기가 검은 실크 장갑만큼이나…… 그래, 세상 경험도 없는 시골 아이가 검은 실크 장갑 얘기를 하다니 터무니없게 들릴지도 모르겠다. 하지만 그런 장갑은 있었다. 집안에, 이엉지붕 아래에, '항해중 필요한 물품'이라고 써붙인 선실용 트렁크가 진흙 벽에 기대어 있었고, 이브닝드레스와 숄 따위의 내용물 맨 위에 놓인 쟁반에는 부채와 스카프, 스팽글이 달린 작은 가방들과 장갑들이 있었다. 흰 염소 가죽으로 만든 장갑도 있었지만 팔꿈치까지 조그만 흑요석 단추가 달린 검은 실크 장갑도 있었다. 내가 경험한 어떤 행사나, 나들이, 파티에도 어울릴 법하지 않았던 그 장갑들을 나는 아프리카 한복판의 관목 숲 풍경이 세상의 다가 아니라는, 다른 전망도 존재한다는 증거로서 떠받들고 경이로워했다. 내 거친 작은 손 위에 놓인 그 장갑들은 흐늘흐늘하고 반짝반짝하고 뱀의 허물처럼 연약하고…… 흠, 그건 내 작은 송아지의 우아한 검은 광채와 같은 종류였다. 그 둘 사이의 공통점은 무엇이었을까? 뜻밖의 선물이라는 점이었다. 비가 내린 다음 날 초원을 꽃으로 뒤덮어 그곳을 가뭄에 찌든 아프리카가 아니라 열대우림처럼 보이게 하는 백합의 찬란한 아름다움처럼.

가뭄이 계속되며 양동이 속 우유의 양은 계속 줄었고, 우아한 검은 송아지의 배 속은 달랠 수 없는 배고픔으로 들끓었다. 어미와 함께 초원에서 살았더라도 아직 풀을 먹기에는 너무 어렸겠지만, 우유만으로는 배가 차지 않았다.

그래서 어머니는 언제나 유용하고 다목적으로 쓰이는 옥수숫가루에 우유를 조금 넣어 섞은 보충식을 만들었다. 송아지들은 이 음식을 좋아했다. 둘 다 쑥쑥 자랐고 드디어 비가 내려 메마른 수풀 사이로 초록빛이 삐죽 비칠 무렵에는 희석한 진짜 오트밀죽을 먹고 있었다. 그즈음에는 오트밀을 끓여 우유와 물을 넣어 희석한 죽을 송아지들을 위해 냄비 하나 가득 만들었다.

그 송아지들이 귀엽기는 해도 꽤 성가신 녀석들이었다는 점은 밝혀두어야겠다. 개와 다름이 없었다. 개처럼 어디에나 불쑥 들어오고 관목 그늘에서 개들과 함께 엎드려 있기도 했다. 똥은 텃밭으로 치워야 했고, 문간에서나 오솔길에서 송아지들에 걸려 넘어지기도 했다. 개들은 그 녀석들이 명예 견공이라고 생각했는지 때로 송아지의 귀나 죽이 굳어 붙은 주둥이를 핥는 개가 있는가 하면 벼룩이나 진드기를 잡으려고 송아지의 털을 잘근잘근 깨무는 개도 있었다. 그러면 송아지들은 불안한 듯 가만히 서서 움찔움찔 건들거렸지만 도망가지는 않았다. 밀면 열리고 닫히는 문을 통해 집 안팎을 자유롭게 드나들던 개들과 달리 송아지들은 시도는 했으나 성공하지 못했다.

송아지들은 쑥쑥 자랐다. 나는 데미의 등에 타려고 해봤다. 담요 조각천을 접고 또 접어서 고삐와 굴레를 만들었지만 맨 처음 탔을 때 데미가 끈을 툭 끊어버려서 나는 멍든 채 땅에 널브러졌다. 그래도 데미가 내게 앙심을 품은 것 같지는 않았다.

그러는 내내 아버지는 우리가 멋모르는 짓을 하고 있다며, 이 송아지들을 무리로 되돌려보낼 때 다른 소들이 받아주지 않을 거라고 말했다. 우리가 개탄스러운 환경을 만들어주는 바람에 이 송아지들이 뭐든 제멋대로 하는 애완동물이 되었다는 것이었다.

우리는 개에게 먹이는 비스킷을 옥수숫가루를 써서 더 발전시켰다. 폴렌타*라는 음식에 대해 들은 적은 없었지만 우리가 만든 것이 바로 폴렌타였다. 오랜 뒤에 나는 어느 글에서 폴렌타를 만드는 날은 이탈리아에서 온 가족이 부엌에 모이는 기회가 된다는 설명을 읽었다. 연기 자욱한 우리 부엌에서, 장작 스토브 위에 올린 검은 냄비 속 물이 보글보글 끓으면서 살짝 시큼한 끓는 물 냄새가 올라오는데 이 물에 금빛으로 반짝이는 옥수숫가루를 조금씩 흘리며 섞으면…… 이것은 정제

---

* 옥수숫가루를 끓여 죽처럼 만든 음식으로 이탈리아 요리에서 주로 쓰인다.

하지 않아 향미가 뛰어난 옥수수죽으로, 요즘 유행하는 정제된 맹탕 옥수수죽과는 다른 음식이었다.

오븐 용기 안쪽에는 육즙을 고루 발랐는데, 요즘에는 그런 육즙이 존재하지 않는다. 일요일마다 소고기를 구울 때 풍미가 진한 맛있는 기름이 흘러나와 대접에 일이 인치 높이의 갈색 젤리로 굳으면 이것을 토스트에 발라 먹기도 하고 개 비스킷을 구울 때 오븐 용기 안에다 바르기도 했다. 옥수수죽이 그 기름과 어우러져 매끈하게 담기면 표면에 네모난 칼자국을 낸 뒤 굵은 소금을 뿌리고 오븐에 구웠다. 참 맛있었다. 동생과 내가 먹을 수 있는 만큼 가져간 뒤 하인들도 조금씩 가져가고 나면 개들은 부엌에서 그게 식을 때까지 기다렸고 송아지들도 자기네 몫을 찾으러 왔다. 바삭하고 짭조름하고 맛있는 이 개 비스킷을 우리는 갈수록 많이 만들어야 했고 송아지들은 제 몫의 비스킷을 부스러기까지 깨끗이 먹어치웠다.

송아지와 개가 비스킷 한 조각을 놓고 코로 서로 밀치는 때도 있었는데, 이즈음엔 꽤 커진 내 송아지가 개를 밀어 넘어뜨리는 경우가 많았다.

"저것들을 어서 무리로 돌려보내야지." 아버지가 말했지만 우리는, 아니 나는 자꾸만 뜸을 들였다. 우두머리 행세를 하며 제멋대로 구는 이 커다란 송아지가 너무 좋았다.

나는 문을 열어 돌로 괴어놓은 채 자곤 했다. 개들이 뛰어들어오기도 하고 뱀이 들어온 적도 몇 번 있었지만 그렇게 했다. 문을 닫아놓으면 견딜 수가 없었다. 침대에 누우면 해가 뜰 때 파란색과 장미색과 연보라색을 띠는 그레이트다이크*의 바위산들이 관목 숲 너머로 보였다.

어느 날 밤에 잠에서 깼는데 내 송아지가 방안에 들어와 뭘 해야 할지 모르겠다는 듯이 서 있었다. 송아지와 나 사이에는 빈 침대가 하나 있었고, 그 녀석은 막 부모님 방으로 밀고 들어가려고 했다. 나는 그 거대한 짐승을 방 밖으로 밀어내야 했다. 아버지가 말했다. "더는 안 돼. 소떼가 집안을 누비고 다니게 둘 순 없어."

"하지만 겨우……" 어머니는 겨우 송아지일 뿐이라고 말하려고 했다.

하지만 데미는 겨우 송아지가 아니었다.

우리의 젊은 검은 황소—거의 그렇게 컸다—와 예쁜 점박이 누이 소는 들판으로 나갔다. 무리의 소들은 개의치 않는 듯했다. 하지만 남매는 잘 적응하지 못했다. 내 송아지는 젊은 씨황소가 되지 못했다. 고환에 문제가 있었고 달구지를 매달거나 멍에를 씌우려 하면 가만있지 않았다. 송아지는 열기가 전갈처럼 따가운 이 관목 숲 말고, 바람이 부는 높은 언덕을 기억하는 듯했다. 여기 개들과 달리 그곳의 개들은 자꾸만 뒤에서 쫓아오지도 않았고, 귀를 핥아주거나 진드기를 잡아주기도 했다. 그곳에는 쓰다듬는 손길이 있었고 소소한 간식도 많았다. 그 녀석은 짐수레를 끄는 평범한 늙은 소가 되지 않을 작정이었다. 그러다 누이 소가 새끼를 낳았는데 어미가 너무 어려서 그랬는지 새끼 두 마리가 다 죽었다.

그러니 성공은 아닌 셈이다.

나는 농장 주위를 거닐 때면 내 송아지가 어디 있나 유심히 살펴보

---

* 짐바브웨에 좁고 길게 펼쳐진 대암맥.

았다. 어느 날 천둥 같은 발굽소리가 나더니 낫과 같은 뿔이 난 커다란 검은 황소가 내게 다가왔다. 아마도 옛 우정을 되살리려고 그랬을 것이다. 다행히 가까이에 높은 개밋둑이 있어서 나는 그 위로 달려 올라갔다. 황소는 서서 위를 올려다보았지만 나는 사라지고 난 뒤였다.

그 뿔들…… 언젠가 송아지가 고개를 숙였을 때 손으로 조그맣고 까슬한 멍울을 문지른 적이 있다. 자라나기 시작한 뿔 때문에 마음이 불편했다. 그 무시무시한 뿔을 휘두르며 우렁차게 부르짖다 다시 물러갔을 때, 그 녀석은 기억했을까?

나의 불쌍한 데미는 쓸모없는 짐승이었다. 내가 학교에서 지내는 동안 부모님은 데미를 잡아서 일꾼들을 배불리 먹이고 내게는 말하지 않았다. 나는 묻지 않으려고 조심했다. 그뒤로도 오랫동안 혼자서 농장을 거닐 때면 천둥 같은 발굽소리와 함께 내게 돌진하는 그 거대하고 어설프고 다정한 짐승을 만나는 상상을 했다.

하지만 내 마음 뒤편에는 어떤 부름이 있었다. '영국에 있는 좋은 학교'가 아니라 남로디지아 뱅켓의 그 무엇과도 동떨어진 삶, 꿈의 낙원 같은 온갖 화려함이 있는 삶의 부름이었다. 그것은 부모님 침실 커튼 위에 놓인 '항해중 필요한 물품' 트렁크의 갈색 섬유질에 집약된 삶이었다.

그 안에는 가끔 어쩌다 집에 나타나던 귀한 패션 잡지 속 제품들만큼이나 좋은 옷들이 있었다. 그 옷들을 만지고, 가지고 놀고, 꿈을 꾸고 싶어서 어머니를 조르면 반응은 늘 똑같았다. "안 돼, 안 돼, 뭐하러? 네게 무슨 도움이 된다고?" 혹은 "내 헌 드레스들 뒤적거려봐야 쓸데없어. 배울 건 하나도 없을 테니까."

그런데 어느 날 어머니가 갑자기 허락했다. 뭔가 새로운 실망에 강타당하고 나서 그 드레스, 깃털 달린 스카프, 실크 구두, 그리고 가장자리가 모조 다이아몬드나 자수로 묵직하게 장식된 새틴 이브닝가운 들을 입을 일은 없다는 것을 깨달았을 것이다.

트렁크의 중간 부분에 드레스가 있었는데 뚜껑을 열자 나방이 날아올랐다.

"좀약을 더 많이 넣었어야 했네." 몹시 건조한, 거의 무심한 말투였다. 드레스를 보며 품었던 소중한 꿈이 곧 좀먹어 사라지는 꼴을 보게 될 당사자가 아닌 양. 어머니는 그저 앉아만 있었고 내 열렬하고 지저분하고 어설픈 손은 산뜻한—음, 더이상 산뜻하진 않았지만—흰 종이를 한 겹 한 겹 벗겨냈다. 나는 소매가 긴 회녹색 레이스 드레스를 바닥에 내려놓았다. 가슴팍에 브이자로 깊게 파인 부분에는 옅은 분홍색 시폰인지 하여간 피부색과 가까운 작은 천을 댔다. "만찬용 드레스야." 어머니가 중얼거렸다. "실제로 입어본 적은 없어. 항해중에 입기엔 너무 격식을 차린 느낌이어서." 만찬용 드레스라니! 사람들이 밥을 먹기 위해 특별히 만든 옷을 입는다고? "만찬 파티 말이야, 그런 때 입는 거야." 어머니가 눈물을 참으려다보니 건조해진 무심한 목소리로 말했다.

드레스는 바닥에 놓여 있었고, 박엽지는 돌돌 말리거나 살짝 뭉쳐진 채로 주변에 널려 있었다.

1924년, 그때 유행은 종아리 중간 길이였다. 그뒤로 치마가 무릎까지 올라갔다가, 귀엽고 소녀 같고 여성적인 드레스가 유행하며 다시 길어졌다. 나는 스르르 흘러내리는 옷 뭉치를 꺼내 회녹색 드레스 위에 내려놓았다. 다시 들어서 살펴보니 진청색 시폰 드레스의 앞판과 뒤판에 암청색 스팽글을 덧댄 옷이었다.

"그건 입었지." 어머니가 중얼거렸다. "항해 마지막 날 밤에 선장의 식탁에 초대받았을 때. 사람들의 시선을 끌었어."

나는 드레스를 들어올렸다. 묵직했다. "그 화려한 스팽글을 봐." 시폰 직물에 자그만 구멍들이 나 있었다. 스팽글을 꿰매어 단 자리에 좀이 슬어 늘어진 부분도 많았다.

감탄하며 바라볼 드레스이지 사랑할 드레스는 아니었다.

다음 것은 군청색의 섬세한 드레스로 몸판은 목이 둥글게 파인 평범한 상의인데 골반부터 아래로는 튈이나 시폰 계열의 천이 여러 겹으로 층을 이루어 흘러내렸다. 좀이 심하게 슨 치마였다.

"그건 무도회 드레스야." 어머니가 말했다. "하지만 그걸 산 뒤로 무도회는 한 번도 없었지."

그다음으로 검은 레이스 드레스가 나왔다. 역시 허리에서 시작된 레이스 치마 아래로 진녹색 속치마 밑단이 보였다. 팔꿈치 바로 위까지 오는 레이스 소매도 달려 있었다.

레이스 소매 아래로 팔찌를 낄 수 있도록 이렇게 만든 거야, 어머니가 알려주었다.

"그렇구나." 나는 말했다.

그러다 그 드레스, 그중 가장 아름다운 드레스가 나오자 나는 어머니가 볼 수 있도록 높이 들어올렸다. 상체 부분은 연회색 시폰 몸판에 가장자리가 크리스털 구슬로 장식되어 있었다. 골반부터 시작되는 치마의 맨 아랫부분이 살짝 더 진한 회색이어서 안개라기보다는 물 같은 느낌을 주었고 밑단의 크리스털 장식은 조금 더 무거웠다. 몸판 상단에는 같은 직물을 접어 크리스털로 장식한 넓은 어깨끈이 달려 있었다. 그 위에 입는 작은 재킷은 구슬 장식을 드러내도록 디자인되었다.

"오, 오." 나는 신음했다. "봐요, 오, 이것 좀 보세요."

어머니가 드레스를 보았고 알아보았다…… "한 번도 입은 적 없는 거야." 어머니가 말했다. "걸려 있는 걸 봤을 때 내 드레스라는 걸 알았지. 꼭 갖고 싶어서 정말 큰돈을 썼는데……" 그러면서 어머니가 손을 내밀었다. 섬세하고 우아했으나 농장 일로 거칠어진 그 손으로 드레스를 어루만졌다.

사방에 좀이 슬어 있었다.

섬세한 초록색 리넨으로 지은 다른 드레스도 있었다. 다른 것들처럼 치마가 골반부터 아래로 넓게 퍼지고 밑단의 넓은 띠에는 흰 자수 장식이 있었다. 목선과 소매에도 자수가 놓여 있었다.

하지만 이런 옷을 언제, 어디에서 입을 것인가?

"상상해봐," 어머니가 허공에 떠도는 먼지처럼 메마른 말투로 말했다. "내가 뱅큇에서 이걸 입으면 사람들이 뭐라고 말할지."

"그런데 이 옷은 용도가 뭐예요?"

"가든파티 드레스야."

가든파티라니!

"솔즈베리에 있는 공원 알지? 음, 거기에 영국의 나무와 관목과 꽃이 자라고 있다고 상상해봐. 음악도 흐르겠지. 그리고 차와 간단한 음식이 차려진 대형 천막도 있어."

이제 어머니는 울면서 눈물을 닦고 있었다.

조젯*—아무튼 섬세한 천—으로 지은 드레스.

"이것 봐, 가을색이지." 어머니가 말했다. "가을의 너도밤나무 같은 색."

종아리 중간쯤까지 내려오는 치마는 밑단이 일렬로 늘어선 브이자 모양으로 잘린 '행커치프' 스타일로 각각의 꼭짓점 끝에는 갈색 구슬이 하나씩 달려 있었다.

"이건 여기에서도 입을 수 있겠다, 파티가 열려야 말이지만. 아니, 아니다."

"내가 정말 철없는 짓을 하고 있구나." 어머니가 단언하며 자리에서 휙 일어섰다. "네가 다 가져라." 어머니가 말했다. "변장 놀이할 때 쓰든가, 원하면 잘라도 돼…… 난 상관없어……" 그러더니 방에서 달려나

---

* 얇고 투명한 드레스용 비단의 일종.

갔는데, 아마도 울 만한 곳을 찾으러 갔을 것이다.

은색 라메 드레스, 은실과 검은 실을 엮어 짠 직물로 만든 옷이었다. 군데군데 색이 검게 변했고 죽음을 떠올리게 하는 냄새가 났다. 목둘레와 진동둘레를 따라 달린 흑옥 구슬들이 떨어져나와 다른 드레스들 위와 바닥에 조그만 개미들처럼 흩어져 있었다.

그래서 그 멋진 드레스들은 정말로 잘려나갔고, 내가 나이가 들면서 몇 인치 더 자랐을 때는 남은 옷이라도 입으려고 해봤다.

하지만 그것들은 내가 입고 싶은 옷이 아니었다. 1920년대의 패션은 우스꽝스러웠고 조롱이나 조소의 대상이 되어 있었다. 60년대에 미니스커트의 시대가 되어서야 허리선이 낮은 옛날 드레스를 좋게 말하는 사람들이 나타났다.

내가 그 드레스들을 열두 살, 열세 살의 내 몸에 둘렀을 때, 혹은 나와 동생이 크리스털 구슬이 달린 회색 시폰 드레스를 장난삼아 개에게 입힌 꼴을 보았을 때, 어머니는 나를 뚫어지게 쳐다보며 영국 여학교 교복을 입은 나를 떠올렸다. '농장 탈출'은 해가 지날수록 더욱 힘을 발휘하면서도 더욱 멀어지기만 했기 때문이다.

때로 어머니가 소녀나 아가씨였을 때 친구들과 연극 공연이나 연주회에 다니며 트로카데로 레스토랑에도 가고 공원에서 피크닉도 하던 런던을 소리 내어 꿈꾸면, 아버지도 함께 꿈을 꾸었다. 하지만 아버지는 어머니의 상상—"오, 우리가 지금 거기에, 피커딜리에 있다고 상상해봐"라든가 "그때 그 밤장수 생각나?"—에 동조하면서도 무척 다른 풍경을 꿈꾸고 있었다.

나나 남동생, 혹은 우리 둘 모두가 자주 하던 심부름은 차가운 차 한 병을 들고 밭으로 아버지를 찾아가는 것이었다. 간혹 흑인 십장이 감독하는 일꾼들을 지나가 아버지를 찾아내면 아버지는 혼자 앉아 뭔가를 유심히 보고 있었는데…… 그것은 몸통을 좌우로 천천히 흔들며 나뭇가지 위를 지나가는 카멜레온일 때도 있었고, 우기에 물위에 둥지를 짓는 위버 새일 때도 있었고, 나무가 우거지고 거미가 많은 외딴곳에서 나무들 사이로 걸쳐 있는 거미줄과 그 한쪽에서 경계하고 있는 검은색과 노란색의 험악한 거미일 때도 있었다.

아버지는 거미에게 매혹을 느꼈지만, 나는 거미가 펄쩍 뛰어 내게 달려들지 못하게 아버지 어깨 뒤로 물러나 있었다. 벌레가 내려앉으면 거미줄 전체가 파르르 떨렸고 거미는 튼튼한 검은 다리로 달려가 벌레를 움켜잡았다. 나방이든 딱정벌레든, 순식간에 끈적끈적한 거미줄에 얽혀 붙들리면 나중에 거미가 찾아갔다. “상상해봐,” 아버지는 말했다. “저 나방이 어떤 기분일지. 움직일 수가 없잖아. 저기 있는 거미를 볼 수는 있는지 궁금하구나. 우리도 저렇게 다들 자기 안에 갇혀 있는 게 차라리 다행인지도 모르겠다. 저 불쌍한 나방이 느끼는 기분을 느낄 수 있다고 상상해봐. 끔찍하겠지.” 나는 자전거를 타거나 걸어서 아버지를 찾으러 나가기를 좋아했다. 아버지는 “이 거미 구경을 멈추고 싶지 않다”라고 말할 때도 있었고, 둥지를 짓는 새를 계속 지켜봐야 한다고도 했다. “조금만 있다가 점심 먹으러 올라갈게.” 하지만 당뇨병에 걸린 뒤로는 집으로 올라가 인슐린을 주사하고, 소변 검사를 위해 조그만 알코올램프 불꽃 위에 시험관을 올려놓고 서 있어야 했다.

“가끔 보면 네 아버지는 농장에서 탈출하기를 진심으로 바라지 않는 것 같다.” 어머니는 말하곤 했다. 아니, 아버지는 지금 점심 드시러 안 오신다고—"거미가 있거든요"—전하면 그랬다.

아버지에게 필요한 인슐린이 떨어지지 않게 유지하는 일은 위태위태했다. 그것은 남아프리카 어딘가에서 만들어졌다. 제조자는 북쪽으로 가는 열차에 인슐린 소포를 실었고 누군가가 솔즈베리에서 소포를 꺼내 뱅켓으로 가는 기차에 실었다. 소포가 우체국에 오면 거기 사람이 전화를 걸어 소중한 물건이 도착했다고 알렸다. 그러면 농장 사람이 자전거를 타고 가거나 우리 가족이 직접 가서 인슐린을 가져왔다. 냉장고는 없었고, 냉장고를 마련할 수 있게 되기 전까지 농부들이 많이 쓰던 장치가 있었다. 크고 높은 상자의 각 면에 닭장 철망 두 겹을 붙이고 개미의 접근을 막기 위해 상자 다리 각각의 끝에 살균제를 채운 깡통을 괸 뒤 그늘진 곳에 두어 금고로 사용했다. 측면의 철망 두 겹 사이에는 숯을 끼워넣었다. 금고의 상판 둘레에 구멍을 뚫은 가느다란 양철 배수로를 만들어 물을 계속 채워넣으면 구멍으로 물이 새어나가 숯 사이로 내려갔다. 몹시 더운 날을 빼면, 맞다, 그 안은 서늘했다. 하지만 인슐린 걱정은 끊이지 않았다.

부모님이 마침내 솔즈베리로 이사했을 때는 냉장고가 있어서 당뇨병 관리가 더 편해졌다.

아버지는 이제 농장에 내려가 몇 시간이고 구경하며 생각에 잠기기가 어려워졌지만, 점점 집 앞에 나가 앉아 풍경을 바라보는 것을 즐기게 되었다. 사 마일쯤 떨어진 초원의 불길이 천천히 언덕을 타고 올라가는 모습을 지켜보거나 머리를 뒤로 젖히고 하늘을 바라보곤 했다. 나는 일찍 자지 않아도 된다고 허락받았고 조금 지나서는 동생도 허락받았다. "너희에게 이로울 것"이기 때문이었다. 우리는 아버지처럼 테라스 의자에 앉아 몸을 젖히고 별똥별의 개수를 셌다. 별똥별이 많았고, 별들은 밝고 가까웠다. "봐, 저기에 남십자성이 있구나." "봐, 저기가 오리온자리…… 북두칠성, 플레이아데스성단……" 어머니가 자꾸만 "자러 갈 시간이야"라고 채근해도 아버지는 "그냥 놔둬"라며 대꾸했다. 아버지는 별빛에, 경이로움에 취했고, 달이 떠 있을 때는 달빛이 마법의 주문처럼 우리를 의자에 붙들었다.

"피커딜리에서는 이런 걸 절대로 볼 수가 없을 거라고, 이 사람아." 아버지는 어머니를 일깨우며 말했다. "가끔 나는 이런 밤들만으로도 가치가 있다는 생각이 들어. 가끔 아침에 잠에서 깨면 밤이 오겠구나, 그러면 여기 앉아 있겠구나, 그런 생각을 해……"

"가치가 있다고!" 어머니는 낮은 목소리로 말하곤 했다. 도대체 무슨 말을 하고 있나 싶어서였다. 농장에서 겪은 오랜 고생을 달이, 별들이 보상해준다고…… 그렇다, 아버지는 그런 말을 하고 있었고, 아마도 본심이었을 것이다.

나와 동생은 관목 숲 사이에 자연적으로 난 길을 따라 자전거를 타고 때로는 집에서 수 마일 떨어진 곳까지 쏘다녔다. 우리가 가장 좋아한 장소는 당시에 에어셔힐스라고 불리던 곳으로 거기에 표범이 있다는 사실도 알고 있었다. 하지만 몇 년간 그 언덕들을 들쑤시고 다니면서 만난 표범은 딱 한 마리뿐이었고 그것도 동굴로 들어가는 꼬리만 봤다. 하지만 부시먼족의 그림은 여럿 발견했는데 당시에는 아무도 관심을 두거나 눈여겨보지 않았지만 지금은 완전한 산업이 생겨서 그 그림들을 두고 다양한 해석을 쏟아내고 있다. 그 활달한 작은 형체들은

바위 아랫면에도, 눈높이에도 그려져 있었다. 그리고 눈길을 위로 올려 새앙토끼나 뱀이나—언젠가는 보이기를 바랐던—그 신출귀몰하던 표범을 찾노라면, 오늘날 사람들이 닿을 만한 곳보다 일 피트나 더 높은 곳에 사람과 동물이 묘사된 더욱 놀라운 그림들이 있었다. 하지만 감탄하며 바라볼 수밖에 없는 것은 동물들이었다. "저것 좀 봐. 일런드*와 타조야."

"타조가 여기에? 타조가 있었던 게 틀림없어. 타조를 그냥 상상해서 그릴 수는 없잖아, 안 그래?"

부모님은 우리의 부시먼족 그림 이야기를 각기 다르게 들었다. 어머니는 이곳 농장에서 뭐든 흥미로운 것은 농장을 탈출할 가능성을 낮춘다고 느끼는 듯했지만, 아버지는 우리의 이야기에 매료되었다. "수백 년 내내, 아니 수천 년이라도 놀랄 것 없지만, 부시먼족이 여기 있었어, 여기에서 살았던 이들은 부시먼족이야……" 그러면 우리는 둘씩, 셋씩, 혹은 더 큰 무리를 지어 초원을 달리는 자그마한 사냥꾼들을 상상했다.

"반투족이 나타나기 오래전부터 그들은 여기 있었지." 당시에 그 말은 흑인을 의미했다. '반투족이 북쪽에서 물결처럼 몰려와 사람을 죽이고 약탈하고……'

'반투'라는 말은 사람을 의미한다, 그뿐이다.**

"그 그림들을 보면 좋을 텐데……" 그러니 아마도 이때는 아버지가

---

* 아프리카산 대형 영양.

** '반투(bantu, abantu)'는 원래 줄루족의 언어로 '사람들'을 의미했으나, 남아프리카의 역사를 거치며 그 의미가 바뀌어 반투어군에 속하는 언어와 그것을 사용하는 부족을 통칭하는 단어로 쓰인다. 차별적 용어로 여겨져 남아프리카 안에서는 이 집단의 구성원을 '반투'라고 부르는 것이 용인되지 않는다.

당뇨병에 걸려 깊이 병들기 전이었을 것이다. 그리고 동생과 나는 열 살, 열한 살, 열세 살, 그 언저리였다.

"내가 직접 봐야겠어……" 어머니가 나무라며 반대하는데도 아버지는 지팡이를 들고 차에 탔다. 우리는 자전거로 앞서가며 아버지에게 따라오라고 했다. 아버지는 오래된 차 오버랜드를 타고 바큇자국이 움푹 파인 길을 따라 덜컹덜컹 달리다가 더는 차로 갈 수 없는 길을 만났다. 아버지는 차에서 내려 바로 앞에서 자전거를 타고 가는 우리를 주시하며 따라왔다. 그러다 바위가 많은 경사로가 나오면서 자전거로도 갈 수 없게 되자 우리는 자전거를 수북한 덤불 아래에 두고 걸어갔다. 자전거 한 대는 오 파운드—일꾼들의 일 년치 급료—였다. 일꾼들에게는 버려진 듯한 자전거 한 대를 발견하는 것이 금 단지를 발견하는 것보다 나았을 것이다.

돌과 바위와 쓰러진 나무를 헤치고 언덕을 오르는 일은 활기찬 아이들에게는 어렵지 않았지만 아버지에게는 힘들었다. 하지만 아버지는 누런 풀이 난 땅에서 미끄러지고 바위 위에서 비틀거리면서도 계속 나아갔다. 그리고 우리는 바위투성이의 작은 콥제 하나를 주시하면서도 다리가 하나뿐인 이 남자가 따라올 수 있는지 계속 돌아보며 앞으로 나아갔다. 우리는 뱀은 물론이고 멧돼지, 흑멧돼지가 이 지역을 좋아한다는 것을 알았다. 하지만 아버지는 계속 나아갔고, 다리 하나가 없는 사람에게는 위태로운 오르막의 끝을 향해 갈 때는 관목이든 그루터기든 잡거나 매달릴 수 있는 건 뭐든 붙잡고 위로 몸을 끌어올렸다. 마지막 화강암 비탈에서는 아예 누워서 조금씩 밀고 올라가 비교적 평탄한 땅에 이르렀는데, 머리 위에는 거대한 바위가 돌출해 있었다. 이곳의 그림들은 너무 높이 있어서, 그 작은 사람들이 나무줄기를 가져와 받쳐 놓거나 돌을 높이 쌓아놓고 올라가 그림을 그렸을 거라고 상상할 수밖에 없었다. 아버지는 마지막 몇 피트를 더 밀고 올라간 뒤 말했다. "저것 좀 봐." 먼 옛날의 동물들이 바로 우리 눈앞에 있었다. 온갖 종류의 사슴—그리고 저건 악어인가? 옆구리의 점박이 무늬—그래, 표범, 아, 그래, 타조. 맞다, 그것은 정말로 타조였다, 사람들이 비웃거나 말거나.

아버지는 그곳에 앉아 그림을 응시하고 있었다. 질릴 만큼 보고 난 뒤에는 몸을 돌려 관목 숲 너머를 돌아다보았고, 저멀리에 우리가 사는 누추한 집이 있었다.

"가끔 난 정말로 이게 다 가치가 있다고 생각한다." 아버지가 엿듣는 어머니를 상상하는 양 반항적으로 말했다.

그곳은 참으로 아름다운 나라다. 나는 그리 오래되지 않은 과거에 그곳에 다시 갔고, 거기에서 부시먼족을 생각하다가 다음으로 반투족을 생각했다. 반투족은 지금은 달리 불리지만 틀림없이 사람을 죽이고 약탈하고 있을 것이다. 인간이 하는 짓이 그렇기 때문에.

어렸을 때 내가 사는 곳의 풍경이 얼마나 훌륭한지 몰랐던 것은 아니지만—아주 잘 알았다—오랜 세월이 흐른 뒤 돌아가니 더욱 강렬히 가슴에 와닿았다. 이곳에서 나와 동생은 자전거를 타고, 달리고, 요리에 쓸 동물을 사냥했다. 그곳은 놀이터가 아니었다—관목 숲을 누비던 그 진지한 한 쌍의 인간을 노는 아이들이라고 묘사할 수는 없다.

"세상에." 아버지가 중얼거리면서 바라보고 또 바라보았다. 관목 숲을, 콥제를, 나무를, 언덕과 강을……

우리는 천천히 비탈을 내려가 자전거를 감춰둔 곳으로, 오래된 자동

차로, 그리고 집으로 돌아갔다.

아버지가 부시먼족의 그림을 어머니에게 설명했다. 아버지의 머릿속은 시간과 역사로 가득했다.

"모르겠어, 이 사람아? 영국과 비슷하다고. 우리는 픽트족*, 스코트족, 앵글족, 색슨족, 바이킹, 그리고 프랑스인까지 다 섞여 있어. 침략한 부족은 매번 강간하고 약탈했고, 사제들은 그전 침략자들의 사제들을 죽였고, 그러면 새로운 왕과 신하들이 등장했어. 모르겠어? 똑같다고. 부시먼족이 이곳에서 수천 년을 살았다고들 하잖아, 그러다 이 무리가 왔고 그다음에 우리 백인이 왔어. 우리 다음엔 누굴까? 아랍인이라 해도 놀라울 건 없지만 어쨌든 누군가가 올 거야…… 그리고 매번 새로 몰려오는 이들이 전에 여기에 있던 것들을 파괴해."

* 영국 북부에서 살다가 스코트족에게 정복당한 고대 부족.

맥비 간호사

역사를 바라보는 어머니의 시야는 자신이 수행하는 매일의 업무로 압축되었다. 그 업무가 이루어지는 곳은 진료소라 불린 적이 없고 그 어떤 이름으로도 묘사되지 않았지만, 실제로 진료소였고 어머니는 그 곳의 간호사였다.

매일 아침, 일꾼들을 비롯해 남녀노소 주민들이 부엌을 빙 돌아 바닥에 앉아, 때로는 저멀리 관목 숲까지 줄을 지어, 어머니를 기다렸다. 그 사람들은 모두가 밤마다 장작을 태우는 연기 자욱한 오두막에서 잤다. 담요나 헝겊으로 머리를 감싼 채. 아침이면 그렇게 모여서 대기하고 있는 모습이 연극에서 웅성거리는 소리를 내라고 지시받은 엑스트라 군중처럼 보이기도 했다. 이들이 내는 소리는 '체푸아, 체푸아'로 '불'을 의미했다. 그들은 가슴과 목을 가리키며 어머니에게 불타는 느낌이 든다고 말했다.

"호흡기 질환이야." 조급해진 어머니는 노기가 어린 목소리로 말하곤 했다. "꼭 저렇게 머리를 둘둘 싸매야 할까, 꼭 저렇게……" 그렇다, 겨울의 하이펠트는 춥고(키플링의 말*) 비가 내려도 춥다. 연기 자욱한 장작을 태우는 것은 열기를 얻기 위해서다. 장작을 태워야만 한다. 그리고 이는 매일 아침 어머니를 기다리는 사람들 가운데 불가에 아장아장 걸어가 심한 화상을 입은 아기들도 있었다는 뜻이다. 한곳에 모여 괭이로 땅을 파며 일하고 있는 일꾼들을 살펴보면 다리나 발이 비틀리거나 손상된 이가 무리 안에 두세 명은 늘 있었다. 아기 때 불가에 아장아장 걸어갔던 이들이었다.

"내가 뭘 어떡해야 하지?" 어머니는 운명에게, 전능한 신에게, 하여튼 누군가에게 따져물었다. 아스피린이나 기침약을 주었고, 불에 덴 아기들에게는 붕대를 감아주었다. 혹은 치노이**(당시 이름은 시노이아)에 있는 병원에 쪽지를 보내면 화상을 입은 아기를 등에 업은 여자를 포함해 온 가족이 병원까지 걸어갔다.

"우리는 감당할 능력이 없어." 어머니는 말하곤 했다. "알겠니? 저 사람들 약에 쓸 돈으로 우리가 휴가를 갈 수도 있고, 아니면……"

다른 농부들의 아내도 아스피린이나 사리염*** 따위를 나눠주긴 했지만, 근처 어느 곳에서도 어머니의 아침 집회 같은 광경은 볼 수 없었

---

* 하이펠트는 남아공 트란스발의 고원 지역으로, 키플링의 『그저 그런 이야기들』에 등장한다.

** 원문에는 Chinoia로 되어 있지만 바른 명칭은 Chinhoyi이다.

*** 황산마그네슘. 상처 치료, 통증 완화, 변비약 등으로 쓰인다.

다. 사람들은 수 마일 떨어진 곳에서도 찾아와 땅에 앉아 중얼거렸다. "체푸아, 체푸아." 그러면 부모님이 페르시아에서 가져온 귀중한 구리 대야는 침실 장식품이라는 지위를 잃은 채 등받이 없는 의자에 놓였고, 어머니는 거기에 뜨거운 물을 붓고 향유를 따른 뒤 머리에 수건을 두른 그 사람들 중에서 가장 심하게 체푸아를 앓는 이들을 그 앞에 앉혀 화기를 다스리는 수증기를 들이마시게 했다.

수증기를 마시는 곳은 인기가 좋았지만 더 인기 있는 것은 청진기였다. 사람들은 청진기를 목에 두르고 자신의 심장에서 나는 신기한 소리를 듣기 위해 줄을 서서 기다렸다.

어머니는 우리에게 산수와 철자법을 가르칠 때 사용하는 칠판을 밖으로 가져가 받침대에 올려놓고 붉은 분필로 심장을 그렸다. 영어를 전혀 모르는 니아사족 사람들 앞에 서서 요리사에게 통역을 시키며 어머니는 심장과 그 작동 원리를 설명했고, 두 주먹을 이용해 심장의 펌프질을 시연하기도 했다.

"아!" 하고 사람들은 말했다. "어이쿠!" 하고 외치는 사람도 많았다.

흥미로운 듯 엉덩이를 땅에 붙이고 앉은 개들과 함께, 그리고 아마도 고양이들과 함께, 그 모습을 지켜보던 아버지가 말했다. "아이고, 이 사람아, 그런 설명을 저들이 이해했을 것 같아?"

"하지만 저들도 알아야 해." 맥비 간호사는 안달을 내며 매섭게 말했다. "저들도 이런 걸 언젠가는 알아야 하잖아, 안 그래?"

"하지만 저들도 수사슴이나 토끼를 잡아서 배를 가를 때 틀림없이 심장을 보지 않겠어?" 아버지가 말했다.

"게다가 폐는 어쩔 거야? 장작 연기 때문에 폐가 새까말 텐데." 그러자 어머니가 요리사에게 말했다. "사람들에게 연기를 그렇게 많이 마시면 안 된다고 말하세요."

아버지가 요리사에게 물었다. "심장은 무슨 일을 한다고 말하는 거요?"

이 남자는 상당히 능숙하게 영어로 듣고 말할 수 있었다. 하지만 쓰기와 읽기는 하지 못했다.

"심장은 피를 돌게 하죠." 그가 말했다. "심장이 없으면 안 좋아요—죽음이죠." 그러더니 '죽음'과 '죽은'을 뜻하는 단어를 다양한 말투와 언어로 덧붙였다. 군중 속 사람들이 모두 웃으며 손뼉을 쳤다.

"그것 보라고." 아버지가 말했다.

하지만 청진기는 불사신이 아니어서 어머니가 영국에서 가져온 것은 끝내 숨을 거두고 말았다. 어머니는 새것을 주문하겠다고 말했지만, 결국 그녀의 진료소는 청진기 없이 버텨야만 했다. 기침약, 사리염, 아스피린, 불에 덴 아기를 위한 연고와 부러진 뼈에 댈 부목. 그리고 뱀이 무수히 많았기 때문에 늘 가까이에 둔 해독 장비는 여럿의 생명을 구했다.

동생과 나는 어떻게 뱀에 물리지 않은 걸까? 이제야 놀랍다는 생각이 든다. 하지만 우리는 산에서 본 표범의 꼬리처럼, 풀숲으로 미끄러져 들어가는 뱀을 자주 봤다. 한번은 느리고 졸린 척 위장하는 데 선수인 빼끔살무사를 손으로 집을 뻔했지만, 다행히 뱀에 물려 죽을 위기에 그보다 더 가까이 간 적은 없었다.

아버지의 정신은 역사적 사건, 부시먼족, 반투족, 그리고 우리 백인의 뒤를 이을 사람들 따위의 문제로 쉽사리 빠져들었지만, 다음에 일어날 일들을 예견했다면 아버지가 무슨 말을 했을지 궁금하다.

그러면 이야기를 앞으로 빨리 넘겨보자! 적당한 바위 표면만 보이면 자신들의 삶과 동물들을 그려놓았던, 치명적인 활과 화살로 무장한 갈색 피부의 자그마한 사냥꾼들은 잊어버리자. 머지않아 우리 가족은 농장을 떠나게 된다. 그곳에 살면서 아버지의 생명을 살리기는 불가능했다. 무엇보다, 갈수록 혼수상태나 응급 상황이나 황급히 시내로 달려가는 횟수가 많아졌다. 생사가 달린 상황에서 울퉁불퉁한 도로의 움푹 파인 바큇자국에 덜컹덜컹 빠져가며 다섯 시간을 달리는 일을 '황급히'라는 말로 다 표현할 수 있다면 말이다.

그래서 그들은 마침내 '농장 탈출'을 이뤄냈다, 안 그런가? 이런 추락이라니, 이런 실망스러운 결말이라니! 부모님은 교외의 허름하기 그지없는 작은 단층 주택으로 이사했고, 두 사람 다 그 상황을 끔찍이 싫어했다. 우리 농장이 팔린 뒤 대형 농장의 부속시설이 되었다는 사실에서 그곳의 진정한 지위가 판가름났다. 우리가 살던 집은 오래가지 못했다. 그곳에 사는 동안 가까운 곳에서 들불이 일어나면 우리의 이엉지붕이 물에 흠뻑 젖는 광경을 여러 번 봐왔는데…… 하지만 우리집이 서 있는 언덕에는 물이 없었다. 물은 이륜 짐수레에 실어 위로 날랐다. 물 두 통을 실은 목제 수레를 황소 두 마리가 끄는데 길의 특정 구간을 올라갈 때는 안간힘을 써야 했다. 이 귀한 물을 평소에는 이엉지붕 아래에 놔두어 실내 기온을 식히는 데 쓰지만, 들불이 가까이 오면 황소들이 오후 내내 가파른 길을 대여섯 번씩 힘겹게 왕복하기도 했다. 사다리와 나무줄기 여러 개를 이엉에 기대어놓고 남자들이 오르락내리락하면서 지붕에 물을 부었다. 그러면 불똥이 이엉에 튀더라도 곧 꺼졌다. 하지

만 우리 가족이 떠나고 집이 빈 뒤로 다시 일어난 들불이 불꽃을 퍼부으면서 우리집은 불길에 날아갔다. 원래 그 집은 순전한 환상의 산물이었음을 인정하지 않을 수 없다. 나도 오래도록 그 사실을 깨닫지 못했다. 아이들은 어른들의 정신 나간 환상이 차단된 현실 안에서 산다.

나는 사춘기가 되어서야 그 집을 제대로 보고 이해했다…… 어린 소녀는 자신의 이해 범위를 넘어서는 것은 보지 않는다.

어머니는 페르시아에서 사온 보자기를 작은 탁자 위에 깔았는데, 머지않아 책과 장식품으로 뒤덮이고 말았지만 그래도 가장자리는 보였다. 카키색 면 보자기였고 가장자리에는 색채가 섬세하면서도 강렬한 형상들의 아플리케로 이루어진 색색의 작은 그림들이 있었다. 나는 바닥에 앉아서 눈높이에 보이는 그림들을 감탄하며 바라보았다. 당나귀 한 마리, 그리고 그 뒤에 막대기를 든 소년…… 긴 옷을 입고 볼품없는 검은색 높은 모자를 쓴 남자…… 빨갛고 작은 열매가 달린 나무…… 장미 덤불…… 검은 숄 비슷한 것을 머리에 쓴 여자…… 빨간 혀를 날

름거리는—의심의 여지 없는—뱀…… 커다란 검은 새, 그런데 바닥에 닿을락 말락 하는 보자기 가장자리를 따라 돌면서 보니 당나귀가 이번에는 검은색으로 다시 나왔고 새도 검은색이 아니라 흰색으로 반복되었다.

나는 영국에서 바다를 건너온 바느질 상자를 가지고 바느질을 배우고 있었다. 네모난 견본 헝겊 조각들은 종류가 다양해서 얇은 거즈도 있고, 마대용 거친 천, 카펫 같은 직물(인형의 집에나 맞을 크기지만), 면, 바지용 천(카키색) 등이 있었다. 바늘이 가득 든 상자에는 손가락 굵기와 비슷한 나무 바늘이나 끝이 뭉툭한 금속 바늘도 들어 있었다. 나는 일 인치 정도의 바늘땀 길이로 바느질을 해봤지만 아무리 애를 써도 바탕천이 울었다. 내가 할 수 있는 건 그 정도였다. "신경쓰지 마, 더 잘하게 될 거야." 하지만 이 보자기 가장자리의 그림들을 보자. 미세한 바늘땀, 요정의 손길 같은 바늘땀. 검은 새를 수놓은 바늘땀은 검은색이었고 흰 당나귀를 수놓은 바늘땀은 작은 흰 점 같았으며, 각 그림에 쓰인 실은 대여섯 가지 색실과 머리카락만큼 가느다란 흰색 실이었다. 보자기의 가장자리 장식은 경이로웠다. 나는 그 앞에 앉아 감탄하고 놀라면서, 나라면—혹은 보통의 인간이라면—이와 똑같이 바느질할 수 없으리라 믿었다. 오, 이것 좀 봐. 여느 나무처럼 푸른 저 나무에는 빨간색 점들이, 가장자리 다른 쪽에 있는 친구 나무는 역시 초록색 바탕에 노란색 점들이 찍혀 있는데, 그 작고 동그란 점을 빨간색과 노란색 바늘땀으로 표현했다. 그리고 소년이 당나귀를 내려치려고 들고 있는 막대기는 가느다란 천을 덧댄 것이 아니라 검은색 새틴 스티치로 표현되어 있었다. "저기 저거 보이지? 저건 새틴 스티치인데 공간을 메울 때 쓰는 거야. 그래, 여기를 봐……" 그리고 섬세하고 고운 바늘땀으로 속을 채운 노란색, 주황색, 빨간색 커다란 나무 열매들을 수놓은 다른 보자기도 있었다. "새틴 스티치야, 그렇지?"

커다란 상자가, 아니, 어쩌면 그다지 크지는 않았을 수도 있는 상자가 하나 있었다. 황동 소재의 본체 표면에 무딘 금속으로 만든 무늬가 붙어 있었는데, 이 무늬들도 앞서 말한 보자기의 유혹적인 가장자리 장식과 다르지 않은 장면들을 묘사한 것이었다. 다른 건 몰라도, 작은 당나귀 한 마리가 여기, 새 한 마리가 저기, 그래, 나무도 한 그루가 있었다.

어린 소녀는 바로 이런 것들을 보고 느낀다.

내가 그 집을 잘 이해하게 되었을 무렵에, 커튼은 빛바래고 해어졌으며 보자기의 다채로운 가장자리는 화사함을 잃었다. 하지만 1924년 당시에 어머니가 리버티와 해로즈 백화점에서 사들여 여러 트렁크에 꽉꽉 채운 물건으로 꾸민 그 집은 얼마나 특별했는지! 광택이 흐르는 검은 리놀륨으로 바닥을 깔았지만, 밑에서 나무뿌리가 썩어가면서 곳곳이 푹 꺼지거나 불룩 튀어나온 페르시아산 카펫의 문양은 그것을 짠 사람이 의도하지 않았을 방식으로 왜곡되었다. 카펫들은 점점 닳아 날실과 씨실이 그대로 드러났다. 하지만 반짝이는 검은 리놀륨 바닥에 깔린 멋진 새 페르시아 카펫을 상상해보라…… 응접실 벽은 회갈색 흙벽이 리버티 직물의 경쾌한 색채를 강조했기 때문에 회칠을 하지 않았다. 검은색으로 칠한 상자를 이어붙여 만든 찬장들과 탁자들은 오래전 리버티 백화점 진열대에서 어머니의 눈에 들었던 그 무늬들과 어우러져 강렬하게 눈에 띄었다. 쿠션과 벽걸이 장식과 페르시아산 보자기들도 있었고 그중 어떤 무늬들은 지금도 내 머릿속에 살아 있다. 침실 안에 있는 세면대 위에는 멋진 구리 대야와 물 주전자가 놓여—응접실과 달리 회칠한 벽을 배경으로—환히 빛났지만, 일주일에 한 번씩 박박 닦아 광을 내주지 않으면 너무 빨리, 특히 장마철에는 더 빨리, 색이 칙칙해졌다.

내 방의 커튼은 강렬한 주황색이어서 해가 뜰 때는 마치 화염에 휩싸인 듯했다……

이 집은 얼마나 터무니없는 상상의 산물이었는지…… 어머니는 그 안에서 어떤 손님들을 대접하게 되리라 상상했을까? 부모님은 그 집을 사 년 정도 버틸 수 있도록 지었다고 말했다—그게 무슨 말일까? 사 년 안에 대영제국 박람회의 남로디지아관에서 약속한 돈을 전부 벌어 농장 탈출을 이루고 영국으로 돌아갈 수 있었을 거라고? 아니, 아니, 그건 조소하고 비판하기 좋아하는 사춘기 아이에게는 말이 되지 않는 생각이었다. 아이는 그 오래된 진흙 초가집의 불합리하고 가슴 아픈 매력을 알아볼 수 있었지만, 이제는 일관성, 이성, 감각, 결과를 따지는 나이였기에 그것을 적정한 집이라고 받아들일 수가 없었다.

사실, 적정한 집이 아니었다.

그리고 곧 불길이 밀어닥쳤으니…… 그 집의 무수한 작은 거주민들은 어떡했을까? 이엉 속에는 다양한 딱정벌레와 거미가 살았고, 벽에는 말벌이 집을 지었으며, 생쥐가 서까래 위를 쪼르르 지나갔고, 좀은 하얀 가루를 바닥에 흘렸었는데…… 조그만 비명과 항의가 들리는 듯했지만 아무 소용 없었다. 집은 타버렸고 다음 태풍에 잿더미조차 다 날아갔을 것이다. 이곳에 꿈으로 지은 집이 서 있었다는 걸 누가 알까?

불명예스러운 '농장 탈출'과 함께 전쟁이 무르익은 도시의 교외로 나가는 것은 그 꿈이 아니었다.

곤충들

가끔 언덕배기 아래쪽에 나비들이 몰려 있을 때가 있었다. 자연의 신비로운 동시성이 딱 맞물려서—비, 연중 적당한 시기, 그리고 필수적 조건으로, 그날 아침 물수레가 언덕을 오르내려서 황소들이 흙길 위에 남긴 딱딱하고 향기로운 소똥까지—천국을 빚어냈다. 온갖 교파의 현자들이 이런 광경을 다음과 같이 이용했다. "그러면 스승님, 우리의 이 삶을 무엇에 비유할 수 있을까요?"

"어둠 속에서 날개를 펄럭이며 환한 곳으로 나온 나비가 땅 위에 가장 좋아하는 음식이 있는 것을 보고 내려앉아 똥을 실컷 먹고 다시 어둠 속으로 날아가는 것, 우리 인생은 바로 그런 것이다."

온갖 종류와 크기의 나비 수백 마리가 예쁜 날개를 파닥이며 흙길의 소똥 위에 펼쳐져 있는 그 모습은 아마도 내가 본 가장 아름다운 광경

일 것이다.

오, 얼마나 아름다운지, 얼마나 근사한 광경인지, 우리 가족은 최대한 가까이 다가가 감탄하며 바라보았다. 그러면 나비들은 하나둘 날아올라 흩어져서 조금 더 평범한 간식인 꿀을 찾아갔다.

런던의 어두침침한 12월 오후에 나는 이 광경을 떠올릴 때가 있다. 그 나비들을 떠올리고 소똥이 주는 은혜를 잊지 않으려 한다면, 다른 곤충들도 생각해야만 정직한 태도다. 어쨌든 인생은 날개 위에 오후의 햇살을 머금은 섬세한 나비가 아니다.

우리의 집은 채 이십 야드도 안 되는 곳에서 숲이 시작되는 곳도 있을 만큼 관목 숲 한가운데에 있어서, 상상할 수 있는 모든 곤충이 득시글거렸다. 어떤 것들은 경악스러웠다. 한번은 최악의 습격을 받았다. 비가 내리고 난 뒤 몸이 둥글납작하고 촉수가 달린 진갈색의 커다란 곤충이 나타나 사방에 들끓었다. 어머니는 나무라고 하인들은 비웃었지만, 나는 구석에 숨어 흐느껴 울었다. 그건 어렸을 때의 일이고, 내가 커가는 동안에도 딱정벌레들은, 그게 딱정벌레가 맞는지는 몰라도, 계속해서 나타났다. 침대에 안전하게 누워 있다가 문득 보면 십여 마리가 작은 다리로 모기장 망을 붙잡고 커다란 몸의 무게 때문에 삐딱하게 들러붙어 있었다. 나는 이불 속으로 들어가 웅크린 채 도와달라고 비명을 질렀다. 아마 이미 잠자리에 들었을 아버지가 힘겹게 일어났다.

"과민한 당신 딸이 또 난리를 부리는군." 아버지는 화가 끓어오르지만 자제하며 말한다. 아버지는 투박한 목발로 울퉁불퉁한 바닥을 쿵쿵 짚으며 내 방으로 와서 흉측한 갈색 곤충이 뒤덮은 모기장 아래에 웅크린 나를 본다. 아버지는 세면대를 붙잡고 한쪽 다리로 서서 목발로 곤충들을 쓸어낸다. 곤충들이 바닥에 흩어진다.

"안 돼요, 안 돼." 나는 울부짖는다. "다시 기어 올라올 거예요. 다시 모기장으로 올라온다고요." 계속 세면대를 잡은 채 허리를 굽혀 수건을 집은 뒤, 내 상상 속에서 끽끽거리며 불평하는 그 곤충들을 쓸어 담아 문밖의 밤공기를 향해 털어낼 때 아버지는 얼마나 힘들었을까? "문 닫아줘요, 문 닫아." 대개는 문을 닫지 못하게 하는 나지만 그렇게 애원한다.

아버지가 문을 닫는다.

"뭐가 그렇게 무서워서 그러니?" 아버지는 차갑게 묻고 목발에 의지해 힘겹게 돌아서서 방으로 돌아간다.

"딱정벌레야." 아버지가 어머니에게 말한다. 어머니는 내 비이성적인 행동을 받아주면 안 된다고 생각해서 침대에 그대로 누워 있었다.

흠, 나는 뭐가 그렇게 무서워서 베개를 붙들고 웅크려 울었을까?

다른 곤충떼의 습격도 겪었고 어떤 것은 차마 떠올리기조차 힘들다.

런던 동물원은 공포증을 겪는 사람들을 위해 강좌를 연다. 털이 난 것들, 끽끽거리거나 쉭쉭거리고 깨무는 것들을 팔 위에 올려놓고 그 감각에 무뎌지게 한다. 아, 아니, 아니야, 그런 건 생각도 하지 마.

나는 아프리카의 관목 숲을 추억하며 감상에 빠지는 순간이면, 나무 사이로 조용히 걷다가 나도 모르게 거미줄 한가운데로 들어가곤 했던 때를 애써 기억한다. 오래된 신화나 동화에서 나오는 독 거미줄 같던 그것. 팔을 뻗으면 닿을 곳에서 거미가 격분해 바르르 떨고 있었다.

언덕배기 뒤편에 보기 흉한 단층집 한 채가 새로 들어서면서 누군가—누구였더라?—언덕 높이를 십 피트 넘게 줄였다. 우리의 옛집이 서 있던 꼭대기 주변의 땅이 사방으로 흘러내렸다. 이렇게 꼭대기를 깎아내며 생긴 흙은 예전에 황소들이 힘겹게 오르내리던 가파른 기슭 아래로 퍼냈다.

사람들이 와서 살다 가며 각자의 흔적을 남겼다. 아무도 돌보지 않는 장미 한 줄이 울타리를 따라 자랐고, 복숭아나무도 몇 그루 있었지만 어머니가 심은 석류나무만큼이나 시들시들했다.

그러다 해방전쟁이 일어났다. 모든 농장이 요새가 되어 높다란 안전 담장에 둘러싸였고 밤에는 담장을 잠그고 빗장을 질렀지만, 안으로 수류탄을 던지거나 심지어 직접 기어오르는 테러리스트나 해방군을 막을 만큼 높지는 않았다. 집안에서 소총이나 산탄총을 창틀에 올려놓고 소이탄 공격에 대비해 양동이들 가득히 물을 받아놓은 경우도 봤다. 포위된 농장에 사는 백인 농부들은 길고 두려운 전쟁을 치렀으나, 이어 흑인 정부가 들어섰고 대상을 헛짚은 희망들이 무수히 좌절된 뒤 흉측한 독재자 무가베가 나타났다. 안전 담장과 방어용 무기들은 이 공격자들로부터 주민들을 지켜주지 못했다.

그래서 퇴보가 아니라 전진을 꿈꾸는 내 아버지는 이 '구역'(한때 편해서 통용되던 말)이, 옥수수와 담배라는 멋진 작물이, 천천히 다시 관목 숲으로 되돌아가는 것을 지켜봐야 했을 수도 있다. 백인들의 농장을 몰수한 무가베 일당은 국민을 먹이고 부양할 생각을 하지 않았다. 농장들을 전부 버려두었다. 건전하고 생산적인 농장을 유지하기 위해서는 비료와 농기계와 온갖 전문가가 필요하다. 축산 농장이라면 수의사도 필요하다. 그런 것들이 없이는 아무것도 되지 않고, 방치된 땅은 관목 숲으로 되돌아간다.

오래된 '마웡가' 나무

80년대 초반에 농장을 찾아갔을 때 내가 서 있던 곳은 아마도 집이 있던 자리에서 오십 야드 정도 떨어진 곳이었을 것이다. 키가 크고 깡마르고 허름한 옷차림에 김빠진 맥주 냄새를 풍기는 취한 흑인 남자가 내 앞에서 건들거리고 있었다. 옆에는 당시에 짐바브웨대학에서 나온 앤터니 체넬스가 있었다. 그는 옛 남로디지아의 역사, 법률, 문학, 흑백을 망라한 인물들에 대해 누구 못지않게 잘 안다는 사실과는 별개로도 그런 여행을 위한 최고의 동행이었다. 그의 조부인 찰스 코글런은 남로디지아의 첫 총리였다. 그 농장으로, 집이 있던 콥제로, 내 추억 속으로 돌아가는 일은 힘겨웠다. 우리 앞에 서 있는 이 남자는 우리가 농장 주인들의 허락을 받지 않고 왔다고 화를 냈다. 하지만 우리는 허락은 구하기만 하면 받을 수 있다는 걸 알았고, 게다가 농장 방문은 다소 충동적인 결정이었다.

"여기 왜 온 거요?" 취한 남자가 호전적으로 따진다.

"제가 예전에 여기서 살았어요. 어린 시절에요." 나는 밝고 경쾌하게 말했다. 내게는 상당히 괴로운 방문일 수밖에 없는데도 그렇지 않은 양.

그는 비웃음을 제대로 표현할 수도 없을 만큼 취했지만 그래도 시도는 했다.

나는 말했다. "우리 가족의 옛집이 저기에 있었죠." 그러고는 관목들과 더불어 어린 나무들도 자라나고 있는 곳을 가리켰다.

나는 말했다. "우리 뒤에 이사온 사람이 이 언덕의 꼭대기를 깎아냈어요. 족히 십오에서 이십 피트 높이는 될걸요."

"아무도 언덕을 깎아내지 않았어요." 취객이 말한다.

사실 그는 이 부속 농장과 이곳을 품은 대형 농장을 위해 일하는 기계공이다.

"정말이에요." 나는 말한다. "이 언덕은 원래보다 훨씬 낮아졌어요. 그 사람들이 흙을 산비탈 아래로 흘려보냈거든요. 그래서 올라오는 길이 가파르지 않은 거예요. 원래는 굉장히 가팔라서 차로 올라오려면 기어를 2단으로 바꿔야 했죠."

아니, 나는 그렇게 어리석진 않았다. 이 나라의 이 지역에 대한 내 사랑, 혹은 지식이라 해도 좋을 내 마음이 동포로서 그에게 어떤 의미가 있으리라고 생각할 만큼. 당연히 그건 아니었다. 그렇긴 해도……

"바로 저기에 큰 나무가 한 그루 있었죠." 나는 언덕배기에서 백 야드가량 내려온 지점을 가리켰다.

"거기에 나무는 없었소." 남자가 앞뒤로, 옆으로 건들거리며 말했다. "거기엔 어떤 나무도 없었다니까요."

"우린 그걸 마웡가 나무라고 불렀죠."

"이름이 틀렸구먼." 취객이 말했다.

역사가 취소되고 과거가 폐기되는 것을 바라보자니 흥미로웠다.

비탈을 따라 약간 아래쪽에 흑인 여자 몇 명이 귀를 기울이고 있는데, 무슨 일인가 궁금한 듯했다. 가난하고 단조로울 게 틀림없는 삶에 약간의 소란이 더해지니 즐겁기도 했을 것이다.

몇 야드 떨어진 곳에는 누군가가 지은 단층집이 있었다. 창문마다 밖을 내다보는 흑인 아이들의 얼굴이 있었다.

보나마나 허락해주지 않을 테니 남자의 허락은 구하지 않고, 우리는 아이들이 와글와글 모여든 그 창문들이 더 잘 보이는 곳으로 걸어갔다. 갑자기 아이들이 없어졌다. 나는 서서 안을 들여다보았다. 더운 오후인데 창문들이 닫혀 있었다. 열두어 명의 아이들이 안에 갇혀 있었다. 아이들은 방 한가운데에 모여 수줍게 서 있었다. 다양한 연령대의 아이들만 있을 뿐, 장난감도, 종잇조각도, 연습장도, 그 어떤 책도 없었다. 가지고 놀거나 머리를 굴릴 도구도 전혀 없었다. 가장 가까운 학교는 어디였을까? 뱅켓. 어딘가에 농장 학교가 있지 않았다면.

이때는 무가베가 백인 농장 몰수를 허가하기 전이었다.

그 집과 아이들을 보니 마음이 아팠다. 어떤 종류의, 아니, 종류 가릴 것 없이 그 무엇도 주어지지 않았다—아무것도. 아이들이 말썽을 부리지 않고 안전하게 지내게 할 방법이었다. 아이들을 빈집에 가두는 것은……

지금도 마음이 아프다. 우리를 교육해줘요, 책을 줘요, 연습장을 줘요—그런 것이 아이들의 외침인데, 하지만 지금은 그조차도 없을지 모른다. 음식도, 그 외 물품도 너무 부족해서 고루 분배될 수 없으니까. 그 아이들은 지금쯤 실직한 어른이 되었을 것이다.

이미 죽었을 수도 있다. 에이즈나 기아로.

오래전, 1956년에, 나는 콜드컴포트 농장에서 일했다. 흑인 정부가 들어서기 전에 어린이와 청소년을 교육하던 '진보적' 농장이었다. 거기에서 만난 이상주의자 청년은 교사가 되려 한다면서, 교육을 받아 자기 민족을 돕고 싶다고, "우리 민족을 위해 내 삶을 바치겠다"라고 말했다.

이상주의자 젊은이들이 반드시 잘되는 건 아니다.

그 이상주의자 청년은 머지않아 무가베의 심복이 되는 디디무스 무타사*였다. 그리 오래되지 않은 과거에 그는 수많은 사람이 에이즈나 다른 이유로 죽어도 상관없다고 말했다. "인구 이백만 명이 줄면 우리는 더 잘살 수 있게 된다"라고, 아프리카의 가장 타락하고 가장 파렴치한 흑인 지도자가 된 그 남자가 말했다.

나는 궁금하다. 그 오래된 마웡가 나무를 누군가 베어버린 걸까? 오래된 나무이긴 했을까? 쓰러진 걸까? 그 수종은 하이펠트 고원지대의 낮은 나무들 사이에 점점이 박혀 있는데, 다른 나무들보다 키가 크고 몸통이 희끗희끗하며, 무사사 나무처럼 가지가 옆으로 층층이 퍼져서 자라지는 않는다.

그 나무는 일종의 지형지물이었다. 항상 새들이 몰려왔다. 한번은 메

* 1980년부터 1990년까지 짐바브웨 국회의장을 지낸 정치인.

뚜기떼가 북쪽에서 내려와 나무란 나무는 다 차지했는데, 마웡가 나무의 가지 하나가 빼곡하게 앉은 메뚜기들의 무게로 부러졌다.

벌도 그 나무 안에서 살았다. 몇 야드 떨어져서 보면 나무에 있는 구멍으로 벌들이 윙윙거리며 드나들었다. 들판에서 일하던 일꾼들이 이따금 다가와 벌집 구멍 아래 적당한 장소에 불을 피워 연기를 올렸다. 연기를 감지한 벌들이 부산하게 윙윙거리다 기절해서 떨어지기 시작하면 일꾼들은 가지를 친 나무줄기를 마웡가 나무 몸통에 기대놓았고 한 명이 그 위를 타고 올라갔다. 벌집 구멍과 같은 높이까지 올라가면 남자는 팔을 안으로 넣어 벌집 조각들을 꺼내 등유 깡통에 넣었다. 남자는 손을 휘저어 벌을 쫓았지만 그다지 괴로워 보이지는 않았다. 그러고 나서는 나무의 몸통을 타고 미끄러져 내려왔다. 그들은 꿀과 벌집과 벌 화분이 가득 담긴 대야 하나를 우리집 몫으로 주고 커다란 깡통 두어 개를 일꾼 숙소로 가지고 내려갔다.

꽤 큰 군집을 이루는 벌이었을 것이다. 자주 떼를 지어 몰려다녔다. 벌떼가 새로운 벌집을 지을 곳을 찾으러 떠나는 길에 집 위를 지나갈 때는 윙윙 소리가 점점 고조되었다.

그 나무를 두고 부모님은 말했다. "우리는 절대로 농장 탈출을 이루지 못할 거야. 저 마웡가 나무 아래에 묻히겠지."

"음, 저 오래된 나무는 우리가 없어지고 난 뒤에도 여기에 있을걸."

결국, 나무는 부모님보다 조금 더 오래 살았을 뿐이다.

우기가 시작될 무렵엔 제비들이 와서 집 앞과 마웡가 나무 아래쪽을 빙빙 돌며 날아다녔다.

4월이나 5월에 제비가 떠나면 어머니는 한탄했다. "아, 그 제비들은 곧 영국에 가겠구나. 우리보다 먼저 그곳에 가 있겠지. 제비들이 연못 위로 내려앉는 모습이 상상되니? 봄에 제비들이 오면 곧 여름이 올 것을 알 수 있어……"

"비가 제대로 좀 오면 좋으련만." 아버지는 말한다. "구름을 좀 봐. 구름이 저렇게 많은데 비는 한 방울도 머금지 않았어."

"곧 비가 내리지 않으면 제비들이 여기에 안 올 텐데." 어머니는 말한다. "비가 내리지 않으면 벌레도 없고 제비도 없어."

마웡가라는 이름은 발음으로 미루어 쇼나어*다. 이 나무의 다른 이름들은 페리콥시스와 앙골렌시스다.**

---

* 남아프리카 쇼나족이 사용하는 언어.

** Pericopsis Angolensis는 각기 다른 두 수종이 아니라, 아프리카티크(아프로모시아)의 학명으로 한 종류의 나무를 가리킨다.

식량

어머니가 "뱃머리에 있는 것과 똑같네!"라고 했던 창문들 안쪽으로 어린아이 둘이 식탁에 앉아 있었다. 소동이 한바탕 벌어지고 있었다. 어린 소녀는 달걀을 먹지 않겠다고 울부짖었고 소년도 따라서 안 먹겠다고 했다. "끈적끈적한 달걀은 싫어요." 소녀가 말했다.

그러자 아빠가 쏘아붙인다. "무슨 낯부끄러운 짓거리야. 달걀을 먹지 않겠다니. 굶주리는 인도 아이들을 생각해."

우리 가족의 식탁에서는 굶주리는 인도 아이들이 한 역할을 담당했는데, 나중에 알고 보니 그들의 운명은 음식 투정을 하는 중산층 가정의 아이들 앞에 자주 소환되고 있었다.

"굶주리는 인도 아이들을 생각해"라는 말을 들으면, 예컨대 학교에서는, 다들 웃음을 터트렸다.

아버지는 왜 일꾼 숙소의 배고픈 아이들을 생각해, 라고 말하지 않았을까? 아버지는 그렇게 말한 적이 없다.

궁핍은 먼 곳의 이야기여야 효과가 있었다. 그리고 일꾼 숙소의 아이들이 굶주리거나 배고프지는 않았다고 생각한다. 그곳은 농장 일꾼들이 생활하는 곳이었고, 우리는 거기에 일꾼이 몇 명이나 있는지 알고 있어야 했다. 농장 주인이 식량을 배급해주는 것이 법적 의무였기 때문이다. 옥수수죽—주식—을 끓일 가루와 땅콩, 콩 등을 일주일에 한 번씩 무게를 달아 십장의 감독하에 배급했다. 이 구역의 일꾼들은 모두 니아살랜드*에서 왔다. 그곳 남자들, 그리고 일부 여자들이 이 농장에서 며칠, 저 농장에서 며칠 일해가며 남쪽으로 걸어서 이동하는 길목에 이 구역이 있었다. 그들은 친척이 있는 곳이나 십장이 친척인 곳에 머물다 갔다. 그래서 아버지는 농담으로 말했다. "통제권이 우리에게 있다고 생각하겠지만, 그렇게 믿지 마. 통제권은 십장에게 있어." 니아살랜드인 무리가 우리 일꾼 숙소를 거쳐갈 때, 그중 일부는 일할 기회가 있으면 남기도 했다. 그러면 공식적으로 알려진 숫자보다 훨씬 많은 일꾼이 농장에 있게 되는데, 이는 배급된 식량을 여럿이 나눠야 한다는 의미였다. 그리고 어떤 아이들은 배를 곯을 수 있다는 의미였다.

"젠장, 스모크." 아버지는 나무라곤 했다. "숙소에 스물다섯 명이 있다고 해서 식량을 스물다섯 명분 줬잖아. 그런데 또 달라고?"

"네, 주인어른. 간밤에 형제가 왔는데 아내도 데려왔어요."

"그 사람들도 내가 고용하게 되는 건가?"

---

* 1907년에 수립된 영국 보호령으로 1964년에 독립하여 말라위가 되었다.

"아니요, 주인어른. 그래도 다음주에는 일자리를 찾을 거예요."

이 '형제'들은 즉시 피할 수 없는 오해를 일으켰다. '형제'라고 지칭되는 모든 친척은 마땅히 환대를 받아야 하기 때문이었다.

"그러면 아이들은 몇 명 있나?"

그 말에 스모크(대마초를 피워서 그런 이름을 얻었다)는 확답을 피하며 중얼거렸다. "그리 많지는 않아요."

"하지만 일꾼 숙소에 아이들이 있으면 안 되잖은가."

"맞아요, 주인어른."

"그러면 거기에서 정확히 몇 명이 살고 있나?" 아버지는 그렇게 물을 수 있었지만 그러지 않았다. 스모크가 거짓말을 할 수밖에 없었을 테니.

하지만 식량이 배급되는 날 저녁에는 스모크가 창고의 열쇠를 가지고 있었다.

그러니 우리의 일꾼 숙소에 굶주리는 아이들은 없었더라도 삶은 달걀과 마멀레이드와 잼은 고사하고 버터를 바른 토스트를 먹는 아이도 없었을 거라고 확신한다.

2007년 4월에 BBC에서 에드워드 시대의 음식을 다룬 시리즈를 내보냈다. "이것이 우리 조부모들이 먹은 음식입니다." 말도 안 돼. 현대인의 식습관은 그런 압도적이고 엄청난 식사에서 아주 멀리 진화했다. 하지만 우리 가족의 식사 역시 인상적일 만큼 풍성했고, 시간이 흘러 음식이 더 가볍고 건강해지면서 그런 식사에서 벗어난 뒤로 그 시절을 돌아보면 감탄하지 않을 수 없었다.

아침은 여러 종류의 죽과 새로운 콘플레이크, 그리고 베이컨과 달걀과 소시지에 토마토와 맛있게 튀긴 빵. 그런데 소기름이 더는 쓰이지 않게 되면서 요즘의 튀긴 빵은 절대로 이 맛을 낼 수 없다. 토스트, 버터, 마멀레이드. 그런 다음에는 비스킷과 스콘을 곁들여 아침 차를 마셨다. 점심은 햄과 다양한 종류의 감자 요리, 혹은 콜리플라워 치즈나 마카로니 같은 반조리 음식이었다. 그다음에는 푸딩. 그리고 다시 스콘과 비스킷과 케이크를 곁들인 오후의 차. 동생과 나는 이른 저녁을 먹었는데, 양이 많아서—너무 많아서—굶주리는 인도 아이들이 종종 제 역할을 했다. 우리가 더 자란 뒤로는 늦은 저녁이 정식 식사가 되었고 이때는 고기 통구이와 갈비, 간, 콩팥, 혀 요리에 어머니의 텃밭에서 딴 근사한 채소를 먹었다. 그리고 또 푸딩.

이 놀라운 식문화는 70년대까지도 이어졌다. 그리고 80년대에도…… 내 남동생의, 그리고 내 아들 존의 점심 식탁에도 이런 음식이 다 있었다. 그리고 맞다, 두 사람 다 심장마비로 죽었다. 하지만 또 이렇게 물을 수밖에 없기도 하다. 그런데 어떻게 그렇게 오래 살았지?

육체노동자나 공사장 인부도 힘이 불끈 날 만한 그런 식사를 두고 내가 싫은 소리를 하자 동생이 대답했다. "하지만 우리의 표준을 지켜나가야지."

달리 말하면 그런 식사는 '내가 이 정도 음식을 먹을 능력은 된다'라고 말하는 행위였다. 이는 대영제국의 유산을 받은 곳이면 어디서나 마찬가지였다. 지금도 호주에서는 기온이 섭씨 32도를 넘어가는 크리스마스에 푸딩과 고기파이를 포함해 디킨스도 인정할 만한 정찬을 차린다면서 어쩔 수 없이 웃음을 터트리는 이들의 얘기를 듣는다. 아버지는 얼마나 자주 말했던가. "아, 정말, 크리스마스 정찬을 꼭 먹어야 해? 난

밖에서 담배 씨앗을 심고 싶은데—옥수수를 이식하고 싶은데—저장용 풀을 손질하고 싶은데." 사람들은 12월 25일만 되면 같은 장면을 연출했다. (지금도 그럴까?) 표준을 지켜나가야 하기 때문이다.

우리집에서는 에드워드 시대를 닮은 풍성한 식사가 적어도 30년대 초반까지는 계속되었다. 하지만 새로운 생각들이 생겨나고 있었고 부모님은 수많은 식이요법과 유행에 굴복했으며 그중 일부는 지금도 통용되는 방법들과 비슷하다. 우리집에는 〈옵서버〉나 영국 정치를 다룬 소식지들과 함께 〈네이처〉 잡지도 배달되었다. 우리는 섬유질, 비타민, 채소를 바르게 조리하는 법 따위를 알았다. 부모님 친구의 집에서 두 주 정도 지낸 적이 있는데 당시에 부모님이 믿은 모든 것과 반대되는 관습을 접하고 혼란을 느꼈다. "고기!" 아주머니는 고집했다. "고기가 제일 중요해. 넌 성장기 아이잖니. 고기 먹어." 내가 집에서 들은 최신 이론을 내세우면—샐러드와 찐 채소의 필요성—부모님의 신념과 완전히 반대되는 열렬한 신념과 맞닥뜨리며 또 혼란을 느꼈다. 이런 일은 여러 번 일어났다. 열 살 무렵부터 나는 당시의 온갖 최신 유행을 모조리 파악하고 있었다. 평생 필수적이라고 칭송되는 상품도 나쁘다고 멸시받는 상품도 모두 보아왔다—설탕은 예나 지금이나 '나쁘기 그지없는' 것이었다.

그런데 건강에 대한 우리집의 이런 집착도 아버지가 당뇨병에 걸리고 어머니가 수많은 질환에 시달리는 것을 막지 못했다. 그동안 나는 어머니가 음식을 너무 많이 먹이려 해서 죽을 맛이었다. 뚱뚱해지고 있었기 때문이다. 그렇다, 지금까지 아무것도 바뀌지 않았다. 나는 이런저런 조언으로 가득한 끔찍한 소녀 잡지에 휘둘리진 않았지만, 나를 비롯해 주위의 여자애들은 뚱뚱해지는 걸 싫어했다. 나는 식이요법을 스스로 고안했는데, 영양실조로 쓰러지진 않겠다는 당시의 결의가 지금 생각해도 대단하다. 토마토와 땅콩버터만 있어도 비타민을 적절히 공급받을 수 있다고 생각해서 서너 달 동안 그 두 가지만 먹었다. 효과가 있었다. 어머니는 울고불고하며 말렸지만 나는 살이 빠졌다. 하지만 성인의 몸으로 변해가는 시기라서 살이 빠지기도 했을 것이다. 내 변한 몸매는 전혀 보기 싫지 않았는데 어머니는 싫어했다.

동화적인 유년기에서 벗어나지 않는 딸을 보고 행복해할 여자가 정말로 있다면 그건 내 어머니였다. 나는 옷을 만들어 입기 시작했고 돈을 벌었으며, 그 시기 내내 어머니는 나를 붙잡고 타이르거나 불평하거나 내게 닥칠 온갖 처참한 종말을 경고했다.

나는 살을 빼려는 사람들에게 토마토와 땅콩버터를 이용한 이 식이요법을 권하고 싶지만 전문가들이 뭐라고 할지 잘 모르겠다. 물론 토마토는 뜨거운 햇볕 속에서 막 딴 것이어야 하고 땅콩버터는 땅에서 막 거둬들인 신선한 땅콩으로 만든 것이어야 한다. 맞다, 그런 재료는 쉽게 구할 수 없고, 런던에서는, 그곳이 제아무리 풍족한 곳이더라도, 아예 불가능하다.

내가 직접 고른 두 가지 음식을 빼고는 먹기를 거부했던 그 무렵 아버지는 어땠나? 아버지의 병세는 심각했지만, 지독하게 심각했지만, 그즈음이라면 아마도 이렇게 말했을 수도 있다. "굶주린 영국 아이들을 생각해라." 불황이 닥쳤기 때문이다. 일부 노동계층은 마가린을 바른 빵에 설탕을 뿌려서 먹거나 빵에 고깃기름을 발라 먹고, 진한 차에 설탕을 듬뿍 타서 마셨다. 머지않아 전쟁이 났을 때 나는 이와 같거나 비슷한 유년기를 보낸 영국 공군 장병들을 만났다. "요즘은[2007년 6월] 다르푸르의 굶주린 아이들이라고 하면 어떨까요…… 콩고의 굶주린 아이들…… 짐바브웨의…… 그리고 또……"

때로 누군가, 꽤 수사적으로, 이런 질문을 던지기도 한다. "우리가 지금 노예무역상을 비난하듯이 우리 자손들이 우리를 본다면 무엇을 비난할 것인가?" 참으로 쉬운 질문이다. 그들은 세상의 절반이 배를 곯을 때 남은 절반은 배가 터지도록 음식을 먹었다고 말할 것이다. 역사에 좋은 점수를 남기기를 바라는 총리가 등장해서 조상인 우리의 구역질나는 탐욕에 대해 사과하는 모습을 상상하기도 어렵지 않다.

지금 우리가 하고 있는 짓이 어떻게 용서받을 수 있을지 나는 잘 모르겠다.

아마도 세상에서 가장 구역질나는 광경은 미국의 어느 식당에서 음식이 여전히 가득한 접시들을 밖으로 가지고 나오는 모습, 그리고 길가의 쓰레기통에 먹다 버린 음식을 넘치도록 쌓아놓은 모습일 것이다. 영국에서 똑같은 일이 벌어지는 광경 또한 구역질나기는 마찬가지다. 굶주린 사람들, 굶주리며 죽어가는 사람들 수백 명을 먹일 수도 있을 그 음식을. 그들은 죽는다, 내가 이 글을 쓰고 있는 지금도 죽어간다……

아, 여러분이라면 그걸 용서할 수 있겠는가? 아닐 것 같다.

하지만 유럽 곳곳은 물론이고 영국의 아이들이 결핍을 겪는 동안, 옛 남로디지아에서는 오늘날 어디에서 먹을 수 있는 것보다 나은 음식을 먹었다. 농약이나 인공 비료 없이 채소를 길렀다. 호르몬을 주입한 고기는 상상도 할 수 없었다. 닭도 건강하게 살았다. 공장식 양계장은 들어본 적도 없는 개념이었다. 그리고 농장에서는 기른 것들을 얼마나 잘 활용했는지. 그렇게 이것저것 섞어 만들어낸 요리 중 일부는 기억에서 영영 사라진 것 같다. 예를 들면, 우리가 스위트콘이라고 부르는, 밭에서 막 따온 신선한 옥수수의 알맹이를 따서 만들었던 다채로운 요리들.

옥수수 알맹이를 치즈 소스에 넣거나, 겉이 살짝 바삭하게 굽거나, 반죽을 입혀 역시 살짝 바삭하게 요리하거나, 온갖 수프와 스튜로도 요리했다. 옥수수와 자른 호박, 양파, 콩, 감자, 그리고 새로운 식이요법 규칙의 변화에 따라 고기를 약간 넣거나 넣지 않은 채 끓이는 채소 스튜도 있었다. 아르헨티나에 갔을 때 나와 내 동행은 우리에게 배정된 기사에게 그가 먹는 곳, 현지인들이 가는 식당에서 식사하게 해달라고 부탁했다. 그런데 거기에서 이 스튜를 다시 만났고, 거기에는 칠리와 토마토가 들어 있었다. 이제 호박 이야기로 넘어가자. 영국에서는 호박을 제대로 요리할 수 있는 사람이 없는 것 같다. 호박을 조각으로 자른 뒤 설탕과 계피를 뿌려 졸인다. 특히 고기 통구이와 함께 먹으면 맛있다. 혹은 호박을 양파와 함께 튀기거나 계피와 육두구를 넣어 으깨도 맛있다. 호박 수프도 있다. 그리고 그중 최고는 양념을 섞은 반죽을 입혀 바삭하게 튀긴 호박이다.

한편 어머니는 무성하게 잘 키워낸 채소를 일꾼들에게 먹이려고 애썼다. 그들은 시금치를 좋아했고, 양파도 좋아했다. 하지만 비타민에 대해 설명을 해줘도(그렇다, 어머니는 그런 설명도 했다—"그들도 언젠가는 배워야 하지 않겠니?") 일꾼들은 토마토를 먹으려 하지 않았다. 당시에는 그랬다. 어머니는 일꾼들에게 텃밭에 가라고 사정을 했고 텃밭 담당 보이는 토마토를 그들이 원하는 만큼 주었다. 깍지콩도 마찬가지. "양배추가 몸에 얼마나 좋은데." 어머니는 부르짖곤 했다. 하지만 그들은 양배추도 안 먹었다, 당시에는. 지금은 다 변했다. 그들은 허락을 받거나 받지 않은 채 밭에서 옥수수를 따갔고, 니아살랜드인 한 무리가 지나가고 나면 밭 한 고랑의 옥수수가 동나기도 했다. "아, 뭘 기대해?" 아버지는 말했다. "당신이라면 안 그러겠어?"

"하지만 그건 도둑질이야." 어머니는 항변했다. "달리 뭐라 부를 수 있어?"

"아, 그래, 이 사람아, 그게 딱 맞는 표현이겠지."

우리가 당연한 듯 먹었던 과일 얘기는 아직 하지 않았다. 백향과 덩굴은 그 나라의 특정 지역에서 야생으로 자랐다. 구아바나무를 뜰에 키우는 경우도 많았다. 파파야나무—커다란 파파야는 어디에나 있었다. 아보카도도 마찬가지였다. 플랜틴*은 잘 자랐지만 바나나는 그렇지 않았다. 내가 살았던 집들 중에는 부엌문 밖에 리치가 자라는 곳이 여럿 있었다. 오렌지, 레몬, 자몽. 옛 남로디지아에는 모든 것이 어딘가에서 자랐다. 그런데 아직 언급하지 않은 과일로는 복숭아, 그리고 망고, 그런데 그건 무타레**에서 났고, 또……

요약하자면, 그 당시 백인들과 부유한 일부 흑인들이 즐기던 음식은 돈으로도, 사랑으로도 사지 못한다. 이제는 존재하지 않는다.

---

* 바나나의 일종으로, 크고 껍질이 두껍고 단맛이 적어 주로 익혀 먹는다.

** 짐바브웨 동부의 도시로 옛 이름은 움탈리.

식량—도시에서

하루가 일찍 시작되어, 아침은 일곱시에 먹고 사무실은 대개 여덟시에 연다. 식사는 완전한 영국식 아침식사다. 남자들이 나가고 나면 여자들의 하루가 시작된다. 아기나 어린아이가 있다면 주문 장부를 작성하는 중요한 일이 끝날 때까지 얌전히 잘 있게 해야 한다. 배달부가 타고 온 자전거를 나무나 문에 기대어놓은 뒤 각종 장부를 들고 부엌으로 가면 요리사가 그것들을 확인하고 메모한다. 무엇이 먼저 도착하든 요리사는 이것을 먼저 부인—나중에는 '마님'으로 높여 부르게 되지만—에게 가져간다.

이 집안에서 요리사는 본명이 아니라 아이작이나 조슈아를 비롯해 널리 쓰이는 성경 속 이름으로 불린다. 그가 말한다. "부인, 여기 과일과 채소가 있습니다." 배달부들은 저마다 집주소—리빙스턴 애비뉴

183번지라고 치자—가 적힌 조그만 연습장을 들고 다닌다. 각 장에는 날짜가 적혀 있고, 조그만 연습장의 스프링에 맨 줄에는 몽당연필이 하나 달려 있다.

집의 여주인이 전날 주문 명세를 살펴본다. 요리사는 각 품목에 체크 표시를 하며 잘 도착했다고 말한다.

여주인은 양파, 토마토, 그리고 시금치나 이를 대체할 채소가 많은지 확인해야 한다는 것을 안다. 이것들은 '보이'들—하인들—을 위한 식품이다. 남로디지아에서는 집안 하인들이 전부 남자였는데, 남아프리카연방에서는 예나 지금이나 하인은 여자다. 왜일까? 이제는 누가 알겠는가?

여주인은 적는다.

감자 2파운드

양파 4파운드

시금치 4파운드

파파야 1개

플랜틴 6개

오렌지 6개

여주인은 자신을 바라보며 기다리는 요리사에게 말한다. "시금치와 양파는 넣었어요. 그 밖에는?" 그 밖에 당신이 원하는 게 무엇이냐는 의미다. 과일은, 이 식민지의 당시 발전 단계에서, 하인들이 원하는 식품이 아니었다.

"호박이요, 부인." 그러면 여주인은 덧붙인다. "호박 1개."

"백향과." 요리사가 말한다.

"오늘밤엔 과일 샐러드를 하세요." 여주인은 쓴다. "백향과 3파운드."

"다 됐습니다." 모지스인지 벤저민인지 제이컵인지가 말한다. 그는 여주인 앞에 또다른 작은 장부를 내민다. 이것은 채소 장부인데, 대개 이 주문과 관련해서는 분위기에 따라 유쾌할 때도 있고 그렇지 않을 때도 있는 실랑이가 벌어진다.

여주인은 어제의 주문 명세를 본다. 각 품목에 체크 표시가 되어 있다.

"쌀이요, 부인." 요리사가 말한다.

여주인은 말한다. "하지만 어제 쌀을 5파운드 받았잖아요."

"쌀이 필요해요, 부인." 그가 우기면서 덧붙인다. "어제 쌀을 넣은 스튜를 드셨잖아요, 부인."

"좋아요." 그녀는 대답하며 적는다. '쌀 5파운드.'

"분말 커리."

이제 하인들은 분말 커리를 아주 좋아해서 그들의 옥수수죽—사드자—에 뿌려 먹기도 한다.

여주인은 의아한 표정을 짓지만 이내 적는다. '분말 커리 1통.'

"설탕." 요리사가 말한다.

이제 그들이 차근차근 따져봐야 할 문제가 나타났다.

설탕은 늘 부족하다. 이 남자는 자신을 찾아오는 친구, 즉 그의 '형제'와 아마도 친구의 친구들까지 포함한 사람들 모두에게 음식을 내준다.

식품 저장실에는 옥수숫가루, 콩, 땅콩 등이 부대에 담겨 놓여 있다. 하지만 이상하게도 설탕 부대는 늘 점점 홀쭉해지고 높이가 낮아진다.

여주인은 말한다. “지난주에 10파운드짜리 설탕 한 부대를 받았잖아요.”

“설탕이요, 부인” 요리사가 부드럽게 말하고 여주인은 적는다. ‘설탕 10파운드.’ 잼, 꿀, 커피, 차 등이 하나하나 추가되고 나면 채소 장부는 끝이고, 다음으로 비용 부담이 상당한 장부가 나온다. 육류 장부.

나는 남로디지아를 떠난 뒤 십 년이 채 안 되어 그곳에 다시 갔을 때 무엇보다 엄청난 고기의 양을 보고 놀랐다. 냉장고마다 채소 칸까지 가득 고기가 쌓여 있었다. “우리가 이렇게 많은 고기를 먹고 살았을 리가 없어.” 나는 외쳤다. “그럴 리가 없어!” 하지만 우리는 그렇게 살았다.

그리고 하인들도 다들 ‘니아마’, 즉 고기를 무척 좋아했고 더 많이 먹고 싶어했다.

어제의 주문은 다음과 같다.

로스트비프용 최적 부위 소고기 5파운드
간 2파운드
베이컨 2파운드
우둔살 스테이크 2파운드

그런데 어제 점심으로 간 요리를 먹다가 반이나 남겼다.

여주인은 물어야 한다. ‘남은 간 요리는 어떻게 됐죠?’

하지만 묻지 않는다.

여주인과 남편은 오늘밤에 로스트비프를 먹을 것이다. 간밤에 먹은 스튜도 꽤 많이 남겼다.

"아, 스튜는 맛있었나요?" 여주인이 농담을 시도한다. '얼마나 많은 사람과 함께 그걸 먹어치웠는지 궁금하군요'라고 물을 정도로 어리석지 않기 때문이다.

"스튜는 아주 좋았습니다, 부인." 그는 즉시 말한다. "기억나시죠? 부인과 주인어른이 스튜가 맛있다고 하셨잖아요."

"네, 맛있었죠."

여주인은 적는다.

황소 콩팥 2파운드

갈아놓은 소고기 3파운드

닭 2마리

닭은 당시에 일상적인 음식이 아니어서 특별한 행사가 있을 때 먹었다. 여주인은 일요일에 오찬 파티를 열 계획이다.

"그리고 일요일에 로스트비프를 한번 더 할 거예요." 그녀는 말한다.

여주인은 뇌를 주문하고 싶지만 이 남자의 부족 풍습에 의하면 뇌는 조리해서도, 먹어서도 안 된다.

돼지 목살

소시지 4파운드

이제 여주인은 그들, '보이'들이 먹을 고기를 주문한다. '보이용 고기 4파운드.' 이는 온갖 종류의 자투리 고기와 뼈를 의미했다. 한참 세월이 흐른 뒤 나는 누구나 알 만한 유명 요리사가 조리한 '보이용 고기'를 먹었다. 다양한 부위의 고기 조각과 뼈를 얇은 양철 재질의 그릇에 담아 양파를 곁들여 요리한 그 음식은 그야말로 맛있었다. '수프용 고기 3파운드.' 역시 자투리 고기와 뼈인데 대부분을 하인들이 먹었다. '개들에게 먹일 고기 3파운드.' 이것은 고기라기보다는 뼈였다. 커다란 뼈다귀를 잔디밭 여기저기에 놔두었다가 나중에 치워야 했다.

때로 '보이'들은 개가 자기보다 더 좋은 고기를 먹는다고 불평하기도 했다. 그들은 특권적 지위를 누리는 개들을 못마땅해했다.

"그 밖에 뭐가 있죠?" 집안의 여주인은 이 식민지의 양고기는 맛이 없어서 안타깝다고 생각하며 묻는다.

"혀?" 요리사가 제안한다.

그들 모두가 혀를 좋아했다.

"그 푸줏간 머리 고기가 참 좋습니다." 그가 말한다.

'머리 고기 3파운드'라고 여주인은 적는다. 그녀도 남편도 머리 고기를 좋아하지 않지만, 뭐 어떤가?

"햄 한 조각을 주문하시면 제가 콩과 햄을 넣은 수프를 만들 수 있습니다." 요리사가 말한다. 그는 자기 무릎을 손으로 철썩 내리치며 돼지의 어느 부위를 주문해야 하는지 알려준다.

여주인은 '정강이 햄'이라고 적고 장부를 그에게 돌려준다.

요리사는 대충 훑어보며 빠진 것이 없는지 확인한다.

여주인은 조슈아—혹은 이름이 뭐든 당시의 요리사—와 '옥신각신'

하는 게 재미있다고 남편에게 말한다.

"그 작자가 당신을 등쳐먹고 있다는 사실은 알아야겠지." 집안의 가장이자 돈을 벌어오는 당사자인 남편이 그렇게 말하며 자신의 권위를 세운다.

"아, 뭐야, 그래 봤자 얼마나 되겠어?"

"다 합치면 꽤 되겠지."

밖에서는 배달부 세 명이 자전거에 올라 한쪽 발을 베란다에 기대고 서 있다. 요리사가 조그만 장부들을 하나, 둘, 셋 던지면 저마다 깔끔하게 낚아채 자전거를 타고 일 마일 남짓 떨어진 각자의 가게로 달려간다.

다 됐다, 여주인은 생각한다. 모두가 잘 먹겠군—부디 그러기를 나도 바란다.

이제 아이들을 돌볼 시간이다. 아이가 없는 여자라면 곧 다른 부인의 집에서 열리는 오전 티파티에 갈 테고, 거기에 나오는 스콘, 비스킷, 케이크를 비롯해 각양각색의 맛있는 음식은 그 집 요리사의 작품이다.

아가씨들이 요리법을 서로 배우고 알려줄 때는 케이크와 푸딩을 만들기 위해서다. 고기는 가만히 있어도 잘 요리되어 나온다. 다른 동물이 좀 발명되어야 한다고 한탄하는 이들도 있다. "맨날 소고기, 소고기, 소고기—어떤 땐 채식주의자나 될까 싶어요."

남동생 해리 테일러

제2차세계대전 초기의 일이다. 영국 전함들이 태평양에서 전시 활동을 벌이고 있었다. 리펄스호와 프린스오브웨일스호였다. 두 전함 모두 침몰할 수 없는 배였다. 타이태닉호처럼 말이다. 대형 선박의 능력을 그토록 오판한 이른바 '전문가들'이 나중에 어떻게 되었는지 궁금한 납세자들과 우려하는 국민들의 의문은 허용되는가? 혹시 그들이 공로 훈장이나 작위를 받는 건 아닐까? 다른 위원회로 이동해서 선박 활동의 타당성에 대한 의사결정에 참여하고 있을까?

내 남동생은 리펄스호에 있었다. 일본군은 단 이십 분 만에 두 전함을 침몰시켰다. 뉴스를 듣고 우리는 망연자실해졌다. 장병 수백 명이 수장된다니…… 하지만 확실한 뉴스가 나오기까지는 시간이 좀더 걸렸다. 그 뉴스는 어디에서 나올 것인가? 그때는 종군기자들이 태평양을 누비고 다니기 전이었다. 그러다 생존자들의 경험담이 서서히 퍼져 나갔다. 동생이 편지를 쓰긴 했지만 한참 뒤에야 도착했다. 편지를 잘 쓰기로 명성이 자자한 인물은 아니었다, 내 동생은.

"그다지 좋은 경험은 아니었어." 해리는 인정했다. 전함이 격침당한 그 무시무시한 아침에 그는 갑판으로 올라가는 사다리 옆에 서 있었는데 황급히 지나가던 병사들 중 하나가 말했다. "올라갈 거야, 테일러?" 그렇게 떠밀려서 사다리를 타고 갑판에 올라가보니 배는 이미 침몰하고 있었다. 해리는 기울어진 갑판을 따라 바다로 걸어들어가 다른 생존자 무리와 함께 멀리 헤엄쳐갔다. 배에서 꽤 멀어졌을 때 리펄스호가 완전히 침몰했다. 시체, 기름, 배의 잔해 따위에 둘러싸여 몇 시간을 바다에 떠 있었을 때 사방에 상어가 있었지만 아마도 기름 때문인지 다가오지는 못했다. 그때 영국 선박 한 척이 다가와 그들을 건져내 실론* 으로 데려갔다. 거기에서 장병들은 기자들에게 경험담을 전했고, 건강을 회복할 시간을 얻었다. 해리는 다시 오로라호에 배정되어 전쟁이 끝날 때까지 지중해에서 복무했다. 그곳에서 잦은 포성 때문에 청력을 거의 잃었다—청소년기에 이미 문제가 시작되어 안 그래도 약했던 청력을.

나는 동생을 케이프타운에서 만났다. 만남은 이런 식으로 이루어졌다.

내 첫아이 존 위즈덤은 어려움이나 짜증을 참을성 있게 견디는 성격이 아니었다. 존은 바로 아래 여동생이 태어나자 충격을 받았다. 이 새

* 스리랑카의 예전 명칭.

로운 생명체, 이 아기가 우리 곁에 계속 있게 될 것을 알았을 때 그애가 지른 분노와 배신에 찬 울부짖음, 나는 그런 울부짖음은 평생 들어본 적이 없다. 존은 아기를 공격했고, 벌써 매서워진 작은 주먹으로 나를 마구 때리기도 했다. '왜 이런 짓을 했어, 내게?'라는 메시지였다.

참고. 나 역시 약간 기진맥진한 상태였다. 남자들이 이렇게 말하는 걸 들은 적이 많다. "우리 할머니는 아이 여덟을 연년생으로 낳았는데도 끄떡없었어." 하지만 나는 터울이 너무 짧게 아이들을 낳는 여자는 진이 빠질 수밖에 없다고 믿는다. 옆집에 살던 여자가 내 어린 딸아이를 돌보게 해달라고 사정을 했다. 딸을 갖고 싶었지만 소원을 이루지 못한 사람이었다. 그래서 나는 곧 존을 데리고 바닷가로 가서 밤낮으로 엄마를 독차지하며 마음을 풀 수 있게 해주기로 했다.

케이프타운으로 떠난 그 여행에 대해 글로 쓴 적이 있다. 망아지 우리 한 칸만한 쿠페를 타고 다닌 닷새간의 여행. 가끔 인생의 노장들이 지난날을 돌아보면서 어떤 경험이 가장 괴로웠는지 헤아리는 모습을 볼 수 있다. 지나치게 활동적인 어린 소년과 닷새간 좁은 공간에 갇혀 있는 일은 괴로운 경험 목록에서 상당히 윗자리를 차지할 거라고 나는 단언할 수 있다. 하지만 마침내 바다와 호텔이 나타났다. 호텔은 시포인트에 있었고, 그곳에 늘어선 호텔들이 쾌락에 전념하는 곳이라는 사실은 저마다 알전구로 장식한 정문들만 보아도 알 수 있었다. 호텔은 사람들로 북적였다. 싱가포르 함락*에서 살아남은 이들이 막 도착한 뒤였다. 전쟁에 발이 묶인 각양각색의 여행자들이 대체로 익숙하리라 추

* 제2차세계대전 당시 영국군이 말레이반도에서 일본군과 싸워 패배한 뒤 영국 식민지였던 싱가포르가 일본군에 점령당한 사건.

측되는 수준보다 훨씬 열악한 숙소에 어쩔 수 없이 머물고 있었다. 관공서들이 전쟁을 위해 징발되어 지낼 곳이 부족해졌는지 공무원, 정부 관료, 사무원이 많았다.

그런 무리에 속했던 퀘이커교도 몇 명 덕분에 나는 그간 절실히 필요했던 대화를 나눌 수 있었다. 내가 남로디지아 정권을 매력적이라 여겼다고는 말할 수 없지만 편견 없이 그 정권을 묘사하는 사람을 만난 것은 그때가 처음이었다. 기억해야 할 점은 내 부모님이 남로디지아 식민지에 도착했던 1924년은 이 새로운 땅이 남아프리카연방의 여섯번째 주로 편입하기를 원하는지 묻는 일종의 주민투표가 막 끝난 뒤였다는 사실이다. 로디지아 사람들은 모두가 반대했다. "아니다, 우리는 영국의 자치 식민지가 되겠다."

퀘이커교도 대여섯 명으로 이루어진 이 공무원 무리는 내가 '그 고집스러운 작은 나라'에서 왔다는 말을 듣자 그곳에 대해 말하기 시작했다. 내게 상당히 이롭게.

"정말…… 그보다 더 황당할 순 없을 겁니다. 자기들끼리 알아서 하겠다, 그 말이잖아요. 백인 십만 명이 토착민[흑인을 가리키는 당시의 올바른 어휘] 오십만 명을 다스려요. 하지만 우리가—남아프리카연방이—법률을 제정하면 그걸 모방해서 같은 법률을 제정하죠. 우리의 토지법도 죄다 모방하잖아요. 그럼 왜 남아프리카연방의 일부로 남지 않는 거죠? 거기 가본 적 있나요? 영국식 이것, 영국식 저것, 정말 진저리가 난다니까요……" 그런 식이었다. 이 대화는 내 사고에 도움이 되었다.

존은 이 북적거리고 소란스러운 호텔을 좋아했고, 무엇보다 보모가 없었다. 존은 아주 즐겁게 지냈다. 어느 날 이 호텔의 베란다로 영국 해군 사관후보생 해리 테일러가 찾아왔다. 놀랄 만큼 잘생긴 이 청년을 보려고 그곳에 있던 여자들 모두가 창밖을 기웃거리거나 베란다에서 차를 마실 핑계를 만들었다.

그리고 나는 이제야 리펄스호에서 무슨 일이 있었는지 들을 수 있었다.

"있잖아," 동생이 말했다. "내가 좀 충격을 받은 것 같아. 나중에서야 깨달았어. 몇 주 동안 멍하게 지냈거든. 실론에서 지낸 일이 가물가물해."

"바다 위에서 구조를 기다리며 얼마나 오래 있었니?"

"모르겠어. 몇 시간 정도라고들 하던데. 난 며칠은 지난 느낌이었어. 물이 따뜻했어—그건 괜찮았지. 근데 주변에 떠다니는 죽은 사람이 많았어. 그중에 아는 사람도 있었고. 햇볕이 너무 뜨거웠어. 몸이 타는 것 같더라고. 햇볕에 타서 물집이 잡히고. 난 머리가 마르지 않게 계속 적셨어. 다른 사람들도 뭐든 물에 뜬 물건을 붙잡고서 도와달라고 외쳤지. 〈타임스〉인가에 실린 기사를 봤는데, 주변에 상어가 있었다고 말한 생존자도 있더라고. 나는 못 봤는데. 정신이 제대로 박힌 상어라면 그런 기름 속으로 들어오겠어? 하지만 생각해보면 기름 덕분에 햇볕 화상을 덜 입은 것 같기도 해."

"사다리를 타고 갑판으로 올라가라고 말한 그 사람에 대해 생각해?"

"하지. 뭐랄까, 운이 좋았어. 난 곧바로 갑판으로 올라가 배가 완전히 가라앉기 전에 헤엄쳐 나간 거잖아. 함께 가라앉았을 수도 있었는데. 하지만 있지, 티그스[내 어릴 적 이름], 그런 일은 정말 이해하기가 힘들어. 그렇게 어마어마한 일은."

"그 일을 자주 생각하니?"

"안 그럴 수 있으면 안 해. 그야말로 좋을 것 없는 일이었으니까, 모조리 다."

이제 이 대화가 계속된다고 상상해보자. 하지만 수십 년 뒤다—이 대화의 속편은. 나머지 전쟁 기간을 지중해에서 복무한 뒤 해리는 런던에서 청력 치료를 받았는데 당시에는 성능이 좋은 보청기가 없어서 늙어서야 그 혜택을 보았다. 그는 결혼해서 아이들을 낳았고, 거쳐간 직업은 하나같이 관목 숲과 초원과 동식물에 관한 그의 어마어마한 지식이 쓸모 있는 것들이었다. 그러다 흑인들이 전쟁에 이겨 정부를 세우자 해리는 흑인 정부 밑에서는 살 수 없다며 남아프리카공화국으로 이주했는데, 거기에도 흑인 정부가 들어섰고 얼마 뒤 상당히 이른 나이에 심장마비로 사망했다. 그동안 우리는 런던의 내 집 부엌에서 몇 번 만났다. 우리가 그리 친하지 않았던 시기였다. 해리는 전쟁중에 백인을 지지했고 나는 반대편의 흑인을 지지했다. 그래서 둘 다 나이가 들어서 만났을 때 서로에게 해줄 말이 너무 많았다. 말이 먹혀야 말이지만. 동생과 나는 공통점이 거의 없어서 대화 소재를 찾기가 쉽지 않았다. 해리가 흑인의 열등함에 대해 상투적인 편견을 늘어놓기 시작하면 나는 으레 말을 아끼고 입을 다물었다. 그리고 그는 자주 뭔가 참는 듯한 모습을 보였는데, 그건 이런저런 화제에 대한 내 견해가 불편하다는 의미였다.

그런데 해리가, 말년에 접어들었을 때, 내게 할말이 있다고 했다. 내가 무언가를 이해하기를 바랐다. 그즈음 아내가 심장마비로 죽고 없어서 해리는 외로웠다. 그는 너무 늦기 전에 뭔가를 설명해야 한다는, 전형적인 노인의 욕구를 느끼고 있었다. 마치 자기가 하려는 말이 다른 사람의 머릿속에 함께 존재하지 않으면 현실이 될 수 없기라도 한 듯, 누구에게든 말해야 했다.

해방전쟁이 벌어지는 동안 내 동생은 나이가 너무 많아 전투원이 될 수 없었다. 하지만 실전에 나가기에 나이가 많은 농부들은 밤마다 트럭이나 장갑차를 타고 다니며, 다른 백인 농장들과 무전으로 연락하거나 직접 들러서 모두가 무사한지 확인했다. 자유의 전사들이 지뢰를 설치해 도로에서 매복 공격이 일어나기도 해서 위험하기는 했지만 군대에 들어가 싸우는 것보다는 나았다. 해리는 다른 동료들과 마찬가지로 그 역할을 철저히 즐겼다.

평화주의자들, 혹은 전쟁 억제를 위해 노력하는 사람들이, 어떤 남자들은 전쟁을 철저히 즐긴다는 사실을 잊으려 한다면 그것은 심각한 실수다.

내 아들 존, 유년기부터 호전적이었던 그 아이도 전쟁을 사랑했다. 큰 위험에 맞서 머리끝부터 발끝까지 완전히 무장한 채 관목 숲속을 기어다니는 것을 무척 좋아했다.

나는 남자들이 예전에 적군이었던 상대와 지나간 행복한 시절에 대해 이야기하는 경우를 세 번이나 봤다. 그들에게는 공통점이 많았다.

그중 한 명인 내 아버지는 소규모 광산에서 일하는 독일인을 자주 찾아갔다(소규모 광산업자는 가느다란 금맥이 남아 있을 가능성이 조금이라도 있으면 금 몇 그램을 캐기 위해서라도 참호 혹은 갱도를 판다). 영국과 독일의 퇴역군인. 그들은 같은 시기에 같은 지역에서 참호를 경험했다. 두 사람은 여기 혹은 저기로 순찰을 나간 일, 부상을 가까스로 면한 일—그러다 결국에는 부상을 당했지만—그리고 장교들의 유능함이나 무능함 등에 대해 몇 시간이고 떠들었다.

도로는 바퀴자국이 나거나 움푹 파인 곳이 많았다. 그런 야간 나들이에서 가장 싫은 부분은 낡은 트럭을 타고 덜컹덜컹 달리는 것이었다. 어느 밤에, 해리가 다른 남자들과 함께 트럭 뒤편에 모여 앉아 있는데, 트럭이 움푹한 바퀴자국에 빠졌거나 바위에 부딪혔는지 온몸이 격렬하게 떨리다가 머리를 운전석 뒷벽에 세게 부딪히며 강한 타격을 느꼈다.

"아주 심한 타격이었는데, 느낌이 아주 이상한 거야. 의사에게 전화를 걸었지—휘발유가 배급품이라서 정말 급하지 않으면 차를 안 썼으니까. 하여간 의사에게 내 느낌을 말했더니 그 사람이 그러는 거야. '아뇨, 뇌진탕 아닙니다. 뇌진탕 증상처럼 들리지 않아요.' 하지만 난 느낌이 너무…… 어떻게 말해야 할지 모르겠네. 말라리아 걸렸을 때 기억나?"

"안 나."

"음, 한순간 몸이 덜덜 떨리다가 다음 순간에는 정신이 그 어느 때보다 명료해지고 모든 게 한눈에 들어오는 느낌이 드는 거야. 아니, 말라리아는 아니었고, 열이 나거나 하지도 않았어. 병에 걸린 게 아니었다고. 모든 게 너무 밝고 명료해서 내가 미친 것 같았다니까. 그러다 며칠이 지나서야 이해가 되더라고. 갑자기 이해했어. 그게 리펄스호 사건이 있기 전의 나였던 거야. 머리를 세게 부딪히고 나서 정상으로 되돌아온 거지. 갑자기 진짜 내가 되었다니까. 갑자기 나다워졌어. 인생의 긴 세월을, 사십 년 가까이, 전혀 나답지 않은 채로 살았다는 사실을 직면해야 했어. 마치 유리벽 뒤에 있었던 것 같아. 아, 어떻게 설명해야 할지 모르겠어……"

"잘 설명하고 있어, 해리. 계속해."

"그건 모니카[그의 아내]가 나다운 나를 알지 못했다는 뜻이잖아. 정신이 또렷하고 맑을 때의 진짜 나를 몰랐다는 거잖아. 내 아이들도 그렇고—정말이지 받아들이기가 힘들어, 티그스. 리펄스호 사고의 뭔가가 나를 이상하게 만든 거야…… 음, 내가 지금껏 그랬다는 걸 누나는 알아봤어?"

"우리가 그리 자주 만나진 않았잖아, 안 그래?"

"그래, 그런 것 같아."

해리가 내게 한 질문에 답하자면, 나는 동생이 좀 둔하다고 느꼈지만 귀가 잘 안 들려서 그럴 거라고 생각했다. 그리고 본인도 그렇게 말했다.

"귀가 어두워서 그런 건 아닐까 생각했어—변변한 보청기가 없었잖아. 하지만 그게 아니었던 거야. 귀가 어두웠어도 볼 수는 있었잖아. 지각 능력이 있었다고. 하지만 모든 게 둔했어. 먹먹했어. 물속에 들어가 멀리서 오는 소리를 듣는 것처럼. 티그스, 내 인생 대부분을 그렇게 살았다는 거잖아. 난 전혀 여기에 있지 않았던 거야."

농장 탈출

전쟁이 한창일 때 부모님은 도시로 이사했다. 지금은 하라레가 된 솔즈베리로. 농장에서 아버지를 병구완하는 일이 더는 불가능했다. 하지만 아버지에게는 물이 심하게 새서 폭풍우가 오면 빗물이 리놀륨 바닥에 투두둑 떨어지고 바람이 바깥뿐만 아니라 실내에서도 사방으로 불어닥치는 옛집이 더 잘 맞았기에, 새로 이사한 단층집을 싫어했다.

당뇨병은 지독한 병이었다. 당시 의사들은 발전된 치료법을 마련하지 못했고, 아버지 병의 시작부터 끝까지 한결같이 중요했던 문제는 식이제한이었다. 식사가 어찌나 제한적이었던지, 아버지를 생각하면 작은 황동 저울을 옆에 두고 이것 1온스, 저것 1온스, 스콘 반 개, 감자 조금, 하면서 식탁에 앉아 있던 수척하고 근심 많은 남자가 떠오른다. 지금은 모든 것이 변했다. 의사들이 매우 똑똑하고 유연해서 인슐린으로 섭식의 균형을 맞춰주기 때문에 당뇨병 환자도 병을 늘 의식하지 않고 살 수 있다. 아버지도 이런 수준의 의술을 갖춘 의사들을 만났더라면 그토록 심하게 병고를 치르지 않았을 것이다.

운명인지 카르마인지 기회인지, 나도 내 어머니처럼 당뇨병 환자를 돌보는 처지가 되어봤기 때문에 그때와 달리 지금은 어떤 일이 벌어지는지 비교할 수 있다. 우리는 이런 의료 혜택을 받을 수 있어서 얼마나 행운인지. 지금 당뇨병 환자들은 그리 오래되지 않은 옛날에 같은 병에 걸렸다면 어떤 걸 겪어야 했을지 알지 못한다.

우리는 재난을 충격으로, 갑작스러움으로 받아들이도록 조건화되었고, 두뇌가 배선되었고, 진화해왔다. 어떤 남자는 말에서 떨어졌다. 어떤 남자는 화살에 눈을 찔렸다. 어떤 여자는 아기를 낳다가, 맹장이 터져서, 식중독으로 죽었다. 저격수가 있었고, 자살 폭탄 테러범이 있었고, 낙석이나 화재, 홍수, 자동차 충돌이 있었다. 하지만 병을 앓으며 느리고 오래 죽어가는 상태는, 묘사는 고사하고 상상하기도 힘들다. 어머니는 앓는 아버지의 마지막 사 년간을 밤낮을 가리지 않고 한시도 방심하지 않은 채, 장기가 하나둘 망가지다가 마침내 모두 기능을 멈추고 병자가 이젠 그만 죽게 해달라고 애원할 때까지 보살폈다. 내가 그렇게 말하더라도 이를 온전히 이해하기는 힘들다. 게다가 어머니는 그전 십 년 동안에도 병든 아버지를 돌봤다.

어머니는 충분한 도움을 받지 못했다. 나나 다른 사람이 어머니가 잠시 외출할 수 있도록 오후 한나절, 저녁 한때 아버지를 돌보곤 했지만 어머니에게는 '이번 주말에는 내가 대신할 테니 어서 ……를 해요' 라고 말할 사람이 필요했다. 그래 봤자 어머니에게 절실한 건 잠이었겠지만. 나는 주사기나 시험관 같은 장비와 극심한 우울증약도 여럿 포함된 수많은 알약을 어떻게 다뤄야 하는지 몰랐다.

전쟁과 그 여파를 감당하느라 모두에게 힘든 시기였으나 어머니에게는 특히 더 그랬다. 지금 우리는 그 전쟁이 언젠가는 끝이 났다는 사실을 알지만—1939년부터 1945년까지였다—전쟁이 질질 끌며 계속되는 동안에는 그 사실을 알지 못했으며, 전후에 얼마나 끔찍한 시기를 보내게 될지는 아무도 예견하지 못했다. 그 죽을 듯한 고투가 얼마나 끈질기게 이어졌는지 다 설명하기는 힘들다. 아버지의 마지막 몇 년간을 함께 견뎌내는 일이 어머니에게 정말로 어떤 경험이었는지 나는 공감하기가 어려웠지만, 비슷한 일을 해야만 했던 사람들이라면 이해할 수 있을 것이다.

아버지에게 자식들은 전혀 기쁨이 되지 못했다. 동생은 리펄스호와 함께 수장될 뻔했다가 살아남은 뒤 수많은 전투가 벌어졌던 지중해에서 길고 힘든 전쟁을 치렀다. 딸로 말할 것 같으면, 나는 남편과 두 아이를 떠나 내국 거주 적국인으로 분류되는 독일 남자와 결혼했다. 내 부모는 반독 감정을 품지는 않았지만, 독일인에 대한 선입견은 일반적으로 존재한다. 하나는 풍채가 크고 마음이 넉넉하며 아마도 파이프를 피우는 성격 좋은 남자, 말하자면 산타클로스 같은, 그들이 좋아했을 만한 이미지다. 다른 하나는 프로이센식의 엄격하고 냉담하고 정확하며 차갑고 인색한 이미지다. 부모님이 내 두번째 남편을 어떻게 좋아할 수 있었을까? 게다가 그는 철저한 공산주의자였다(죽을 때까지 변하지 않았다). 이 문제 뒤에는 다행히도 부모님이 전혀 알지 못했던 커다란 내륙이 자리했다. 예를 들면, 고트프리트는 수용소 감금을 면하려고 가능하다면 내국인 여자와 결혼하는 적국인의 마음으로 나와 결혼했을 뿐이다. 하지만 고트프리트와 내가, 말하자면, 잘 어울리지 않는다는 사실이 부모님에게는, 특히 아버지에게는 훤히 보였을 것이다. 남로디지아에서 살아가며 겪는 모든 것을 싫어했던 고트프리트는 내 부모님에게 철저히 정중했고, 부모님 역시 정중했다. 지금 생각하면 내 아버지에게 이보다 더 나쁜 딸의 행동이 있을 수 있었을지 잘 모르겠다.

하지만 아버지와 나는 서로를 아주 잘 이해했다. 내가 아버지 옆을 지키는 긴 오후나 저녁에 병상 옆에 앉아 있으면 아버지는 내 손을 잡았고 우리는 서로 이해하는 분노에 동참했다. 전장의 참호에 대한 아버지의 분노를 아주 어려서 흡수한 뒤로 그 분노는 나를 떠나지 않았다고 생각한다. 아이들은 부모의 감정을 느낄까? 그렇다, 느낀다. 그리고 내게 그것은 없어도 괜찮았을 유산이다. 도대체 무슨 쓸모가 있나? 과거의 전쟁이 내 기억 속에, 내 의식 속에 살아 있는 것만 같다.

아버지는 참호가 나오는 꿈을 자주 꾸었고, 어머니는 아버지의 옛 전우들이 아버지와 함께—우리와 함께—방안에 와 있는 것만 같다고 가끔 이야기했다.

"다들 정말 좋은 친구들이었는데." 아버지는 말하곤 했다. "정말로 훌륭한 사람들. 그런데 파스샹달에서 다 죽었어. 우리 중대원들 모두. 나도 함께 죽었겠지만, 그 전투 직전에 다리에 파편이 박히는 바람에 살았지. 내가 이야기했을 거야. 했어, 분명히. 하지만 그 훌륭한 친구들, 지금 살아 있을 수도 있었는데. 그저 총알받이일 뿐이었어. 그게 다야."

세월이 흐른 뒤 런던에서 제국전쟁박물관에 갔는데, 보기 힘들 만큼 사실적으로 재현한 참호의 모형이 있었다. 한 여자가 서서 그것을 바라보며 울고 있었다. 분노에 차서 우는 그 여자를 보고 그 옆에 가서 섰다. 여자는 나를 흘낏 보더니 나도 동감이라는 것을 알았다. "사람이 쓰레기에 지나지 않았나봐요." 그녀가 말했다. "쓰레기처럼, 참호 속에 삽으로 쓸어넣은 거죠. 아무 가치도 없었던 거예요." 정확한 말이었다.

아버지는 총알받이 얘기를 점점 더 많이 했다. "네가 그 친구들을 알았다면." 아버지는 내 손을 꽉 잡으며 말했다. "정말로 좋은 사람들이었는데. 자꾸만 생각이 나." 그렇게 아버지는 노인의 눈물을 흘리며 눈—노인의 눈(하지만 아직 예순도 안 된 나이에)—을 아이처럼 커다랗게 뜨고, 그 훌륭한 친구들, 파스샹달전투에서 진흙에 처박혀 죽은 전우들 이름을 중얼중얼 되뇌었고, 옆에서는 항상 켜져 있는 라디오에서 유럽과 태평양 전선의 소식이 흘러나오고 있었다.

"그 친구들을 생각해, 그래, 맞아, 하루도 생각하지 않은 날이 없었지. 아, 그 훌륭한 젊은이들이……"

어머니가 방으로 들어와 농장에서 가져온 낡은 등나무 안락의자—어머니 전용 의자—에 앉기도 했다. 피로에 찌든 모습이었다. 단 몇 분이라도 눈을 붙이고 싶은지 손으로 볼을 받칠 때는 손가락에 낀 반지가 헐렁해 보였다.

"내가 말한 적 있을 거야." 아버지는 어머니가 거기 앉아 있는 것을 보고 말했다. "했어, 분명히. 파편에 맞지만 않았다면 나도 그들과 함께 죽었겠지. 가끔은 그랬다면 더 좋지 않았을까 생각해."

"실은," 아버지가 몸을 일으키며 말했다. "늘 생각해. 모든 일이 더 좋게 풀릴 수도 있었을 거라고. 다른 식으로 말이야, 알겠어? 에밀리? 에밀리?"

"주무시게 놔두세요." 나는 애원했다. "엄마는 몹시 피곤할 거예요."

"에밀리?" 아버지가 공포에 사로잡혀 외쳤다.

"나 여기 있어." 어머니가 정신을 차리며 말했다.

그 구역에는 '모든 전쟁을 종식할 대전쟁'에서 돌아온 다른 장병들도 있었다. 한 여자의 남편과 아들 셋은 모두 참호 속에서 죽었다. 그 여자에게는 너무 어려서 전쟁에 나가지 않았던 아들 하나만 남았다. 그녀는 슬픔이 깃든 위엄을 띠며, 막내아들을 보면 죽은 다른 아들들이 전부 보인다고 말하곤 했다. 제1차세계대전 생존자들이 만나면 이제는 한물간 방식의 대화를 나눴다. "군수업자들," 그들은 말하곤 했다. "그들이 전쟁을 일으켰어. 크루프사社가 우리의 전쟁을 만든 거야." 언덕 아래에 사는 소규모 광산업자이며 전쟁중에 독일 쪽 참호에서 파편에 맞아 상해를 입은 아버지의 독일인 친구가 군수품 회사 크루프와 모리배들에 대해 이야기했다.

그런 말들—그리고 생각—이 우리의 정신에서 사라질 수 있다는 건 얼마나 이상한가. '군산 복합체'는 그때와 어감이 달라졌고 우리에게 과거를 일깨우거나 생각을 자극하지 않는다. 아프리카에서 덤불숲 단 몇 에이커를 위해 무의미해 보이는 전쟁이 시작되면 부모님이나 그 세대 사람들은 이렇게 말했을 것이다. "군수업자들이 또 활개를 치는군. 모리배들이야." 그 전쟁이 끝나고 얻은 것은 무엇인가? 수백 명이 죽었지만 무기에 쓰인 돈 수백만 파운드는 누군가의 주머니에 안전하게 들어간다.

그로스*의 그림은 그 전쟁으로 인해 부흥한 모리배들과 군수업자들을 묘사했다.

모리배들과 군수업자들—우리의 대화에서 사라진, 그리고 우리의 정신에서도 사라진 듯한 사람들.

장례식에서 나는 너무 화가 나서 아무것도 듣거나 보지 못했다. 눈을 꼭 감고 기도만 했다. 욕을 기도라고 부를 수 있다면.

어머니는 탈진했고 쉽게 회복하지 못했다.

그래서, 그렇게 끝이었다.

---

* 조지 그로스는 전후 독일 미술을 대표하는 화가로, 1920년대 독일의 사회상을 신랄하게 풍자한 그림으로 유명하다.

하인 문제

세계 어디서나, 사람들은 시골 마을에서, 판자촌에서, 다들 도시로 흘러들어온다. 옛 남로디지아에서도 그랬고 지금의 짐바브웨도 마찬가지다. 모두가 레닌이 말한 '시골 생활의 우매함'에 동의하는 듯하다. 오, 신나는 일과 기회가 가득한 멋진 도시들. 하지만 도시에 가는 사람들이 늘 환영받는 것은 아니다. 솔즈베리를 예로 들면, 실은 남로디지아의 어느 도시에서나 마찬가지였는데, 흑인들은 직업이 있어야만 거주가 허용되었다. 이는 남아프리카공화국의 악명 높은 '아파르트헤이트'와 같은 정책이었다. '백인에게 쓸모가 있다면 머물러라. 아니라면 시골 오두막으로 돌아가라.' 그들은 도시에서 무엇을 찾았을까? 솔즈베리에서 백인 가정은 모두 하인 숙소를 두고 있었다. 방 한두 칸을 들인 낮고 작은 벽돌 건물로 '키아스'라고 불렸고(무엇의 약자일까? 나는 모르겠다) 각종 배달과 위생 활동이 이뤄지는 뒷길에 면해 있었으며, 초소처럼 생긴 옥외변소가 하나씩 딸려 있었는데 일주일에 한 번씩 위생차가 와서 비워주었다. 각 가정에서 일하는 '보이'들을 위한 집이었지만 늘 공식적인 숫자보다 훨씬 더 많은 사람들이 살았다. 그들은 예컨대 솔즈베리 같은 도시에 산다면 재미와 즐거움을 어디서 찾았을까?

영화관이 있었던 것 같고, 댄스홀도 확실히 있었다고 기억한다. 백인 가정 뒤편의 벽돌 방에서 그들이 찾은 것은 서로의 존재였다. 그들이 모여 있는 곳은 소란스럽고 재미있었으며 웃음소리와 뒷소문이 가득했다. 나는 언젠가 「하일랜드 가축들의 집」이라는 단편소설을 썼는데 뒤쪽 창문을 통해 '보이'들의 일상 드라마를 몇 시간이고 지켜본 뒤 쓴 이야기였다. 그곳에서는 장작더미와 덤불과 밥 짓는 모닥불이 끝없는 드라마의 소도구가 되었다. 적어도 제2차세계대전이 터지기 전까지, 대부분의 가정에는 하인이 최대 다섯 명까지 있었다. 요리 담당 보이는 할 일이 많았지만 내실 담당 보이는 아침나절이면 집안 청소를 마쳤다. 내실 담당 두 명과 그다지 할일이 많지 않은 정원사 한 명, 그리고 잡일을 처리하는 '피카닌'*이 한 명 있을 수도 있었다. 최저 임금을 받았고 식량을 배급받았으며, 백인 가족이 버린 옷을, 만든 사람은 상상할 수도 없는 방식으로 입곤 했다. 야망을 지닌 하인들을 본 기억은 없다. 언젠가 우리 살림 전반을 도맡은 활달하고 영리한 젊은이에게 우리가—고트프리트 레싱과 내가—수업료를 대주겠으니 야간학교에 가서 부기든 뭐든 배우라고 사정을 했지만, 그는 거절하며 자기는 춤추는 게

---

* 흑인 어린이를 가리키는 남아프리카 구어.

너무 좋다고 말했다.

그들의 마을에서 온 남자들이 날마다 온종일 일자리를 간청하며 집집을 돌아다녔다. 일자리를 구하면 도시의 즐거움은 그들의 것이 되었다. 그러지 못하면 떠나야 했고 늘 경찰에게 쫓겼다.

전쟁중에 솔즈베리에 사람이 너무 많이 몰려들어 미어터질 지경이 되었을 때 고트프리트와 나는 살 곳을 구했다. 그 시절에 모든 것이 그랬듯 그 집도 임시로 머물 곳이었다. 매우 넓은 방 하나로 이루어진 집으로 방의 두 면을 따라 막다른 복도가 나 있었다. 이 공간으로 옷장과 서랍장, 핫플레이트와 주전자와 개수대가 놓인 대리석 판이 들어갔다. 욕실도 있었다. 아기가 태어났지만 아기 때문에 늘어난 일거리는 별로 없었다. 이른바 '착한 아기'였고, 나는 아기들이 다 이렇지는 않다는 사실을 알았다. 내 첫아이 존은 착함과는 거리가 멀었기 때문이다. 하지만 이 아기는 잠을 잤고 쾌활했다. 기저귀를 빠는 데 걸리는 시간은 삼십 분, 햇볕에 널어두면 두어 시간이면 말랐다. 나와 고트프리트는 하인이 필요 없다고 판단했다. 뭐하러? 편하기보다는 골치 썩을 일이 더 많은데.

집들이 늘어선 대로에는 일자리를 달라고 사정하는 남자들이 온종일 돌아다녔고 이들을 상대하는 사람은 요리사, 그리고 이들을 경쟁자로 보고 탐탁잖게 여기는 '보이'들이었다. 하지만 이러저러한 집에 '보이'가 필요한 부인이 있다는 말이 순식간에 퍼졌다. 하루에도 여러 번 문을 두드리고 애원하는 소리가 들렸다. "일하고 싶어요, 부인." "일자리를 주세요, 부인." 심지어, "요리하는 법을 가르쳐주세요, 저는 뭐든 빨리 배워요" 하는 사람까지. 나는 커다란 공고문을 만들어 현관문에

붙였다. '여기에서 일자리를 구하지 마세요. 일자리 없어요.'

어머니는 질겁했다. 아버지가 돌아가신 뒤로 어머니는 시간이 많았다. "이웃들이 뭐라고 하겠니?" 이 블록에는 우리가 사는 곳처럼 방 하나짜리 집이 여덟 채 있었고 각기 '보이' 한 명씩을 두고 있었다. 이 하인들은 '외부'에서 숙소를 찾아야 했고, 그러자면 아침마다 집에 와서 저녁 여덟시 통행금지에 맞춰 돌아가야 했다.

그들은 어떤 일을 찾았을까? 그들은 거리를 배회하거나, 뒷길에서 어슬렁거려도 개의치 않는 우호적인 집을 찾아갔다.

"어머니, 말해보세요. 이 남자가 무슨 일을 하겠어요? 봐요, 좀 보라고요. 아기를 유모차에 태우고 나가 산책은 할 수 있겠네요."

"아, 아니지, 아니야. 그건 옳지 않아. 골칫거리가 생길 거야."

"무슨 골칫거리요?" 나는 물었다.

"그러면 내가 청소를 좀 해주마."

"아니요. 그만둬요. 그만."

어머니는 고집을 꺾었다.

"그러면 내가 고트프리트의 셔츠라도 갖다가 빨아올게."

"아니요. 세탁소가 있잖아요. 놔두세요. 그만."

다음에는 어머니의 하인이 와서 자기 형제, 친척을 고용해달라고 사정했다. 그가 솔즈베리에 살기를 간절히 원하지만 일자리를 찾을 수가 없는데 내가 그를 고용해준다면……

"첫째로, 그러면 그 사람이 날마다 아침에 와서 저녁에 돌아가야 하잖아요. 그리고 당신들 집은 적어도 삼 마일은 떨어져 있고요."

이 남자의 계획은 내 어머니의 하인 숙소에서 그와 함께 산다는 것이었다.

"괜찮아요. 걸어오면 돼요. 아니면 자전거를 한 대 사주세요. 그러면 자전거로 삼십 분이면 돼요."

"난 하인이 필요 없어요. 모르겠어요?"

"아니, 필요해요. 그 녀석이 청소를 반짝반짝하게 해줄 거예요. 착한 아이예요, 부인."

"안 돼요."

자전거를 타고 다닌다는 건 그리 놀랄 만한 아이디어는 아니었다. 내가 잘 아는 나이든 로디지아 사람은 하인에게 아침마다 자전거로 오 마일을 달려와 여섯시까지 아침 차를 대령하라고 요구했다.

"그냥 네가 고용했다고 하고 증명서만 써주란 말이야." 어머니는 자기 하인 에이브러햄인지, 벤저민인지, 모지스인지를 기쁘게 하려고 내게 요구했다.

"그러면 불법이잖아요. 그건 신경 안 쓰세요?"

"가끔 나는 네가 일부러 날 힘들게 하려고 애를 쓴다는 생각이 든다." 어머니가 말했다.

이 무렵 나는 램 씨라는 사람 밑에서 시간제로 일하고 있었다. 밀너 경*이라는 사람이 총명하고 정직하고 고도로 훈련된 젊은이들을 대영제국의 식민지 일꾼으로 보내기 위해 '밀너의 유치원'이라고 불리는 유명한 청년 집단을 조직했다. 나의 램 씨도 그중 하나였다. 이제 그는 의회와 각종 위원회의 의사록을 작성하는 속기사로 일했다. 그토록 눈부

---

* 앨프리드 밀너. 영국의 식민지 경영에서 주요 역할을 담당한 정치가.

시게 출발한 사람이 왜 속기사가 된 것일까? 나는 물은 적이 없다. 이제야 갖은 애를 써서라도 알고 싶지만, 불행히도 젊을 때는 상대에게 그들만이 대답해줄 수 있는 것을 묻지 않고 지나쳐버린다.

그를 위해 일하는 것은 즐거웠다. 총명하고 천연덕스럽고 삐딱하며, 고전 교육을 잘 받아 재담과 인용을 잘하는 사람이었다.

하지만 어머니가 그를 찾아가 내가 생각이 비뚤어진 사람이라고 말하고 피고용인이 어떤 사람인지 잘 파악하라고 충고했다.

램 씨가 내게 말했다. "어머니께서 날 찾아오셔서 자네가 위험인물이고 공공질서를 위협한다고 말씀하시더군."

나는 화가 났지만, 화를 내봐야 뭐하겠는가?

"어머니께서는 자네가 공산주의자라고 하시던데. 하지만 금붕어 어항 속에서 사는 이점 중 하나는 우리 모두 서로에 대해 잘 안다는 거겠지."

"아, 저는 그 사실을 숨기지 않습니다, 램 씨."

"바로 그거야. 하지만 우리가 자네의 현재 정치관을 소아병*이라고 여긴다는 사실을 알면 아마도 화가 치밀겠지."

그는 의기양양해서 눈을 반짝거렸고 나는 웃을 수밖에 없었다.

나는 어머니에게 따졌다. 그런데 그게 통한 적이 있었던가?

"어머니, 내가 어머니 때문에 그 직장을 잃을 수도 있었다는 걸 알아요? 전에 사무실에 출근할 때보다 그 사람과 띄엄띄엄 일하면서 돈을 더 많이 번단 말이에요."

---

* 레닌이 극단적인 정책을 계획한 무능한 젊은 동지를 질책하며 '좌익 소아병'을 앓고 있다고 말했다는 유명한 일화가 있다. (원주)

그러자 어머니가 무너졌다. 갑자기 당황하고 죄책감을 느끼고 심지어 공황에 빠졌다.

이런 복합적인 감정 상태는 정신적으로 격앙되고 누군가에 대한 분노로 가득차서—머릿속에서—어떤 범죄자나 악랄한 적을 공격할 때 일어난다. 하지만 어머니는 그저 딸을 상대하고 있을 뿐이었다. 신경을 거스르고 자신을 좌절시키려고 태어난 듯한, 그래서 사명감을 띠고 구원해야 할 딸.

"어머니, 그건 정말로 악랄한 행동이었어요."

"오, 아니야. 그래도 그 사람은 정말 알았어야 해. 그게 내 의무……"

내가 새로운 사람을 만나 친구가 되거나 그냥 알고 지내기만 해도 어머니는 어떻게든 알게 되었고 자신도 그 사람과 친구가 되거나 직접 찾아가서 나에 관한 얘기를 했는데, 그러고는 당연히 내게도 그대로 알려주었다. 내가 할 수 있는 일은 없었다.

"어머니, 그건 좋지 않은 행동이었어요, 안 그래요?"

"하지만 네가 너무 어리석고 생각이 비뚤어진 아이라서, 누군가는……" 지금은 이게 우습다고 생각한다. 그때는 마치 거미줄에 걸린 기분이었다.

그렇게 길고 슬픈 이야기가 계속되었다. 나는 언제나 어머니에게서 도망치고 있었고, 어머니는 언제나 나를 뒤쫓았다.

나는 어머니와 딸의 반목을 다룬 이야기를 꽤 많이 써서, 모으면 양이 상당했다.

이 이야기들을 한 문장으로 요약하면 극적이었다. 한 단락으로 늘리면 부조리의, 소극의 요소가 되었다. 한 페이지로 살을 붙이면, 마치 괴물들의 이야기처럼, 항상 측은하고 희한한 특성이 숨김없이 드러났다.

예시가 될 만한 이야기 중에서 가장 간단한 것 하나만 여기에 적겠다.

어머니와 딸이 '사이가 좋지' 않았다. 딸은 왜 집에서 나가지 않았을까? 딸은 계속 옆에 붙어서 어머니를 비난하지만 아이 육아라든가 용돈 같은 이득은 전부 누렸다. 그러다 어머니가 심장발작을 겪고 나서 의지할 데가 없어졌다. 딸이 어머니에게 말했다. "잘했어. 이제 날 원대로 붙잡아두게 됐네. 내가 엄마를 돌보겠지만 다시는 절대로 아무 말도 안 할 거야." 그리고 실제로 그런 일이 일어났다. 어머니는 이십 년을 더 살았고 딸은 한마디 말도 하지 않았다.

이것은 같은 주제로 내가 쓴 다른 이야기들에 비하면 꽤 온건한 편이다.

그러다 전쟁이 끝났다. 가끔 우리는 전쟁이 영원히 계속될 것 같다고 느꼈지만, 정말로 끝이 났다. 예전부터 전쟁은 그런 느낌을 주지 않았던가? 나가사키와 히로시마에 폭탄 두 발이 떨어지면서 전쟁이 끝난 그때, 그 폭탄 두 발이 이미 일어난 어떤 일보다 더 심각하다는 사실을 아는 사람은 우리 중에 많지 않았다. 우리는 이미 일본의 주요 도시들을 초토화하지 않았던가? 물론 일본이 진주만을 폭격했으니 자업자득이었지만. 아니다, 우리는 기뻤다. 전쟁이 끝나서, 정말로 끝나서…… 그런데 또 전후 시기가 이어졌고 사정은 크게 나아지지 않는 듯했다. 전쟁이 진행되는 동안 우리가 몰랐던 온갖 끔찍한 사실에 대한 뉴스가 계속 쏟아졌다. 우선, 강제수용소. 아니, 우리는 그걸 곧바로 '이해'하지 못했다. 그대로 '이해'하기에는 너무 무시무시한 뉴스였다. 우리에겐 시간이 필요했다.

우리의 장병들은 로멜과 싸우다 돌아왔다. 물론 돌아올 수 있는 사람들만. 난민이 날마다 불어나는 듯했고, 곧이어 히틀러뿐만 아니라 스탈린에게서 도망친 난민들도 생겼다. 솔즈베리는 본국으로 돌아가기를 원하는 영국 공군들로 북적거렸다. 사오 년을 대기한 사람들도 있었다. 비행사나 폭격기 조종사는 본국으로 이송되었지만 항공기를 정비하고 부대를 관리하던 장병 수천 명은 배를 기다려야 했다. 설비공, 선반공, 리벳공, 엔지니어, 그리고 행정 지원 인력까지, 이들은 단 한 가지를 원했다. 가정. 비록 어둡고 춥고 식량 배급에 의존하더라도.

나는 거의 매일 밤 열 명이 넘는 영국 공군 장병에게 음식을 해 먹였다. 자신의 삶은 보류된 채로 가정을 이룬 삶을 꿈꾸는 청년들은 아기를 어르고 예뻐했고, 나는 베이컨과 달걀, 소시지와 통조림 콩을 가지고 내 핫플레이트 두 개로 만들 수 있는 것은 뭐든지 만들었다. 그들은 고향에 돌아가면 베이컨과 달걀 요리를 해줄 사람이 없다는 것을 알았다. 아, 언제 돌아가나? 그들은 마침내 그들을 태울 군인 수송선이 준비되었다는 뉴스를 간절히 기다렸지만 실제로 돌아가는 과정은 전혀 고대하지 않았다. 그들은 군인 수송선을 타고 영국에서 출발해 남아프리카의 항구들까지 오면서 경험한 것보다 더 끔찍한 여정은 없을 거라고 입을 모았고—지옥이었다고 말했다—본국에 돌아갈 때도 같은 배를 탈 거라고 말했다. 전쟁을 겪으며 개선되었을 리 없는 군인 수송선을.

나는 요리했고, 그들은 먹었다. 우리는 딱 한 가지가 비슷했다. 진짜 삶이 시작되기를 기다리고 있다는 것. 지금 생각하면, 모두가 병에 걸렸다가 회복중인 사람들 같았다. 전쟁의 시간을 진정으로 '이해'할 수 없어서 멍하고 망연자실한 상태. 그 점에서라면 나는 세상이, 심지어 지금도, 전쟁을 '이해'했다고 생각하지 않는다. 우리는 사실을 부정하며 살고 있지 않은가? 그렇다. 전쟁에 대해, 대개는 나치에 대해, 아무리 많은 영화를 만들어내면 뭐하나. 그때는 온 세상이 전쟁을 치르고 있었고, 우리는 그 모든 분쟁의 영역을 샅샅이 살핀 적이 없다.

한편, 어머니도 사람들에게 음식을 해 먹이고 있었다. 대개는 영국 공군.

남동생도 전쟁에서 돌아왔다. 청력을 거의 잃었지만 다른 부상은 없었고 여전히 독신이었다. 동생은 도시 안팎의 공군 장병들을 만나 임시로 얹혀살던 어머니의 집으로 데려왔다. 그 시절에 내가 어머니 집에 찾아가면, 베란다에 앉아 고국에 돌아가면 뭘 할 것인지 얘기하는 청년들이 득시글거렸다. 어머니는 요리 담당 보이의 도움을 받아 그들에게 음식을 해 먹였다. 내게 자기 형제를 고용해달라고 했던 바로 그 하인이었다. 이제 그의 형제는 마치 투명 인간이라도 되는 양 불법으로 어머니 집에서 살면서 아무 일도 일어나지 않는 시골로 돌아가지 않고 도시에 남아 있다는 사실에 행복해했다.

그 긴 오후들은 계속되고…… 계속되고…… 또 계속되었다. 그들은 푸짐한 식사를 마치면 졸지 않으려고 노래를 불렀고 그러면 이내 어머니가 피아노 앞에 앉았다. 농장에서 가져온 그 피아노는 연주는 할 만했지만, 몇 년에 걸친 우기를 지나며 건반이 부풀고 현은 처져서 조율사가 늘 말했다. "정말 죄송하지만, 이 정도가 제가 할 수 있는 최선입니다."

그들은 제1차세계대전의 노래들을 불렀는데, 간혹 가사를 모르는 부분이 있어도 어머니가 확실히 알았다. 〈오, 오, 오, 얼마나 멋진 전쟁인가〉라는 노래가 활기찬 선율 때문에 가장 인기 있었고, 〈아르망티에르에서 온 마드무아젤〉이라는 노래도 좋아했다. 때로는 낡은 피아노가 부서져 날아갈 것만 같았다. 제2차세계대전의 노래들, 〈아, 지크프리트선에 빨래를 널 거야〉와 〈지금 누구를 속이려드는 거요, 히틀러 씨〉—둘 다 경쾌한 선율이었다—가 나오고 나면 아주 유명한 독일 노래 〈릴리 마를렌〉에 이어 당시의 최신 인기곡들로 이어졌으며, 그중에 청년들이 가장 좋아해서 자주 신청한 곡은 다음과 같았다. "종이 인형을 살 거야. 내 거라고 말할 수 있고, 다른 친구들이 훔쳐가지 못할 인형…… 밤에 집에 돌아가면 그녀가 기다리고 있겠지. 세상에서 가장 진실한 인형일 거야……"

이 청년들은 영국을 떠날 때는 여자친구가 있었지만 이제는 없었다. 이곳 아프리카에도 여자친구가 없었다. 여러 부대에서 나온 남자들이 수십만에 이를 정도로 많았다. 흑인 여성과 관계를 맺는 것은 금지되었지만, 어차피 그들의 숫자도 충분하지는 않았다. 아니, 그 시절의 청년들은 종이 인형이라도 있었다면 운이 좋았을 것이다. 그들은 노래를 부르고 또 불렀다. "밤에 집에 돌아가면 그녀가 기다리고 있겠지. 세상에서 가장 진실한 인형일 거야……"

오후가 끝나가면 "우린 다시 만나겠죠. 어디서일지, 언제일지는 몰라도……"라고 노래했고, 집에서 조금 떨어진 곳으로 나와 곧 새로운 교외 동네가 생길 언덕을 굽어보고 있으면 이 노래가 견딜 수 없이 슬펐다. 계속 이어지는, "우린 다시 만나겠죠…… 우린 다시 만나겠죠……"

곧이어 동생과 나는 각자의 헌 자동차에 청년들을 가득 실어 부대로 돌아갈 버스를 탈 수 있게 시내로 데려다주곤 했는데, 그동안 그들은 아직 오후인데도 마지막 곡으로 〈잘 자요, 그대〉를 불러야 한다고 주장했다.

아직 가로등도 켜지지 않은 대낮이었지만,

잘 자요, 그대,
잘 자요, 그대,
내일 다시 만날 때까지,
잘 자요, 그대,
자고 나면 슬픔은 사라질 거예요,
눈물과 이별로
우리는 쓸쓸하겠지만,
새벽이 오면
새로운 날이 태어나요,
그러니 말할게요,
잘 자요, 그대……

그들이 어머니의 집을 떠날 무렵에는 대중가요를 몇 시간이나 부른 뒤였다. 언젠가 음악 선생에게서 원한다면 콘서트 피아니스트를 직업으로 택해도 좋겠다는 말을 들은 에밀리 맥비.

"좋은 분이에요." 공군 청년들이 말했다. "정말 화끈한 분이시죠, 어머님은."

배가 준비되고 우리 모두 로디지아를 떠나기까지 몇 년간, 그때는 좋은 시절이 아니었다. 전쟁이 끝나기를 고대했고, 그러다 전쟁이 끝났는데…… 때로 삶이 고단해지면 나는 속으로 말한다. "전쟁이 끝난 뒤의 그 몇 년을 로디지아에서 살아남았으니 넌 어떤 일이 있어도 살아남을 수 있어." 어머니도 그 시절을 생각하면 별로 좋은 말이 나오지 않았을 거라고 확신한다. 우선, 두 자식 모두 "싫어요, 싫다고요. 내 인생을 이래라저래라 하지 마세요"라고 말했다.

"누가 들으면 내가 자식 일에 간섭한다고 욕먹는 줄 알겠다." 어머니는 외쳤다. 반발하면서도, 너무 어처구니없어서 우습다는 듯이. 어머니는 장난스러운 눈빛으로 쏘아보기까지 했는데, 나나 동생에게 엄마가 옳다고 인정하라고, 그저 투정 삼아 한 얘기라고 말하라고 사정하는 눈빛이었다. 잠시 에밀리 맥비가 거기에 서 있었다. 어쩌면 존 맥비가 함께 있었는지도 모른다. 나는 존 맥비에게도 장난스럽게 쏘아보는 눈빛이 부당한 비난에 대처하는 방식이었으리라고 확신한다.

때로 나는 과거를 회상하며 그 집 계단에 앉아 있는 나를 본다. 쿵쿵쿵 울리는 경쾌한 선율과 "기나긴 산길이 굽이굽이 이어지네……" 같은 노래들의 슬픈 흐느낌을 들으며 나는 생각하고 있었다. '아니, 아니야, 이럴 순 없어.'

늘 그렇듯 라디오가 켜져 있고 뉴스가 흘러나온다.

폭탄으로 큰 구멍이 파인 도로를 따라 갈증과 굶주림에 지친 수백만 난민이 비틀비틀 걸어가고 있다. 수천 명이 집을 잃었다. 수확할 농작물도, 심을 씨앗도 없다. 유럽 거대도시들의 폐허에서 아이들이 놀고 있다.

그럴 수는 없었다. 왜냐면, 우리는 모두 "식탁에 앉기 전에 손을 씻어라" 같은 말을 듣고 자랐으니까. "아니, 그러지 마, 그러면 원피스가 찢어지잖아." "주세요, 라고 말해야지. 주세요, 그리고 감사합니다, 라고 말해야지." "착한 녀석." "못된 꼬마 아가씨." "착하게 굴어야지, 에마, 샌탈, 한스, 딕, 이반, 잉그리드—친절하게 굴어야 해." 이런 모든 말들. 그런데도 폭탄은 떨어졌고…… 법과 질서를 기대하도록 길러진 이 아이들 가운데 일부는 폭탄이 떨어지는 소리를 사오 년이나 들었다. "이게 다 끔찍한 꿈이 아니라는 걸 정말이지 믿을 수가 없어." 그래서 그 전쟁을 겪으며, 그 극악무도함을, 그 무게를, 그 공포를, 그 기괴한 심술을 겪으며, 우리는, 우리 모두는 생각하고 있었다. 이런 일이 일어날 리가 없어, 그럴 수는 없어……

베란다에서 한 청년이 어머니가 기르던 조그만 흰 개와 놀면서 선율에 맞춰 콧노래를 부르고 있다. "종이 인형을 가질 거예요……" 그가 기둥에 공을 튕기고 개는 그 공을 잡으려고 한다.

이제 이름이 기억나지 않는 그 청년은 고향 집에서 키우던 개를 어쩔 수 없이 안락사시킨 적이 있었다. 늙은 개였고 그 작은 위는 전시 배급품 사료를 소화하지 못했다. "엄마가 자기 몫의 배급 식량을 나눠주기도 했는데, 우리 개가 워낙 좋은 음식에만 익숙했거든요. 이름은 패치였어요. 한쪽 귀에 검은 반점이 있어서……" 그가 공을 세게 튕겼고 어머니의 조그만 개는 뛰어올랐다. "이제 우리 떠날 시간이 되었죠? 잘 자요, 그대, 내일 다시 만나요……" 그가 개에게 노래를 불러주었다.

영국 공군은 마침내 본국으로 돌아갔다. 그들은 편지를 보냈고, 우리도 답장을 썼으며, 어머니는 동생이 결혼할 때 그 집을 팔았고, 일흔셋에 돌아가시기까지 몇 년간 다른 과부들과 브리지 카드를 치면서 오후와 저녁 시간을 보냈다. 다들 입 모아 말했듯이, 어머니는 브리지 선수였다.

감사의 말

아주 오래되고 일부는 심하게 손상된 사진들을 되살리는 데 도움을 준 사진가 프란체스코 귀디치니에게 깊은 감사를 드린다.

도리스 레싱이라는 거대하고 울창한 숲

1919년 페르시아(지금의 이란) 케르만샤에서 태어나 2013년 11월 17일 94세를 일기로 타계한 영국 작가 도리스 레싱은 1950년 첫 장편 『풀잎은 노래한다』를 발표한 뒤 세상을 떠나기 불과 오 년 전인 2008년 마지막 작품 『앨프리드와 에밀리』를 내놓기까지 평생 쉼 없이 글을 쓰면서 수십 권의 장편, 단편, 희곡, 수필, 시집 등을 남겼다.

레싱은 여섯 살 때 가족과 함께 당시 영국의 식민지였던 남로디지아(지금의 짐바브웨)로 이주해, 두 번의 결혼생활을 끝내고 영국으로 떠난 1949년까지 삼십 년을 남아프리카에서 살았다. 야생에 가까운 자연환경 속에서 자유롭게 뛰놀던 유년기, 식민지의 척박한 삶 속에서 고군분투하는 부모와의 극심한 갈등, 그리고 식민지라는 특수한 상황에서 목격한 인종차별 등의 문제는 레싱의 초기 작품에서 주된 주제가 되었다.

성인이 되어서는 작가적 시야를 여성의 삶과 남녀관계, 사회적 불평등으로 넓히면서, 공산주의 운동, 반핵 운동, 아파르트헤이트 비판 등에 적극적으로 가담하여 한동안 남아프리카연합과 남로디지아에서 입국을 금지당하기도 했다.

레싱의 작품은 대체로 자전적인 특성이 강하며, 특히 아프리카에서 보낸 유년기의 경험과 밀접하게 맞닿아 있다. 이에 더해 적극적인 정치 및 사회 활동으로 다져진 의식을 바탕 삼아 문화의 충돌, 인종차별의 부당성, 여성의 내면적 분열, 개인의 양심과 집단의 이익 사이에서 벌어지는 갈등 등을 다루었다.

도리스 레싱의 주요 작품

유년기 경험을 소재로 한 첫 소설 『풀잎은 노래한다』는 아프리카 식민지에 정착한 백인 부부의 혼란과 실패를 그리며 흑백 인종 정치를 다룬다. 이후 1952년에서 1956년까지 다섯 권으로 나눠 발표한 『폭력의 아이들』 시리즈도 아프리카에서 자라 영국에 정착하는 마사 퀘스트라는 인물의 생애를 그린 자전적 소설이다.

새로운 서사적 실험을 시도한 1962년 작 『금색 공책』은 도리스 레싱의 작가 경력에 전환점을 이룬 대표작으로, 각기 다른 색깔의 공책 다섯 권마다 특정한 주제를 다루며 한 여성의 분열된 내면과 경험을 묘사한다. 한국어판 기준 천 페이지가 넘는 이 방대한 소설에서 레싱은 동시대 여성들이 겪는 혼란과 정서적 마비에서 벗어나 자유로워지려는 주인공 애나 울프의 노력을 거침없이 솔직한 목소리로 표현하면서, 1930년대에서 50년대까지 영국에서 활동한 공산당의 명암을 그릴 뿐만 아니라 당시에 태동하던 성 혁명, 개인의 신경쇠약과 이를 초래한 사회의 파편화를 폭넓게 다룬다.

스탈린 체제의 소련과 공산주의에 환멸을 느낀 뒤 1960년대에는 이슬람 계열의 신비주의인 수피즘에 관심을 기울이며 지상의 인류와 상상 속 다른 행성의 삶에 대한 인식을 고양하려 했고, 그 결과 『생존자의 회고록』이라는 예언적 디스토피아 소설을 비롯해 다섯 권으로 이루어진 『아르고스의 카노푸스』라는 SF 소설을 집필했다.

도리스 레싱은 또한 단편의 대가로서 아프리카를 배경으로 한 단편집 『이곳은 늙은 추장의 나라였다』와 당대의 전통적 사회질서와 편견에 짓눌린 여성들의 위태로운 삶을 그린 『19호실로 가다』를 비롯해 십여 권의 단편집을 썼다.

이 밖에도 런던으로 이주한 뒤 이방인의 눈으로 영국의 풍속을 기록한 『영국식을 추구하며』와 수십 년 만에 유년기의 고향 짐바브웨로 돌아간 경험을 쓴 『귀향』, 소련-아프가니스탄 전쟁의 여파로 무너진 삶들을 다룬 『바람이 지워버린 우리의 말』, 고양이를 키우며 교감한 경험을 쓴 『고양이에 대하여』 등 많은 논픽션 저작도 있다.

레싱은 제인 서머스라는 필명으로 작품을 쓴 뒤 원래 책을 내던 출판사에서는 출판을 거절당하고 다른 곳에서 책을 냈다가 다시 본명으로 재출간하는 과정을 통해 무명작가가 겪는 어려움을 단적으로 보여주기도 했다.

레싱의 저작 중에는 영화나 드라마, 오페라, 연극 등으로 각색된 작품들도 많은데, 가장 최근의 예로 두 중년 여성 주인공이 서로의 십대 아들과 사랑에 빠진다는 파격적인 영화 〈투 마더스〉(나오미 와츠·로빈 라이트 주연, 2013)도 레싱의 단편 「할머니들」을 각색한 것이다.

앨프리드 테일러와 에밀리 맥비

이렇듯 왕성한 창작 활동을 해온 도리스 레싱은 생애 마지막 작품에서 독특한 주제를 택했다. 본성과 바람대로 살지 못하고 고생만 하다 돌아간 부모가 애처로워 소설로나마 그들이 살지 못한 삶을 그려주겠다는 것이다. 대전제는 부모가 서로에게 맞는 배우자가 아니었으며, 그래서 더 나은 삶을 위해서는 둘 다 상대와 결혼하지 말았어야 했다는 것이었다.

『앨프리드와 에밀리』는 그러한 착상에서 시작되었다. 앞부분에서는 제1차세계대전이 일어나지 않았다면, 그리하여 부모가 각기 부상병과 그를 돌본 간호사로 만나 결혼하지 않고 평화로운 시기에 원하는 대로 살 수 있었다면 각자 꾸렸을 삶을 소설로 묘사하고, 뒷부분의 회고록에서는 아프리카의 식민지로 이주해 작은 농장을 운영하며 고되게 살았던 부모를 추억하며 자신의 유년기를 돌아본다.

작가의 아버지 앨프리드 테일러는 제1차세계대전 중 한쪽 다리를 잃고 평생 몸과 마음의 부상에 시달리며 살았다. 전후에는 잠시 페르시아에서 은행원으로 생활했지만 일생의 꿈은 돈을 모아 영국으로 돌아가 평범한 농부로 사는 것이었다. 그래서 아프리카의 식민지 남로디지아에서 옥수수를 키워 팔면 큰돈을 벌 수 있다는 홍보에 이끌려 그곳으로 이주하지만 아프리카의 삶은 척박했고 그는 사업 수완이 없었다.

한편, 어머니 에밀리 맥비는 학창시절에 두뇌와 결단력, 교육에 열성적인 아버지의 지원까지 모든 것을 갖췄지만 부모가 정해준 길을 가지 않겠다는 고집 때문에 대학 진학을 포기하고 간호사가 된다. 전쟁이 터진 뒤 부상병 앨프리드를 돌보다 그와 결혼한 뒤로는 원하는 삶과 점점 멀어져 페르시아로, 다시 아프리카로 떠돈다.

그들의 딸 도리스

이 두 사람의 장녀로 태어난 도리스 레싱은 영국식의 세련된 삶을 유지하려고 안간힘을 쓰고 못다 한 꿈을 자식들에게서 이루려는 어머니의 극성과 집착에 넌더리를 낸다. 강철 같은 의지라는 점에서는 우열을 가리기 힘든 두 모녀의 극심한 갈등은 이후 레싱의 자서전이나 자전적 소설의 바탕을 이루는 소재가 된다.

아버지에게서 벗어나기 위해 간호사가 된 에밀리와 마찬가지로 도리스 역시 딸을 품격 있는 영국 학교에 보내겠다는 어머니의 바람을 무시하고 열세 살에 학교를 중퇴해버린다. 이후 제도권 교육은 전혀 받지 않지만 수많은 책을 탐독하고 일찍 자립해 다양한 경험을 쌓으며 작가로서 성장한다.

도리스는 아버지와는 어느 정도 서로 이해하고 교감하지만 어린 시절부터 아버지가 끊임없이 들려준 전쟁의 참상은 딸의 정신을 지배했으며, 그것은 작가의 표현대로 "없어도 괜찮았을 유산"이었다. 이 책 제1부의 소설 부분에서 앨프리드가 자신의 아들들을 비롯해 젊은 세대가 전쟁 없는 평시의 지루함을 못 이겨 다른 지역의 전쟁에 자원하는 세태를 무척 두려워하듯, 도리스 레싱은 생전에도 반핵, 반전 운동에 열심이었으며 말년에 쓴 회고에서도 전쟁은 일생을 관통하는 중요한 화두였음이 드러난다.

부모가 다른 삶을 살았다면

평생 다양한 관심사를 글로 써낸 딸은 인생을 마감하는 시기에 다시 한번 유년기와 부모를 돌아보며 소설 속에서나마 그들이 흡족해할 인생을 새로 쓰기로 한다. 여러 작품에서 비이성적이고 집착적인 존재로 그렸던 어머니에게는 화해를 청하듯, 젊은 시절에 흠모하던 의사와 결혼해 자식을 낳지 않고 조직력과 굳센 의지로 교육 사업을 일구는 활동적인 삶을 빚어주었다. 전쟁 중 다리를 잃고 평생 후유증에 시달리다 병사한 아버지에게는 갖가지 운동을 즐기며 소박하고 현명한 아내와 단란하게 살아가는 평범한 영국 농부의 삶을 선물했다.

서로 잘 맞지 않는데도 꾸역꾸역 관계를 이어가는 부모를 안쓰럽게 보고 자란 사람이라면 부모가 상대가 아닌 다른 여자를, 혹은 다른 남자를 만났다면 어땠을까 한 번쯤 상상해본 적 있을 것이다. 사실 그것은 자신을 세상에 태어나게 한 인연을 부정하고 아울러 자기 존재를 세상에서 지워버리는 상상이지만, 동시에 부모에 대한 연민과 사랑 없이는 할 수 없는 상상이며, 그런 점에서 이 책의 발상은 신선하고 매력적이다.

소설과 회상

그런데 이러한 인간적 감정이 앞선 탓인지, 중편소설 「앨프리드와 에밀리」에서는 작가의 전작들에서 자주 보이던 긴장, 냉소, 신랄함, 유머 등은 희미해지고 부모의 행복을 바라는 아이 같은 천진함이 도드라진다. 훌륭한 요리를 만들려는 열의에 넘치는 요리사처럼, 부모의 행복을 위해 필요했을 이런저런 좋은 재료를 하나도 빠뜨리지 않고 넣으려는 의지가 앞선 느낌도 든다. 노벨문학상을 비롯해 유수의 문학상을 두루 받은 노작가도 말년에 부모를 그리는 마음은 이렇게나 순한 것일까.

그래서 도리스 레싱이라는 대작가의 경륜과 통찰을 맛보고 싶은 독자라면 제2부의 회상 글에서 더 큰 기쁨을 느낄 수도 있다. 세 개의 각기 다른 대륙을 거쳐 살아온 특별한 경험, 자기 욕망에 충실하게 주체적으로 산 사람만이 갖게 되는 삶의 깊이와 자신감, 장수한 덕분에 변화하는 사회와 역사를 한눈에 볼 수 있었던 통찰력 등등 걸출한 작가이기 이전에 독보적인 여성이었던 인물의 삶을 이 짧은 글 속에서 엿볼 수 있기 때문이다. 특히 레싱의 자서전 두 권—『나의 내면』과 『그늘 속을 거닐며』—이 아직 우리나라에는 번역, 소개되지 않았기에 더욱 귀한 글이기도 하다.

다채롭고 주체적인 삶

도리스 레싱은 한 사람이 적어도 두 번은 환생해서 이어붙여야 가능했을 법한 격동적이고 치열한 삶을 살았다. 그 삶 속에는 다이어트에 몰입하거나 밤새워 손수 만든 옷을 입고 파티에 가는 사춘기 소녀가 있는가 하면, 사회가 규정한 '정상적인' 여성의 삶에 반발해 어린 두 아이를 떼어놓고 집을 떠나는 젊은 어머니도 있으며, 사회주의의 이상을 추구하는 활동가도, SF 소설을 쓰는 중년의 작가도, 당대의 세태와 풍속을 묘사하고 비판하는 논평가도 있다.

이렇게 복합적인 개인의 삶과 더불어 방대한 저작을 남긴 작가의 삶을 가능하게 한 도리스 레싱의 거침없는 대담함, 불의나 모순을 대충 봐넘기지 않는 결기, 비난과 불이익을 두려워하지 않고 목소리를 내는 용기는 그의 여러 작품 곳곳에 배어 있다. 이에 더해, 일찌감치 제도권 교육에서 벗어나 책을 통해 흡수한 광범위한 지식뿐만 아니라 거시적인 사회 문제에 적극적으로 발언하고 활동한 경험으로 인해, 다분히 자서전적인 그의 작품 세계는 개인 차원에 그치지 않고 당대의 사회와 문화를 아우르는 증언이자 기록으로서의 의미를 지니게 된다.

『앨프리드와 에밀리』는 그런 거대한 삶을 압축해서 보여주는 맛보기 구실을 훌륭히 해내며, 도리스 레싱 읽기의 출발점이 되기에 맞춤한 작품이다. 여기에서 시작된 길이 제2부에서 언급된 유년기를 더욱 치밀하게 그리는 자전적 소설 『마사 퀘스트』로 돌아가 『폭력의 아이들』 시리즈를 훑고 다양한 산문과 여행기와 자서전으로 흘러가는 인간 탐구의 갈래든, 한 사회와 사상과 여성 문제가 집약된 『금색 공책』을 거쳐 여러 단편집과 SF 시리즈로 흘러가는 사회 탐구의 갈래든, 도리스 레싱이라는 거대하고 울창한 숲은 보는 각도에 따라 풍경을 달리하며 그가 살았던 한 시대를 다채롭게 보여줄 것이다.

민은영

도리스 레싱 연보

1919년 10월 22일 페르시아(지금의 이란) 케르만샤에서 앨프리드 쿡 테일러와 에밀리 모드 테일러(결혼 전 성은 맥비)의 장녀로 출생.

1922년 남동생 해리 출생.

1925년 가족과 함께 아프리카 남로디지아(지금의 짐바브웨)로 이주.

1932년 학교를 중퇴한 뒤 독학으로 학업을 이어감.

1937년 로디지아의 수도인 솔즈베리로 이주해 전화교환원으로 일하며 소설을 쓰기 시작.

1939년 프랭크 위즈덤과 결혼.

1943년 프랭크 위즈덤과 이혼한 뒤 아들 존, 딸 진을 전남편에게 맡기고 집을 떠남.

1945년 '좌파 독서회'의 공산주의자 회원들과 교류하다 만난 고트프리트 레싱과 재혼.

1949년 레싱과 이혼하고 둘 사이에서 태어난 아들 피터를 데리고 영국 런던으로 이주.

1950년 첫 소설 『풀잎은 노래한다*The Grass Is Singing*』를 출간하며 본격적인 창작 활동에 전념.

1951년 단편집 『이곳은 늙은 추장의 나라였다*This Was the Old Chief's Country*』 출간.

1952년 5부작 『폭력의 아이들』 시리즈의 첫 권인 『마사 퀘스트*Martha Quest*』 출간.
영국 공산당에 가입.

1953년 중편소설집 『다섯*Five*』 출간.

1954년 『폭력의 아이들』 2권 『점잖은 결혼*A Proper Marriage*』 출간.
『다섯』으로 서머싯 몸 상 수상.

1956년 소설 『순수로의 도피*Retreat to Innocence*』 출간.
소련의 헝가리 침공에 반발하여 공산당 탈당.

1957년 단편집 『사랑하는 습관*The Habit of Loving*』, 짐바브웨 방문기 『귀향*Going Home*』 출간.

1958년 『폭력의 아이들』 3권 『폭풍우 뒤의 잔물결*A Ripple from the Storm*』 출간.
희곡 〈제각기 자기만의 황무지Each His Own Wilderness〉를 런던 로열코트 극장에서 상연.

1959년 『열네 편의 시*Fourteen Poems*』 출간.

1960년 논픽션 『영국식을 추구하며*In Pursuit of the English*』 출간.

1962년 소설 『금색 공책*The Golden Notebook*』 출간.
희곡 〈호랑이 다루기Play with a Tiger〉를 런던 희극 극장에서 상연.

1963년 단편집 『한 남자와 두 여자*A Man and Two Women*』 출간.

1964년 단편집 『아프리카 이야기*African Stories*』 출간.

1965년 『폭력의 아이들』 4권 『내륙 깊숙한 곳에서*Landlocked*』 출간.

1966년 단편집 『흑인 성모 마리아*The Black Madonna*』 『7월에 오는 겨울*Winter in July*』 출간.

1967년 고양이에 관해 쓴 단편과 에세이를 모아 『특히 고양이들*Particularly Cats*』 출간.

1969년 『폭력의 아이들』 5권 『네 개의 문으로 통하는 도시*The Four-Gated City*』 출간.

1971년 소설 『지옥으로의 추락을 간략히 보고함*Briefing for a Descent into Hell*』 출간.

1972년 단편집 『결혼하지 않는 남자 이야기와 다른 이야기들*The Story of a Non-Marrying Man and Other Stories*』 출간.

1973년 소설 『어둠이 내리기 전의 그 여름*The Summer Before the Dark*』 출간.

아프리카를 배경으로 쓴 모든 단편을 두 권으로 묶어 『이곳은 늙은 추장의 나라였다』와 『그들의 발 사이를 비추는 햇빛*The Sun Between Their Feet*』으로 출간.

1974년 소설 『생존자의 회고록*The Memoirs of a Survivor*』 출간.

수필집 『나지막한 개인적 목소리*A Small Personal Voice*』를 미국에서 출간(영국에서는 1994년 출간).

1976년 프랑스의 메디치상 수상.

1978년 단편집 1권 『19호실로 가다*To Room Nineteen*』와 2권 『잭 오크니의 유혹*The Temptation of Jack Orkney*』 출간.

1979년 5부작 SF 소설 『아르고스의 카노푸스』 1권 『식민지 행성 제5호 시카스타에 대하여*Re: Colonised Planet 5, Shikasta*』 출간.

1980년 『아르고스의 카노푸스』 2권 『제3, 제4, 제5지대 사이의 혼인*The Marriages Between Zones Three, Four and Five*』 출간.

『아르고스의 카노푸스』 3권 『시리우스의 실험*The Sirian Experiments*』 출간, 부커상 최종 후보에 오름.

1982년 『아르고스의 카노푸스』 4권 『제8행성 대표자가 되는 길*The Making of the Representative for Planet 8*』 출간.

독일의 셰익스피어상, 오스트리아 정부가 주관하는 유럽문학상 수상.

1983년 『아르고스의 카노푸스』 5권 『볼리엔 제국의 감상적인 요원들에 관한 문서*The Sentimental Agents in the Volyen Empire*』 출간.

제인 서머스라는 필명으로 소설 『어느 좋은 이웃의 일기*The Diary of a Good Neighbour*』 출간.

1984년 제인 서머스라는 필명으로 『노인이 할 수 있다면*If the Old Could. . .*』 출간.
필명으로 발표한 두 소설을 하나로 묶어 본명을 밝히며 『제인 서머스의 일기*The Diaries of Jane Somers*』 출간.

1985년 소설 『선한 테러리스트*The Good Terrorist*』 출간. 부커상 최종 후보에 오른 이 소설로 이듬해 영국의 W. H. 스미스 문학상과 이탈리아의 몬델로상 수상.

1987년 1985년에 캐나다의 CBC 방송에서 한 강연을 바탕으로 『우리가 스스로를 가둔 감옥들*Prisons We Choose to Live Inside*』 출간.
소련-아프가니스탄 전쟁의 실상을 다룬 논픽션 『바람이 지워버린 우리의 말*The Wind Blows Away Our Words*』 출간.

1988년 소설 『다섯째 아이*The Fifth Child*』 출간, 이듬해 이탈리아의 그린차네 카보우르 상 수상.

1989년 미국 프린스턴대학교에서 명예 문학박사 학위 받음.

1992년 단편집 『런던 스케치*London Observed: Stories and Sketches*』 출간.
논픽션 『아프리카의 웃음: 네 번의 짐바브웨 방문*African Laughter: Four Visits to Zimbabwe*』 출간.

1994년 자서전 1권 『나의 내면*Under My Skin*』 출간.

1995년 단편집 『내가 알던 스파이들*Spies I Have Known*』 출간.
미국 하버드대학교에서 명예 학위 받음.
뉴욕 공립도서관 인문학 센터에서 지정하는 〈세기의 도서〉에 『금색 공책』 등재.

1996년 소설 『다시, 사랑*Love, Again*』 출간.
단편집 『구덩이*The Pit*』 출간.

1997년 자서전 2권 『그늘 속을 거닐며*Walking in the Shade*』 출간.

1999년 소설 『마라와 댄*Mara and Dann*』 출간.

영연방 명예 훈장 서훈.

2000년 소설 『벤, 세상 속에서*Ben, in the World*』 출간. (『다섯째 아이』 속편)

2001년 소설 『가장 달콤한 꿈*The Sweetest Dream*』 출간.
데이비드 코언 문학상과 스페인의 아스투리아스 왕세자상 수상.

2002년 고양이에 대해 발표했던 글들을 선별하여 『고양이에 대하여*On Cats*』 출간.

2003년 단편집 『할머니들*The Grandmothers*』 출간.

2004년 서평과 에세이를 모아 『시간은 쓰라리다*Time Bites*』 출간.

2005년 소설 『댄 장군과 마라의 딸, 그리오와 설원의 개 이야기*The Story of General Dann and Mara's Daughter, Griot and the Snow Dog*』 출간. (『마라와 댄』 속편)

2007년 소설 『클레프트*The Cleft*』 출간.
노벨문학상 수상.

2008년 소설과 논픽션을 하나의 작품으로 구성한 『앨프리드와 에밀리*Alfred and Emily*』 출간.

2013년 1990년대 후반부터 뇌졸중으로 투병하다 11월 17일에 94세를 일기로 런던 자택에서 사망.

문학동네 세계문학전집 발간에 부쳐

세계문학은 국민문학 혹은 지역문학을 떠나 존재하는 문학이 아니지만 그것들의 총합도 아니다. 세계문학이라는 용어에는 그 나름의 언어와 전통을 갖고 있는 국민문학이나 지역문학의 존재를 인정하면서 그것을 넘어서는 문학의 보편적 질서에 대한 관념이 새겨져 있다. 그 용어를 처음 고안한 19세기 유럽인들은 유럽문학을 중심으로 그 질서를 구축했지만 풍부한 국민문학의 전통을 가지고 있는 현대의 문학 강국들은 나름의 방식으로 세계문학을 이해하면서 정전(正典)의 목록을 작성하고 또 수정한다.

한국에서도 세계문학 관념은 우리 사회와 문화의 변화 속에서 거듭 수정돼왔다. 어느 시기에는 제국 일본의 교양주의를 반영한 세계문학 관념이, 어느 시기에는 제3세계 민족주의에 동조한 세계문학 관념이 출현했고, 그러한 관념을 실천한 전집물이 출판됐다. 21세기 한국에 새로운 세계문학전집이 필요하다는 것은 명백하다. 우리의 지성과 감성의 기준에 부합하는 세계문학을 다시 구상할 때가 되었다.

문학동네 세계문학전집은 범세계적으로 통용되는 고전에 대한 상식을 존중하면서도 지난 반세기 동안 해외 주요 언어권에서 창작과 연구의 진전에 따라 일어난 정전의 변동을 고려하여 편성되었다. 그래서 불멸의 명작은 물론 동시대 세계의 중요한 정치·문화적 실천에 영감을 준 새로운 작품들을 두루 포함시켰다.

창립 이후 지금까지 한국문학 및 번역문학 출판에서 가장 전문적이고 생산적인 그룹을 대표해온 문학동네가 그간 축적한 문학 출판 경험을 바탕으로 새로운 세계문학전집을 펴낸다. 인류가 무지와 몽매의 어둠 속을 방황하면서도 끝내 길을 잃지 않은 것은 세계문학사의 하늘에 떠 있는 빛나는 별들이 길잡이가 되어주었기 때문이다. 우리가 자부심과 사명감 속에서 그리게 될 이 새로운 별자리가 독자들의 관심과 애정에 힘입어 우리 모두의 뿌듯한 자산이 되기를 소망한다.

문학동네 세계문학전집 편집위원

민은경, 박유하, 변현태, 송병선, 이재룡, 홍길표, 남진우, 황종연

세계문학전집 228
앨프리드와 에밀리

초판 인쇄 2023년 3월 20일
초판 발행 2023년 3월 31일

지은이 도리스 레싱 | 옮긴이 민은영

책임편집 김수연 | 편집 이미영 이현자
디자인 신선아 최미영 | 저작권 박지영 형소진 오서영
마케팅 정민호 이숙재 김도윤 한민아 이민경 안남영 김수현 왕지경 황승현 김혜원
브랜딩 함유지 함근아 박민재 김희숙 고보미 정승민
제작 강신은 김동욱 임현식 | 제작처 영신사

펴낸곳 (주)문학동네 | 펴낸이 김소영
출판등록 1993년 10월 22일 제2003-000045호
주소 10881 경기도 파주시 회동길 210
전자우편 editor@munhak.com | 대표전화 031)955-8888 | 팩스 031)955-8855
문의전화 031)955-1927(마케팅), 031)955-3560(편집)
문학동네카페 http://cafe.naver.com/mhdn
인스타그램 @munhakdongne | 트위터 @munhakdongne
북클럽문학동네 http://bookclubmunhak.com

ISBN 978-89-546-9153-6 04840
978-89-546-0901-2 (세트)

www.munhak.com

1, 2, 3 안나 카레니나 레프 톨스토이 | 박형규 옮김
4 판탈레온과 특별봉사대 마리오 바르가스 요사 | 송병선 옮김
5 황금 물고기 르 클레지오 | 최수철 옮김
6 템페스트 윌리엄 셰익스피어 | 이경식 옮김
7 위대한 개츠비 F. 스콧 피츠제럴드 | 김영하 옮김
8 아름다운 애너벨 리 싸늘하게 죽다 오에 겐자부로 | 박유하 옮김
9, 10 파우스트 요한 볼프강 폰 괴테 | 이인웅 옮김
11 가면의 고백 미시마 유키오 | 양윤옥 옮김
12 킴 러디어드 키플링 | 하창수 옮김
13 나귀 가죽 오노레 드 발자크 | 이철의 옮김
14 피아노 치는 여자 엘프리데 옐리네크 | 이병애 옮김
15 1984 조지 오웰 | 김기혁 옮김
16 벤야멘타 하인학교 - 야콥 폰 군텐 이야기 로베르트 발저 | 홍길표 옮김
17, 18 적과 흑 스탕달 | 이규식 옮김
19, 20 휴먼 스테인 필립 로스 | 박범수 옮김
21 체스 이야기 · 낯선 여인의 편지 슈테판 츠바이크 | 김연수 옮김
22 왼손잡이 니콜라이 레스코프 | 이상훈 옮김
23 소송 프란츠 카프카 | 권혁준 옮김
24 마크롤 가비에로의 모험 알바로 무티스 | 송병선 옮김
25 파계 시마자키 도손 | 노영희 옮김
26 내 생명 앗아가주오 앙헬레스 마스트레타 | 강성식 옮김
27 여명 시도니가브리엘 콜레트 | 송기정 옮김
28 한때 흑인이었던 남자의 자서전 제임스 웰든 존슨 | 천승걸 옮김
29 슬픈 짐승 모니카 마론 | 김미선 옮김
30 피로 물든 방 앤절라 카터 | 이귀우 옮김
31 숨그네 헤르타 뮐러 | 박경희 옮김
32 우리 시대의 영웅 미하일 레르몬토프 | 김연경 옮김
33, 34 실낙원 존 밀턴 | 조신권 옮김
35 복낙원 존 밀턴 | 조신권 옮김
36 포로기 오오카 쇼헤이 | 허호 옮김
37 동물농장 · 파리와 런던의 따라지 인생 조지 오웰 | 김기혁 옮김
38 루이 랑베르 오노레 드 발자크 | 송기정 옮김
39 코틀로반 안드레이 플라토노프 | 김철균 옮김
40 어두운 상점들의 거리 파트릭 모디아노 | 김화영 옮김
41 순교자 김은국 | 도정일 옮김
42 젊은 베르테르의 슬픔 요한 볼프강 폰 괴테 | 안장혁 옮김
43 더블린 사람들 제임스 조이스 | 진선주 옮김
44 설득 제인 오스틴 | 원영선, 전신화 옮김
45 인공호흡 리카르도 피글리아 | 엄지영 옮김
46 정글북 러디어드 키플링 | 손향숙 옮김
47 외로운 남자 외젠 이오네스코 | 이재룡 옮김
48 에피 브리스트 테오도어 폰타네 | 한미희 옮김
49 둔황 이노우에 야스시 | 임용택 옮김
50 미크로메가스 · 캉디드 혹은 낙관주의 볼테르 | 이병애 옮김

51, 52 염소의 축제 마리오 바르가스 요사 | 송병선 옮김
53 고야산 스님·초롱불 노래 이즈미 교카 | 임태균 옮김
54 다니엘서 E. L. 닥터로 | 정상준 옮김
55 이날을 위한 우산 빌헬름 게나치노 | 박교진 옮김
56 톰 소여의 모험 마크 트웨인 | 강미경 옮김
57 카사노바의 귀향·꿈의 노벨레 아르투어 슈니츨러 | 모명숙 옮김
58 바보들을 위한 학교 사샤 소콜로프 | 권정임 옮김
59 어느 어릿광대의 견해 하인리히 뵐 | 신동도 옮김
60 웃는 늑대 쓰시마 유코 | 김훈아 옮김
61 팔코너 존 치버 | 박영원 옮김
62 한눈팔기 나쓰메 소세키 | 조영석 옮김
63, 64 톰 아저씨의 오두막 해리엇 비처 스토 | 이종인 옮김
65 아버지와 아들 이반 투르게네프 | 이항재 옮김
66 베니스의 상인 윌리엄 셰익스피어 | 이경식 옮김
67 해부학자 페데리코 안다아시 | 조구호 옮김
68 긴 이별을 위한 짧은 편지 페터 한트케 | 안장혁 옮김
69 호텔 뒤락 애니타 브루크너 | 김정 옮김
70 잔해 쥘리앵 그린 | 김종우 옮김
71 절망 블라디미르 나보코프 | 최종술 옮김
72 더버빌가의 테스 토머스 하디 | 유명숙 옮김
73 감상소설 미하일 조셴코 | 백용식 옮김
74 빙하와 어둠의 공포 크리스토프 란스마이어 | 진일상 옮김
75 쓰가루·석별·옛날이야기 다자이 오사무 | 서재곤 옮김
76 이인 알베르 카뮈 | 이기언 옮김
77 달려라, 토끼 존 업다이크 | 정영목 옮김
78 몰락하는 자 토마스 베른하르트 | 박인원 옮김
79, 80 한밤의 아이들 살만 루슈디 | 김진준 옮김
81 죽은 군대의 장군 이스마일 카다레 | 이창실 옮김
82 페레이라가 주장하다 안토니오 타부키 | 이승수 옮김
83, 84 목로주점 에밀 졸라 | 박명숙 옮김
85 아베 일족 모리 오가이 | 권태민 옮김
86 폭풍의 언덕 에밀리 브론테 | 김정아 옮김
87, 88 늦여름 아달베르트 슈티프터 | 박종대 옮김
89 클레브 공작부인 라파예트 부인 | 류재화 옮김
90 P세대 빅토르 펠레빈 | 박혜경 옮김
91 노인과 바다 어니스트 헤밍웨이 | 이인규 옮김
92 물방울 메도루마 슌 | 유은경 옮김
93 도깨비불 피에르 드리외라로셸 | 이재룡 옮김
94 프랑켄슈타인 메리 셸리 | 김선형 옮김
95 래그타임 E. L. 닥터로 | 최용준 옮김
96 캔터빌의 유령 오스카 와일드 | 김미나 옮김
97 만(卍)·시게모토 소장의 어머니 다니자키 준이치로 | 김춘미, 이호철 옮김
98 맨해튼 트랜스퍼 존 더스패서스 | 박경희 옮김
99 단순한 열정 아니 에르노 | 최정수 옮김

100 열세 걸음 모옌 | 임홍빈 옮김
101 데미안 헤르만 헤세 | 안인희 옮김
102 수레바퀴 아래서 헤르만 헤세 | 한미희 옮김
103 소리와 분노 윌리엄 포크너 | 공진호 옮김
104 곰 윌리엄 포크너 | 민은영 옮김
105 롤리타 블라디미르 나보코프 | 김진준 옮김
106, 107 부활 레프 톨스토이 | 박형규 옮김
108, 109 모래그릇 마쓰모토 세이초 | 이병진 옮김
110 은둔자 막심 고리키 | 이강은 옮김
111 불타버린 지도 아베 고보 | 이영미 옮김
112 말라볼리아가의 사람들 조반니 베르가 | 김운찬 옮김
113 디어 라이프 앨리스 먼로 | 정연희 옮김
114 돈 카를로스 프리드리히 실러 | 안인희 옮김
115 인간 짐승 에밀 졸라 | 이철의 옮김
116 빌러비드 토니 모리슨 | 최인자 옮김
117, 118 미국의 목가 필립 로스 | 정영목 옮김
119 대성당 레이먼드 카버 | 김연수 옮김
120 나나 에밀 졸라 | 김치수 옮김
121, 122 제르미날 에밀 졸라 | 박명숙 옮김
123 현기증. 감정들 W. G. 제발트 | 배수아 옮김
124 강 동쪽의 기담 나가이 가후 | 정병호 옮김
125 붉은 밤의 도시들 윌리엄 버로스 | 박인찬 옮김
126 수고양이 무어의 인생관 E. T. A. 호프만 | 박은경 옮김
127 맘브루 R. H. 모레노 두란 | 송병선 옮김
128 익사 오에 겐자부로 | 박유하 옮김
129 땅의 혜택 크누트 함순 | 안미란 옮김
130 불안의 책 페르난두 페소아 | 오진영 옮김
131, 132 사랑과 어둠의 이야기 아모스 오즈 | 최창모 옮김
133 페스트 알베르 카뮈 | 유호식 옮김
134 다마세누 몬테이루의 잃어버린 머리 안토니오 타부키 | 이현경 옮김
135 작은 것들의 신 아룬다티 로이 | 박찬원 옮김
136 시스터 캐리 시어도어 드라이저 | 송은주 옮김
137 고독한 산책자의 몽상 장자크 루소 | 문경자 옮김
138 용의자의 야간열차 다와다 요코 | 이영미 옮김
139 세기아의 고백 알프레드 드 뮈세 | 김미성 옮김
140 햄릿 윌리엄 셰익스피어 | 이경식 옮김
141 카산드라 크리스타 볼프 | 한미희 옮김
142 이 글을 읽는 사람에게 영원한 저주를 마누엘 푸익 | 송병선 옮김
143 마음 나쓰메 소세키 | 유은경 옮김
144 바다 존 밴빌 | 정영목 옮김
145, 146, 147, 148 전쟁과 평화 레프 톨스토이 | 박형규 옮김
149 세 가지 이야기 귀스타브 플로베르 | 고봉만 옮김
150 제5도살장 커트 보니것 | 정영목 옮김
151 알렉시 · 은총의 일격 마르그리트 유르스나르 | 윤진 옮김

152 말라 온다 알베르토 푸겟 | 엄지영 옮김
153 아르세니예프의 인생 이반 부닌 | 이항재 옮김
154 오만과 편견 제인 오스틴 | 류경희 옮김
155 돈 에밀 졸라 | 유기환 옮김
156 젊은 예술가의 초상 제임스 조이스 | 진선주 옮김
157, 158, 159 카라마조프가의 형제들 표도르 도스토옙스키 | 김희숙 옮김
160 진 브로디 선생의 전성기 뮤리얼 스파크 | 서정은 옮김
161 13인당 이야기 오노레 드 발자크 | 송기정 옮김
162 하지 무라트 레프 톨스토이 | 박형규 옮김
163 희망 앙드레 말로 | 김웅권 옮김
164 임멘 호수 · 백마의 기사 · 프시케 테오도어 슈토름 | 배정희 옮김
165 밤은 부드러워라 F. 스콧 피츠제럴드 | 정영목 옮김
166 야간비행 앙투안 드 생텍쥐페리 | 용경식 옮김
167 나이트우드 주나 반스 | 이예원 옮김
168 소년들 앙리 드 몽테를랑 | 유정애 옮김
169, 170 독립기념일 리처드 포드 | 박영원 옮김
171, 172 닥터 지바고 보리스 파스테르나크 | 박형규 옮김
173 싯다르타 헤르만 헤세 | 권혁준 옮김
174 야만인을 기다리며 J. M. 쿳시 | 왕은철 옮김
175 철학편지 볼테르 | 이봉지 옮김
176 거지 소녀 앨리스 먼로 | 민은영 옮김
177 창백한 불꽃 블라디미르 나보코프 | 김윤하 옮김
178 슈틸러 막스 프리슈 | 김인순 옮김
179 시핑 뉴스 애니 프루 | 민승남 옮김
180 이 세상의 왕국 알레호 카르펜티에르 | 조구호 옮김
181 철의 시대 J. M. 쿳시 | 왕은철 옮김
182 카시지 조이스 캐럴 오츠 | 공경희 옮김
183, 184 모비 딕 허먼 멜빌 | 황유원 옮김
185 솔로몬의 노래 토니 모리슨 | 김선형 옮김
186 무기여 잘 있거라 어니스트 헤밍웨이 | 권진아 옮김
187 컬러 퍼플 앨리스 워커 | 고정아 옮김
188, 189 죄와 벌 표도르 도스토옙스키 | 이문영 옮김
190 사랑 광기 그리고 죽음의 이야기 오라시오 키로가 | 엄지영 옮김
191 빅 슬립 레이먼드 챈들러 | 김진준 옮김
192 시간은 밤 류드밀라 페트루솁스카야 | 김혜란 옮김
193 타타르인의 사막 디노 부차티 | 한리나 옮김
194 고양이와 쥐 귄터 그라스 | 박경희 옮김
195 펠리시아의 여정 윌리엄 트레버 | 박찬원 옮김
196 마이클 K의 삶과 시대 J. M. 쿳시 | 왕은철 옮김
197, 198 오스카와 루신다 피터 케리 | 김시현 옮김
199 패싱 넬라 라슨 | 박경희 옮김
200 마담 보바리 귀스타브 플로베르 | 김남주 옮김
201 패주 에밀 졸라 | 유기환 옮김
202 도시와 개들 마리오 바르가스 요사 | 송병선 옮김

203 루시 저메이카 킨케이드 | 정소영 옮김

204 대지 에밀 졸라 | 조성애 옮김

205, 206 백치 표도르 도스토옙스키 | 김희숙 옮김

207 백야 표도르 도스토옙스키 | 박은정 옮김

208 순수의 시대 이디스 워턴 | 손영미 옮김

209 단순한 이야기 엘리자베스 인치볼드 | 이혜수 옮김

210 바닷가에서 압둘라자크 구르나 | 황유원 옮김

211 낙원 압둘라자크 구르나 | 왕은철 옮김

212 피라미드 이스마일 카다레 | 이창실 옮김

213 애니 존 저메이카 킨케이드 | 정소영 옮김

214 지고 말 것을 가와바타 야스나리 | 박혜성 옮김

215 부서진 사월 이스마일 카다레 | 유정희 옮김

216 사람은 무엇으로 사는가 레프 톨스토이 | 이항재 옮김

217, 218 악마의 시 살만 루슈디 | 김진준 옮김

219 오늘을 잡아라 솔 벨로 | 김진준 옮김

220 배반 압둘라자크 구르나 | 황가한 옮김

221 어두운 밤 나는 적막한 집을 나섰다 페터 한트케 | 윤시향 옮김

222 무어의 마지막 한숨 살만 루슈디 | 김진준 옮김

223 속죄 이언 매큐언 | 한정아 옮김

224 암스테르담 이언 매큐언 | 박경희 옮김

225, 226, 227 특성 없는 남자 로베르트 무질 | 박종대 옮김

228 앨프리드와 에밀리 도리스 레싱 | 민은영 옮김

● 문학동네 세계문학전집은 계속 출간됩니다